武蔵通神 出張版

武蔵アリアダスト教導院　高等部女子制服

「YEAH!!　さて諸衆の皆様。今回から遂に新型制服です。
特徴は、ええと……、作画しやすくなったんですかね？」

「いやまあ、特徴はというと、動きやすいようにスカートが横スリットの五枚式になったことと、背のフォートレスパーツが帯型になったこと、でしょうか？」

「フフ、インナースーツが、合流した羽柴勢合わせで中央袷になったのも特徴ね。愚弟に着せてみようかしら」

「サイズも海外基準でＳＭＬからＳＯとかＣＤもありますの。ＳＯはスゴクオッキイでＣＤは超デカですわね」

「御母様？　何かフツーに着る気になってますわね？
あと喜美も、我が王に着せるって、一体？」

NEXT
BOX

NEXT
BOX

—— YEAH！　フフ、何処へ行くか、決めてあるの？

境界線上のホライゾン
Horizon on the Middle of Nowhere

GENESISシリーズ
境界線上のホライゾン NEXT BOX
序章編

川上 稔
イラスト／さとやす(TENKY)
デザイン：渡邊宏一(2725 Inc.)、エストール

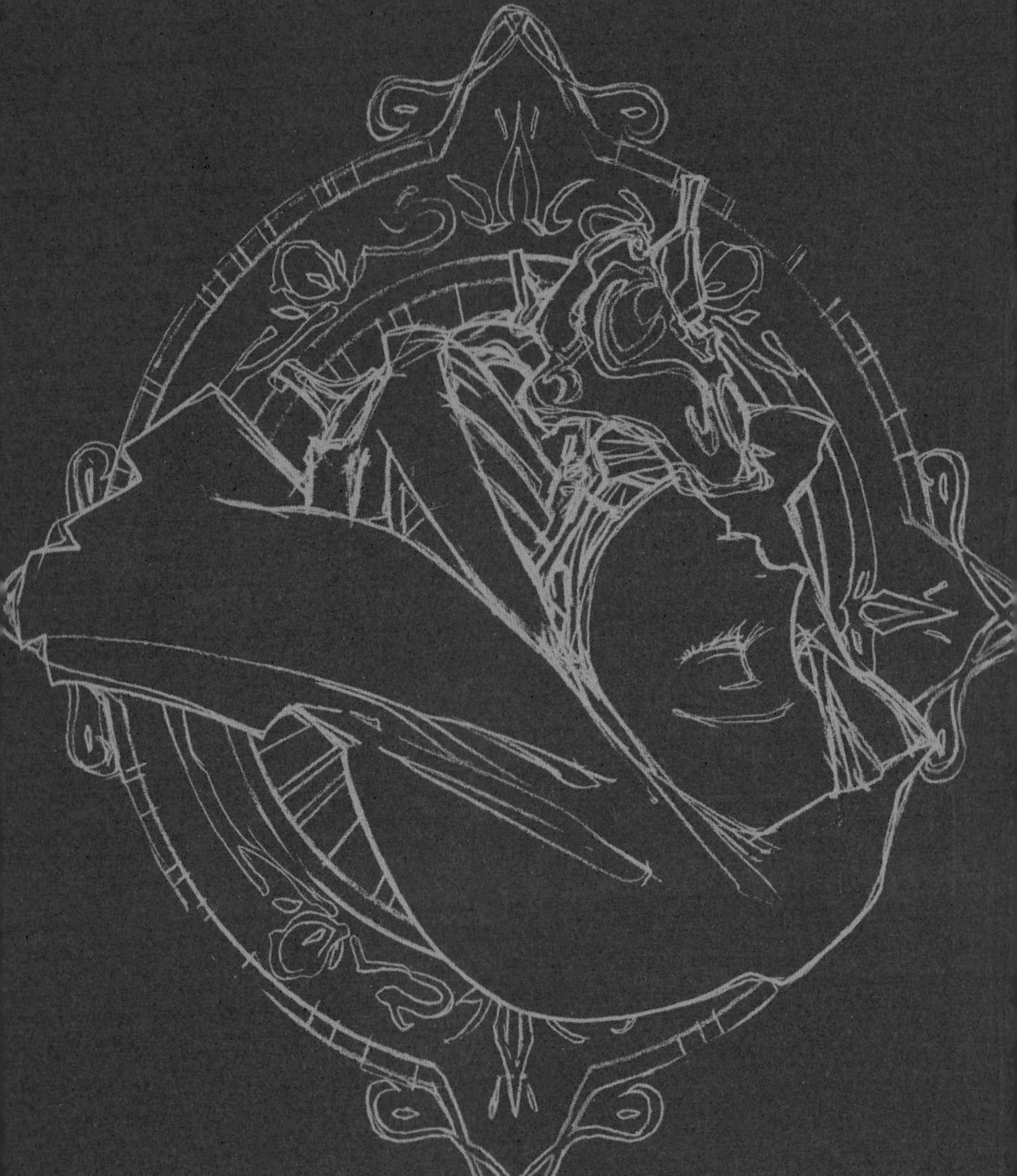

境界線上のホライゾン

Horizon on the Middle of Nowhere

——黎明時代——

「ではチョイと古い話から行ってみますか」

「そうですね。——遙か昔、人類は地球環境の悪化ゆえ、天上（宇宙）に出て繁栄をしていたんですが、ちょっと派手に戦争が始まって、地球に戻ってきました」

「その際、人類は多くの力を失いましたの。でも地球では、環境復帰を命じられた環境神群達が頑張り過ぎて、本拠となる日本以外、どれも過激環境といえるような状態にしてしまいましたの」

「そんなだと、日本以外で生活するのは厳しいですねえ」

「ハイ。それでもまあ、人類は日本の中で生活を始め、外界攻略のために力をつけよう……、としていたんですが、領土問題やら何やらでまた狭い日本の中で戦争が始まりまして。このままだと滅亡しかねないから落ち着けと、そうなったんですね」

「フフ、それで流石に反省した人類、どうしたの？」

「ええ。人類は滅亡に至るような争いの回避と、過激環境となった世界の攻略のため、幾つかの施策を行います。
一つは、地球の地下、六千キロの位置にいる環境神群に会い、コンタクトすること。
一つは、位相空間にもう一つの日本を作り、そこに世界各国の住人が移住。外界攻略の試験を行うこと。
もう一つは、聖譜と呼ばれる究極の総合歴史書を作った事です」

prehistory

prehistory

「セーフ？　――セーフ！　アウトでヨヨイノヨイのアレですか？」

「いえそうじゃなくて。聖譜は人類がかつて地球に住んでいたときの歴史書です。かつての人類はここに書かれている歴史を経て、天上に至るほどになりました。
　だから各国、この聖譜通りに歴史を再現すれば、争いなどがあってもやがて宇宙に行ける、と考え、自分達の進むべき歴史のマニュアルとしたんですね」

「ララ、そんなマニュアル付きで世界の再攻略！
どうなったのかしらね？」

「この歴史のやり直しを“歴史再現”と言い、歴史上の人物として関わる人々を“襲名者”と呼びます」

「なお、聖譜は、主要国に配られ、しかし公平とするため、百年先までしか確認出来ませんの。また、戦争などについては、該当国が話し合いの上、解釈などを用いて解決することと、そんな決まりが出来ましたの」

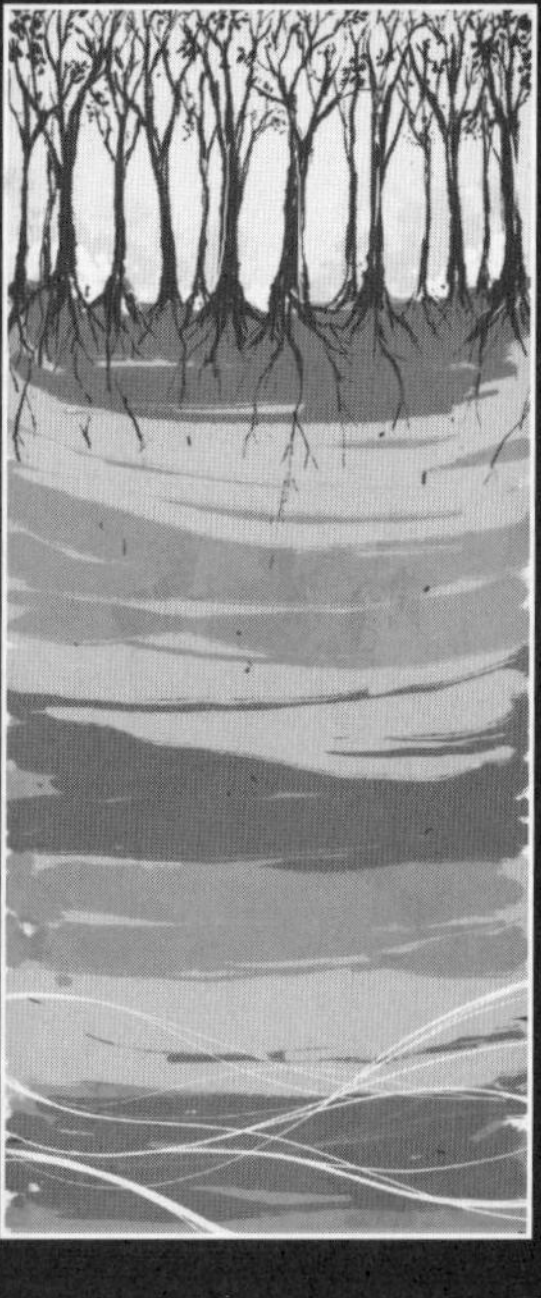

「重奏神州の成り立ち」

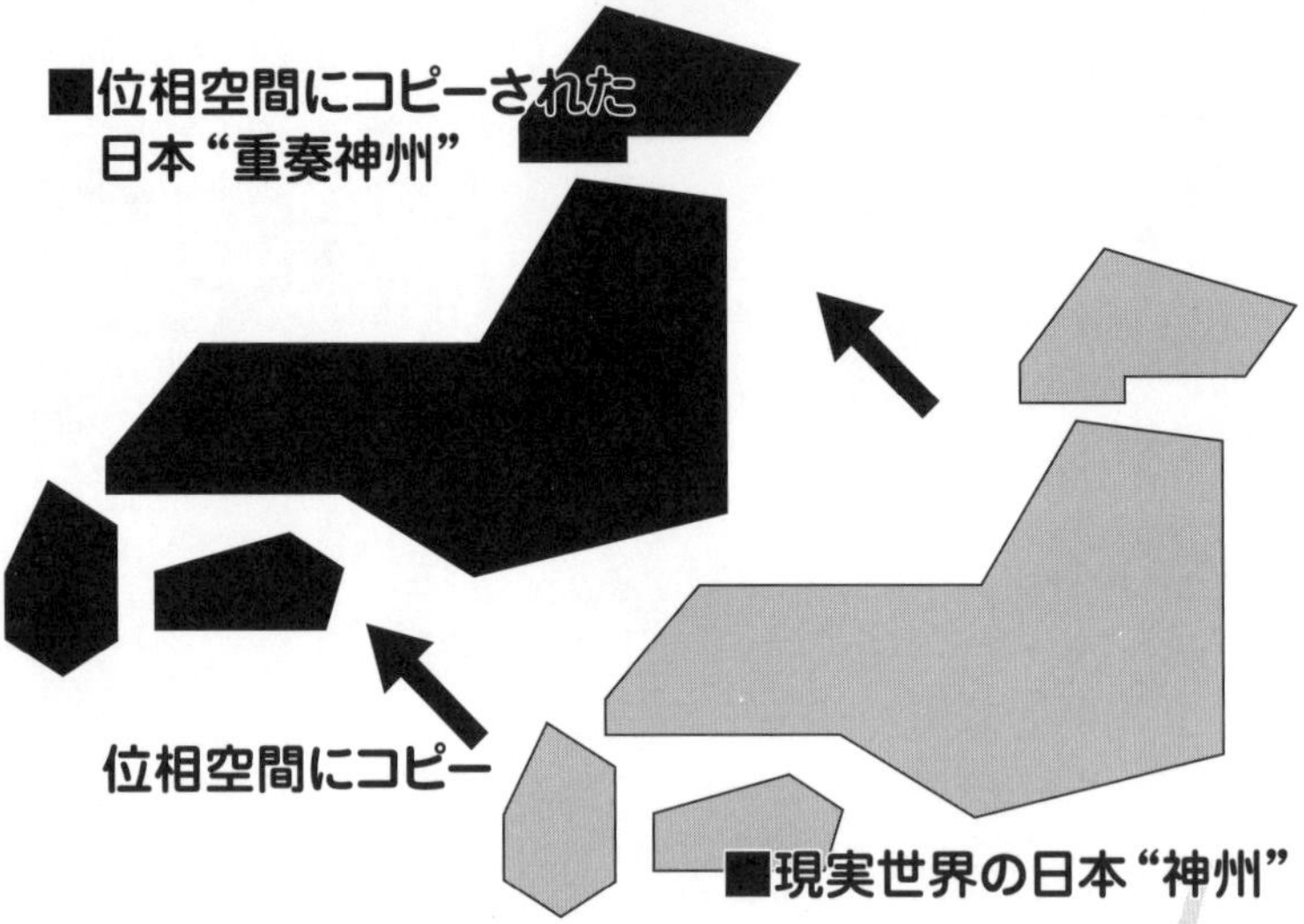

――重奏統合争乱――

「ハイ、ではスタートですが、そういやさっき、遥かな昔とは言え、位相空間にもう一つの日本を作ったとか、そんなトンチキ話ありましたけど、アレ、本当なんですか？」

「あ、ハイ。環境神群らの力を借りたりがありましたけど、とりあえず出来ました。

位相空間にコピーされたもう一つの日本と、その周辺。

これを〝**重奏神州**〟と、そう言います」

「簡単に言いますわねえ……」

「いやまあ、ええと、実は地球の地脈や、相同の加護というものがあって、人類が地球にいた時代から〝**神州世界対応**〟が出来ていたんですね」

「シンシューセカイタイオー？」

「はい。日本の形を、世界全体に見立てることが出来る、というものです。これは実際に地脈が繋がっていて、つまり日本は世界各国からの力を受けることが可能……、と、そんな地脈的加護の理屈です。これがあったので、位相空間に日本をコピーするのも、外界における各国からの地脈加護によって安定した施工が出来たそうで」

「なお、重奏神州は外界仕様で出来ていて、移住した各国の人達にとっては、いずれ自分達が向かう外界開拓の訓練にもなっていました」

prehistory

「重奏統合争乱後の世界」

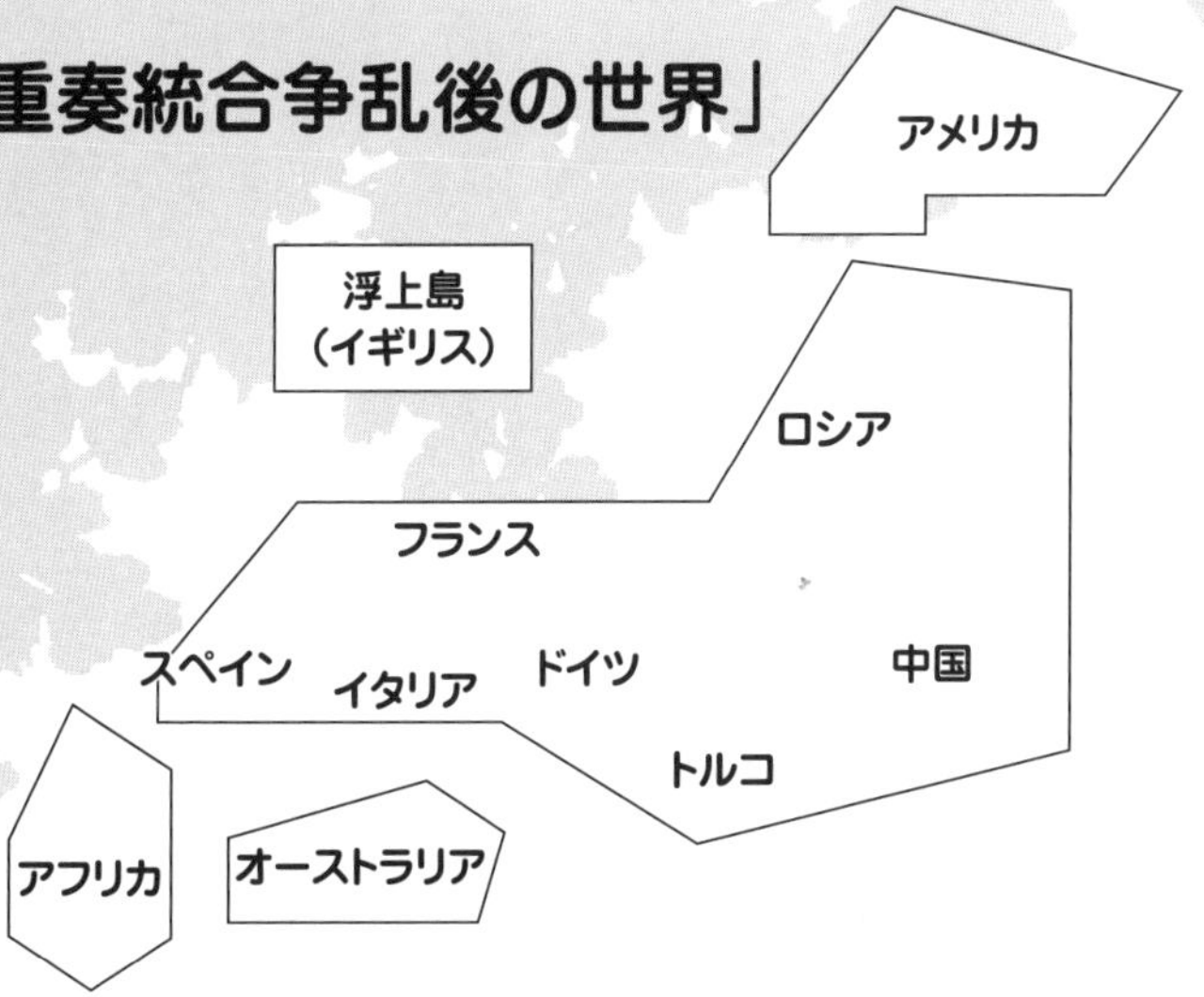

「それでまあ、各国の連中はそっちで外界を目指して、日本の連中は実際の日本でそれを目指したり何だったりとしつつ、それぞれ自国の歴史を再現していったんだけど……、ちょっと面倒起きたわよね？」

「はい。日本側の歴史再現、南北朝の争いにおいて、重奏神州を保っていた三種の神器が簒奪されたりで不安定化し、重奏神州が崩壊してしまったんです」

「えらい迷惑ですねえ」

「ええ。重奏神州からは、現世の神州に大量の避難民がやってきて、日本側は対応しようとしましたけど、崩壊の責任問題もあり、戦争が勃発。これを〝**重奏統合騒乱**〟と言いますの。結果として日本は敗北し、世界各国は〝神州世界対応〟に応じて、日本全土を各国ごとに支配したんですのね」

●

「フフ、上の図が日本を支配した各国と、その位置関係ね。まあ、百六十年くらい前から、こんな感じよ」

「しかし歴史再現には、日本が世界各国の支配下になったことなど記されていません。だから各国は〝やらかした日本を教導しているのだ〟として、〝**教導院**〟を建て、自分達の身分を〝**学生**〟と規定。各国の歴史再現を行いつつ、日本を**暫定支配**したんです。これによって、暫定支配された日本では、日本史の歴史再現と、各国側の世界史的歴史再現を、二重に行うこととなりました」

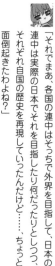

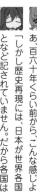

――末世開始――

『――で？　それからどうなったのです？』

『それがまあ困ったことに、聖譜の自動更新機能が1648年で停まっていてな。聖譜は運命の進行と連動してるので、そこでこの世の運命が終わる。――つまり末世だと、そう言われてる。
そして世界はどう動いたかと言うと――』

――対抗出来る力を集める者。

――未来を探ろうとする者。

――手がかりを遺す者。

prehistory

prehistory

――そして決断した者。

「ちなみに1648年は全国的に怪異とかいろいろ発生していて、ピーク年だと言われてました。各国も、この末世と呼ばれるものの原因や、対処法などを調べていましたね」

「実際、大人世代はいろいろな動きを過去にとっていて、私達はそれを追って行くことにもなりますの」

――でも何か良く解ってない俺達。

「各国教導院 制服」

—そして1648年の世界各国—

world

「さて、長々とお待たせしました！　そんな感じで現在というか、I上巻開始時となる1648年春の状況は、こういうものとなってます。
　世界各国の暫定支配は右のような位置関係ですね。――正純、説明どうぞ！」

「Jud.、1648年の日本は極東と呼ばれていて、本土は三河以外、全て各国の暫定支配下にある。
　極東唯一の独立領土として存在しているのが、私達の乗っている航空都市艦・武蔵だ。武蔵は、各国の監視下にあるが、歴史再現に縛られて上手く動けない各国を行き来し、大規模な貿易を行う役目を持っている」

「I上巻開始時、つまり1648年の春ですと、私達の武蔵は富士山の北を西方向に廻って、三河に入ろうとしたところですわね」

「世界はこんな状況ですけど、私達はやはり極東の学生として生活しています。作中、よく出てくる用語はこんなところでしょうか」

【制服】

各国、独自の制服を有している。戦闘の多い国家は重装であったりと、差がかなりある。

個人個人がファッションや機能性を考え、改造を加えることも可能。

ハードポイントパーツ

インナースーツの首、脇、腰に接続され、上着や武装などを懸架したり、術式や加護の装填先にもなる。これも宇宙時代からの技術。

インナースーツ

制服の基礎部。宇宙時代に培われた技術をデザインともども引き継いでいるため、かなり万能衣装。

words

words

【表示枠】

各教譜（主に宗教）が提供するもので、通神や術式の発動など可能とするツール。教譜ごとにデザインや機能が違う。

【Jud.《ジャッジ》、Tes.《テスタメント》】

宇宙時代から伝わる〝了解〟の意味を持った返答。Jud.は罪人のもの、Tes.は一般。なお、重奏統合争乱を起こした上で負けた極東はJud.の使用が義務づけられている。

【術式】

各教譜から適用されるもので、自分で作ることも可能。砲撃なども術式で行う。〝**流体**〟と呼ばれる空間変異因子を用いる。

【聖連】

聖譜連盟のこと。P.A.Oda系国家以外、ほぼ全ての国が参加しており、国際会議の歴史再現を利用して各国間の問題を調整したり、互助する。

―物語開始時の登場人物―

「ではI上巻開始時におけるメインキャラの紹介です。1648年の春、私達はこんな感じだったんですね」

●武蔵学生

葵《あおい》・喜美《きみ》
トーリの姉でエロとダンスの神を信仰する。基本的に高圧で応用的に身勝手。

葵《あおい》・トーリ
主人公。武蔵アリアダスト教導院の総長兼生徒会長。"不可能男"。

浅間《あさま》・智《とも》
武蔵の主社である浅間神社の娘。トーリや喜美の幼馴染み兼人生の被害者。

東《あずま》
帝の子供で半神。能力など封じられて武蔵で生活する。

アデーレ・バルフェット
仏蘭西から流れてきた従士家系。眼鏡娘。

伊藤《いとう》・健児《けんじ》
快活なインキュバス。全裸で禿のマッスル系。通称イトケン。

御広敷《おひろしき》・銀二《ぎんじ》
ハート様系体格の食通でオタク。

キヨナリ・ウルキアガ
第二特務。航空系半竜で異端審問官志望。通称ウッキー。

シロジロ・ベルトーニ
会計。武蔵の商工会の若手幹部。

点蔵《てんぞう》・クロスユナイト
第一特務。いつも帽子などで顔を隠す忍者で使いっ走り。

トゥーサン・ネシンバラ
書記。歴史好きの作家志望者で同人作家。

直政《なおまさ》
第六特務。機関部で働く姉御。煙草はふかすわデカい声で笑うわで。

ネイト・ミトツダイラ
第五特務。水戸松平の襲名者で騎士家系。人狼ハーフ。

ネンジ
HP3くらいのスライム。男らしい。

ノリキ
家族を支える勤労少年。不器用型格闘家。無口で無愛想。

ハイディ・オーゲザヴァラー
会計補佐。シロジロのパートナーで白狐エリマキつき。

ハッサン・フルブシ
カルピスマーク系インド人。カレーだけ食って飲んで生きてる。

ペルソナ君《くん》
バケツヘルムの超マッチョ。無口で怪力で心優しい。

character

character

本多《ほんだ》・正純《まさずみ》
副会長。昨年度の三河からの真面目転入生。いろいろ家庭の事情あり。

マルガ・ナルゼ
第四特務。黒髪六枚翼の白魔術師。漫研所属。

マルゴット・ナイト
第三特務。金髪六枚翼の黒魔術師。笑い顔の方。

ミリアム・ポークウ
車椅子生活のため、在宅就学している少女。

向井《むかい》・鈴《すず》
目が見えないけど頑張る少女。皆のストッパー。

●教導院関係者

オリオトライ・真喜子《まきこ》
高速戦闘型女教師。いつもジャージ。

酒井《さかい》・忠次《ただつぐ》
武蔵アリアダスト教導院学長。昔はかなり出来る人でしたが左遷。

“武蔵《むさし》”
武蔵を統括する自動人形で総艦長。辛辣口調がたまりません。

ヨシナオ
六護式仏蘭西から派遣された武蔵王。教導院への否決権と武蔵の管理権を持つ。

●市民

P-01s
去年に武蔵に乗りこんできたらしい自動人形。現在パン屋兼軽食屋で店員中。

●その他

インノケンティウス
教皇総長。旧派の首長でK.P.A.Italia代表。

織田《おだ》・信長《のぶなが》
近年襲名者が現れたが、聖連の暗殺を警戒して姿を表に出していない。

ホライゾン・A
後悔通りの石碑に名を残す少女。

松平《まつだいら》・元信《もとのぶ》
三河の君主。“傀儡男”だが、聖連とP.A.Odaの間で中立状態を保つ。

「こうしてみると、この頃は見事に当たり障りが無いというか、非常にフツーに見えますねえ。というかイトケン様が右上にいるので超重要な扱いに見える気が」

「ビミョーにネタバレを言ってる気もしますけど、全部を知ってからコレを見直すと、意外に伏線入っているので驚きですわねえ……」

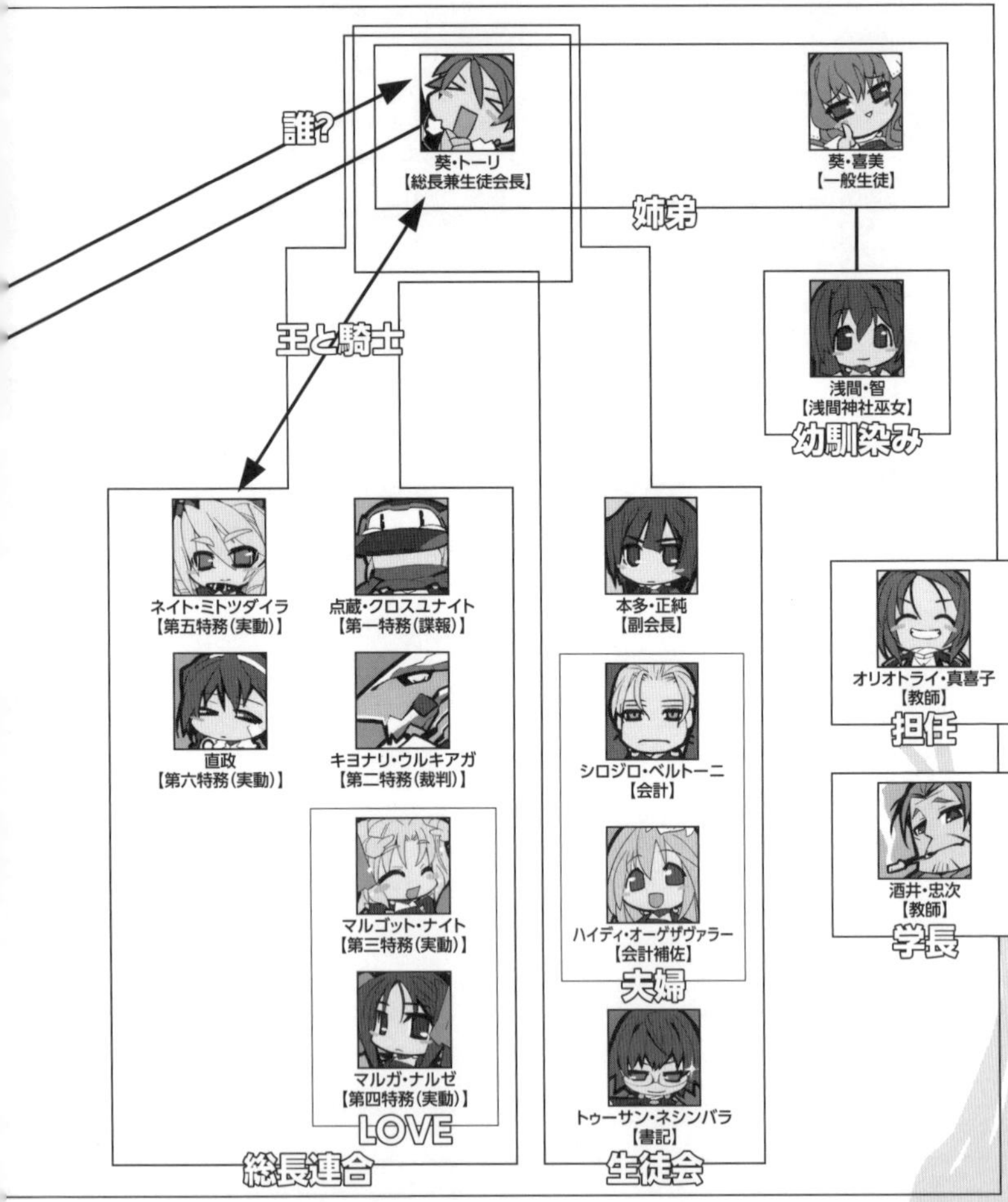

—物語開始時におけるメインキャラの相関図—

character

character

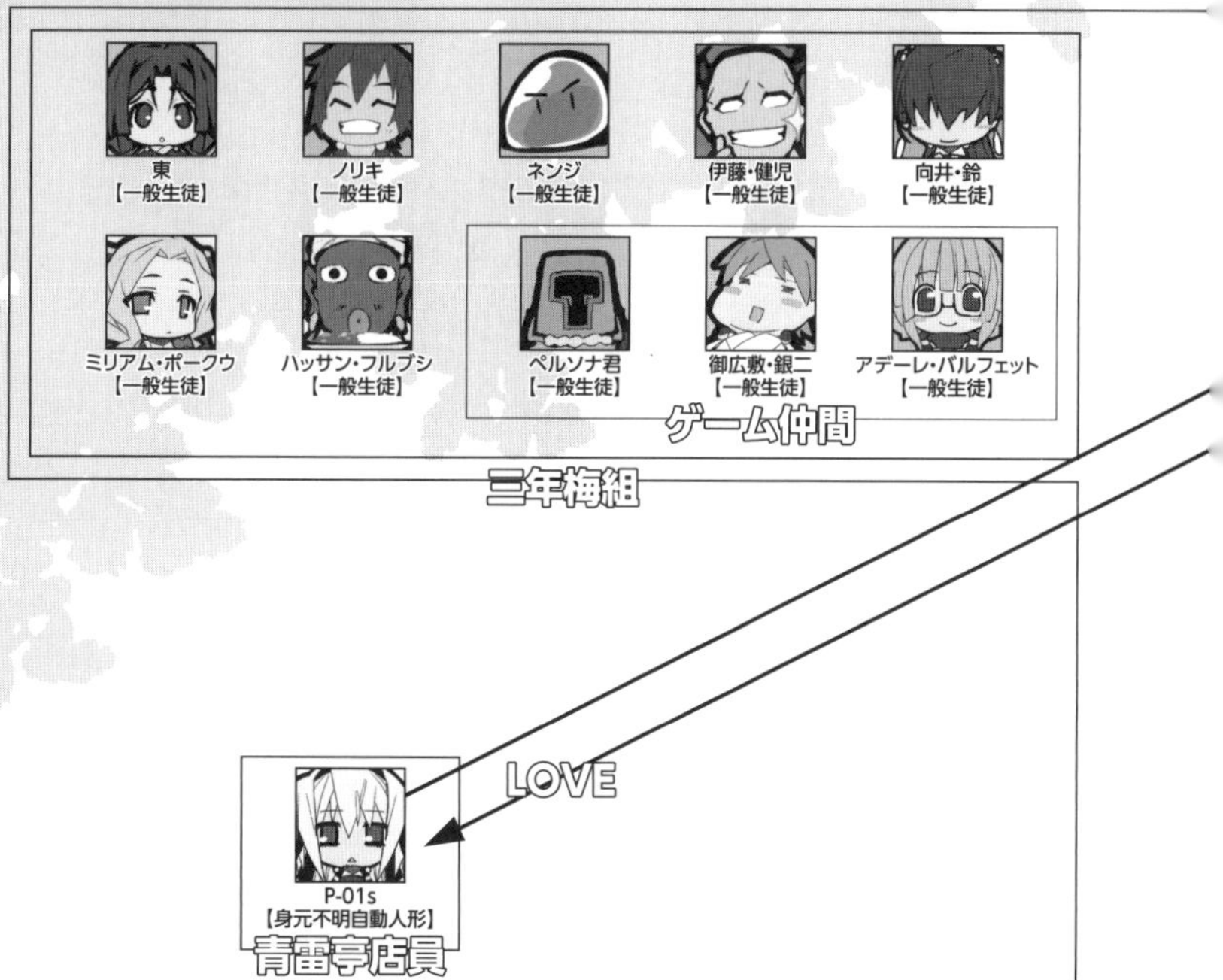

「前ページと同じく、I上巻開始時におけるメインキャラの相関図です。これは後々、最終的にどうなったか、というのを見せていきますので、比較してみると面白いかと思いますね」

「補足だが、教員とは別に武蔵側の公的存在としては“武蔵”(自動人形・総艦長)をはじめとした各艦長達や、武蔵王としてのヨシナオ教頭。そして私の父達、暫定議員が存在する」

「喜美、私、智(浅間)はバンド“きみとあさまで”のメンバーですの。昔からいろいろ付き合いありますのよ?」

「私とマルゴット(ナイト)はバンド“愛繕”のメンバーね。配送業“黒金屋”も運営しているわ」

「私とシロ君は商館“○べ屋”を運営してるわね」

「フフ、基本、ここにアガってる連中は、名前だけのも含めて良い付き合いしてるわ。なお、梅組連中は小等部くらいから変わりなく上がってきてるけど、これは酒井学長の手が入ってるって噂ね」

「──さて、ここから原作の全巻ダイジェストを紹介します。ただ、当然ネタバレ全開なので、“ネタバレは避けたい”という方は、読んでない巻から先の紹介は読まないように御注意下さいね？」

─原作Ⅰ上・下のダイジェスト─

自動人形P-01sは、10年前に死んだ筈のホライゾンだった！　末世を左右する大罪武装である彼女を救い出すため、世界を敵に回すという、スタートラインの話ですね。

STORY

1648年の春。末世が迫るとされる中。三河に航空都市艦・武蔵が着港した。それを合図とするように、三河を治める松平・元信は末世を左右する大罪武装を己の娘に預けたとして自爆。彼の娘とは、武蔵に在住していた自動人形ホライゾンだった。

三河は消失し、ホライゾンは三河に来ていた教皇総長派に身柄を確保。その身体を“処刑”によって分解される事が決定した。

対する武蔵側は、ホライゾンの幼馴染みである総長、葵・トーリと愉快な仲間達が身内の争いや会議を経てホライゾン救出を決定。大罪武装による末世解決を大義名分に、総力戦をもって教皇総長派を退け、ホライゾンを救出。武蔵で三河から脱出をする。

武蔵の処遇は、10月の国際公会議であるヴェストファーレン会議で決定する。さあ、武蔵は世界を掌握出来るのか。

digest

結局何がどうなった？

「さあ、ここからホライゾン無双の始まりとなった訳ですね」

「とりあえず欧州各国がこっちの敵となったから気をつけないとな……」

「流体供給術式のためにトーリ君が“哀しくなると死ぬ”ことになったので、こっちはいろいろ仕込んでおかないと駄目ですね……！」

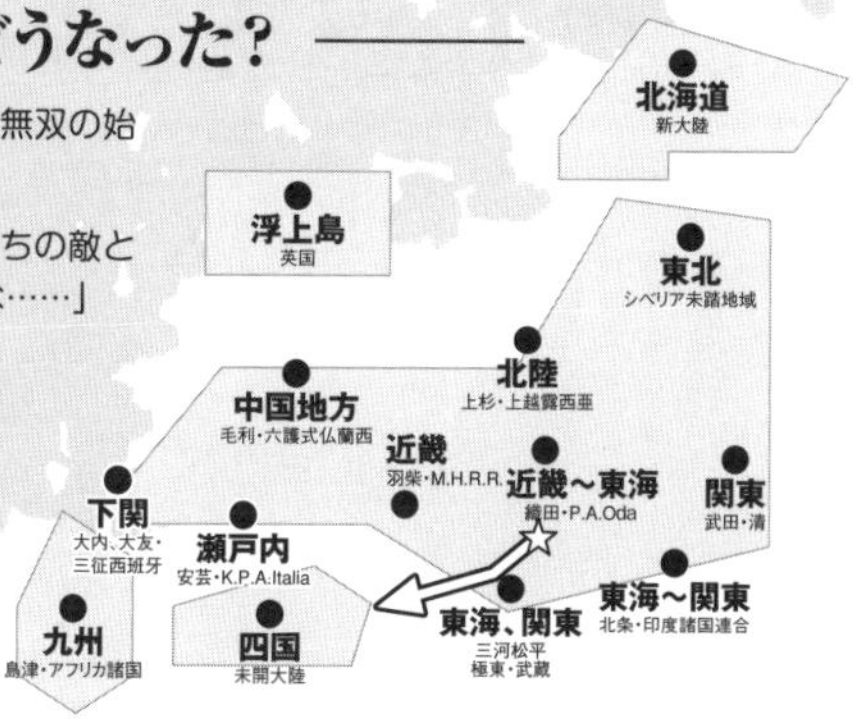

武蔵のルート

サガルマータ回廊から三河陸港へ。そして西へと脱出。

この巻で味方になった主な人物・勢力

本多・二代：三河の極東警護隊隊長であったが、喜美に敗れて武蔵と合流。正純とは既知であったため、二代が副長、正純が副会長というダブル本多体制になる。

【武蔵総員】：強いて言うと、という範囲だが、武蔵の政治や運営は生徒会や総長連合が行っているため、市民においては他人事という感がある。これは極東の教導院は学生の上限年齢が十八歳と決まっているためでもある。だが臨時生徒総会などを経ていく中で、機関部などが武蔵側の決定を推すことを決め、最終的にOB、OGを含めた武蔵全域が学生達のバックアップを行うこととなった。

【関東勢】：決起の情報を聞き、後に松平が治めることとなる関東の諸勢力は、来たる羽柴の影響を払拭するため、武蔵の味方につくことを決定していた。

この巻の主な敵

教皇総長：この時代における最大宗教Tsirhcの長であり、K.P.A.Italiaの総長。かなり頑固で譲らないが、正純の事を気に入ってるのか特別扱いで認めない複雑な親父。

立花・宗茂：西国無双と後に呼ばれる立花家の現当主。大罪武装を使うことも出来るが、二代との戦いに敗れて襲名解除。後々に武蔵に合流して一大戦力に。

—原作Ⅱ上・下のダイジェスト—

英国に行った武蔵は、英国と三征西班牙の最大の対決となるアルマダ海戦に参戦します。点蔵君が英国に処刑される王女メアリを救い出したりと、ロマンス巻ですね。

STORY

三河から脱出した武蔵は、中立性が高く極東と親しい英国に向かう。しかし途中で三征西班牙との戦闘を経た上で、英国からも上陸拒否をされてしまう。土下座交渉の末に上陸を許可された武蔵勢は、ホライゾンが「哀しめるのは幸いな事だ」というトーリの諭しで「失わせないこと」を重視する方針を決めることとなる。一方、点蔵は現地の有力者と懇意になるが、彼女の正体は、英国が自国強化のために処刑するという、そんな歴史再現を持つ王女メアリであった。彼女を救いに行く点蔵は、皆の助けもあってそれを完遂。メアリも、王位継承の証となる王賜剣を引き抜き、その身分は亡命扱いとなったのである。

そしてアルマダ海戦において、武蔵は三征西班牙総長セグンドによる必死の攻撃に対し、鈴が知覚力を用いて武蔵の運航を担当し、総合力でそれを凌ぎきる。多大な損害を受けつつ勝利した武蔵は、修復の為に英国対岸のIZUMOに向かった。

digest

結局何がどうなった？

「英国とは友好関係を結んだが、P.A.Odaとは敵対した気がするな……」

「点蔵様に救われた私は、点蔵様と武蔵で生活することになりました」

「宗茂様の仇討ちに失敗して本多・二代に敗北した私は、しかし宗茂様が武蔵での生活を望んだため、共に武蔵に合流したのです」

「ええと、私、武蔵総艦長代理？」

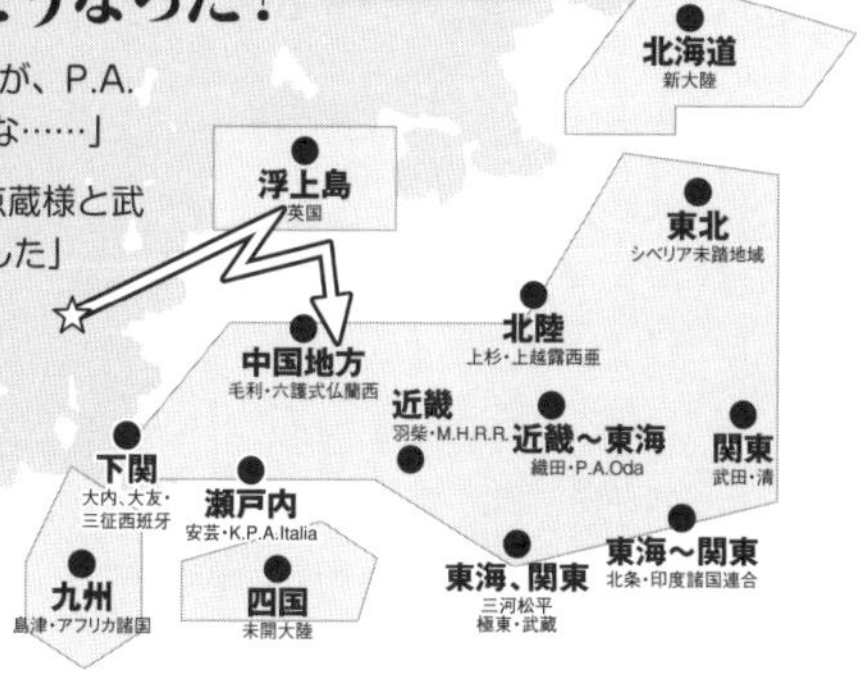

武蔵のルート

下関沖から英国に入り、英国の南でアルマダ海戦を行う。その後、対岸のIZUMOへと入港。

この巻で味方になった主な人物・勢力

妖精女王：会議での利害一致があったこともだが、姉であるメアリが武蔵在住となったため、姉との付き合いが旧来通りに戻った。それゆえ、以後たびたびに武蔵への援助をしてくるようになる。

【女王の盾符（トランプ）】：妖精女王の麾下達。彼らもまた、たびたび武蔵を訪れたり、または適所で援護に来るなど、助けとなる。

【Tsirhc改派諸国】：英国が改派であるため、欧州側の改派諸国も武蔵への警戒より、その利用を考えるようになった。

【三征西班牙】：アルマダ海戦後、敵対状態は解かれた。また、武蔵に立花夫妻がいることから、彼らを通しての助言などを得ることがある。

この巻の主な敵

フェリペ・セグンド：三征西班牙総長。頼りないオッサンに見えて相当な軍師でもある。武蔵を個人の戦術で追い詰めた者としては、歴代トップと言える。

【女王の盾符（トランプ）】：英国の権益や、他国への建前を守るために武蔵勢とたびたび戦闘。かなり無茶をしたが、ちょっとショー要素もあって市民からのウケはいい。

ー原作Ⅲ上・中・下のダイジェストー

英国から本土に戻った武蔵が、欧州で真っ最中の三十年戦争に飛び込み、手痛い敗戦をしながら関東に撤退します。各国の事情を知り、仕切り直しを自覚する大事な巻ですね。

STORY

アルマダ海戦の疲弊を修復するため浮上島IZUMOにいた武蔵は、M.H.R.R.改派の導きにより、三十年戦争で略奪を受ける町マクデブルクの避難を担当することになる。そこで欧州の各代表が集まり、武蔵は彼らからヴェストファーレン会議参加の後押しを得る代わり、三十年戦争で猛威を振るうM.H.R.R.旧派と、羽柴をはじめとする織田勢を抑制する役を担う。

一方、トーリが六護式仏蘭西副長である人狼女王（ミトツダイラの母）に誘拐されるが、仏蘭西側の方針変更で協働。M.H.R.R.の総長ルドルフ二世を解放し、ミトツダイラが瞬発加速という加速技術に覚醒。確執のあった母とも相対し、和解する。そして武蔵は関東へ撤退するが、羽柴の追撃で同行していた里見総長の義頼らを失い、里見をはじめ、関東を奪われてしまう。

digest

結局何がどうなった？

「この巻で、武蔵は**六護式仏蘭西、M.H.R.R.改派と友好**を結びますの」

「武蔵は、**三十年戦争では改派側についたこと**になりますね」

「関東への撤退は松平・元信が大敗した**三方ヶ原の戦いの歴史再現**になったね。つまり敗戦だ」

「そして武蔵は関東IZUMOのドック艦**有明の保護を受けたの**」

武蔵のルート

IZUMOから、P.A.Odaに追われて関東へ。

この巻で味方になった主な人物・勢力

里見・義康：里見生徒会長。この巻で里見を羽柴に奪われ、前総長義頼を失うが、武蔵在住となり、後に関東解放を果たす。

人狼女王：ミトツダイラの母。狼なのでエロいです。歩く発禁。作中最強クラスのバランスブレイカー。以後、娘に馬鹿親＋じゃれつくようになり、武蔵勢の相談役としても活躍。

【六護式仏蘭西】
毛利・輝元、ルイ・エクシヴ：元ヤン女の毛利・輝元と、神の眷属で全裸のルイ十四世は学生夫婦。輝元は、後に正純とマブ達になっていく。

巴御前：マルティン・ルターの二重襲名。義経の同期で、改派代表としてたびたび武蔵を導く。

この巻の主な敵

【羽柴勢】：この巻ではまだ旗艦である安土に乗ってきた“別の大罪武装の使い手”というくらい。これからいろいろちょっかい出してくる。

ルドルフ二世：強力な再生能力とシェイプシフトを行うM.H.R.R.総長。ミトツダイラとの戦闘に敗れて本来の自分の姿を取り戻し、出奔。以後、陰で武蔵勢を支える。

―ここまでのまとめ part 1―

「――さて三河を出て、英国と仲良くなったりアルマダ海戦に勝利したりで、これで順風満帆かと思えば手痛い敗戦です。
　流れとしては、ここで序盤……、と言って良いんですかね。ともあれ三河を出て、初めて世界のレベルを知った、ということで、スタートラインとなります」

「欧州に戻るのはいつになりますでしょうね。でも、ここで仕切り直し、関東は松平にとってホームなので、落ち着いて復帰をしたいところですわ」

「――しかし、武蔵は水戸上空の有明に保護して貰った訳だが、そこから動けなくなってしまっている。物理的な補修が必要なせいもあるが、里見が羽柴に制圧されたため、江戸方面に移動出来ないんだ。西の真田も北条も上越露西亜もP.A.Odaと親しいから、私達はP.A.Odaとその同盟に包囲されたような状態になっている」

「正に手も足も出ない、という封じられ方ですが、この状況をどう脱するのか。そして敗戦の立ち直りをどうするのか、というのが今後の課題ですね」

――ここまでで味方になった主な登場人物――

「フフ、人物関係としてはメアリと立花夫妻、ヨッシーの参加が大きいわね。里見を奪われたヨッシーがいることで、私達が関東に関与する意味は随分と重くなるわ」

メアリ・スチュアート

英国女王エリザベスの異母姉。金髪巨乳。点蔵の未来嫁として同居中。王賜剣一型のオーナー。

立花《たちばな》・誾《ぎん》

元三征西班牙第三特務。宗茂の嫁で砲撃系義腕少女。五十回。

立花《たちばな》・宗茂《むねしげ》

元三征西班牙第一特務。アモーレ。現在は襲名解除で再起願い中。

里見《さとみ》・義康《よしやす》

里見教導院生徒会長の少女。小さくても泣かない。武神“義”を操る。

digest

digest

関東の各勢力位置関係

「関東での各勢力位置関係はこんな感じね。周辺国家として見た場合、伊達も最上も羽柴と友好関係にあるし、真田と北条も羽柴につくことにしたから、敵ばかりという感じだわ」

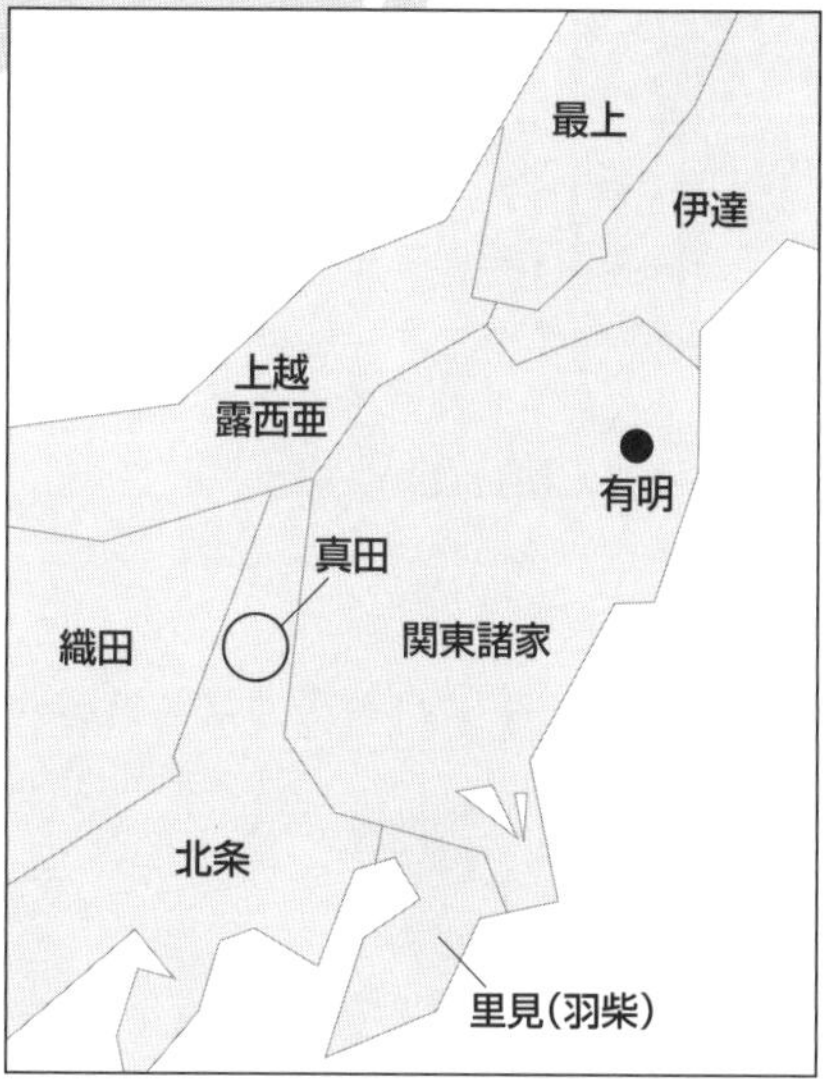

羽柴勢の参戦

「羽柴勢は、羽柴十本槍という対武蔵の特殊部隊を抱えて御座る。これから、この御仁達とガツガツやり合うことになるので御座るな」

羽 柴 十 本 槍

SPEER-01 
福島《ふくしま》・正則《まさのり》

SPEER-02 
加藤《かとう》・清正《きよまさ》

SPEER-03 
石田《いしだ》・三成《みつなり》

SPEER-04 
加藤《かとう》・嘉明《よしあき》

SPEER-05 
脇坂《わきさか》・安治《やすはる》

SPEER-06 
平野《ひらの》・長泰《ながやす》

SPEER-07 
蜂須賀《はちすか》・小六《ころく》

SPEER-08 
糟屋《かすや》・武則《たけのり》

SPEER-09 
竹中《たけなか》・半兵衛《はんべえ》

SPEER-10 
片桐《かたぎり》・且元《かつもと》

ー原作Ⅳ上・中・下のダイジェストー

敗戦した武蔵は、関東奪還を目指し、まずは北方の強国を味方につけようとします。
内外にいる敵を味方につけ、再起する巻ですね。

STORY

待避先である有明で武蔵の改修が進む中、武蔵勢は再起のため、奥羽の伊達、最上、上越の露西亜を味方につけようとした。だが既にそれら三国は羽柴側についており、敵対されてしまう。だが三国にも事情があった。伊達は政宗が、四聖武神の青竜に自らの支配権を奪われ掛けており、最上は秀次事件に連座させられた娘・駒姫の霊を羽柴側に人質に取られていた。そして上越露西亜も末世解決の秘密につながる空中都市ノヴゴロドが、羽柴側について反乱をしていたのだ。

そして武蔵でも、代表委員長の大久保が、敗戦の引責を正純に迫る。これらを一つ一つ話し合いや相対でクリアした武蔵勢は、主砲“兼定”を装備した武蔵改でノヴゴロドに向かい、羽柴側の主力、柴田と丹羽を退け、三国の協力を獲得。敵対する羽柴勢に対し、再起を宣言する。

digest

結局何がどうなった？

「武蔵が**改になってパワーアップ！**」

「福島殿と連戦したり、**十本槍との衝突が増えた**で御座るなあ」

「最上総長や露西亜勢と、今後**長いつきあいになる味方が増えました！**」

「駒姫は夫である小次郎様と共に救われて、**伊達も武蔵側についた**のよね」

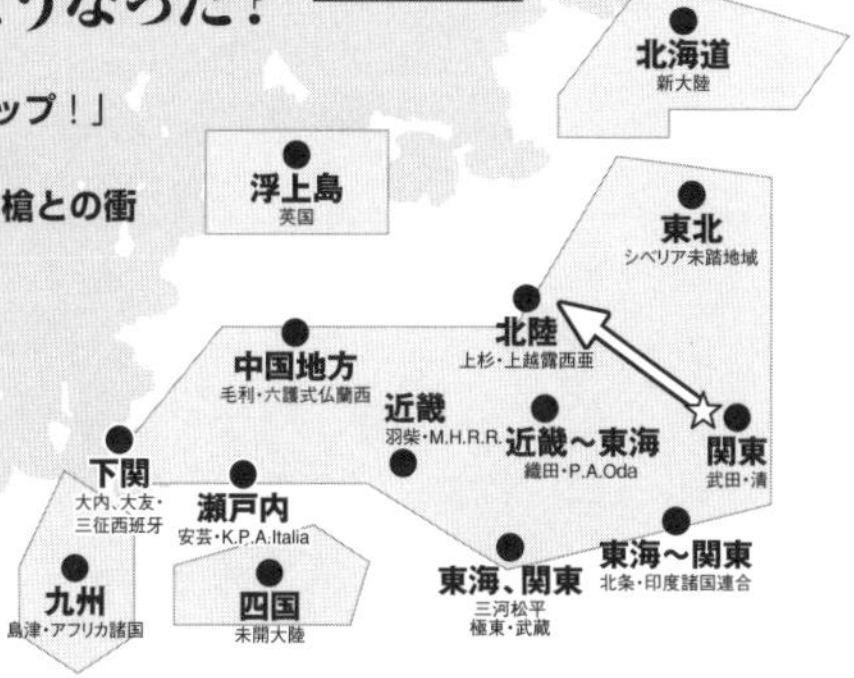

武蔵のルート

三国会議は各専任者が行ったので、武蔵は最後にノヴゴロドへと向かった。

この巻で味方になった主な人物・勢力

伊達・成実：伊達家副長。伊達家に派遣されたウルキアガとイチャ打撃しつつ政宗の青竜事件を解決。ウルキアガの告白を受けて嫁となり、武蔵に出奔する。

最上・義光：最上総長。九尾の狐。娘の駒姫は羽柴に歴史再現で殺されたが、彼女の霊を武蔵が救ってくれたことから武蔵の保護者枠に。義康の義母となり、以後、武蔵を助けに関わり続ける。

大久保・忠隣／長安：武蔵の代表委員長。武蔵のやりかたに異を唱えたが、正純との相対で恭順。以後、裏方および交渉役として成果をあげていく。

【上越露西亜】：魔神族の国で、雷帝イワンを二重襲名した上杉・景勝は、反乱した元恋人のマルファを武蔵勢と共に下した。以後、彼らは武蔵勢の味方として行動する。

この巻の主な敵

柴田・勝家：M.H.R.R.旧派副長。鬼型長寿族で世界最強クラスの男。実力に覚醒した二代に片腕で引き分けつつ優勢をとり、以後、武蔵勢を認めて、対羽柴となる賤ヶ岳の戦いを起こす。

【羽柴十本槍】
福島・正則、加藤・清正：対武蔵部隊として福島、清正達が連戦。まだ何者か解らないが、清正がエクスカリバーに連なる装備を持っていたりと、武蔵との因縁を感じさせる。

—原作V上・下のダイジェスト—

再起した武蔵勢は、ヴェストファーレンで議題となる末世解決への手段を探ることになりました。遺跡調査に向かった真田の地から、末世や関係者の情報が出てきます。

STORY

再起した武蔵勢に対し、羽柴（P.A.Oda）と、配下にある北条からの攻撃が始まった。北条の先陣として真田が敵対するが、彼らは真田を保つため、武蔵に対して敵と味方の二派に分かれて行動することを決定。そして武蔵勢は、真田の地には、元信公が滞在していた過去があり、末世に関係していたとされるノヴゴロドのような遺跡の残骸と、研究施設があると教えられる。

武蔵勢は真田の地に降り、そこで遺跡の門番として生きている長命の天竜達と相対する。彼らもまた欧州の古い歴史を知る者達で、彼らの生き方から、ホライゾンは「死ぬのではなく、生き切ること」を学ぶ。これは、失われることをどう扱うか、という彼女達にとっての命題となった。そして真田の地で、末世の問題に元信公やその弟、信康が関わっていたという確信を持つ。

digest

結局何がどうなった?

「中世の時代、**ゲルマン民族を襲名した竜達が欧州を席巻**し、人類と大戦争したので御座るよ」

「有明に攻めてきた**白鷺城と城主の滝川・一益を小兼定で撃沈**してます！」

「真田の遺跡の奥、研究施設では、**九つの抽出器らしきものが見つかった**な……」

「天竜の諭しを受け、ここで**失わせないことと生き切ること**が矜持となりましたね」

武蔵のルート

有明に戻った武蔵は、遺跡調査に真田へと向かう。

この巻で味方になった主な人物・勢力

【真田】：真田は、羽柴側につく信繁派と、武蔵側につく信之派に分かれる。ずっと後、十本槍との決戦において、この兄弟は決着をつけることとなる。

【両腕】：ホライゾンの両腕はこれまでたびたび分離して勝手に動いていたのだが、ここで正式にそれが認められ、以後、羽柴や信長を倒したり、要所で成果を上げていく。イケ腕。

この巻の主な敵

【天竜達】：真田の天竜は、中世からの生き残り組で、武蔵勢に生きることの意味を諭し、また、二代や誾、ミトツダイラ達と全力で戦うことで実力の底上げを導いた。

―原作Ⅵ上・中・下のダイジェスト―

末世関係の調査と共に、ヴェストファーレンでの協力を得る条件である羽柴との戦闘機会が増えていきます。羽柴側、ライバルチームである十本槍側のクローズアップも始まる巻です。

STORY

三十年戦争で各地の支配を行っていた羽柴勢は、遂に六護式仏蘭西に手を伸ばす。だが仏蘭西は関東に生徒会長の毛利・輝元を派遣し、関東解放を起こすことで羽柴勢に二正面作戦をとらせようと画策する。一方で武蔵勢は、末世に、有史以前となる黎明の時代が関わっていることを確信、その遺跡が北条の地にあることから、羽柴勢が提案した小田原征伐を各国共同の談合で執り行うこととする。かくして北条は歴史再現により滅亡。しかし武蔵勢は遺跡の地下で「顔のない子供」のレリーフを発見する。そして毛利攻めを行った羽柴勢は、武蔵対抗部隊である十本槍の成長めざましい成果を上げつつも、備中高松城を攻めきれず、敗戦。武蔵勢や各勢力の進める関東解放を止める為、急ぎ関東の援護へと向かうこととなった。

digest

結局何がどうなった？

「夏休みは多国間の歴史再現が禁止なので、そうなる前に関東解放したいよね！」

「でも、そうなると羽柴は困るから、小田原征伐を起こすのね」

「関東解放を控え、**武蔵側についた私（最上・義光）や人狼女王は、かなり関与が増えた**のう」

「実は**ノリキが北条の後継者の一人で、総長の氏直を妻にし、北条は滅亡**となるのだな」

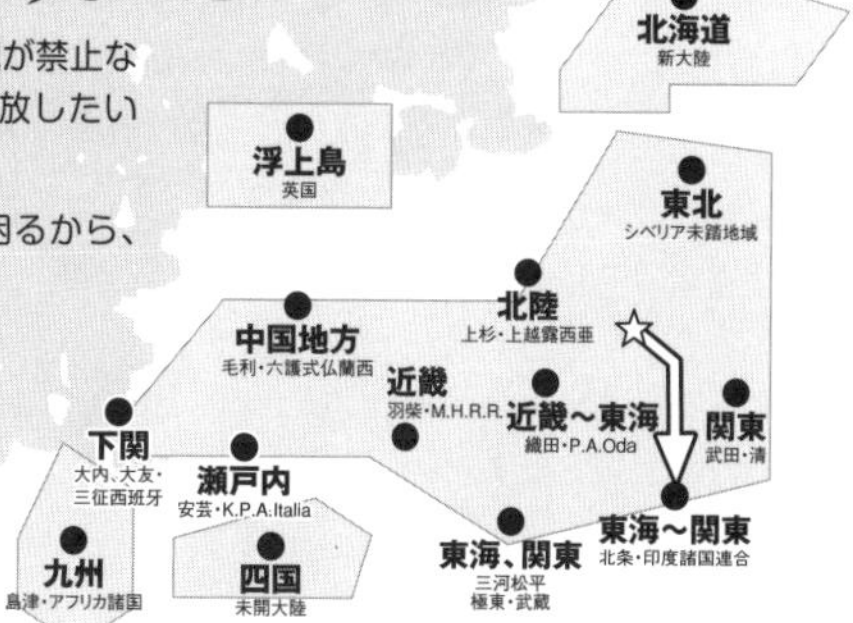

武蔵のルート

小田原征伐を急ぎ終わらせるため、真田から北条へ。

この巻で味方になった主な人物・勢力

【北条】：ノリキが元北条の後継者の一人で、彼が北条・氏直を倒して在野に下したことで北条は滅亡を了承する。以後、北条は氏直が襲名を捨ててノリキの妻となり、他の残存は関東に戻る羽柴を迎撃に行くこととなる。

この巻の主な敵

【羽柴十本槍】

蜂須賀・小六、脇坂・安治、加藤・嘉明：朱雀達と同じ四聖武神を使う蜂須賀や、双嬢と同等クラスの機殻箒を扱う脇坂、嘉明など、武蔵勢の対極となる者達が、各地で成果をあげ、成長していく。

大谷・吉継：十本槍の石田・三成と同じく情報体。ウイルスとして十本槍の援護や情報収集を行うが、真面目すぎて空回りしまくる。皆のいい玩具。

可児・才蔵：福島の補佐となった一年生。ハキハキと常に全力少女。段々と実力をつけ、大物食いをしていくようになる天然バーサーカー。

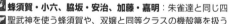

―原作Ⅶ上・中・下のダイジェスト―

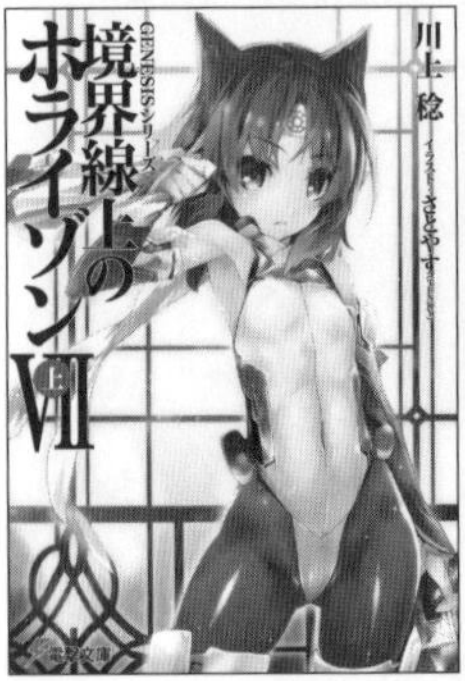

羽柴勢との戦闘で、遂に関東を奪還。そしてメアリの父達が残した末世解決に至る暗号への手がかりを獲得します。Ⅲ巻で生じた敗戦と再起から、進展を遂げる巻ですね。ある意味、中盤終了でしょうか。

STORY

関東解放が始まった。だが武蔵には救援要請が来ていた。M.H.R.R.改派の都市ネルトリンゲンが、旧派の侵攻を受けるが、それにはガラシャ夫人の自害が歴史再現として重なっていたのだ。彼女は瑞典総長クリスティーナの二重襲名で、メアリの父達が残した暗号文、――元信公や彼らの過去、末世に関する内容を解読出来るであろう人物だった。武蔵は関東解放に戦力を割いた上で、全速でネルトリンゲンに向かう。そしてネルトリンゲンで激戦の末、武蔵勢がクリスティーナを救出したと同時、関東が羽柴勢から解放された。

これによって武蔵勢は関東以東をはじめとして極東の東側を押さえ、欧州側とも連動したことで、羽柴の包囲網を構築したのである。

digest

digest

結局何がどうなった？

「クリスティーナの救出願いは、中等部なんだけど**夫の長岡・忠興**によるものよ？」

「関東解放では、**里見・義康をメインに、武蔵勢として私（大久保）、立花夫妻、直政が援護したで**」

「**十本槍の子達に、何らかの「秘密」がある**ことに私、気づきましたのよ？」

「ネルトリンゲンでは**羽柴勢に十本槍の他、島・左近達が投入**され、強化がなされましたわ」

武蔵のルート

北条から関東解放の援護で江戸に。そこからネルトリンゲンへ。

この巻で味方になった主な人物・勢力

長岡・忠興：中等部だが腕のいい狙撃手。クリスティーナに惚れて武蔵に加わることとなる。

クリスティーナ：ガラシャ夫人の二重襲名で瑞典総長。情報通で記憶力に優れ、以後、忠興を夫として武蔵在住となり、武蔵勢をたびたび補佐する。

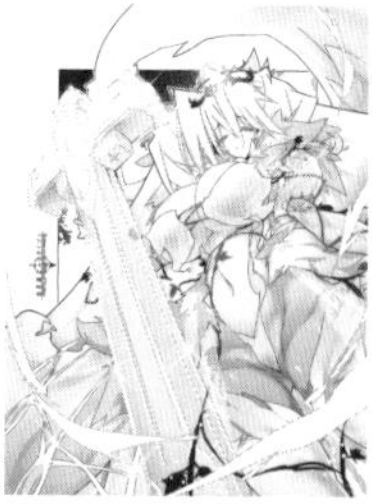

この巻の主な敵

【羽柴勢】：ここでは主に関東を支配している羽柴勢力を示す。

島・左近：身長三メートルの二十歳で中等部。ルドルフ二世の実験体の一人で、三成の麾下。機動殻のOSである鬼武丸と信頼関係を築き、ミトツダイラに匹敵する戦闘能力を示し、以後、十本槍の補佐を果たす。のんびり派。

－ここまでのまとめ part 2 －

「──さあ、羽柴勢と小競り合いをしつつ、関東奪還。そして欧州への再乗り込みを果たしました。ここから先は、本能寺の変など、武蔵側が攻勢に出る展開ですね。中盤終了。ここからが大事な時間帯です」

── 武蔵の味方となった主な登場人物 ──

「やはりここまで、各国を渡っていろいろやってきただけあって、多くの人々が味方になってくれた。羽柴勢や、それと組むM.H.R.R.旧派、P.A.Odaは強力だが、ここからはこちらが攻撃に回るターンだな」

伊達《だて》・成実《しげざね／なるみ》

伊達・政宗の従弟役。伊達家の副長で、機動殻“不転百足”を使用。余裕あり気味おねーさん風。

大久保《おおくぼ》・忠隣《ただちか》／長安《ながやす》

極東には珍しい二重襲名の代表委員長。インチキ関西弁。

人狼女王《じんろうじょおう》

テュレンヌ。六護式仏蘭西の副長。ミトツダイラのカーチャン。かなり大雑把な巨乳。

最上《もがみ》・義光《よしあき》

“羽州の狐”と呼ばれる裏切り上等大名。極寒の最上を一代でまとめあげた辣腕。

長岡《ながおか》・忠興《ただおき》

超こえええええええええええええええええええええ！　こいつチンコ真っ黒だあああああああ！

クリスティーナ

長岡夫人。死ぬ気満々。ネルトリンゲンの郊外北側に住む。

digest

digest

この時点での極東の支配領域と関係

「今の武蔵勢と羽柴勢は、極東を二分する勢力となってますの。中立的なものも含め、その勢力分布というか、状況はこうなってますわ」

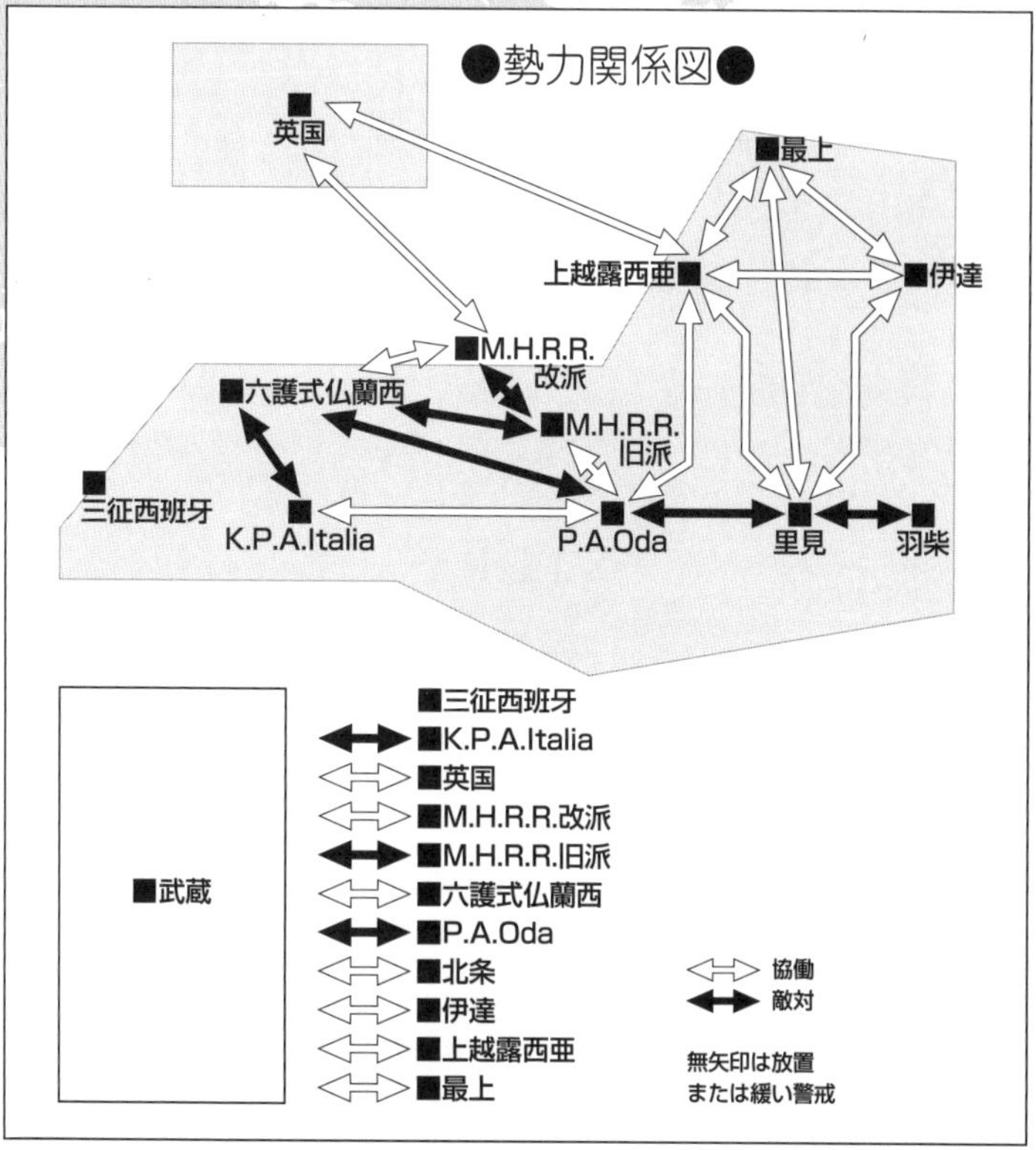

「関東解放が出来たので、後顧の憂い無く欧州で活動出来るようになったで御座るな。なお、関東側では通商路の計画などあるので、会計コンビが出張しているで御座る」

「矢印の色を見れば解りますけど、P.A.Odaが、対武蔵勢力の中心となっていますの。だからマクデブルクで会議した通り、武蔵は織田・羽柴の抑制をすることで、その中心を押さえ込むことが必須となりますのね。そう、目標としては、やはり本能寺の変ですわ」

「一方で、私の合流や、これまでの知識の蓄積から、末世を救う方法を見つけつつありますね。創世計画の正体や、元信公の過去など、探っていくのも重要であります」

−原作Ⅷ上・中・下のダイジェスト−

足場が固まり、ヴェストファーレンに向けてやることをやってきた武蔵勢が、明かされていく謎と、キーマン達に出会っていく巻です。終盤開始ですね。

STORY

夏休みになった。武蔵は戦力の鍛え直しをしつつ、欧州各国からヴェストファーレンでの支持を得るため、「本能寺の変」に介入する手を探っていた。これに介入出来れば、支持の条件である織田家の抑制を完了出来るからである。そして救出したクリスティーナによる暗号の解読も進み、三十年前、元信公が「何処にもない教導院」でメアリの父達を集め、対末世の研究をしていたことが解った。そんな夏のイベントで、本能寺の変につながるキーマン、明智・光秀と武蔵勢は知り合う。彼は元信公の生徒の一人だった。光秀が管理する京の内裏、そこは地脈に繋がる場所で、彼は「黎明の時代、運命に人格が与えられ、ここで交信をしていた」ことを明かす。内裏は崩壊し、トーリは光秀の襲名権を譲渡される。本能寺の変に介入出来るのだ。

digest

digest

結局何がどうなった？

「いろいろ**派手にやりすぎて、欧州各国からも警戒されてきた**な……」

「関東に居座り気味の**羽柴勢を交渉で関西に追い出した**よ！」

「夏休みの補習で、**最上総長や人狼女王も含めて屋根上の模擬戦**よ！」

「内裏の前の戦闘で、回収していた**大罪武装全てが揃いました**！」

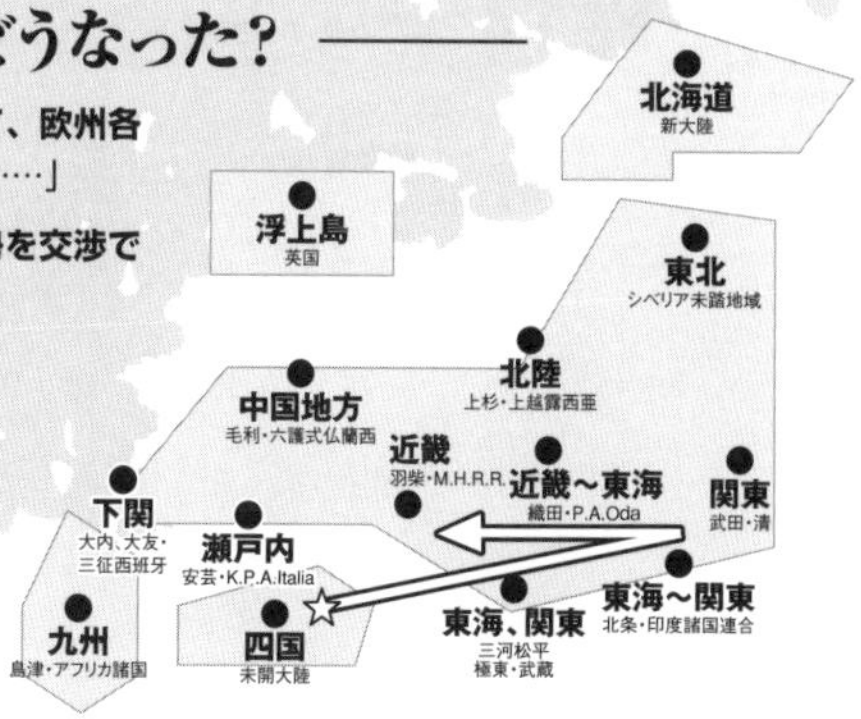

武蔵のルート

聖連の指示で四国から関東へ戻り、そこから有明のイベントを利用してまた関西へ。

この巻で味方になった主な人物・勢力

明智・光秀：本来は羽柴の味方となるP.A.Odaの重鎮だが、末世解決を目指して失敗した元信公の教導院の生徒の一人であった。いろいろな示唆や事実を示し、二境紋によって失われる。

この巻の主な敵

フアナ：内裏に乗り込む前に、傭兵として相対する三征西班牙主力を率いたのは彼女である。実は武蔵勢との接近を望んでおり、大罪武装を返却。内裏の騒動後は会議をもって武蔵勢との友好を結ぶ。

【羽柴十本槍】：夏休み中、合宿で分かれた彼女達は、年齢相応の悩みや日常を見せつつ、戦闘訓練などで実力を磨いていく。ただ肝心な身の上話などをしようとすると二境紋が出掛かり、それをすることが出来ない。武蔵勢に関係していることは確かなのだが。

―原作Ⅸ上・下のダイジェスト―

多くの事実が明かされ、展開も進み、武蔵勢に課題のようなものが突きつけられていきます。ライバルである十本槍も充実し、試練の始まる巻と言えますね。

STORY

武蔵が本能寺に向かうために準備を始めた頃、迎撃に向かうべき羽柴勢は、柴田による「賤ヶ岳の戦い」への対応を迫られていた。だがそこで、羽柴の十本槍は激戦を乗り越え、武蔵勢と相対するだけの力と経験を得ていく。一方で武蔵では、トーリとホライゾンがインサニティなドッキングを実況付きで果たしていた。続く本能寺の変にて、武蔵勢は、信長から末世について知らされる。末世とは、黎明の時代に人格を与えられた運命が、その理不尽な辛さに負けて自害を始めたことで、運命の消滅によって世界が滅びるのだと。対する創世計画とは、信長に運命を取り込み、彼女ごと運命の人格を殺し、末世を止めることであった。しかしそれでは世界から運命による繋がりが失われる。信長も運命も失わせまいとする武蔵だが、その制止は間に合わず、信長は運命のいる第二の月へと昇る。

digest

digest

結局何がどうなった？

「**羽柴の正体は、ホライゾンの子供時代を模した自動人形**でしたね」

「そして**信長の正体は、ホライゾンの生身の体を転用した自動人形**でした」

「創世計画は元信公の発案で、**自殺を望む運命の人格だけを殺して、末世を止める**ものね」

「だけどそれだと、運命が結んでいた**何もかもの関係が失われる**から、世界は言葉も記憶も失っちまうんだな」

「**最悪の方法だけど、世界は存続出来る**……。それが**創世計画**ですのね」

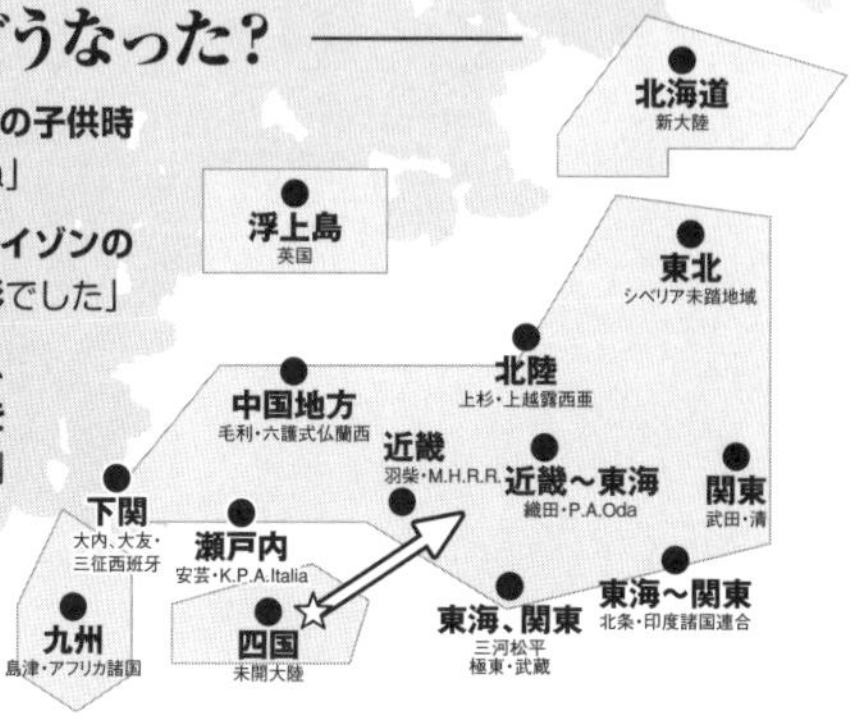

武蔵のルート

本能寺の変を控え、四国に待機し、そこから京都に。

この巻で味方になった主な人物・勢力

特に無し。

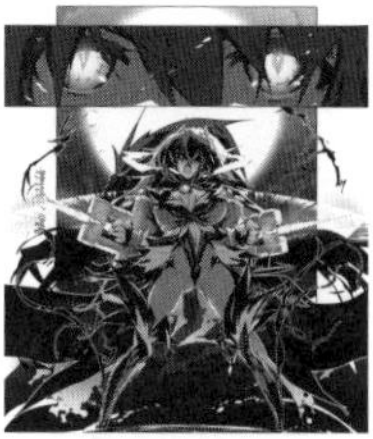

この巻の主な敵

羽柴・藤吉郎：本能寺に援護に向かう羽柴は、ホライゾンの幼い姿をモデルとしていた。その正体は信長の外出用義体で、信長の死後は放棄されたボディを三成が扱うこととなる。

織田・信長：ホライゾンの生身に、自動人形の人工知能と創世計画のシステムを乗せた存在。ホライゾンの昔の記憶を持っているが、魂が無いので切れ味が弱い。彼女が運命を取り込み、死ぬことで運命の人格を殺す。本能寺の変によって創世計画がスタートし、運命のいる第二の月に彼女は昇った。

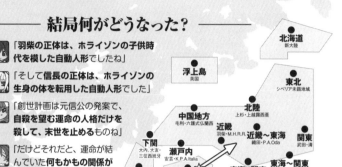

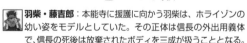

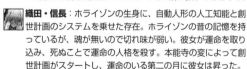

【運命】：この世界の運命であり、人格を与えられている。自殺を望むその人格を殺すことで、末世を止めるのが創世計画だが、それを行うと運命によって作られた“関係”が全て消えるため、世界は記憶や知識を失い、人々は獣同然になるとされている。

─原作X上・中・下のダイジェスト─

ライバル達は自分達の子供で、未来の滅びを知る彼女達からの駄目出しや武蔵の撃沈、トーリ君の死と、いろいろあります。そしてそこからの再起と反撃、和解が目覚ましい巻ですね。

STORY

トーリが光秀の襲名であるため、山崎の合戦が始まった。末世解決を望む武蔵勢に、対決する十本槍から否定がぶつけられる。彼女達は皆、武蔵勢が末世解決に失敗した未来からやってきたトーリ達の子供で、滅びた世界を見てきたのだ。その言葉と十本槍の力に抵抗出来ず、武蔵勢は敗北。武蔵も羽柴の新旗艦である大和に撃沈されてしまう。

そして四国に撤退した武蔵勢は、トーリが遂に哀しみを得て、しかしそれをホライゾンに認められて死亡。仕込みにより、浅間とミトツダイラが彼を神界から一五〇一回のドッキングで連れ戻し、復帰。元信公達の過去を知った上で、ホライゾンが一丁召喚した新武蔵を用い、子供達である十本槍と相対。遂にそれを破り、未来から来た子供達との合流を果たす。

digest

digest

結局何がどうなった？

「哀しいのは嫌と言っていたホライゾンが**哀しめるのは幸いなこと**と我が王に言い、死を認めましたわね」

「愚弟が生き返ったあと、**新大陸にある元信公の教導院に行き、三十年前の運命とのすれ違いを知った**のよね」

「十本槍との決戦は**新武蔵と大和で地球一周！　親子であることを認め、和解**し、多くを失う**創世計画を保留**とさせました」

「運命は第二の月にいるので、では**武蔵勢は、これから羽柴勢と組み、ヴェストファーレンの後、第二の月に向かう**という訳ですね」

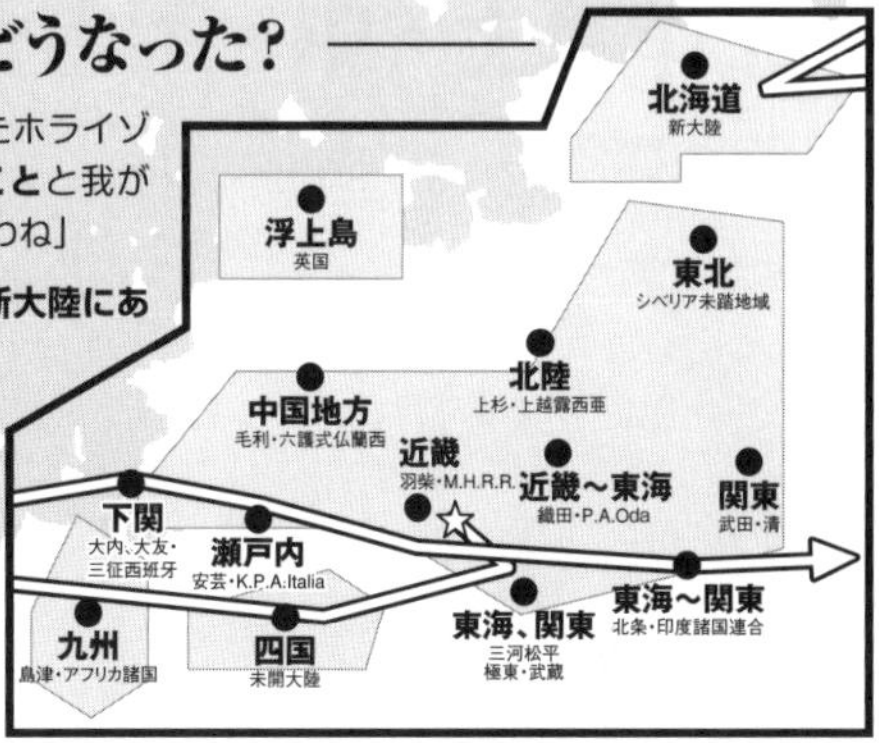

武蔵のルート

「伊賀越え」の再現に本能寺から三河へ。そこから大阪湾へと戻り地球を一周。

この巻で味方になった主な人物・勢力

【羽柴勢＋十本槍】

糟屋・武則、平野・長泰：トーリ達の子供や家族であったことが発覚。彼女達は、かつての未来で自分達の親と死に別れたが、そうならないためにも、“今”の親達を止めようとしていた。決戦において、自分達の親の真意を悟り、恭順。以後はベタ甘えのある子供達として、武蔵勢に加わる。

この巻の主な敵

【各国】：武蔵勢と羽柴勢が合流したことで、多くの国が武蔵の強大化を悟り、警戒を深めた。これは後のヴェストファーレン会議でのネックとなる。

—原作XI上・中・下のダイジェスト—

いろいろありますけど、羽柴勢の合流と、各国と行った無血の関ヶ原の合戦を経て、遂にヴェストファーレン会議です。そこで次の時代の新秩序を示し、全ての国が集結の上、運命の自殺を止めるために月へ。三河からの決着から未来に繋ぐ回ですね。

STORY

武蔵勢の子供らを多く含む羽柴勢の合流は友好的に進み、それぞれは関ヶ原の合戦に向かった。本来ならば主に羽柴勢が東西分裂するが、正純は毛利・輝元の意図を読み、それを無血で終了する。そして続くヴェストファーレン会議。そこで武蔵勢は各国に末世以後の未来を提示し、新秩序を提言する。

抵抗派となる教皇総長との相対にて、正純は彼と自分達の境界線を示唆。それを理解した教皇総長は遂に武蔵を認め、全ての国が末世解決へと集合することとなった。

運命の自殺を止める為に、月へと道をつけ、武蔵は大和と共に他国の艦隊を連れて発進。運命側は、人類の“幸運”バージョンを出して抵抗したが、最終的に“好きに変化していく己”を信じて自らを解放。そして第二の月は砕け、笑うホライゾンは、泣けるトーリと踊る。皆も踊る。世界は続くのだ。

digest

digest

結局何がどうなった？

「何か続きますね」

「何か身も蓋もない言い方ですけど、私の諸国行脚の歴史再現も含み、いろいろやることありますのよ？」

「ともあれ**運命の自殺も止めた**し、世界は忙しくなるぜコレから！」

「**第二の月が砕けて、月が一個になりました**。よく見ると空にリングありますね」

「フフ、何はともあれ**私が最高！**　そんなところを見せつけた決戦だったわ」

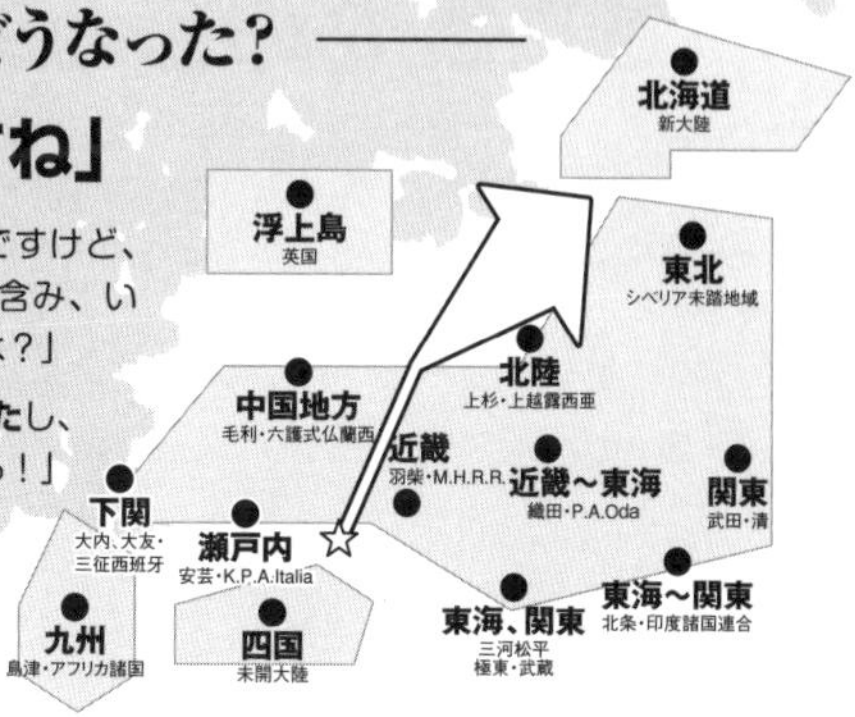

武蔵のルート

うどん王国沿岸からヴェストファーレンへ。その後、月へと向かう。

この巻で味方になった主な人物・勢力

【島津】：忘れてはいけない草の獣達。他者の疲労による熱量を食っているため、究極の強制癒やし系でもある。関ヶ原で活躍してから、諸処で出てきてナイスアシスト。

オリンピア、マティアス：M.H.R.R.旧派の代表だが、ヴェストファーレン会議を司会して、自分達が受ける負債を他国や武蔵に押しつけようとしていた。しかし竹中達の仕込みによって破れ、以後は自分達の役目を果たしていくようになる。

教皇総長：三河で、武蔵に対してスタートラインを与えた人物だが、とにかく煽り耐性ゼロなもので意外と始めから仲良かった錯覚を得る。ヴェストファーレン会議で武蔵が掲げる未来の必要性に対し、過去の必要性を自分達が任ずることで決着。正純と自撮りして各国に先駆けマブダチ宣言した。

この巻の主な敵

【運命】：信長を模した姿で現れ、ちょっと天然気味にいろいろ惑わしてくる。自殺を完遂しようとしたが、最終的に大罪武装によるアップデートを受け付け、人類と共に、変化しながら歩んでいくことを望んだ。

【瓦解《がかい》の総勢】：現世のあらゆるものの「幸運であった」バージョン。運命が生成するもので、実質上は無限リスポーン出来るため、如何に耐え、突破するかが勝負となった。人類以外に天竜、武神なども生成され、武蔵や大和も出てきている。

―ここまでのまとめ part 3 ―

「――というわけで末世は解決しました。この“末世が始まってから解決するまで”を、“末世事変” と呼ぶことになっています。つまり決着した１６４８年末で、以前と以後が分かれるんですね。では、ここまででどんな変化があったか見てみましょう」

―― 武蔵の味方となった主な登場人物 ――

「一番大きいのは羽柴勢が合流したことですわね。多くは未来から来た私達の子供で、名前も元のものに戻していますの」

福島《ふくしま》・正則《まさのり》

羽柴麾下。十本槍のナンバー１。御座ります語尾を使用する。二代と正純の子供。だが、正純が母であるというのは、正純しか知らない。筈。

ジェイミー（加藤《かとう》・清正《きよまさ》）

羽柴麾下。十本槍のナンバー２。金髪巨乳系で丁寧口調。点蔵とメアリの子供で、しかし過去のいきさつから点蔵には塩対応。

石田《いしだ》・三成《みつなり》

真面目だけど経験足りなくて困り気味の情報体。十本槍のナンバー３。羽柴のボディを拝借中。

加藤《かとう》・嘉明《よしあき》

十本槍のナンバー４。金髪金翼の白魔術師。鋭い口調で物を言う一方で、意外に全体のまとめ役。ナイトとナルゼの子供。

脇坂《わきさか》・安治《アンジー》

十本槍のナンバー５。黒髪黒翼の黒魔術師。お気楽系だが、本当にお気楽系。ナイトとナルゼの子供。

浅間《あさま》・豊《ゆたか》（平野《ひらの》・長泰《ながやす》）

十本槍のナンバー６。織田家の主社である剣神社の代表。巨乳。頼りない人間好き。トーリと浅間の子供で、両親や本舗組推し。

digest

夕《ゆう》（蜂須賀《はちすか》・小六《ころく》）

ショーロク。武神乗りで日溜玄武の搭乗者。十本槍のナンバー7でクール子供。直政の妹である。

ネイメア・ミトツダイラ（糟屋《かすや》・武則《たけのり》）

十本槍のナンバー8。黒狼。滝川を倒したりの近接戦闘系。胸はありますの。トーリとミトツダイラの子。

竹中《たけなか》・半兵衛《はんべえ》

十本槍のナンバー9。羽柴の軍師。長寿族のお気楽お姉さん。黒田・官兵衛も二重襲名。

向井《むかい》・生緒《いくお》（片桐《かたぎり》・且元《かつもと》）

十本槍のナンバー 10。真面目少年で交渉役などもこなす。トーリと鈴の子。

可児《かに》・才蔵《さいぞう》

名字読めない率超高め。元気者の十本槍補佐。福島の後輩にあたる。通称“カニ玉”。

島《しま》・左近《さこん》

身長3メートルのダブリで再生能力者ですよう。でもアイタタ系。機動殻“鬼武丸”を用いる。小姫。

大谷《おおたに》・吉継《よしつぐ》

真面目で熱血で誠実で嘘がつけなくて正義感の強いウィルス。猫に好まれる。

新秩序って何？

「ヴェストファーレン会議で決定したことだな。
　外界への開拓や、三十年戦争によって変わっていく各国の動静に対応するには、これまでのようなやり方では間に合わない。だから、国際会議に相当する国際相談組織を作ることや、武蔵の自由度を上げて緊急や大規模輸送の道をつけることなど、そう言った施策だ。
　当然、それらをするためには極東の権利回復なども含んでいるから、三河からこれまで私達のしてきたことがヴェストファーレンでは許られることになった訳だ」

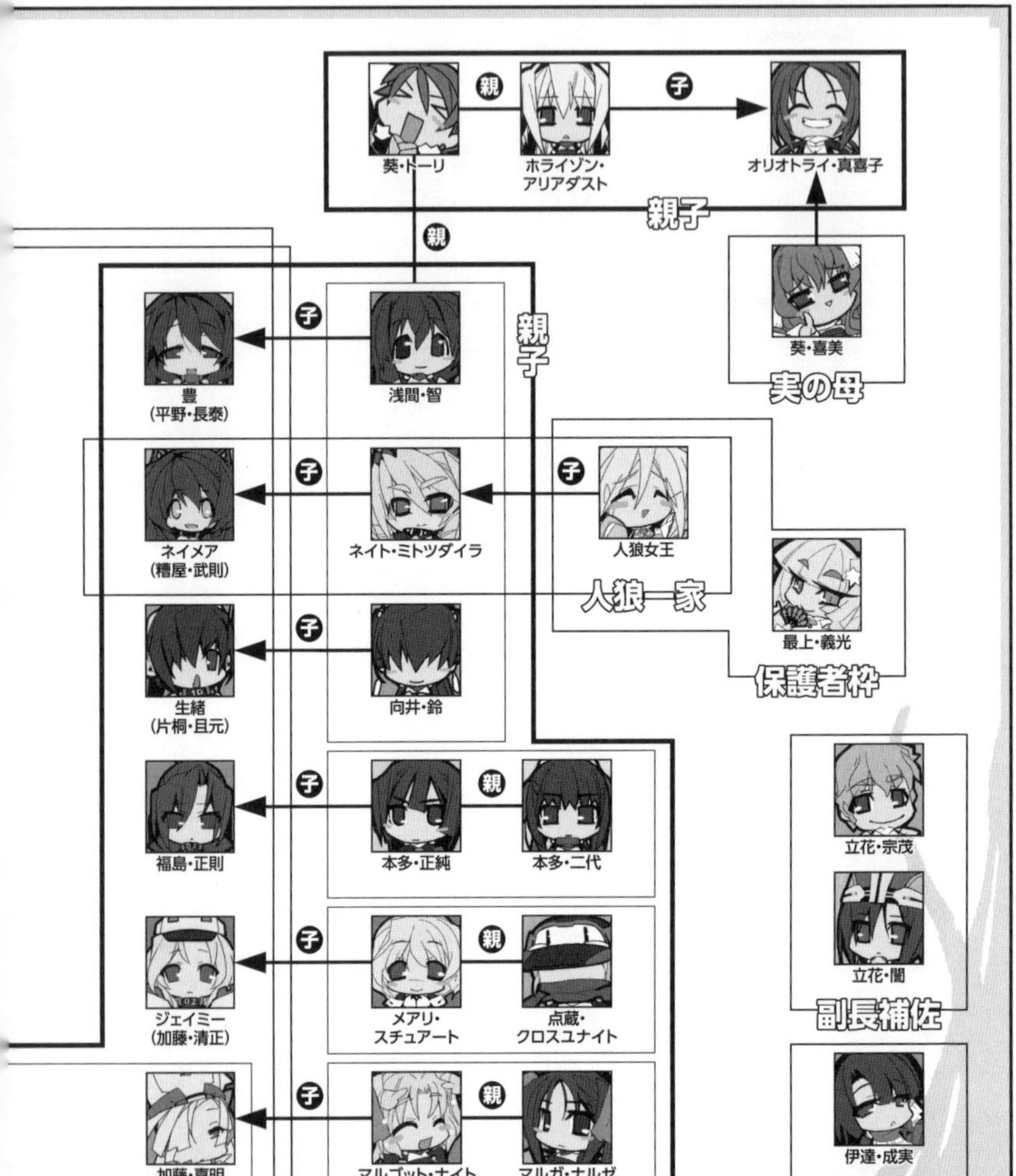

—最終的な人物相関図—

character

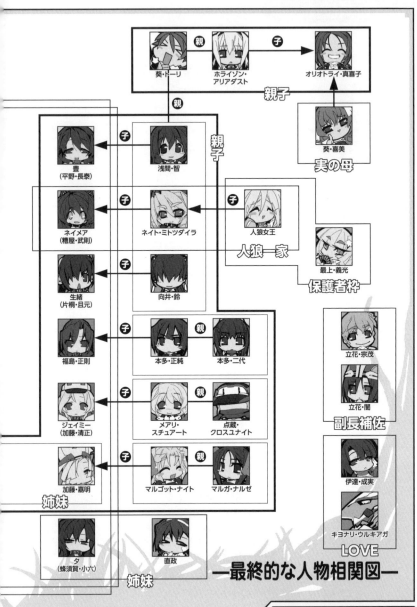

character

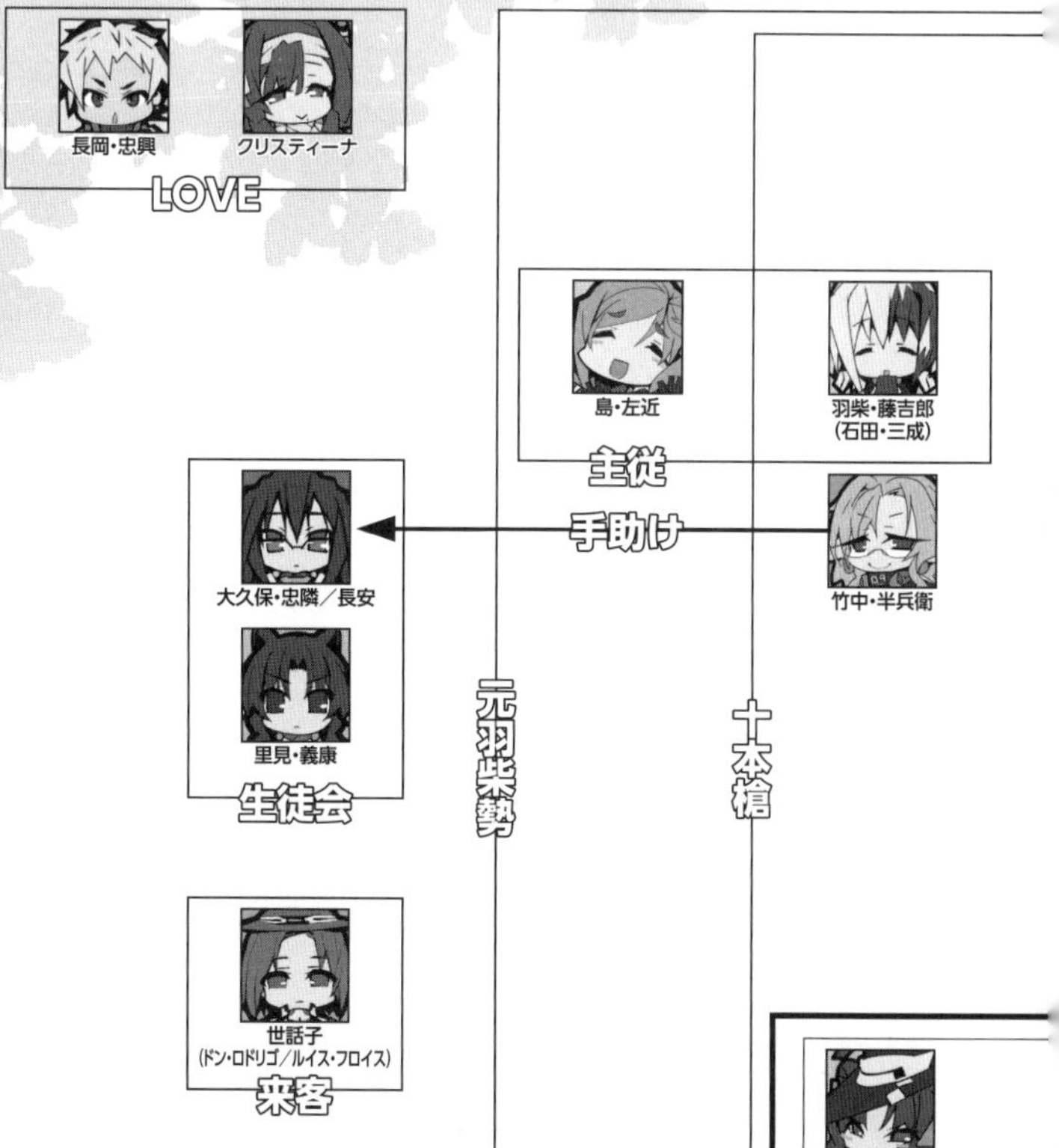

「さて、最終的に人物相関図はこんな感じ……、というか、流石に網羅出来ないので、トーリ君中心でまとめてみました。初めに比べて随分と変わりましたね……!」

「フフ、しかし愚弟の毛、頑張るわねえ」

「喜美はそういうことを言わない……!」

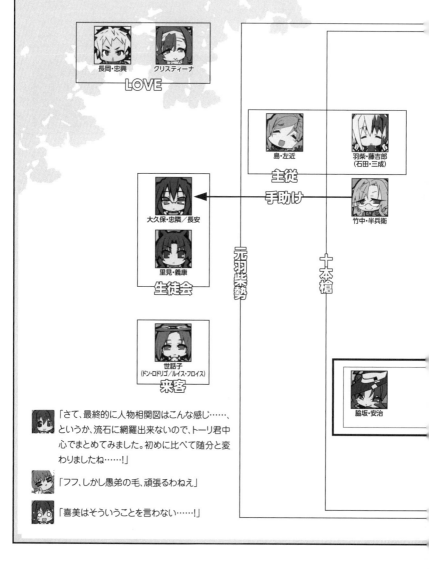

—最終的な世界各国のありかた—

「ヴェストファーレンできまった各国の今後の動き。それを簡単にまとめてみました。これからの世界を考えてみると、面白いかもしれませんね」

三征西班牙（トレス・エスパニア）

Tres Espana

：残存したアルマダ艦隊を編成して東回りで外界の新大陸開拓を目指す。

：三十年戦争第二ラウンドとして、西仏戦争があるのでなかなか大変。

：独立した阿蘭陀との付き合いも保たれているし、実は結構勝ち組？

：武蔵との付き合いはいろいろあるが、どっちかって言うとライバル的な存在？

六護式仏蘭西（エグザゴン・フランセーズ）

Hexagone Francaise

：西回りでの外界開拓を目指していく。

：毛利は衰退するが、六護式仏蘭西自体はここからが上り調子。

：人狼女王が旦那と一緒にほぼ常駐で武蔵にいるので、武蔵との付き合いは濃い。

：毛利の長である輝元と正純がツーカーなので、他国に比べてかなりアドバンテージ。

M.H.R.R.（神聖ローマ帝国）

M.H.R.R.

【改派】

：外界開拓もだが、まずは国内整理。

：しかし開拓事業など、情報処理の要として必要となる印刷技術を押さえているので、他国とのコネクションが充実。

：改派の保護、自由が認められたため、現状では最も勝ち組。ここから将来に繋げたい。


【旧派】

：外界開拓もだが、まずは国内整理。ルドルフ二世の政治に期待。

：羽柴勢が抜けたので、戦力が激減。但し改派の行き来や自由など認めたため、今後次第。

：羽柴との付き合い、コネクションがある内に、外界開拓など次の手が打てるかどうか。

P.A.Oda（ピーエー・オーディーエー）

.M .O .P

：スレイマン復帰、織田家の重臣が再集結と、人員は豊富。

：外界開拓のタイミング待ち。中東は有利な場所なので、まずは欧州勢の動きを見る。

：極東上でも、極東の中心を押さえているため、いろいろと有利である。

：ただ、既に領土が大規模ではあるため、他国の動静次第になるのがちょっとハンデ。

word

英国（イングランド）

：アルマダ海戦を終えたし、ここからは英国のターン！

：外界開拓をどうするべきか。浮上島である英国をどう使うかが悩みどころ。

：また、次期王であるメアリの子供をいつ、どのタイミングで迎えるべきか。

：動くことが出来る国でありつつ、他国からの干渉を避ける手筈をまず整えたい。

K.P.A.Italia（ケーピーエー・イタリア）

：外界開拓？　武蔵が何か手伝う気があるのだろう？　なあ、おい！

：聖連、そして旧派の代表国として、その地位を保っていく必要性が高くなった。

：外界では旧派術式の需要が高いのは確かなので、現地での立場を高く保ちたい。

：しかし極東側では戦争で疲弊したので、どうすべきかが悩みどころ。

上越露西亜（スヴィエート・ルーシ）

：外界開拓は極寒地域なので、後でもいいが、そうすると皆困るよね！

：魔神属が多く、種族的に優位であるため、外界開拓は他国よりも楽。

：どちらかというと、近隣諸国を助けるべきかを思案中。

：また、極東上の通商路など、関与していきたい。

極東各国（きょくとうかっこく）

：最上、伊達などは、極東の東側通商路や商業都市などの建築を行う。

：里見は外界開拓支援のため、太平洋側に港湾施設など構築。

：関東側の各国は外界開拓の東回りと、極東の東西を繋げる通商を、大きなチャンスだと考えている。


「——さてまあ、ここまでが“末世事変”というか“末世編”の全容ね。ここから先は、それ以後の私達。さあ、武蔵は一体どうなったのかしら？」

「そんな訳で
ハジマリハジマリィ————！！」

武蔵はどうなった？
NEXT BOX

――さあ、あれから
「――それはここから先のお楽しみ、
ってヤツですねえ」
「ではNEXT BOX 序章編、スタートです!」

「――でもまあ、どうなった、とか言われても、毎度毎度、〝**どうかしてる**〟わよねえ、うちの連中」

「えーと、何となく含みは解りますけど、とりあえず水を差さない！」

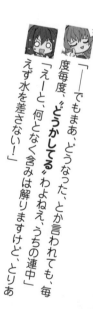

序章

『境界線前の集合者達』

迷っても
穿たれても
心の羅針盤が示す行き先
配点（主人公達）

●

三河《みかわ》の専用陸港、そこに着港した武蔵《むさし》八艦の内、中央前艦となる武蔵野《むさしの》がある。
長大な艦体の艦首側、主甲板の上で、一人の自動人形がこう告げた。

「では武蔵が保持する記録空間の攻略。――開始を御願《おねが》いいたします。――以上」

「どういうことよ？」

「また何か武蔵がおかしくなったのでは？」

「三河から末世《まっせ》解決までの記録が実体化（？）して武蔵を浸食してるので、各艦を解放しなきゃいけないんですよ！」

「いきなり説明台詞《ぜりふ》ですけど、とりあえず状況は進んでますのよ？」

○

午後の傾いた日の下、無数の地響きと声が聞こえる。
戦闘だ。

「行くぞ……！　極東の意地を見せる時だ！」

「来い……！　三征西班牙《トレス・エスパニア》及び聖連の正義を見せよう！」
整地された大きな広場の中だった。崩れかけた方陣と新規の方陣が二つ連携し、広場を通過しようとする楔形《くさびがた》の陣形を押し潰していく。
防御側の方陣こそが分厚く、地響きは圧倒的だ。楔形の陣形は一気に横から押され、前進しながらも広場の端に追い詰められていく。

「堪えて！　広場を抜ければ一直線なのよ！」
飛び道具はもはや使われない。武装がぶつかり、術式による防護障壁が砕かれ、

「ここまでだ……！　一気に勝負を付けるぞ！」
おお、と声が生まれ、急速に圧迫が進む。そんな風に押しやられ、詰められる楔形の陣形の

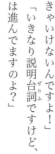

中、追い詰まって木に登った馬鹿が、叫びを上げた。

「ウヒョー！　皆見てるう――!?」

「気が抜ける物言いはやめるで御座るよ――!?」

　構わず、馬鹿が声を上げた。

「うおお――！　今！　まさしく！　俺様超総ウケ――!!」

「防御の気が散るから黙ってろお――!!」

　だが、皆の叫びに、馬鹿は表情を変えもせず、言葉を続けた。腕を左右に振り下ろし、

「お――たすーけぇプリ――ズ！　おんまわりさあ――ん!!」

　叫びが空に抜けた。だが当然救いはなく、対する混成戦士団が全員で声を揃《そろ》え、

「来るか馬鹿！　――この状況で、どこから来ると言うのだ!!」

　しかし、誰もが音を聞いた。それは、耳には軽い、何かが破裂したような響き。

　空を鳴らす音色は、二つだった。

「――!?」

　東の山の向こうから響いた音だ。その響きの正体は、

「航空機動の、加速器の響き……!?」

　確かに聞こえた。だが、

「――いくら武蔵の武神射出でも、こちらの山を越えては飛ばせまい！」

　言葉の直後に、それが来た。

　超重量物が、広場の地面を捲《めく》りながら滑走状態で着地したのだ。新たに追加される地響きと、風を撒《ま》いた形の正体は、

「地摺朱雀《じずりすざく》!?」

　点蔵《てんぞう》は、違和を感じていた。今、広場に飛び

込んで来た重武神《ぶしん》は、地摺朱雀だ。だが、

「背部に飛翔器《ひしょう》……？」

朱雀は地上戦専用ではなかったか。ここに飛び込んでくるのも、自力での航行ではなく、デリッククレーンを使用した投擲《とうてき》によるものかと思ったが、

……これは――。

何か予定が狂ったか、と思った時だった。不意に自分の顔横に表示枠《サインフレーム》が来た。
画面内に、金髪巨乳が映っている。

「……ファッ!?」

えっ、誰この巨乳で金髪で美人！　ちょっと通神《つうしん》ミスじゃないで御座るゥ？　と上ずって思っていると、

『点蔵様！』

……〝様〟づけキタアアア――!!

えっ、何一体。今、何が起きてるで御座る？　自分、全然解《わか》らないで御座るよ？　だが、

『点蔵様、今、とにかく大事な時間帯です。いろいろ疑問に思うところはあると思いますが、御自分の責務を果たし、総長をホライゾン様の処《ところ》へと届けて下さい。宜《よろ》しく御願いいたします』

言われた内容に、浮かれていた心が落ち着いた。この御仁と脈は無いで御座ろうなあ、でも、この戦後に何処《どこ》かで逢《あ》えたらなあ、と思い、しかし、

『Jud《ジャッジ》.』

そういう思考をやめた。今、彼女が言っているのはまっとうなことだ。そして確かに、朱雀や、その既にこの西側広間で戦闘を開始しているミトツダイラには、違和がある。

「……第五特務、すごく素早く動きますよねー」

アデーレ殿が棒読みなのは何か理由があるのだろうか。

ただ、皆に対して、妙な違和がある。

そうだ。何か、これまでの彼女達《かのじょたち》とは違うような。そんな〝隠された能力・装備〟などが、しかし皆にはあったのだろうか。あったとしたらネシンバラが捨て置くまい、と思う。だが、

『よう御座る。——あの馬鹿を、とりあえずホライゾン殿のところへと届けるで御座るよ。他、気になることなど、あったとしても、恐らくはこちらの有利になること。そんな気がするので——』
言う。自分の仕事に集中するため、彼女からの通神を切るようにして、

『——礼を言うで御座る』

●

ほ、とメアリが息をつくのを、浅間《あさま》は見ていた。


武蔵野艦首甲板上だ。

上空。ナイトとナルゼが黒嬢《シュヴァルツフローレン》と白嬢《ヴァイスフローレン》の三型で飛翔していくのが見える。その、通過後に発生する風音を聞きながら、己は南の空を見た。

西日になっていく午後の日差しの下。

ここは三河。自分達《じぶんたち》の始まりの場だが、今、そこで行われているのは、

「——過去の記録の再生というかやり直しというか。何やってるんでしょうねえ」

「いやホントにそうなんですけどね!?」
一体どうしてこうなったのか。それはもう、理由はあるのだ。

●

話は、一週間ほど前の朝に戻る。

study

●作中名所？　屋外でよく舞台になる場所●

「青雷亭や本舗、浅間神社に鈴の湯などはよく行きますが、屋外限定として考えた場合、どのあたりが名所になりますかねえ」

「一番多いのは、教導院前の橋の上だろうな。そこはもう、別格として今回は今いる場所なども含めて紹介しよう」

武蔵野艦首甲板

「武蔵野は中央前艦であり、全艦の統合艦橋ともなる武蔵野橋状艦橋がある艦です。この艦の艦首甲板からは、各艦を見渡せるだけではなく、前方視界も広く、相対する存在を確認することも出来ます。――以上」

「武蔵全艦として見た場合、左右前艦の浅草と品川の方がやや前に出ているんです。でも、高さと、位置関係のバランスから見たら、やっぱり武蔵野艦首甲板の展望が一番いい、という感じですね」

「私達左右一番艦、浅草や品川は、役目としては武蔵という艦を守る防人役でもあります。なので武蔵野よりも前に出るのですね。――以上」

「なお、ここはたびたび外交会議に用いられたり、または迎撃の場所として用いられますね」

「成程、確かに三河争乱の際、栄光丸と砲撃合戦したのはここでした。このような場所、他には何処か、ありますか？」

「武蔵全体で言うならば、武蔵野艦橋上もよく出る舞台です。見晴らしで言うならば、ここ以上の場所はありませんので。但し――」

「但し？」

「ここは、来るのが少々難しい場所です。なので、大体は武蔵野艦橋内から上がって来る私が使うくらいでしょうか。そのため、皆様が登場する舞台、とは言いがたいと判断出来ます。――以上」

「強いて言うなら、ナイちゃんなんかが、飛んで来てここを狙撃ポイントや索敵に使用するかなあ」

武蔵野艦橋上

「地味に舞台として登場回数が多いのが、左右二番艦の多摩、村山と、左右三番艦の高尾、青梅のウイングデッキですね。――以上」

「フフ、外交でも使うし、何よりも外でいろいろやって降りてくるとしたら大体ここか、奥多摩の艦首甲板よね。屋外焼き肉場もこのデッキの外舷側だし、思ったより見てる場所だわ」

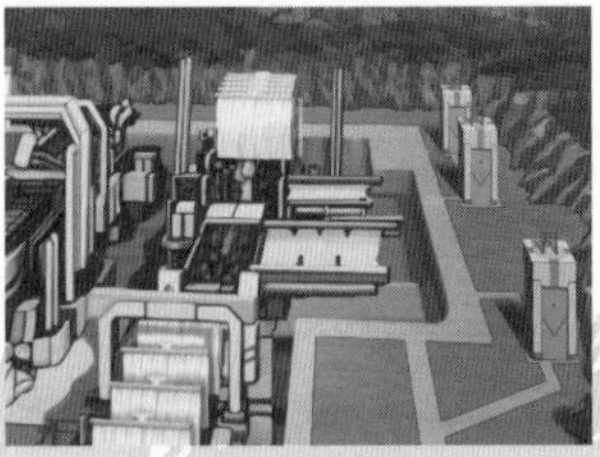

ウイングデッキ

「外から見るとかなり印象的なのよね。コレが無いと武蔵が航空艦かどうか解らなくなるんじゃないかしら」

「要らん雑学だけど、ウイングデッキの大きさとしては三番艦よりも二番艦の方が上さね。これは三番艦が貿易を対象としているのに対し、二番艦は外交用なので、各国の外交艦が常駐していることに由来するんさね。
　ついでに言うと、貿易力として見た場合、三番艦のウイングデッキはその舷側を臨時の発着場とするから、実は三番艦の方が時間あたりの総着艦数が多いことになるんさ」

「同じく一番艦は輸送艦なのですが、ウイングデッキを持っていません。これは三番艦のウイングデッキのように外舷を港代わりに使っているからですね。――以上」

study

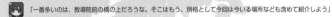

第一章

『変革場所の当事者』

過去は不変
未来は未知
現在は可変
過去の話です
配点（ええと、いつの過去だ？）

●

それは、武蔵が〝変わった〟日のことだ。

春先。

極東の上。未明の薄暗い空を行く武蔵の上。更にそれを見渡す武蔵野の艦橋上で、一つの影が動いた。

「――」
手元に出す表示枠にあるのは『武蔵総艦長：自動人形：〝武蔵〟』という名前と、そこからの権限で各所に出す指示の群だ。
彼女、〝武蔵〟は、武蔵全艦に視線を回し、呟《つぶや》いた。今、目覚めつつある未明の都市艦を見据えて、口を開き、

「――三河争乱から始まり、各国を経てヴェストファーレンで集い、そして二つの月の片方を破壊して終わった**〝末世事変〟**。
あれから世界は整調化していくかと思いましたが、そうも行かないようで。結局はまた、世界に関わりつつ、再び皆様の力を借りることになりそうですね。――以上」
自動人形。手元に新しく出す表示枠には、文字がある。

「〝情報体化〟執行。――作業を完遂しなさい。――以上」

●

それは、見た目や、感覚的には小さな変化だった。

「何かイベントが始まりましたかねえ」
誰も応える者はない。隣で寝てる馬鹿も現状1―4で、昨夜は遊びすぎた。ともあれ、

「ま、明日、朝にでも解りますか」
寝直しだ。

●

都市艦の朝は早い。まずは先夜から続いてい

た配送業の成果として、各地の倉庫や市場が艦ごとに卸し売り市場を展開する。
それがまた小さな単位の市場や店に持ち込まれ、各艦の朝の準備が始まるのだ。

「はいはいはい、魔女《テクノヘクセン》の配送〝黒金屋《アイゼン》〟、——香辛料セットで持ってきたわよ」

各家庭の朝は、それより少し遅くなる。それぞれの家が朝食を作るよりも、街で働く人々のために軽食屋が店を開ける方が早いのだ。ゆえに未明の早起きは外食。朝日が出てからは家庭の朝食と、そんな流れが生まれる。

「では点蔵様、昼の用意も持ちましたし、教導院に行きましょうか」

そして出勤や登校。そういったいつものルーチンワークを経て、渋滞が起きる艦間の太縄通路などは毎度の混み具合を見せる。そんな中、

「——何？　今日ちょっと、変に混雑多くない？」

「飛んでいくか？　面倒だから」

と言ったトラブルや疑問もあったが、概《おおむ》ね八時には解消。
朝八時半には、武蔵八艦の内、中央後艦の奥多摩艦尾にて、鐘が鳴った。
教導院が授業を始める。
この時間は、武蔵の各企業組合なども始業とする頃合いだ。
つまり武蔵全体が動き出す。そのための時報が、艦上と艦内全域に響き渡った。

●

始業の時報を得てからしばらくの後。
八艦からなる武蔵の中央前艦・武蔵野、表層部の町にて、賑《にぎ》やかな声が聞こえる。
艦尾側にある小等部の校舎から、応答の声が響いているのだ。
一階。低学年の教室には、臨時の講師がいる。
彼女は、

浅間《あさま》・豊《ゆたか》

呼名：アサマホ
役職など：浅間神社代表　全方位巫女《みこ》
・未来から来た浅間とトーリの娘。元羽柴《はしば》勢で武蔵と敵対していたが、合流後は浅間神社代表として活動中。元の襲名は平野《ひらの》・長泰《ながやす》。目下の推しは両親と本舗組。推しがイチャついたりするとかなり盛り上がって変になるが通常運行。浅間が増えた。浅間をトーリで表現、などと言われる。戦闘では剣を用いることが多いが、それを発射する剣状矢システムなども使う。

「――さて、武蔵は今、そういうことで極東を回って、各国への挨拶や諸問題の解決に当たっています。皆さんの御家族も関わった人が多いと思うんですけど、末世が解決されてから、各国、やることが一気に増えてトラブル続出しているんですね」

「先生――」

「んー？　何かな？　うちの父さんや母さんや、ホ母様のことなら何だって答えられちゃいますよ？」

「……今、先生の、何か変なの出た」

「…………」

「………………………」

「……**変？**」

　どういうことだろう。
　自分は正常な方だと思う。父や母達《たち》、つまり推しの観察をしているときにギアが上がる時があるが、基本は正常。セーフ。そのつもり。だが、

「変って、どんな感じでしたか……？」

　聞いてみる、すると子供達が頷《うなず》き応じた。

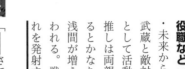

「先生の、何か、詳しいこと……？」

「詳しい……、こと？」

即座に思った。その思いを、自分は授業で使っていた書道のセットで二文字にして書いた。

発禁

達筆。そう思う。しかし、

「いやいやいやいや、先生、流出はしてないですよ？　たまに鼻から血とか、メンタルから何か嬉《うれ》しい汁が流出するときありますけど」

「先生、正純《まさずみ》先生みたいに壊れてる？」

「…………」

「正純先生、どんな感じで壊れてます？」

「うん。何かいきなり〝アー！〟とか〝くっそー！〟とか思い出しシャウトする」

●

その頃、講師のバイトではなく、副会長として業務中の正純は、シャウトしていた。

「アー！　クッソ！　あの馬鹿に津軽《つがる》の冬景色が綺麗《きれい》だって言われて武蔵動かしたら、重奏領域で思い切りシビルの極寒地だったの思い出した！」

「武蔵を私的運用すんなや……！」

「あ、副会長、あと何か〝武蔵〟から呼び出しが来てるので、テキトーなところで出て行って下さい。武蔵野艦首甲板です。残り、とっておきますので」

「オイイイ！　そこは気を利《き》かせて〝やっておく〟もんだろう!?」

豊としては、両親の所属する三年生〝先輩組〟が意味不明なことをしているのは、ある意味、有《あ》り難《がた》いことだった。

……推しが何かやらかしているとか、最高ですよね……。

ぶっちゃけ、父達が毎度何をやらかすか、期待しているところもある。だが、

「豊！　ちょっと呼集が掛かってますの！　連絡来てません？」

ネイメア・ミトツダイラ

呼名：ネイ子　タケ子
役職など：近接格闘士《クリティカルフォーサー》（狼）

・未来から来たミトツダイラとトーリの娘。元羽柴勢で武蔵と敵対していたが、合流後は狼《おおかみ》一家の一員としてキャンキャン忙しい。元の襲名は糟屋《かすや》・武則《たけのり》。人狼女王家系《レーネ・デ・ガルウ》だけあって、女王としての資格充分。目下、異母姉妹である豊の暴走をフォローしたりツッコんだりで忙しい。戦闘では銀釘《アルジョント・クルウ》と呼ばれる杭《く》打《う》ち可能な打撃武装を用いる。

「…………」

「……あれ？」

「どうしましたの？」

「いえ、今、ネイメアの後ろに、流出が」

「流出……!?」

ええ、そうです。と、自分は授業で使っていた書道のセットで二文字を書いた。

発禁

「え!?　まさかそういうことですの!?　私が広い浴場で思い切り水プルプル払ったり、お肉食べまくって口元ソースつけたまま寝てしまうとか、そういう画像が！」

「うわあ、ネイメアと私の想像性の違いに、今少し驚きましたよ私」

「豊――!?」

ともあれ、と己は相方の両肩に手を置く。

「どういうことなんです？」

「ええ、何か〝武蔵〟から、ちょっと重大な発表があるというので、主力の面々はちょっと武蔵野の艦首甲板に集合ということですの」

こっちは授業中だったので緊急通神以外は切っていた。だが、そこに飛び込んでこなかったということは重大発表であっても緊急案件ではないのだろう。

ただ、それでも相方はこっちに呼びに来てくれた訳だ。

「有り難う御座いますネイメア。私のこと、心配でした？」

「ええ、お父様達のことで一人で盛り上がってメンタル汁出して倒れたら、小等部の子供達の教育に悪いですし、どうしますの、って」

「安定の私ですね……！」

何か納得した。しかしその一方で、〝武蔵〟の呼集も気になるところだ。

「……何かやらかしたのがバレたり、ひっかかったりしましたかね……」

「一体いつも何してますの？」

まあいろいろです、と応じてとりあえず武蔵野艦首甲板までの移動時間を確認。

「ちょっと遅れるかもしれませんが、授業、最後までやってから行きましょうか」

●

「――でまあ、武蔵野艦首甲板に集合って、どういうことよ？」
トーリは、ホライゾンと武蔵野艦首甲板に来ていた。
〝武蔵〟からの緊急呼集ということで、代表者とか主力が来いとなれば、

「このホライゾン、参加せねばなりませんな。あ、トーリ様は何故《なぜ》ここに？　ああ、ホライゾンのブースター役ですか」

「お、俺の方が偉いんだぞ！　そうなんだからな!?　ドバドバだぞ！」
と、己が言ったときだった。不意に大判の表示枠が自分達の周囲に出た。

葵《あおい》・トーリ

呼名：全裸　馬鹿　ウエットマン
役職など：総長兼生徒会長
・本編主人公。ホライゾンを嫁にしている。また、浅間、ミトツダイラも〝面倒見るし、見て〟と、家に迎え入れている。基本、よく全裸になる雑音。武蔵勢のリーダーで王様。オスのヒロイン。〝失わせない〟という矜持《きょうじ》を掲げて世界征服実行中。何か加護の設定事故によって196ml出るようになった。現在、極東覇者となる松平《まつだいら》・元信《もとのぶ》の二代目襲名者である。

ホライゾン・アリアダスト

呼名：ホ母様　ホママ
役職など：フリーダム
・本編ヒロイン。極東覇者である松平・元信の一人娘。十年前の事故で自動人形の身体《からだ》を得た。そこからが凄《すご》い。大罪武装《ロイズモイ・オブロ》の使い手で男前を地で行く。行きすぎる。たまに奇声をあげる。ギャグに厳しいが情に深い。トーリの嫁大家として、浅間やミトツダイラの想《おも》いを理解し嫁店《たな》子《こ》として共同生活に組み込んだ。すると何と生活が楽に……！　末世事変中から、両腕が分離

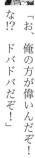

して男前な行動をとるようになった。

　え？　と思った瞬間。しかしそれは消える。後には何も残らない。だが、気付いた周囲の視線の前、自分は首を傾《かし》げ、

「…………」

「……今、何か出なかった？」

「何ですか、また調子に乗って196mlがこんなところで出たとか、ちょっと甲板の子供を作ろうとか、なかなか最先端ですな」

「しませえ――ん！　そんなことしませえ――ん！　あと何か最近、俺の術式がパワーアップしているのと比例して流出量増えてる気がするんですけどどういうこと!?」

「あれ何となく人類の総出量を前借りしてる気がするんですが、そうだとするとかなりヤバいですよねえ」
　確かにそう思う、と、他と頷いていると、後ろから人影が来た。

「あ、トーリ君！　皆！　ちょっと」
　浅間だ。今日は自分達の住み処《か》である本舗の裏、東照宮《とうしょうぐう》の設定をやっていたと思ったが、

浅間《あさま》・智《とも》

呼名：アサマチ　智母様　トモママ
役職など：東照宮代表　全方位巫女

・武蔵内の浅間神社と東照宮代表。巨乳と言ったら浅間。巫女で射撃能力抜群。トーリの嫁店子であり、幼馴染《おさななじ》み。たまに深夜の行きすぎ傾向。浅間神社の祭神であるサクヤとはツーカー状態で、術式、加護、通神などを一手に引き受ける実力者。喜美《きみ》、ミトツダイラと、バンド〝きみとあさまで〟を活動中。戦闘では主に浅間神社由来の大弓梅椿《うめつばき》を使用し、補佐として走狗《マウス》ハナミを連れている。

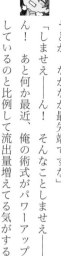

ネイト・ミトツダイラ 

呼名：ミトっつあん　ネ母様　ネイママ

役職など：武蔵総長連合第五特務　全方位騎士《ナイトマスター》

・六護式仏蘭西《エグザゴン・フランセーズ》出身で人狼《ルウガルウ》家系。種族特性である剛力と、憶《おぼ》えた瞬発加速で武蔵のアタッカーとして戦績を重ねる。騎士として、トーリを王として古くから仕え、今は嫁店子の一人。使用する武器はフレキシブルアームである銀鎖《アルジョント・シェイナ》と、祖母由来となる銀剣。喜美、浅間と、バンド〝きみとあさまで〟を活動する。ケルベロスの走狗トロコを現在育成中。

「…………」

「え？　あ、あれ？　今のは……」

「……何か今、個人情報がモロに出ましたね」

「というか私、まだ顔出してないのに、勝手に情報出ましたわよ!?　――って、総長連合第五特務、ネイト・ミトツダイラ、参上ですの！」

「おお、ネイトも来たか。姉ちゃんもいるし、他も大体揃ったけど――」

本多《ほんだ》・正純《まさずみ》 

呼名：セージュン　ヅカ本多　貧多

役職など：副会長

・三河出身の貧乳政治家。交渉能力に長《た》けているが、なぜか会議が終わると戦争になっていることが多い。言いたいことをハッキリ言うのと、発想が新鮮なのか、思った以上に権力者連中から好まれるタイプ。補佐の走狗はオオアリクイのツキノワ。溺愛している。

「……？　何だこの画像。さっきから各所で出ているな」

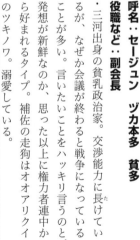

何ですの一体、とミトツダイラは思った。

「自己紹介が勝手に始まってますの？　というか、何故？」

「ククク、何か解らないけど露出いいじゃない！　スポ――ン！　って感じで素敵！　あ、私、トーリの姉で葵・喜美よ！　浅間とミトツダイラの煽《あお》り役で賢姉《けんねえ》様――！」

これは〝出る〟。そんな感覚で、自分達は喜美の紹介を待った。だが、

「…………」

「…………」

「…………」

「……喜美の場合、出ませんね」

どういう事ですの、と疑問したときだ。馬鹿姉が笑った。

「フフ、多分こういうことよ。――先に情報出しておけばバラす必要が無いと判断されるのよ！　さあ、そこのオマエもそこのアンタも！　隠していることを全部吐くといいわ！　ほらアデーレ！」

「え!?　あ、べ、別に隠し事とか、無いですよ！　従士アデーレ！　何も無いです！」

アデーレ・バルフェット

呼名：無し

役職など：近接従士

・ないわー。

やりましたわね、と、ちょっと思った。

「悪意！　悪意がありましたよね今!?　ありましたよね!?　というか無いなら無いでいいんですよ！」

「ま、まあ、そういうものだと思って先に行きませんの？」

と、言ってる間に、また何人かがやってくる。

「――呼集？　私達《わたしたち》後輩組もいいのかしら」

「んー、ママ達も向こう来てるから、大丈夫じゃない……、って？　え？」

加藤《かとう》・嘉明《よしあき》

呼名：キメちゃん
役職など：遠隔白魔女《ヴァイスヘクセンガンナー》

・未来からやってきたナイトとナルゼの娘。元羽柴勢で武蔵勢と敵対していたが、合流後は親をママ呼びするギャップ。六枚翼。金髪。機殻箒《シャーレベーゼン》〝白　姫《ヴァイス・フュルスティン》〟を使う。冷静巨乳。

脇坂《わきさか》・安治《やすはる》

呼名：アンジー
役職など：遠隔黒魔女《シュヴァルツヘクセンガンナー》

・未来からやってきたナイトとナルゼの娘。元羽柴勢で武蔵勢と敵対していたが、合流後は親をママ呼びするギャップ。六枚翼。黒髪。機殻箒〝黒　姫《シュヴァルツ・フュルスティン》〟を使う。アバウト系貧乳。

「おおう？　何か面白いことになってるっぽい？」

「うちの子達の自己紹介をランドマークに降りていく、ってのも、ちょっと新しいわねえ」

マルゴット・ナイト

呼名：ナイちゃん　ゴっちゃん
役職など：武蔵総長連合第三特務　遠隔黒魔女

・金髪で巨乳で六枚翼。機殻箒〝黒嬢〟を使う。配送屋〝黒金屋〟をナルゼと営み、二人のバンド〝愛繕〟を活動。結構テキトーな性格に見えて、かなり思慮が深い。

マルガ・ナルゼ

呼名：ガっちゃん

役職など：武蔵総長連合第四特務　遠隔白魔女

・黒髪貧乳の六枚翼。機殻箒〝白嬢〟を使う。配送屋〝黒金屋〟をナルゼと営み、二人のバンド〝愛繕〟を活動。同人作家で、かなりの大手。よく武蔵のメンバーを題材にした同人誌を描いて評価を得ている。

「点蔵様、さっきから何か、私達のも出たり消えたりしてますね」

メアリ・スチュアート

呼名：メーやん　傷有り《スカード》

役職など：英国王女　全方位精霊剣士《エレメンタルソードマスター》

・現在武蔵に亡命中。金髪巨乳と言ったらメアリ。王賜剣一型《EX.コールブランド》の使い手で点蔵の嫁。よく出来た娘さん。よく衣装を取り替えていて、喜美と同じくファッションリーダーの一人である。妹は英国女王エリザベス。

点蔵《てんぞう》・クロスユナイト

呼名：テンゾー

役職など：武蔵総長連合第一特務　近接忍者《ニンジャフォーサー》

・金髪巨乳スキー。常に顔を隠している。メアリと違ってこっちはファッションセンスが死んでる。でもメアリを射止めて今は嫉妬勢の通神帯《ネット》におけるネタキャラ。忍者としての実力は高いが、やはりルックスがな……。

「ふむ……。武蔵の連中の紹介は一度消えたら二度と出ぬようで御座るが、メアリ殿のものが幾度か出て、自分のも引っ張られているということは、コレ、怪異ではなく、武蔵住人であることを判定して起きている何か不具合で御座るか？」

「でも、コレ、収拾つきますの？」

　と、自分が首を傾げたときだ。階段を上がって、今回の話題の主が来た。

〝武蔵〟だ。

浅間は、〝武蔵〟の到着と同時に、今回の件の詳報を表示枠で得ていた。

《詳報》

――以後、このように適時解説のような形で解説など差し込まれる事になると思います。宜しく御願いいたします。――以上。

「おお、意外と細かいところまで補足が出る……」

「というか、どういうことですのコレ。智？」

ええと、と言葉を作っていると、〝武蔵〟が軽く手を挙げた。自分で解説をすると、そういうことだろう。

応じて皆が静まるあたり、いつもは馬鹿やっていても締めるところは締める、という感覚だ。

そして〝武蔵〟が、台詞を告げた。

「はい。そのあたりでひとまずお静かに。では皆様、武蔵総艦長の私、〝武蔵〟から今回の件について解説があります」

しかし、と彼女が言葉を間に挟んだ。

「ですが皆様、その前に、よくない話と、悪い話があります。

どちらが先がいいですか。――以上」

「ダブルで」

「せ、攻めますわねホライゾン！」

「では手早く言いますと、末世を解決した以後、この極東全体の地脈に負荷が掛かりまして、流体としての情報量に乱れが生じました。

浅間様、浅間神社と東照宮からの説明を。

――以上」

来ましたね、と自分は思った。

今日、東照宮の方の調整を行っていたのは、コレだ。いや、何が始まったのかは何となくしか解っていなかったが、地脈からくる武蔵の流体関係にこのところで乱れが発生していて、その調整を行っていたのだ。

　神道《しんとう》の大本、ＩＺＵＭＯと連携し、情報を送って精査。その戻りは、以下の結論だった。

「要するに末世解決で世界の地脈が変動してるんです。で、末世解決の中、歴史再現など派手にやらかしたもので、そういうのが伝説や寓話《ぐうわ》、歴史として各地に定着するための容量をオーバーしてる？
　そんな感じっぽいんですね」

●

「定着の容量オーバーとは、どういうことですか？」

「――Ｊｕｄ．、詳しい原因は不明だろう？　でも聞いたところだと、一言で言えば、この世界の記録がオーバーフローして、溢《あふ》れた分が、たとえば怪異や顕在化してる、ということかな？」

「…………」

「……ガっちゃん、今の、一言じゃなかったよ……」

「シッ、言うと構って欲しくてこっちに絡《から》んでくるわよ」

「でも、オーバーフロー？　――それが何か問題あるの？」

「ええ。やはり、溢れたり弾《はじ》かれた歴史や寓話の情報が地脈の乱れと合致して怪異になったり、下手をすると消えてしまう、というのが問題です。
　各国、既に気付いていてどーしたもんかと、そんな感じなんですね」

「どーしたもんか、って言われても、どーにか出来るもんなんですか？
　だって、怪異と言ってもベースは〝情報〟。実体化しないと、手が出せないですよね」
　Ｊｕｄ．、と〝武蔵〟が頷いた。

「――そのあたり、ご安心下さい。武蔵は強力な結界を全方位持っていますので、武蔵全域と住人を情報体と化して、そういった〝情報〟にアプローチすることが可能です。
　皆様、如何《いかが》でしょう。――以上」

「情報体化っていうと、どういうことになりますの？　三成《みつなり》や大谷《おおたに》みたいな事になりますの？」

「いえ、情報化と言っても、完全変換ではなく、皆様および武蔵、そして武蔵内の空間全域に対して、〝情報〟との共通性を与える加護を付加する、ということになります。
　たとえば、で言うなら〝常に水の中で呼吸が出来るようになった〟という、その程度の事です。無論、情報世界とも言うべきものに入った場合、情報化していない人々からは知覚外となってしまいますが。――以上」

「つまり属性が増える、という感じかな？」

「まあそういうことです。内外共にいろいろな可能性があります。そんな訳で、情報体化、如何でしょうか」

「うーん、各国が困っていて、こっちはそれを解決出来るなら、世界に対して武蔵の価値を提示出来るだろう。そしてまた、他にない経済活動が出来るなら、考慮すべきだとも思う」

●

　浅間の視界の中、じゃあ、と正純が言った。

「私としては異論ないな。――いつ行うんだ？その処理」

「Ｊｕｄ．、昨夜、皆様が寝ている間に、早速。三秒ほどで済みましたので、自動人形総出で形式的に三本締めで収めました。――以上」

「…………」

「…………」

「……あ、正純、言いたいことが有りましたらどうぞ」

「**おイイイイイイイイイイイ!** 術式レンジでチンするみたいに、勝手に武蔵住人十万人と艦体の情報的書き換えを行うなよ!」

「いえ、許可はとりましたが何か? そちら、トーリ様に。――以上」

「え? ……あ――。昨夜、ホライゾンと一緒にクリア急いでたエロゲのために表示枠連打してたんだけど、そこに混ざった? みたいな?」

「我が王……。智が本舗内結界で我が王の分身を扱えるようにしたのは、エロゲ攻略のためではありませんのよ?」

「……リアルエロゲのためかな」

「私の同人誌にネタを提供するためよね……」

「まあ馬鹿は放置として、つまりこれから武蔵と私達で世界各地の記録や寓話などの乱れを直していったり、武蔵上で情報体化を利用して、いろいろな企画をやっていけと、いうことか」

ですね、と思っていると、点蔵が手を挙げた。

「――質問に御座る。いいで御座るか?」

点蔵は、疑問を問うた。

「自分らが今、情報体になっているとして、そうであるならばバックアップも取ることが可能な筈《はず》。そのあたり、どうなので御座るか?」

Ｊｕｄ.、と〝武蔵〟が頷いた。

「皆様の情報も、昨夜の段階で確保していますので、緊急時にはバックアップからの復帰が可能となります。――以上」

「それは不死化で御座るか?」

「いえ、違います。致命が必要と加護が判断した瞬間、情報回収を行います。が、無論、それが間に合わねば死亡してしまうので、頼らぬようには御願いします。――以上」

「ええと、情報体も破損すればバックアップからの復帰に時間掛かりますし、下手をすると破

損箇所の完全修復出来ない場合もありますよね……」

「致命傷即退場、って感じか？　まあ、失われないように、ってことで、〝武蔵〟からのヘルプがついたんだとしたら、有り難えことだわな」

　馬鹿なりに考えて御座るな、ということで、ちょっと安心。

　ならばこちらが問うのは、任務にも関わる一つのことだ。

「自分達がするのは、**各国の歴史の異変や怪異を鎮《しず》め、改めて〝記録化〟し、存在を確定すること。**これが流体や地脈の乱れなどに対する武蔵の関わり方に御座るな？」

「Ｊｕｄ．、この〝記録化〟を完了することは、今までも議事録などアナログ的にやってきたことと思われます。ただ、今後は任務完了の意味を持つ、ということです。

　そしてこれは怪異や地脈の乱れへの対応に限らず、たとえば**武蔵上での情報体化を利用した事業**などでも有効です」

「ＶＲいけるって事？　何かすごい話になってきたなあ……」

「まだ途中で一段落入れている、**本土の諸国行《あん》脚《ぎゃ》事業**も、そういった〝完了〟が可能になりますのよね？　当地の地脈などに、私達が〝記録〟を残すことで」

「あの、……今の話ですと、武蔵の中の記録も、同じように散逸しているのでは？

　どうなんでしょう、そのあたり」

「Ｊｕｄ．、隠していても仕方ありませんが、実は最大の被害を受けているのは、各国を回って皆様がノリノリであった武蔵です。おかげで武蔵と皆様の記録は散逸状態で。

　それもあって有無を言わせず情報体化をしました。たとえば――」

　と〝武蔵〟が言って、歩いた。

　何ごとかと追うこちらの視線の先、彼女は艦尾側に身を置く。そして、

「皆様、気付いておられませんか？　それとも、情報体としての視覚や知覚にまだ慣れていない

のでしょうか？　ご覧下さい」

　言われて見た武蔵全艦。そこに、戦場が広がっていた。

●

「……え？」

　戦場だ。

　あり得ない、というのが第一の感想だ。何しろ、ここは武蔵上なのだ。しかし、ミトツダイラは、それを憶えている。左舷一番艦・浅草。その上に揺らぐようにして存在している巨大な石壁の連なりは、

「ネルトリンゲンの市壁ですのよ……？」

　馬鹿な、とは思う。

　何しろサイズが違う。ネルトリンゲンは円形の都市で、それが前後に長い武蔵に収まる筈もない。もしも表層部に入り切るならば、横幅に合わせた小型サイズになっているだろう。

　だが違う。

「……どうして、街が違和無く重なっているんですよう？」

島《しま》・左近《さこん》
呼名：サコーン
役職など：近接武術士《ストライクフォーサー》（侍）
・身長三メートルで二十歳のＪＣ。元羽柴勢で、武蔵と敵対していた。合流後も三成の護衛役である。M.H.R.R.《神聖ローマ帝国》皇帝の血族として強化人類であり、再生力が高く基本的に不死＋剛力。ただ痛みはあるのでかなりアイタタ。ノンビリ派で、機動殻の鬼武丸《おにたけまる》と共に戦う。

　そうだ。大きさがこれだけ違うものが重なっていて、違和を感じない。これは、

「矛盾許容ですわね？　理屈的におかしいと思っていても、実際の事象としては許容されてしまっていますの」

「Ｊｕｄ．、おかしな話ね。――ほら、右舷一番艦・品川《しながわ》の向こうには、夜が広がっていて、アルマダ海戦の砲火が飛んでるように見えるわ」

それだけではない。

飛ばす視線の先、武蔵各艦をベースに、夕刻の光や夜の闇が幾つも広がっている。

その中からは、砲音や地響き、怒号や叫びが聞こえ、

「……備中高松城《びっちゅうたかまつじょう》の、武神団の音が聞こえる」

「武蔵だけじゃなく、羽柴勢の持つ記録まで混じってる？」

「Ｊｕｄ．、合流時に記録は統合されました。そういうこともまた、乱れの原因となっているのでしょう。――現状、武蔵はそれらの記録が移ろい、何度も再生され、飽和状態にあります。――以上」

あ、と皆の中から声があがった。

「今日、……朝の渋滞が、妙に混雑を濃くしていると、そんな話がありましたね」

「Ｊｕｄ．、実際、こっちの方にも、何故か出していない古い作戦がもう一度発令されたとか、そんな妙な話が来てもいたので御座るが……」

皆が顔を見合わせる。

「つまり、これらの記録が、既に表出して〝こっち〟の現実に作用している、ということですね？」

だとすれば、疑問がある。

「これ、放置するとどうなりますの？」

●

こちらの視界の中、Ｊｕｄ．、と〝武蔵〟が応じた。

「解りやすい流れですと、連続再生されて乱れたまま内容を確定した記録は、それが本物となるでしょう。事実や、現在との齟齬《そご》については処理がケースバイケースになると思いますが、事実とは別で、過去の記憶の改変が起き、関係が変化するのは確かです。下手をすると、それ

らが消失し、空白となる可能性もあります。——以上」

「それは困ります……！」

加藤《かとう》・清正《きよまさ》

呼名：ジェイミー　キヨ殿　キヨキヨ
役職など：全方位機殻士《カウリングマスター》（剣士）
・未来から来た点蔵とメアリの子。元羽柴勢で武蔵勢と敵対していた。合流後はいい娘だが、点蔵に対してはかつての未来で母に先立ったことからちょっと塩対応。王賜剣三型《EX.カレトヴルッフ》と、防御系機動殻の扱いに優れる。未来の英国王。何かいろいろあって福島《ふくしま》と付き合ってる。

「えっ、な、何です、コレ？」
「ま、まあ気にせず。とりあえず連続再生放置による記録の消失は駄目と言うことで」
その通りだ。ならば、

「では、私達は今回、どうすべきですの？」
「各艦に展開している過去の記録がどのようなものか、大体分別はついております。ですので各員、その過去の中に入り、乱れている部分を補正して下さい。——以上」

「補正？　どういう風に？」
「Ｊｕｄ．、各記録は乱れていますが、歴史は人が動かすという通り、大体はそこにいるべき人が欠如し、記録内の関係が壊れているせいです。なので、該当者もしくは該当者の所業を知る人が、そこで代理を行えば、補正が利きます。——以上」

「補正によって、その形に過去が書き換わるということはありますの？」
「まだ、記録の方は、そこまで重篤ではないと判断しています。行為を埋めれば、それで済む、という程度のもので。なので急ぐことが前提でしょう。——以上」

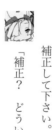

Ｊｕｄ．、と自分と皆が頷いた。そして王が、軽く手を叩《たた》く。

「えーと、じゃあ何だ？　各国とか各地にいろいろ出回る前に、うちの記録というか、歴史の乱れを補正するってか？」

「まずは手元から、ということですね……」

ただ、自分達もそれなりのことをやってきたのだ。

「随分と、いろいろありますわよ？　それに、……各国の記録も、関わってくる部分が多いですわね。そのあたり、他国と折衝とか、どうしますの？　勝手にこっちでやってしまってもいいですけど、各国の歴史に影響を与えるような事があれば――」

と、そこまで言った時だ。ふと、〝武蔵〟の背後から声がした。

「その件、武蔵内の歴史補正について多国間協議をどうするかについては、私が聖連から権限を与えられています」

甲板への階段を上がってきた姿。三征西班牙の制服を着込んだ女性は、

「世話子《せわこ》様……」

「お久しぶりです。――今回は、ある人物の臨時襲名を経て来ました」

世話子《せわこ》

呼名：ロドリゴ

役職など：元審問官

・三征西班牙の元襲名者（東回りの世界一周をしたドン・ロドリゴ）。三河争乱ではホライゾンの世話を担当していて、以降、世話子と呼ばれる。本国の指示でたびたび武蔵に外交役として訪れている苦労人。歴史再現で亡《な》くなった姉が、その魂を武蔵勢に救われている。

襲名者。彼女に預けられた名前は、

「ルイス・フロイス。――戦国時代の極東の記録をまとめ〝日本記〟として出版した人物です」

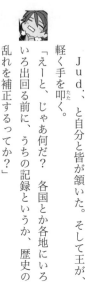

一息。

「――では急ぎ、作戦会議と行きましょう。武蔵がこれまで経て来た事件や戦闘、そういったものを、どう再攻略していくかを、です」

break time

「……コレつまり、副題つけるなら〝再履修の章〟で御座るかな？」

「そんなリアルな言い方はやめるんだ！　やはりここは〝時を超えた再挑戦の章〟とか、そんな風に行くべきだよ！」

「〝時を超えた再履修の章〟でいいんじゃないの？」

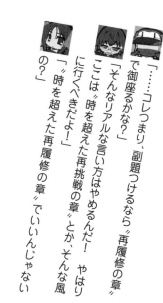

第二章
『過去の観測者』

あれがああして
それがそうなって
これがこうか？
配点（疑問形？）

引き続きの甲板上だった。
浅間は、とりあえずここにいる面々を見る。
いつもの連中以外、新顔は世話子だけというところだ。

「ええと、世話子さんだったんで入艦は顔パス状態でしたけど、まさかこういう展開に関わってくることになるとは……」

「母さん、とりあえずここ一帯、音声ステルス結界張っておきますね？」

手配は豊に任せ、こちらは正純に視線を向ける。今、彼女は横に二代《ふたよ》を置いた状態で世話子と向き合い、表示枠で襲名者の証明などを見せて貰《もら》っているが、

「……で、どういうことなんだ一体」

「Tes《テスタメント》.、何やら教皇総長《パパ・スコウラ》が、今、対運命戦で疲弊したり、被害が出た各所を復興で回っているようなのですが、そこでいきなり――」

「――そろそろ武蔵から、俺達《おれたち》の活躍やら何やらの記録が献上されてもおかしくない時期だよなあ!?　おい！」

「…………」

「……復興だなんだでストレス溜《た》まったのか？」

「無茶苦茶嫌がらせでありますねえ」

クリスティーナ

呼名：クリ子　クリッペ
役職など：瑞典《スウェーデン》総長兼生徒会長　全方位爆砕士《デトネイトマスター》

・二十八歳。巨乳。ガラシャ夫人との二重襲名で、自爆による自害の歴史再現から武蔵勢＋忠《ただ》興《おき》に救われ、忠興の嫁に。知識に優れ、特に世界情勢などに抜群。爆砕術式の使い手で、条件次第では副長クラスも圧倒する。

「ファッ!?　私、紹介されるのまだ早いでありますよ!?」

「意外と紹介が空気読んでませんけど、落ち着いてきてるのか、それなりにレア人脈や新顔さん以外は出なくなってきてますね」

　ともあれ話としては教皇総長だ。

「――聖連が、武蔵の記録を欲しがってると言うことか？」

「どちらかというと、〝武蔵に言うこと聞かせてる俺達偉い〟じゃないかしら」

「まあ、大義名分を何か設けて〝武蔵に記録を作らせろ〟と言うことですね。うちの生徒会はK.P.A.Italiaに一つ恩を売っておこうかと、三日前に三征葡萄牙《トレス・ポルトガル》と会議して、じゃあ武蔵に親しい私がルイス・フロイスを襲名すると、そういうことになったのです」

「うわあ……、大変ですね……」

　いやまあ、と世話子が半ば棒読みで言う。

「……何が大変かというと、ルイス・フロイスを襲名するのに必要な知識などを一日半で詰め込んだことですね……」
「……あの、ロドリゴ様」

立花《たちばな》・誾《ぎん》
呼名：立花嫁
役職など：全方位義体士《スティルマスター》（侍）・元三征西班牙。夫の宗茂《むねしげ》にセメントラブ。武蔵に合流してから、かなりいい戦績を残している。戦闘では義腕を使った剣術や、浮上砲門である〝十字砲火《アルカブス・クルス》〟、〝四つ角十字《クアトロ・クルス》〟を使う。

「世話子でいいです。立花・誾」

「では、世話子様、少々申し上げにくいのですが……」

「……イラっと来てませんか」

「…………」
世話子が、ふと何もかもから視線を外すように、空を斜めに見上げた。

「――私、姉のことも大体片付きましたし、末世も終わったので、地元で史跡の管理人でもやって生活したかったんですけどねえ……」

「おいおい何か人生語り始めるぞコレ」
まあいいです、と世話子が言う。そして、

「そんな訳で聖連の勅命に近い部分がありますね。私、昨夜にこちらに入りましたが、丁度、情報体化もされたようなので、情報関係の仕事には良《い》いのではないでしょうか」

●

世話子に言われて、浅間は周囲を見渡した。
今、各艦は現出しつつある各記録の存在に侵食されていて、一部では砲撃音も聞こえ始めている。それを〝丁度いい〟というのは、

「世話子さん、イラっと来てるのって……」
何となく、彼女の不機嫌の意味に気付いた。
史跡云々《うんぬん》ということは、世話子自身の趣味や興味の傾向は歴史系だろう。つまり過去の文献とか物品の収集や鑑賞が好きな筈。

「――でも昨夜、武蔵に入って〝明日からは記録の編纂《へんさん》を頑張りましょう！〟と思っていたら、勝手に情報体化されて（巻き込み事故）、その上で武蔵も記録がドガシャアみたいな状態になっているとか、――あまりにもイレギュラー過ぎますよね」

「――慣れろ」

夕《ゆう》（蜂須賀《はちすか》・小六《ころく》）

呼名：ショーロク、夕様
役職など：重騎士
・未来から来た直政《なおまさ》の妹。元羽柴勢で、武蔵勢とは敵対していたが、合流後はフツーにＪＣ

やってる。重武神・地摺朱雀の中に重傷状態で収められていたが回復している。かなり言葉少なくコミュ不全だが本人は充分だと思っている。ゲームマニア。搭乗する武神は四聖の日溜玄《ひだまりげん》武《ぶ》。

紹介付きの夕の言葉に、世話子が顔を手で覆ってしゃがみ込む。

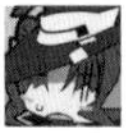
「泣かしたあ――――！」

「あー、蜂須賀さん？　大人はあまりひどい日常の変革についていけないものでありますよ？」

「……すまん」

●

「……謝れるようになったさねえ」

直政《なおまさ》

呼名：マサ
役職など：武蔵総長連合第六特務　近接義体士《クリティカルスティール》
・武蔵の出力系を扱う整備課で班長を務める。結構面倒くさがり屋だが、バイトで子供向けの道場の師範などやったり、面倒見が良い。隠れてない隠れ巨乳。使用する武神は四聖の地摺朱雀。

「……何を満足に浸ってますの？」

●

「ともあれ世話子様が武蔵の精神攻撃に敗れたので、こっちはこっちで勝手にやりますか」

「その台詞の前半はどうかと思うんだが、まあ後半はそうするしかあるまい。――クロスユナイト、まずは状況の把握から頼めるか？　こっちは――」

と言って、正純は前を、艦尾側の遠くを見た。武蔵野艦橋の下から覗《のぞ》ける奥多摩《おくたま》。そこには暗雲がかかっている。

「アレか？　点蔵にとってのラスボスの城だよな？」

「——とりあえず教導院に戻るのは当分先になりそうだ。ひとまず、拠点をこの甲板上に設けよう」

「Ｊｕｄ．、甲板縁の倉庫を開けさせよう。物資を出して、避難所にする必要もあるさね」

じゃあ、と己は浅間を見る。

「浅間神社は健在か？」

「あ、はい。通神など確かめたところ全体的に渾然《こんぜん》としてるんですが、どうも全てが浅間神社の通神インフラを使用してるみたいで。だからこれは逆に大丈夫じゃないかな、と思います」

「怪異みたいな状況と共存してる、というのも、まあどうかと思うが……」

ただ、通神が可能であれば、いろいろ出来る事がある。物資もあり、何よりも、

「人員は充分だ。——各記録を攻略するために、これから作戦会議だな」

●

点蔵は、まず各艦に手配している麾下《きか》から報告を聞いた。

そこから解ってきたことは、

「——では現状をチョイと報告するで御座る」

甲板上、組まれていく簡易宿舎や本陣の前、表示枠を出す。向こうではオリオトライが〝ＯＫ〟の手を挙げているので、こちらは手短に解った事を皆に伝える。

「——まず、各艦で生じている記録の再現は、以下の通りで御座る」

・武蔵野《むさしの》／三河争乱
：世界に喧嘩《けんか》を売って三河を脱出するまで。
・奥多摩《おくたま》／アルマダ海戦
：英国を頼り、引き替えにアルマダ海戦を代

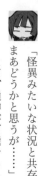

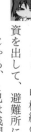

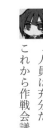

行勝利する。
・品川《しながわ》／マクデブルクの掠奪《りゃくだつ》
：世界に警戒され、羽柴勢によって関東に封じられる。
・多摩《たま》／三国会議
：逆転のため、北方《ほっぽう》の三国を味方につける。
・高尾《たかお》／真田《さなだ》戦
：真田を保護下におき、武蔵の方針を確固とする。
・浅草《あさくさ》／小田原《おだわら》征伐——関東解放
：反撃開始。関東を解放し、瑞典を味方につける。
・村山《むらやま》／本能寺《ほんのうじ》の変
：末世の真実を知る。
・青梅《おうめ》／山崎《やまざき》の合戦——小牧長久手《こまきながくて》の戦い
：羽柴勢が未来から来た自分達の子だと知り、敗北。
：そこからの再起と逆転。

と、そこで書くのを止めたこちらに対し、皆

study

●武蔵全艦の名称●

「武蔵全艦、申し遅れましたがこのような構造となっております。御確認下さいませ、——以上」

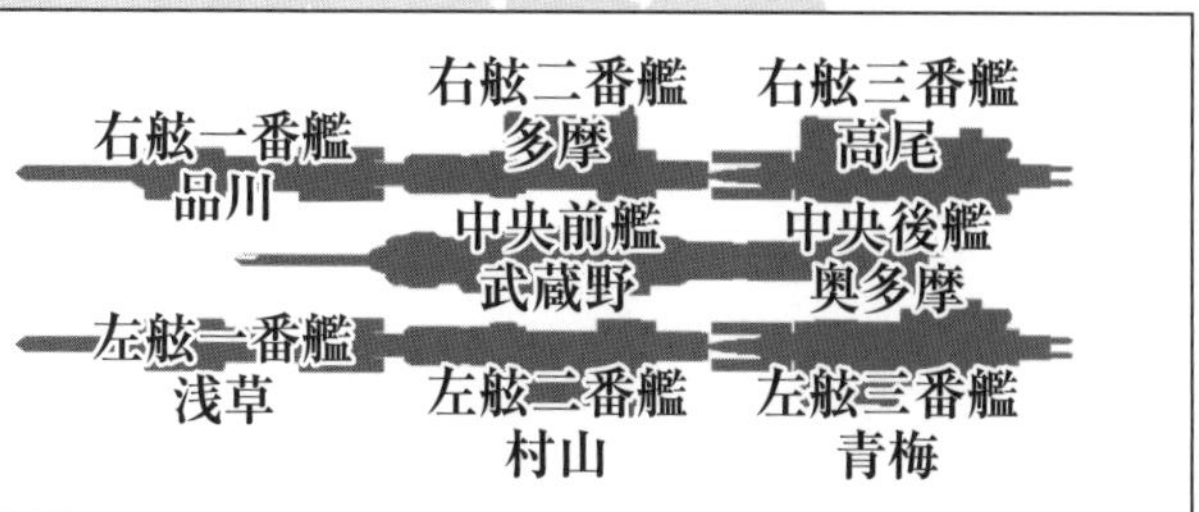

「なお、武蔵という名称は松平が後に治める江戸が“武蔵の地”であったことに由来する。武蔵が建造された頃は、松平が本土側に領土を持つという想定が聖連側にも極東にも無かったため、その支配地を艦名にしたんだ」

「松平は極東を平定して長期政権となるから、各国の暫定支配を覆す恐れがある。だから元信公を三河に封じた上で、その領土を本土から分離した形にしたんだね」

study

が首を傾げた。

「――そこからの、関《せき》ヶ原《はら》の合戦と、ヴェストファーレン会議、そして対運命戦は、何処に入るんですか？」

「それがまだ、生じて御座らぬ」

「――多分、順番があるんですよ。各艦、止まってますからね」

浅間の娘が、好奇心を消さない口調でこう言った。

「今、武蔵で起きているのは記録の表出ですが、これは怪異と考えていいと思います。この怪異は、しかし記録をベースとしているので、その順番に縛られ――」

彼女が表示枠を出し、武蔵の概要図を展開した。こちらが言った内容はそこに自動で書き込まれていき、やがて武蔵は全面が赤く染まった。

「これらを終えたら、順次そちらが出てくるんじゃないですかね」

「何となく疑問だけど、コレ、武蔵があと二、三艦あったら解決してる問題なのかしら」

伊達《だて》・成実《なるみ》

呼名：ナルミン
役職など：伊達家副長　全方位機殻士
・伊達家のトラブルをウルキアガと解決したことで、彼の嫁として武蔵勢に加わる（出奔の歴史再現を使用）。クール嫁。たまに立花・誾と張り合う。両腕と両足を義体化しているが、戦闘では機動殻・不転百足《ふてんむかで》を使用する。

「非常に厳しい質問ですが、Ｊｕｄ．と応じるものだと判断します。――以上」
「大和《やまと》に寄っていって艦体をなすりつけたら、向こうでドビャアとなりますかねえ」
「いや、大和とはそこまで記録を共有してないので、その場合は大和側の記録ベースの怪異が始まって、単にトラブルが二倍になるだけじゃないでしょうか」

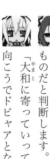

見ると向こうで世話子が椅子に座りつつも、テーブルに顔を伏せている。現状の嫌さが増したというあたりだろうか。ただ、

「ちょっと有り難いのが、過去の表出、やはりコレ単に過去の一部がリピート再生されてるだけのようで御座る」

●

リピート、という言葉に、ミトツダイラは疑問した。

「つまり、始まってから、ずっと続いていく訳ではなく、不確かな範囲でもなく、どこかで区切りを持って、また起点に戻ってますの？」

「Ｊｕｄ．、幾つかの地点に散らばっているものも有るようで御座るが、基本、最大範囲で発生しているものがリピートを始めると、他も準じるとのことで御座る」

「つまりオメエがメアリにエンドレスビンタ食《く》らうシーンもある訳？」

メアリが赤面するが、まあそういうものだろう。

「まだ未発ですが、トーリ様が延々と千五百一回とか、セントーンを繰り返し被弾するシーンもあるんですかねえ」

浅間が静かに逃げようとするのを捕まえて止めた。ともあれリピートが生じると言うことは、一つの状況を生む。

「記録の表出は、無限大に拡大するものではない？」

「まだ全体が計測出来ていないのと、条件による変動があるかどうか解らないのですが、現状ではそのように言えると判断出来ます」

「じゃあ、とりあえず、急ぎで対処すべきではあるが、〝拡大を止める〟必要は無くて、〝経過観察〟で済む場所もあるということか」

「Ｊｕｄ．、だとすると戦略は幾つか立てられますわね」

自分は、表示枠を展開し、武蔵八艦の概要図を出した。

……うちの子も、随分と前に出ますわねえ。

人狼女王《じんろうじょおう》（テュレンヌ公）

呼名：テュレやん　ママン　カーチャン　大御母様

役職など：六護式仏蘭西副長　近接カーチャン

・ミトツダイラの母、ネイメアの母の母。人類の恐怖の具現であり、大精霊クラスの実力の持ち主。巨乳スライダーMAX系。淑女っぽいが、よく食いよく笑いよく寝てよく破壊する。旦那ラブ勢。神格武装・銀十字を持つ。

人狼女王は、自分の紹介を見て深く頷いた。己は、ミトツダイラの母であり、彼女の娘であるネイメアの母の母だ。SOBO？　そんな言葉知りませんわねえ……。

しかし、滅亡しかかっていた自分達、人狼種族がこうして代を継いでいることもだが、ちゃんと人々と交わって生活出来ているというのも、見ていて有り難いことだと思う。そして今、娘が、前に出て発言をしていて、

「対処方法としては二つあると思いますわ。まず一つが、武蔵八艦を全て同時に攻略していくという方法ですの。私達の人員ならば可能でしょうし、何よりも即決。ミスがあっても七日間の期日には間に合いますわね」

「その方法の短所はありますの？」

問うてみる。すると娘は一瞬眉を上げ、しかし咳払《せきばら》い一つで応答した。

「流石《さすが》に全面投入となると、いろいろな準備が必要になると思いますの。だから準備期間が掛かってしまうかもしれませんわね。――でもまあ」

「でも？　何ですの？　御母様」

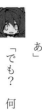

「Ｊｕｄ．、今回は規模的に短期集中の現場でしょうから、準備も数日かかる、ということはないと思いますの。寧《むし》ろ――」

寧ろ、何が危惧なのか。それは、

「残りの記録の表出がどのように行われるのか。そういった部分が不確定なのに人員を全面投入した場合、万が一の状況に対処出来ませんわ。私達は動けても、武蔵の戦士団はあまり疲弊させられませんし。

だって、武蔵の内部では日々の生活など、可能な限り行わないといけませんの。それらが記録の表出によって妨げられている場合、やはり解除しなければなりませんし、警備も必要。

そうなると、強引に全面展開をして、戦士団の疲弊を生めば、人数こそが必要な警備や復興業務に難を残すこととなりますの」

「Ｔｅｓ．、――では、どうしますの？」

Ｊｕｄ．、と応じた娘が、先出していた武蔵八艦の概要図を示した。

八艦が全て赤くなっているが、その内、三つを青に染め、他を緑に染める。

「全面攻略ではなく、三度ほどのアタックによって順次攻略ですわ」

●

いいですの？　とミトツダイラは概要図を示す。

「初日は三グループが攻略、他は二班に分け、片方が控え、もう片方が他の現場の警備と、被災の復興と抑制に努めますの。

翌日も同様。その翌日も同様、というところで行けば、何処か後れが出ても、三日で現状見えているものは全て攻略出来ますわ」

つまり、と娘が表示枠に文字を起こす。

・**攻略班：三グループ（三艦を攻略する）**
・**控え班：三グループ？**
・**警備班：五グループ（攻略外の艦へ）**

つまりこういうことだ。更に言うことが有るとすれば、

「武蔵は八艦ですけど、三の倍数でアタックしますの？」

「御母様は小田原征伐が〝楽〟な仕事でしたの？」

問うと、母が小さく笑った。だから今の答えは〝当たり〟だ。

「？　どういうことですの？」

「さっき第一特務が見せてくれたリストの中、最も大規模な事案が、浅草で起きている小田原征伐になりますの。これは、一回のアタックで抜けられるか、解りませんわね」

あ、と声を作る者が何人かいる。ネイメアもそうだ。

「小田原征伐の後、関東解放があり、……更にはネルトリンゲンの戦いも重なっていますのよね？　つまり三連戦。これは……」

「青梅で起きている山崎の合戦と小牧長久手の戦いも大規模でしたけど、こっちは二連戦ですからね……」

「実際、関与してみないと何がどのくらいの〝重さ〟か解りませんけど、事案の大きさで言うと浅草の三連戦が最大だと思いますわ。だから始めから予備的なことも考え、余裕を持つようにしていますの」

じゃあ、と声が来た。自分達の担任のオリオトライだ。

オリオトライ・真喜子《まきこ》

呼名：先生

役職など：教員　近接武術士

・未来から来たトーリとホライゾンの子。但し実際は喜美の代理出産の子である。正体を隠して武蔵勢を鍛えあげ、三河争乱を成功に導いた陰の功労者。戦闘能力が高く、彼女を超えられるかどうかが一つの指標。

彼女は自分の紹介文を見て「書きすぎじゃない？」と感想。それもどうか、と思うこちらに近づき、全体を見渡してから、

「あと、気をつけておくことは何？」

ええ、と己は頷いた。

「我が王とホライゾンについては、基本的に各艦の鎮圧には向かわない。基本、バックアップ側で関わるようにして貰いますの」

●

喜美は自分の弟が首を傾げたのを見た。

「おいおいネイト、俺が前に出ちゃいけねえって、それはちょっと、俺達のやり方として間違ってねえ？」

「そうですよミトツダイラ様、こりゃあ楽でいい……、というのは内心の呟きであって本心では御座いません。ともあれホライゾン達が前に出た方がいいのでは？」

「あー、ミトが答える前に口を挟むみたいですけど、これ、ミトの言う通りがいいと思いますよ？　トーリ君も、ホライゾンも」

「……どういう事よ？」

「フフ、これは記録なのよ？　そして基本的には単純リピート。だとすれば愚弟《ぐてい》？　これはアンタが介入して何かが変わるってもんじゃないの。過去問題を今回答したらどうなるかと、そのくらいの差しか無いことなのよ？」

あー、と弟が空を見上げる。

「だとすれば俺達は？」

「通神で皆がぎゃあぎゃあやってるのに対して、ツッコミ入れてりゃいいのよ。

――そうよねミトツダイラ」

「その通りですけど、私が言うべき台詞を全部持っていきましたわね!?」

●

だが、と声があがった。浅間が振り向く先にいるのは保護者枠の義光《よしあき》だ。

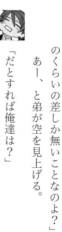

最上《もがみ》・義光《よしあき》

呼名：ヨシコ
役職など：最上総長兼生徒会長　全方位カーチャン
・秀次《ひでつぐ》事件で失われた駒姫《こまひめ》の魂を武蔵勢が救ったことにより、武蔵側につく。以後、全体の支援者および保護者役として振る舞う。厳しいところもあるが思いやりのある母役。政治関係などにも秀《ひい》でるが、術式系の戦闘能力は随一。神格武装・鬼切《おにきり》を持つ。

「何か紹介文が意外とまともよのう……。
　しかしこの記録の再現、どのようにして歪《ゆが》みの箇所を見つけるのだえ？　それが解らなかったら、内部に入っても意味がないであろう。その探索や研究は、予定に入っているのかえ？」

「あ、そこについては、私の方で推測があります」
　手を挙げると、皆の視線が来る。注目は仕事柄慣れているから構わない。両腕がこちらを見て手を振っているのも慣れた。なので自分は一息を入れて、

「私の予測では、リピートの切れ目こそが記録の歪みや欠損です。何か、記録が途切れていて繋《つな》げられない。だからリピートに入る。そんな歪み部分が表出しているのではないかと、私はそう考えています」

「――ふむ。聞こうかえ」

「――はい。私達が作った武蔵の記録は元々一本の完成したものとして納品しています。それが勝手に途中からリピートするのは、情報に歪みや欠損があり、読み取りが初期化されている、と言うことになります。
　――つまりこの記録の再現は、武蔵の記録処理システムの操作、設定系の影響を受けているのだと思います」

「じゃあ、リピートの切れ目を正しく繋いで直せばいいの？」

そういうことだ。何かがおかしくなっている。
だから、

「当時の完全再現でなくても構いません。欠損や歪みを正し、後ろに繋げてしまえば、とりあえず記録は一本の形を取り戻すので、表出も終わります。後はそれを修正することで、正しい形になるかと」

「……でも、何処が歪んだり欠損しているんだろ？」

「それはまあ、内部に入ってのお楽しみ、というところかのう」

義光の言葉には、こちらの言った内容への理解を感じた。だから自分は正純に視線を向ける。

「――なので進言します。内部に突入する人員は、記録や欠損の歪みを補正するだけの能力があること。どうでしょうか、正純」

●

では、と正純は手を挙げた。
疑う部分はあるのかもしれないが、自分に判断出来るものではない。この手の怪異やら何やらとしての有識者が浅間であり、義光などの存在だ。それらが認めるならば、

「急ごう。クロスユナイトと二代は人員を決めてくれ。出来れば今日中に三艦分の攻略をしておきたい」

「？　随分とやる気で御座るな」

本多《ほんだ》・二代《ふたよ》

呼名：ニダヤン　槍本多　巨本多
役職など：武蔵総長連合副長　近接武術士
・東国無双《とうごくむそう》である本多・忠勝《ただかつ》の娘。蜻蛉切《とんぼきり》を持ち、加速術式・翔翼《しょうよく》を用いて二代目忠勝の襲名を狙う。正純とは三河時代の知己で、武蔵に来てからも仲が良い。無言でクールに見えるが、結構何考えてるか解らない。突発的な挙動や発想に立花・誾がよくキレる。

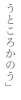

「――なかなか収まらぬ紹介文に御座るな。しかし正純、拙者は構わぬで御座るが、何処から攻略スタートするつもりで御座る？」

「順番は、実際の記録の通りに進めた方がいい。だからまずはこの武蔵野。次は奥多摩、そして品川だな」

　言っていると、皆の視線が集まってくる。だから自分は軽く手を挙げ、理由を説明する。

「まずは武蔵の中枢。武蔵野と奥多摩の解放だ。武蔵野艦橋、浅間神社、そして教導院が通れば、本日中に武蔵は主機能を取り戻したと言い切れる。――つまり今回の事件が、初日の内で大体解決したと、そう各国に説明出来るんだ。その上で――」

　大事なのは品川だ。

「品川を確保出来れば、次は多摩だ。多摩は外交艦の役をもっているが、欧州系が特に多い。ここを確保するのに、輸送艦として物資の豊富な品川を確保。更には向かい側にある武蔵野、奥多摩も解放しておけば、比較的安全に多摩解放が出来るだろう。

　必要ならば、今夜中に多摩に隣接する三艦から、ＶＩＰ救助も行える」

「外交艦である多摩を本日中に救えと、各国からそう言われたらどうなさいます？」

「品川か高尾を解放の上でなければ危険だと、そのように伝えておく。

　正直なところ、艦間で記録の干渉があるのか無いのか解らない。――武蔵野は、品川を確保すれば少しは安全だが、奥多摩は明日に高尾を解放するまで左右から挟撃状態だ。

　いろいろな不安が拭えない、とは思う」

「だったら急いだ方がいいわねえ。各艦で展開している記録の要所、そこを早めに割り出して人員決めなさいな」

「あ、一つ、解放すべき重要箇所がありますね」

「？　青雷亭《ブルーサンダー》か？」

「正純、暫定市庁舎を忘れてるような……」

「いや、父達は有能だから既に退避しているだろう。というか、そうではないとしたら、何処だ？　ホライゾン」

「Ｊｕｄ．、——奥多摩地下にある鈴《すず》様の湯屋、鈴の湯を忘れています」
　皆が、ふ、と静かになった。

「確かに重要な箇所だ……!!」

「ええ、忘れてはいけないわ……！」

武蔵戦士団

呼名：無し
役職など：武蔵戦士団
・武蔵が保有する戦闘要員。基本的に学生で組まれているが、後衛（補給など）においては公民の協力が認められている。ヴェストファーレン会議以降、条件が緩和されて予備役やＯＢも参加するようになった。

「福利厚生は大事！　優先事項ですね！」

「いやいやいやいや、後で、いい、よ、後で……！」

向井《むかい》・鈴《すず》

呼名：ベルさん　ベルりん
役職など：武蔵総艦長代理
・盲目の少女。知覚系に優れ、アルマダ海戦以後、武蔵のセンサー的役割から運航を扱う艦長役に抜擢《ばってき》されている。皆のストッパー。たまにアクセル。他国からのファンが多い。

「いえ鈴様、武蔵総艦長代理として、鈴様のメンタルや御健康は何にも増して大事なものです。早期の鈴の湯解放、これは武蔵総艦長からも御願いいたします。——以上」
　まあそうだろうな、と己も思った。武蔵勢と、

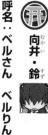

その子供衆を見渡し、

「全員が集まって寝泊まり出来る施設というと、鈴の湯だからなあ……」

「浅間神社解放のルートに加えられるので、一気に行けると思いますね」

「う、うん……、有り難う、ね、皆」

「なあに、いろいろあるけど今夜はデカい風《ふ》呂《ろ》！　最高ではないですか。では諸衆、ホライゾンはここで菓子でもつまみながら皆様の行状にツッコミ入れていきますが、宜しく御願いいたします！」

●

そんな流れを経て、慌ただしいながらも主力三班がまず編成。

彼らは西日となり始めた青空の下、動き出す。一方で、各国からの監視を避けるため、高高度への浮上と下部側にステルス障壁を展開した武蔵は、各艦の相対位置を固定。

各艦に発生した記録からの解放に向け、作戦が開始されたのだ。

「作戦名は〝再履修！〟カンニングありありよ！　頑張ってきなさい！」

●

先となる三班が出場していったのを、世話子は見ていた。

自分がいるのは、武蔵野艦首の拠点。武蔵の総長や姫がいるのとは違うテーブルだ。

こちらの世話係という訳ではないだろうが、立花・誾が控え班に回っていて、

「世話子様、大丈夫ですか」

「メンタルですか？」

「――〝常識〟です」

そのあたりは、以前に来たときに大分慣れたと思ったが、まだまだだったようだ。

……というか勝手に情報体化しない……！

言っても無駄ですよね、とは考える。ただまあ、自分としても、少し期待しているところがある。それは、今回の記録には含まれていないだろうが、

「私の姉の記録も、……このように表出するときがあるのでしょうか」

姉は、かつて三河方面で生じた歴史再現の戦闘で亡くなった。仲間達が自縛の霊体になり、天に上れなくなっていたのを、霊体として武蔵に相談にあがり、解決されたのだという。

今の武蔵勢が、中等部のときのことらしい。

らしい、というのも、その記録が武蔵側から提出されたのは去年のことで、内容的には聖連というか、教皇総長達の検閲が入ったのだ。

「あいつら昔からこんな風に遊んでおったのか……！」

とか言うけど、うちの姉の部分をもう少し見せてくれませんかねーえ？

だが、ちょっと面白い。

今、武蔵の中も上も大騒ぎになっているが、これが片付いたら、どこかで姉の記録が出てくることもあるのだろうか。

否、あるのかもしれないと、淡い期待を抱いていいのだ。だから、

「……早く片付いて、次から次へと、こういうものを見せてくれればいいと思います」

「世話子様、……それはそれで、また迷惑な」

そうですね、と己は苦笑した。

遠く、砲の音が響く。あれは、

「――うちの艦載砲ですね。奥多摩のアルマダ海戦ですか」

他、わああ、と声が聞こえて何かと思えば、

「品川に輸送艦が突っ込んで来るで御座るよ！」

「輸送艦突撃も久し振りですね。――羽柴勢合流から、やってくる勢力が無かったですから」

こんな中に姉もいると、そう思うと、やはり面白い。無論それは記録であろうし、本人は天に昇っているのだが、

「記録でも退屈させないというのは、やはり武蔵の非常識ですね」

立花《たちばな》・宗茂《むねしげ》

呼名：ムネオ

役職など：武蔵副長補佐　近接武術士

・元三征西班牙。立花・誾の夫。爽やか青年。脳にネガな要素が無い。西国無双《さいごくむそう》と呼ばれる襲名先として充分な実力を持っていたが、本多・二代に敗れて襲名解除。誾の支えもあり、復帰以後はその実力を遺憾なく発揮しすぎて屈託ない一撃必殺屋みたいな変なことになってる。大罪武装《ロイズモイ・オブロ》・〝悲嘆の怠惰《リピ・カタスリプシ》〟を扱うことが出来る。

と右舷の空で爆発が起きた。武蔵に突撃を掛けていた輸送艦が散って、

「タアアアアマヤアアアアアア！」

流体光に、全てが弾けた。あの輸送艦もつまり〝リピート〟なのだ。

「何が何やら、という感じですが……」

第三章

『境界線の手始め屋』

忘れるものか
今は何だ
失念していただけだ
配点（大丈夫か）

play back

「ではI上下の紹介ですが、詳細などは先に出しているので、ここでは口絵をベースにイメージを伝えて行きましょうか」

「何やら馬鹿がエロゲの箱持って出張っておりますねえ」

「私が菊の花を持っていたりと、いろいろ含意があるな。後ろの忠勝公達も戦闘装備だし、馬鹿とのコントラストでこれからの不穏な空気を示している、と言ったところか」

「おおう、セージュンちょっと格好良くね？」

「ちょっとした対決構図であり、〝大人と子供〟の対比でも御座る。極東は学生の上限年齢が十八歳なので、大人が味方になれる処はほとんど無い一方、他国の大人は敵なので御座るよ」

「I上下は、解りやすく言うとどんな内容ですかねえ、正純様」

「やはり全体のスタートラインという事だろう。この二冊で、最後まで関わる問題や事象のほぼ全てを開始している」

「三河争乱と言うけど、I上では武蔵内での生活や、他国の状況などにも描写が多いのよね。それらに触れたところで、三河争乱のスタートと言った感じ」

「I下では、学生が治めている世界、ということを示すように、私達が臨時生徒総会などを行って武蔵の方針を決めていきます。全ての決着はヴェストファーレン会議へ。でも、ホライゾンが処刑のために捕らわれているので奪還に、という流れですね」

「ハイライトは、感情の無いホライゾンが自分の処刑を認めているのに対し、愚弟が〝平行線問答〟を展開して、ホライゾンが生きることを望んでいるというのを引き出すところね。〝お互いが平行線でも、共に求めることが出来るのは何？〟それは〝境界線〟よね。

——つまり境界線上のホライゾン、その始まりなの」

振り返り

境界線上のホライゾン

文庫本I〈上〉〈下〉

控えの班は、それなりに忙しかった。
控え班の総リーダーには、浅間が就いた。武蔵の主社となっている浅間神社と東照宮。この二つの神社の代表である彼女は、三河からここまで、武蔵について多くの記録をとっている。実際、武蔵内に格納されて、今ここに表出している記録の大半は、

「私の書いた記録ですよね……」
これは、事が収まったら自己回収と言っていいんだろうかと、そんなことを思う。

「というか書記のバラやんがそれやってないのは何故かな？」

「それは僕には僕の書くべきものがあるからだよ……！　ノンフィクション戦記とか、いいよね……！」

「いいよね、って言ってないで書きなさいよ」

魔女がなかなか厳しい。だが、

「待ってくれ！　僕の紹介が出てないぞ！」

トゥーサン・ネシンバラ

呼名：バラやん
役職など：武蔵生徒会書記
・三征西班牙出身。同人作家だが、かなりミスをやらかし気味。妄想の実力は黒帯特急クラスで、交渉に出すと相手が混乱する。術式で神を顕現することが出来るが、目下の問題はナルゼの漫研に借りてる印刷代の返却。補佐の走狗はミチザネ。

「――ちょっと待ってくれ！　もっと長文を！　長文を頼むよ！」
無茶を言う。ともあれこちらはこちらで忙しい。何しろ、

「では、現場の皆が表出記録の中に入ったとき、いろいろ混乱しないように、こっちで各記録の

流れを確認しておきます。通神で、あちらから〝今はどのあたりか〟と問われたときに答えられるように、ですね」

「Ｊｕｄ．、では宜しく御願いいたします。私共もP.A.Oda側から三河のことなどいろいろ情報を得ていましたが、当人からは聞いていません。——知ってみたいものですね」

　成程、と己は応じた。自分の娘である豊は、今回の主力の一人として出ていくようだ。皆も多くが出て行った。御高説としてはちょっと肩透かしな感があるけど、仕方ない。

「じゃあ、ここにいる人だけで、とりあえず三河争乱について話をしましょうか」

「Ｊｕｄ．、宜しく御願いするで御座ります……！」

福島《ふくしま》・正則《まさのり》

呼名：フクシマン　ノリちゃん
役職など：近接武術士（侍）

・未来から来た二代の子。加速術式・逆落としを用い、機殻槍《やり》・一《いち》ノ谷《たに》を手に戦う。元羽柴勢で武蔵勢と敵対していたが、合流後は二代を師のように仰いでいる。しかし二代同様、かなり天然。清正と付き合っているが、仲が進展しない。

「待ってくれ！　福島君の解説が僕の時と違って即座に出るのはどういうことだい!?」

「そういうところじゃないですかね……!?」

●

　武蔵野の地下に入ったミトツダイラは、背後に豊と嘉明、脇坂の三人を連れていた。

「引率感ありますわねえ」

　とりあえず武蔵に合わせた神道の術者系と機動力のある魔女二人。特に豊は浅間の娘で、現浅間神社代表だ。能力的には浅間と遜色ないと考えていい。

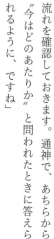

自分も制服に銀鎖のオベリスクを四本装備しての出場だ。
遠く、砲撃音などが聞こえてくるのは、この艦内からだろうか。それとも外からだろうか。

「下、なんですよね……」

「Ｊｕｄ．、それがどうかしましたの？」

「あ、はい。他の艦では表層部にメインが表出しているんですけど、武蔵野と奥多摩は主に地下なのは何故なのかな、って」

と言う言葉の意味は解るが、理由は解らない。推測は幾つも出来るが、

「とりあえず、答えの出る疑問じゃなさそうね」

ナイトとナルゼの子。嘉明はどちらかというと内面でナルゼ似な気がする。脇坂の方はナイト似だ。金髪で巨乳がナルゼ似で、黒髪で薄型がナイト似だから、見事に逆と言うべきか。ちなみに彼女の母達の方も、黒髪のナルゼが白魔女で金髪のナイトが黒魔女で、名前がマルガ・ナルゼとマルゴット・ナイトだからとにかく諸処の混乱を招いた。娘二人がまた逆相なので、いろいろまた混乱を生むことにはなろう。

ともあれ地下を行く。

武蔵野艦首甲板から直下。武蔵野艦首甲板は表層部よりも高い位置にあるのだが、その高度差は降りて通過した。

「ここまでは、大体、倉庫や企業組合のフロアなんだねえ」

「Ｊｕｄ．、外壁側の倉庫は、弾薬庫としても用いる場合があるので、そちらは補強の上、外部パージ出来るようになってますわ」

今の所、副砲群は基部のみ残して解除している。元弾薬庫がそれらのパーツが保管されている場所だ。

「武蔵改の後期バージョンあたりからそのようになりましたけど、でも、中央側の倉庫は浅草や品川からの食糧などを一度受ける場所として使われ続けましたの。

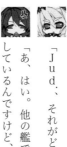

だから一時期は甲板上で弾薬類が並ぶのを見つつ、野菜や魚肉の市場が開かれていたりで、まあ、都市艦としての武蔵らしいですわね」

「割り切ってんなあ……」

　まあ、日常を捨てなくてよかった、とは思う。
するとと正面から戦士団の小隊が来た。

「あ、第五特務！　この辺りです！」

「この辺り？　何がですの？」

　Ｊｕｄ．、と相手が応じる。彼らは表示枠を開き、艦内インフラの通神から周辺の地域情報を引き出していく。一体何が、と思っていると、

「ちょっと、記録の表出が不定期というか、定まってないんです。そういうものかな、と思うんですが……」

「他の隊が飲み込まれたり、吐き出されたり、結構範囲は広いし、こっちに対してやらかしてくるんですが、こっちからのアプローチをしようとすると選別されるというか」

　ああ、と豊が応じた。

「介入条件ありますね、コレ。恐らく、三河争乱の現場にいて、深く関わっている人がいるかどうかとか、そういうのじゃないでしょうか」

　成程、と思いつつ、何となく通神で窺《うかが》ってみる。

●

『第一特務？　コレ、どのような表出をしてますの？』

『Ｊｕｄ．、大規模なのはもうデカい占有空間使って御座るが、そうでないものは結構混じっている？　そんな感じで御座るよ？』

『奥多摩の方だと、アルマダ海戦時の戦士団の記録があちらこちらで再現されてて、御陰《おかげ》で何か指示が入り乱れてる？　軽いパニックになってるらしい。正規の指示と、アルマダ再現の指示が、まあ、型式にあまり変化無いから、通っちゃうんだよな……』

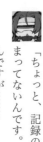

『浅草ではネルトリンゲンの後の戦勝祭の再現もあるらしく、何やらライブが見れるとか見れないとかで戦士団が寧ろ突っ込み気味で御座ってなあ』

何が何やら、という感じだ。

『つまり、入り交じっていろいろな要所が再現されてますのね？』

●

嘉明は思った。これは第五特務から離れない方が良いわね、と。

「第五特務がいることが、過去の再現に至る要因だとしたら、あまり三河争乱に近しくない私達は、傍《そば》を離れない方がいいわね」

「アンジー達、岐阜城《ぎふじょう》から見てはいたけどねー」

「ふふ、ひょっとしたら貴女達の介入があったかも……、と考えると面白いですわよね」

「いや、まあ、あの時はいろいろと」

「ケッコー、アサマホがいっぱいいっぱいでねえ」

「言わない……！」

●

浅間は、ホライゾンが右手を挙げたのを見る。何事かと近付けば、

「浅間様、今の豊様達の遣《や》り取《と》りで、——握手を」

「あ、ハイ、何となく解ります」

しっかり握手しておく。

「フフ、まあそうよね。——出来れば愚弟の娘達がいつから私達のこと考えて活動し始めたのか、とか、そういうのも知ってみたいけど、流石に今回は外しね。勿体《もったい》ないわ」

●

ミトツダイラは甲板側、本陣での遣り取りを

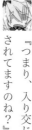

通神で見て小さく笑った。

　やはり親子とは言え、結構長くに渡って敵対関係にあった。それには理由があり、その理由ももう解除されているが、だからこそ子供達にとってはちょっと〝やらかした〟案件になってもいるのだろう。

　そんなこと、もう気にしなくていいのに、とは思うが、

「――やはり、気にしてしまいますの？」
　と振り返った背後。そこに嘉明と脇坂がいなかった。豊の姿も消えている。

「え？」
　三人がいない。というだけではない。周囲の風景が違う。
　温度、湿度、何より違うのは匂いだ。
　土。遠く海の潮の匂い。そして僅かに湿った風に、

「西日の空……！」
　視界に広がるのは、周囲を高い土手に囲まれた土の広場だ。
　ここは何処なのか？
　自分には見覚えがある。この場所は、

「三河の、西側広間ですのよ……!?」
　やられた。

「――過去の三河にトバされましたの！」

●

　豊は気付いた。これはマズいですね、と。

「ええと、ここは……？」
　皆とはぐれていた。
　一人だ。
　自分がいる場所は薄暗いホール。どことなく焦げた匂いがするが、これはどうもパンを焼い

たような香ばしいものだ。
見ればホールに近い扉が外れて、その周辺に焦げた跡がある。
誰かがこのホールか、もしくは近くで〝爆発〟に類することを行ったのだろう。
しかしここは、

「武蔵《うち》の教導院の二階ホールですよね……!?」

外。何か大勢が騒いでいる声が聞こえる。
昇降口の大扉は閉じているが、では、あの向こうでは今、何が行われているのか。
そして自分は今、ここでどうすべきか。思案を一瞬巡らせたなり、声が来た。

『――コレ、何時頃だろう!?』

同行していた魔女二人の声が通神から来る。

『三河の陸港に、栄光丸《レーニョ・ユニート》が健在よ!』

●

『動かないで下さい!』

浅間は通神に入ってきた魔女勢の声に安堵《あんど》した。
彼女達の位置が、捕捉できなくなっている。だが声が届くと言うことは、この記録はやはり、武蔵の情報体としてのインフラを乗っ取るような形で〝再現〟されているのだ。

『豊、設定で術式関係の通神配布が可能か確認して下さい』

『――出来ます！　こちらから浅間神社の、現実側にアクセス可能。最新術式などを表示枠に呼び出せます』

反応が早い。この事態を理解したなり、即座に確かめたに違いない。後は、

『しかしコレ、何時ですの？　栄光丸が健在って……』

「栄光丸が健在と言うことは、私が一度、酒井《さかい》学長と三河に降りて以降だな」
正純は、当時の記憶を思い出して言う。酒井の付き添いで三河の関所に向かう途中、自分は栄光丸が三河に入ってくるのを見上げたのだ。
そして浅間が作った表示枠に、当時の三河の概要図と、現場の四人がいる暫定座標が表示される。そこに見えるのは、

「ミトが西側広間で、浅間の娘が教導院、ナイトとナルゼの娘達が、浅草か」

『浅草の上空よ。――一応、私達の白姫と黒姫を小型展開してるわ』
じゃあ、と浅間が自分の手元の表示枠を手で撫《な》でる。するとこちらの画面の中、三河の概要図が立体化した。
そして、それを見た世話子が手を挙げる。

「――これが、今回における三河争乱の記録において、リピートに至るとなる時間帯と、そういうことなのですか？」

「残念だが、まだ〝何時か〟は解っていない。――三河争乱の記録ではあるがな。
――浅間、そのあたりの割り出しはどうする？」

「現場の方で証拠を見つけて割り出して貰うのが一番ですけど、下手に動いて介入すると面倒が生じると思います」

「たとえば？」

「リピートしているとはいえ、介入すれば変化が生じます。ただ――」
ただ、

「私の予測では、リピート原因は記録の歪みや欠損です。何か、記録が途切れていて繋げられない。だからリピートに入る訳です。つまり――」

「――今、現場は、その時刻に向かって行っている、と？」
その通りだ。ならば、

「僕《ぼく》達《たち》は当時を知っている。時間帯さえ割り出せば、どの状況が歪みや欠損を生んでいるか解る筈だ。後は判別次第、そこに人員投入だね」

　だが、声が来た。

『アー、御免、アンジー、チョイと馬鹿だから三河争乱、よく解ってないよ？』

●

　これは多分必要なことだろう、と浅間は表示枠を追加で展開した。

　武蔵野全域のインフラ、特にインフォメーションポストとなっている鳥居型掲示板に対し、己は文字を作って言葉を送った。まず一度手を打ち、

「ちょっと表記のルールを決めましょう。

　――過去の記録内にいる場合、記述の前に〝○〟。

　――現実側にいる場合、記述の前に〝●〟。

　そういう区別をつけて、報告が解りやすくなるようにしましょう」

『GT方式ですのね？』

　はい、と頷こうとしたときだ。

GT
Girls《ガールズ》 Talk《トーク》の略。武蔵で生じた事件の記録を納品したり、確認する際、関わった女子衆《おなごしゅう》が皆を集めて夜更《よふ》かししながら語り合い、再編纂を行うこと。しかし編纂中に担当者の私見など入るため、それとなく捏造《ねつぞう》気味。
現在、三つの記録が納品されている。

「せ、宣伝はいいんですよ別に！

　――ともあれ三河争乱について、流れを説明し、確定します。――正純、行けますか？」

●

　皆が浅間の促しで黙った。遠くから聞こえる騒ぎの声や砲撃音などはあれど、このあたり、

為《な》すべき事を為すときに為せるのは自分達の強みだと思う。ゆえに己は為した。
「三河争乱の記録。そのベースとなる概要を確定しよう」
言う。
「三河争乱は主に二つの段階に分かれている。
一つは元信公による三河消失から、ホライゾンが捕らえられるまで。
一つは武蔵アリアダスト教導院を核とする武蔵勢が反乱し、三河を脱出するまで、だ」

●

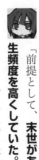

正純は言葉を作る。当時を思い出しながら、
「前提として、**末世があり、極東中が怪異の発生頻度を高くしていた。**
折しも、人を導く未来の歴史を教える預言書である〝聖譜《せいふ》〟。その更新がずっと止まったままで、最終記述の**一六四八年が世界の終わりと、そう言われていたな**」
懐《なつ》かしい、という声が幾つか生まれる。それ

study

●教皇総長の移動について●

「安芸からこっち、三河に来るまで、ムラサイ領土を通過する訳にはいかんから、沿岸伝いに来るわけだな。遠回りが面倒でかなわんぞ。おい」

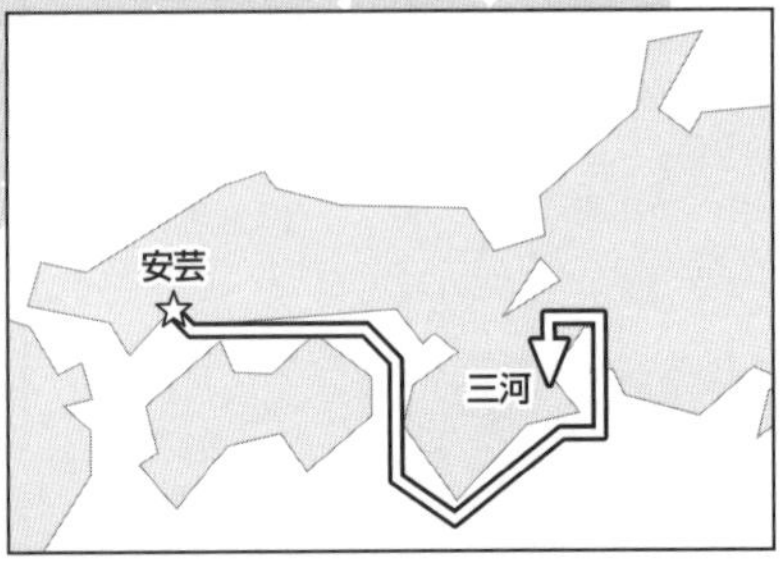

「ちなみにコレ、当時は三征西班牙が護衛を任されていたので、つまり三征西班牙は付き合わされて三河まで来た訳ですね」

「なお、三征西班牙は武蔵の監視役として三河まで随伴した部隊もあった。こんなことやったりやらされたりしてると、確かに三征西班牙は疲弊するよなあ……」

study

もそうだろう。去年はその解決のために奔走し、何もかも過去にしてきたのだ。

　これは俯瞰。そう思って、己は言葉を続ける。

「末世については世界各国が研究をしていたが、**P.A.Oda**……つまり、Tsirhc《ツァーク》諸国と敵対していたムラサイと織田の連合国家が、**創世計画という末世解決の算段を進めていた**」

「……つまり三河争乱の時点では、P.A.Odaは欧州各国よりも頭一つ抜きん出ていた、ということですね」

「Ｊｕｄ．、このP.A.Odaは、旧派《カトリック》であるM.H.R.R.旧派陣営を羽柴によって自勢に引き込み、欧州での存在感を強くしていたからな。羽柴はこの時点で既に九州を先に攻略し、三征西班牙ともM.H.R.R.と付き合いを持っていた。

　欧州で明確に逆らえるのは、六護式仏蘭西とK.P.A.Italia、そしてM.H.R.R.改派《プロテスタント》、といったところだろう。正に欧州は二分されたような状況だった」

　だから、と世話子が言葉を作った。

study

●Tsirhc《ツァーク》、ムラサイについて●

「Tsirhcとムラサイは、世界を二分する教譜だ。元々は違う名前だったが、かつて人類が重奏神州に渡った際“この重奏神州から必ず結果を出して戻れるように”という願いから、名前を逆読みにした。つまり、偽物の世界に根付くこと無く、逆戻り出来るように、と、そんな加護をつけた訳だな」

「両者、今のところだとこんな支配領域になってますの」

「教譜は国家の枠を越えるので、国が違っても教譜が同じだから助け合う、ということもあります。ただこの時代、Tsirhcは旧派と改派に分かれて争っているので、ちょっと面倒ですね」

「ちなみにナイちゃん達みたいな魔女は“魔術”だけど、これは教譜というより技術体系かなあ。あ、でも、実は世界最大の教譜があるよね」

「ええと、神道ですね。極東は暫定支配を受けてますが、それ以前に神道が根付いたので、暫定支配国は神道のインフラを広く流用しています。だから神道組織においては、暫定支配を免れ、極東寄りながらも中立的に活動をしています」

study

「三河はP.A.Odaと聖連各国の中立地で、ホットスポットでしたね」

「そうだ、ゆえに欧州旧派勢の復権と、旧派代表の威光を示すため、教皇総長が栄光丸で三河に乗り込んできた訳だ。三河周辺は全てムラサイ地域で、三河だけが中立地帯。そこにTsirhc旧派の代表でもある教皇総長が乗り込んでくるのは、かなりの事件だったんだ」

「一気に説明が来やがったよ……」

まあそう言うな。ここからが大事なんだ。

「これより以前に、**主力国には大罪武装という強力な武装が与えられていた。**

教皇総長は、その新型を無心に、元信公とのアクセスを求めて乗り込んで来たんだ」

だが、ここで話が大きく動く。

「**大罪武装は、元信公の娘であるホライゾンの感情を元に出来ており、最後の大罪武装は自動人形にされたホライゾンのOSそのもの**だった。

その上で元信公は言ったんだ。**大罪武装を全て**

study

●大罪武装●

「さて大罪武装の御時間です。どんなものがあるのか、ちょっと見てみましょうか。あ、大罪は七大罪とか言わず、九大罪です」

「大罪ネタの大元では、八大罪だったんだね。それが後年、七つにまとまる際、何故か“嫉妬”が付け加えられた。だから八大罪に嫉妬を加えて九大罪なんだ」

暴食：『飽食の一撃《フィオゴス・ガストリマルジア》』：アーバレスト型。矢を命中させた対象をオーバーロードさせる。
淫蕩：『淫蕩の御身《ステイソス・ポルネイア》』：ハンマー型。範囲対象の武装を解除する。
強欲：『拒絶の強欲《アスピザ・フィラルジア》』：盾型。受けたあらゆるダメージを流体燃料に転化する。
悲嘆：『悲嘆の怠惰《リピ・カタスリプシ》』：剣砲型。対象の割断、大規模砲撃。
憤怒：『憤怒の閃撃《マスカ・オルジィ》』：弓形。範囲対象をハートアタックする。
嫌気：『嫌気の怠惰《アーケディア・カタスリプシ》』：剣砲型。大規模な束縛攻撃。
虚栄：『虚栄の光臨《フォス・ケノドクシア》』：刀型。虚栄を続けるものの防御力を無敵化する。
傲慢：『傲慢の光臨《フォス・ハイペリファニア》』：打撃棍型。傲慢を続けるものの攻撃力を無敵化する。
嫉妬：『焦がれの全域《オロス・フトーノス》』：ホライゾン本体。全大罪武装の統御。新武蔵の強化。

「使い切れないくらいありますが、使えるんですかねえ」

「ホライゾン！　ハッキリ言い過ぎですって……！」

study

揃えた者が、末世を左右すると。

——そして元信公は新名古屋城《しんなごやじょう》を爆破して三河消失。ホライゾンは教皇総長に捕らえられる」

●

懐かしいですね、と世話子は思った。

「三征西班牙の審問艦、その〝刑場《アンダミオ・デラ・エジェクシオン》〟に捕らえられたホライゾン様を、元襲名者であった私が御世話《おせわ》することになったのです」

「そう、そこでついた名前が世話子様……！」

ちょっとその通り過ぎませんかね、と思うと、姫が振り向いた。

「その節はどうも。御陰様で今、非常に健康です」

皮肉も嫌味も悪意もないから凄い。

●

「なお、審問艦は戦艦ではなく〝裁判用の艦〟です。艦首側に用意された結界の檻《おり》、この内部

study

●審問艦とは●

「遠間から見たラフだけど、大体こんな感じ？　全体が十字架型の装甲で覆われている、という作りよね」

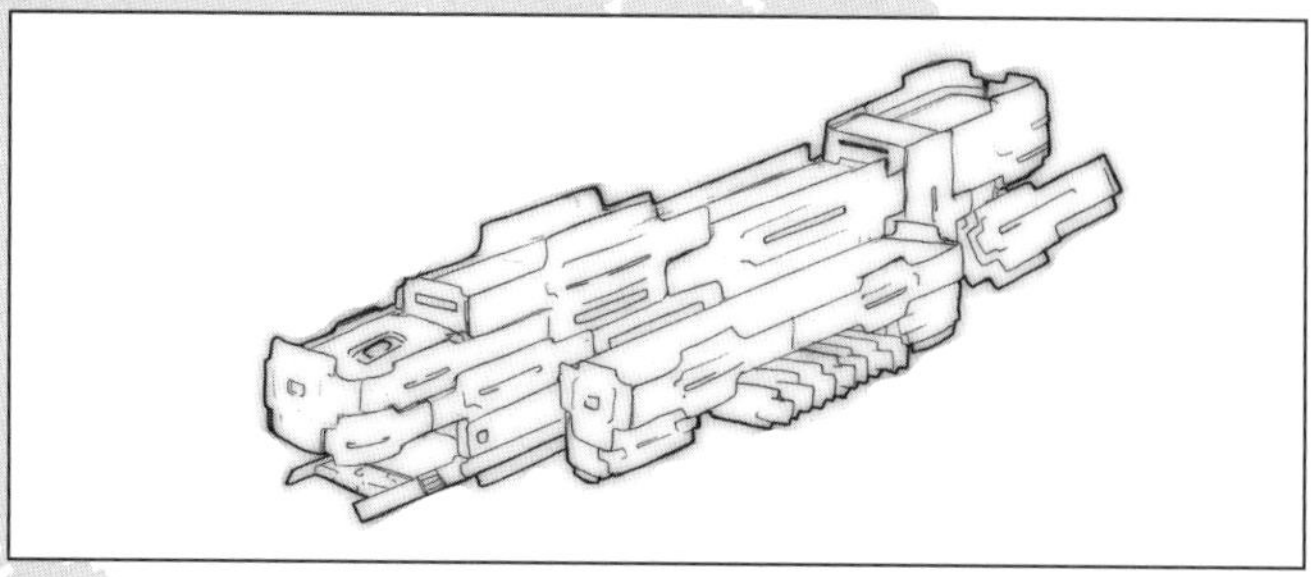

「ホライゾンがいたのは、この艦首下の部分ですね。」

「同人誌で描いたとき、下に畳敷いてた記憶があったんだけど、アレ三河でホライゾンを捕らえた時だけの仕様だったんだってね……。何て作画に面倒な仕様を……」

study

が審判の力に満たされて行き、それが最高量になったとき、内部にいる者は過去に起こした自分の罪を突きつけられ、基本的に死亡。流体的に分解されます」

●

流石はホライゾン、と浅間は思った。ともあれ正純の言がここで切れたように、

「――ホライゾンが捕らえられるまでが、一つの区切りですね」

「しかし何故、元信公は新名古屋城を爆破したのです？」

「あー……、それは後々解るので、今はちょっと」

「あ、すみません……」

いえいえ、と言いつつ、自分は疑問する。コレ、ひょっとして娯楽作品状態になってないですかね……、と。

でも同時に思い出すのは、やはり当時のことだ。

彼がホライゾンを救いに行こうとして失敗して、自分はその晩、いろいろな対処に追われた。翌朝に入った浅間神社の泉が温水だったので寝落ちしたとか、そういう要らん情報もあるが、

「私達武蔵勢は、ホライゾンを救いに行くかどうかで議論して、その利点はあると判断しました。鈴さんが、迷っていた私達の背を押すような言葉を言ってくれて、尚更《なおさら》でしたね」

「あれは、まあ、うん……。あ、三要《さんよう》先生の説得もあったからね？」

「吊《つ》るされるようなことはするな、は、まあ確かにそうだね。憶えているとも」

そして開催されたのが、臨時生徒総会だ。

「ホライゾンを救いに行くか、行かないか。私達だけではなく、武蔵の総意を確かめるために行われた臨時生徒総会で、私達は身内の相対をします。

反対派の直政と、賛成派のシロジロ君が武神対商人という相対で、シロジロ君の勝ち。

境界線上のホライゾン
Horizon on the Middle of Nowhere
SIRASAGO

反対派のミトと、賛成派の鈴さんが相対して、騎士のミトが市民の鈴さんを救う形でミトの勝ち。反対派と賛成派が並んだ時点で、反対派の正純と賛成派のトーリ君が相対したんですが……」

「まさか馬鹿が寝返って、こっちが賛成派にされるとは思わなかった」

だが大事なことだった。正純はそう思う。

「私もホライゾンを救いに行くことには賛成だった。だが、立場が有ってな。それが馬鹿の手筈《てはず》で逆になったので、好き勝手言わせて貰ったら、教皇総長が会議に乗り込んで来て、まあ、馬鹿の援護もありつつ、何とか凌《しの》ぎ掛けた訳だ」

実際、ほとんど負けだったなあ、と思えるのは今だからだ。だがそれを〝凌いだ〟のを、やはり教皇総長は見逃さなかった。

当時、聖連側に付いていた極東戦士団。その代表である本多・二代を、敵として送ってきたのだ。

「とはいえ拙者も、喜美殿に見事に退けられてしまったので御座るが」

「あれは喜美がいなかったらマズかったですね……」

「フフ、あれから随分変わったけど、どう？もう一回やってみる？」

「否。――喜美殿とはまた違う形で御願いしたいで御座る。同じやり方では、単に〝上に行く〟だけで御座るから」

そういうもんか、と思うが、馬鹿姉の方は小さく笑っただけだ。規格外の連中が何を考えているかはよく解らん。

「ともあれこちらが聖連の刺客であった二代を退けたことで、教皇総長を代表とする聖連諸国、つまり欧州勢とは敵対が決定。全ての判断は、各国が集まる公会議であるヴェストファーレン会議に預けることとなった訳だ」

そして、

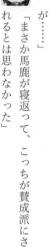

study

●三河争乱●

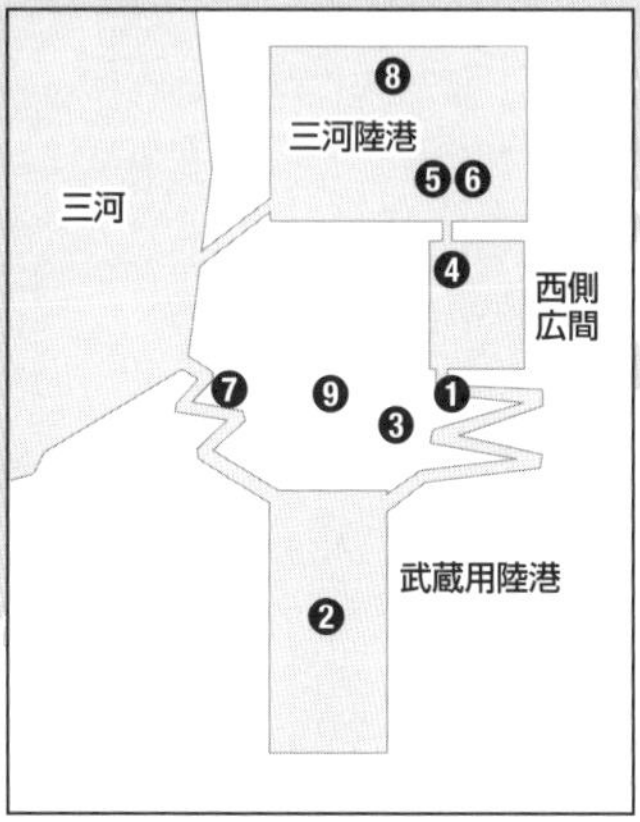

「では僕が解説しよう！　三河争乱は幾つかの段階を経て進んだ戦役だ。図として見ていこうじゃないか」

「では①として、自分らが西側回廊から進行で御座るな」

「同時に②として制空権争いです。三征西班牙の戦艦から撃ち込まれた砲弾を武蔵が防御。向こうは出力を上げた主砲の一撃を入れようとします。――以上」

「そこで私が迎撃ですね。敵艦の砲門を破壊して戦闘能力を奪います」

「そして③として、出てきた敵の武神を私とマルゴットが迎撃。撃墜という流れね」

「自分らは、上空が安全になったところで進行、と行きたいところで御座るが、ここで敵が一気に押して来るので御座る」

「なので④として、私と直政が上空から突撃！　一気に道を空けますのよ？」

「そこで自分らは陸港に出るので御座るが、ここで教皇総長が“淫蕩の御身”を使用して、自分らの武装を解除に入ったので御座る」

「オッサン汚えよな。仕方ねえから俺が⑤って感じで流体供給術式使って逆転な？　今後、哀しくなったら死ぬから、オメエら無茶すんなよ？」

「わあお。1501回の伏線だねえ」

「ハイッ、ハイッ、気にせず行くと、ここで乱戦のような状態が生じますね」

「俺がウルキアガと一緒にガリレオを倒したりするんだよな！」

「私も、教皇総長を引きつけるために牛歩戦術を使用する。これが⑥と言った処か」

「この間、拙者は宗茂殿と戦闘。⑦で御座るか？　結果として大罪武装“悲嘆の怠惰”を奪取したので御座る」

「そしてラスボス、このホライゾンが⑧でトーリ様を迎え撃つ訳ですね」

「凄いラスボスだったよね……」

「ええと、ホライゾンを奪還してから、K.P.A.Italiaの旗艦“栄光丸”を武蔵が撃沈したのを⑨として下さい。正確にはホライゾンの悲嘆の怠惰が撃沈したんですけどね」

「――というところでどうで御座るかな？　ネシンバラ殿」

「僕の解説無かったよね?!　ね!?」

study

「私達はヴェストファーレン会議までに、大罪武装を回収。各国の支持を取り付けることを目標とした。
　一方の教皇総長達は、まず三河でホライゾンを処刑して、彼女のＯＳである最後の大罪武装を奪取しようとする。私達はそれを止めに行き、完遂。――三河を脱出する訳だな」

「あれ？　ちょっと終わりの方、省略しすぎじゃね？　俺、ホライゾンを救うときとか、もっと活躍してるんだけど？」

「概要だよ概要」

「付け加える情報としては、各国に預けられた大罪武装の内、私が持っていた〝悲嘆の怠惰〟を、副長に敗北して返還されたことでしょうね。大罪武装の回収が始まった訳です」

「あ、あとトーリ君が、皆に広域援護をするためのチート級流体供給術式を使用するんですが、この使用には〝哀《かな》しくなったら死ぬ〟という制約が掛かります。これ、後にいろいろあるので憶えておいて下さい」

「フフ、いろいろあったわねえ。流石は〝始まり〟そういうことね」
　そう。これが全ての始まりだ。

●

　いろいろありましたね、と浅間が思っていると、近くに浮いていたハナミが一つの表示枠を示した。それは各艦の流体経路の流れを示すもので、

　……流体燃料の消費が、少なくなっている……？
　どういうことかと思ったなり、自分は可能性に気付いた。

「リピートが近いです！　急いで〝歪み〟を割り出さないと、リピートして最初からになります！」

●

　ミトツダイラは、周囲を見渡した。ここは西

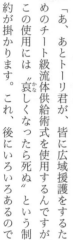

側広間で、しかし無人だ。だとすれば、

「――私達がホライゾンを救いに行こうとした。少なくとも我が王達が戦士団を連れてここに来るより前ですわ！」

●

誾は宗茂と視線を合わせた。彼が頷き、促しを作るのを是として、言葉を送る。

「陸港に審問艦がありますか？　あるとした場合、〝刑場〟の状況を教えて下さい。〝刑場〟を包む光の壁の発光状態から、時間が割り出せると思います」

声は届いた筈だ。だが、

『浮上しないと見えないわ。――しても大丈夫？』

『駄目よ。――浮上すれば三征西班牙の戦艦に捕捉されるわ。最悪、向こうの砲撃が始まったり、武神が飛んでくる可能性があるわよ』

『ウヒョー、派手な時間帯！　でも、ええと、アレだ。一応周囲確認してるけど、武蔵の周囲？　陸港も含めて無事だよ？』

『北壁が無事だとすれば向こうからの砲撃が始まってない時間帯ですね。――以上』

●

成程、と浅間はタイムラインを文字に起こす。

先ほどまで説明し合ったことは、

「文字情報の形で確定して、流体経路に〝情報〟として流します。これは補正時の補強材になるものですが、……今、どのあたりだと思います？」

◆三河争乱――――

・末世が問題となる。

：各国が主導権を窺う中、P.A.Odaが力を付ける。

：P.A.Odaは創世計画を掲げている。

・聖連代表として教皇総長が三河に来る。

：新型大罪武装の無心。

・元信公が煽って三河消失。

：大罪武装を集めると末世を左右できる。
・ホライゾンが捕らえられる。
：ホライゾンが最後の大罪武装である。

「ホライゾン、ちょっと格好良い役ですねえ」

「いやあ、いきなりでしたねえ……。あ、続きがあります、コレ」

・ホライゾンを救いに行くと武蔵勢が決める。
：教室会議と鈴さん、三要先生の説得。
・臨時生徒総会での相対。
：●反対派の直政　対　○賛成派のシロジロ
：○反対派のミト　対　●賛成派の鈴
・トーリ君と正純の相対が変な方向へ……。
：教皇総長の乗り込み。
：●教皇側の二代　対　○武蔵側の喜美
・ホライゾンを救出に行く。
・制空権の獲得。
：○ナイト、ナルゼ　対　●武神

・西側広間の吶喊《とっかん》。
：○ミト、直政　対　●敵戦士団
・陸港の吶喊。
：○ノリキ　対　●ガリレオ
：トーリ君の供給術式（哀しむと死んでしまう）
・大罪武装〝悲嘆の怠惰〟の獲得。
：○二代　対　●宗茂
・ホライゾンの救出。
：平行線問答からのエロ不注意。
：審問艦の見せる過去の罪を払拭《ふっしょく》。
・三河を脱出する。
：●栄光丸　対　○武蔵、ホライゾン

「結構ありますね！」

「ってかアサマチ？　制空権の獲得で、
：○浅間　対　●三征西班牙戦艦
って書かないとダメだと思うなあ」

「あれは前哨戦《ぜんしょうせん》！　そういう感じで……！　というか現場の方、このあたりで思い付くものってありますか？」
　問う。するとややあってから、声が来た。

『ネ母さん、こっち、教導院まで、あと三分くらいで来れますか？』

『こっち、西側広間ですのよ？　流石にそれは無理ですわ？』
　じゃあ、と豊の声が聞こえた。

『――リピートまでに間に合えて、行けそうなのは私ですね。リピート箇所が解ったので出ます！　母さん、浅間神社から、私宛てに装備を射出して下さい！』

○

「――拙者の相手は、誰で御座るか!?」
　鋭い声が響いたのは教導院の正面。二階からの入り口につながる橋上だった。
　三河の全てを決める相対の中、教皇総長に派遣された極東戦士団の長、本多・二代が、蜻蛉切を持って武蔵勢に相対を望む。
　対する皆は、橋の下でスクラムを組んで議論した。

「んー、あたしが地摺朱雀を空から落として不意打ちズドンってのはどうかねえ」

「それより、私が弓矢の遠距離射撃でズドンっていうのは」

「……何でこの女衆は全員ズドン系で御座るか？」
　などなど、いろいろと言い合っている中で、不意に顔を上げた声が生まれた。だが、

「――」
　その声が、誰のものか、解らない。
　あれ？　と疑問の言葉を作ったのは、アデーレだった。

「今、ここに、……いない人、いますよね？」
　そうだ。浅間が顔を上げ、直政が続き、そし

てトーリが、

「あれ？　姉ちゃんが――」

と、姉の不在を疑問に思う。その瞬間だった。

「――ええ、喜美様はちょっと忙しいので、代理として来ました」

一人の少女が、昇降口一階の大扉を開けて出て来た。

巫女だ。

「……うちの正式装備？」

浅間の問いかけに、彼女は微笑する。

「大丈夫です。――そのあたりで茶でも飲んで下さい。そして――」

彼女が、トーリと浅間に視線を向けた。口で何かを言いかけ、やめて、改めて言葉を作る。

「私が、あまりにも駄目な皆さんを救《たす》けてあげます」

○

父がいる。母もいる。皆がいる。

〝そこ〟に自分がいる。いないはずの自分が、だ。

豊は、この過去を偽物《にせもの》だと思いながら、一つの満足を感じていた。

橋上に至る階段を上がっていく。すると父と、副会長と擦れ違うが、

「――姉ちゃんの代理かよ？　でも、姉ちゃんが推すなら出来るんだろ？」

「はい。――もう、親しいですから」

そうだ。喜美は自分の伯母にあたる。オバさん呼びも許可出ているのだ。だから、

「――任せて下さい」

言えて良かった。

かつて自分達は、羽柴勢として、父や母達と戦う仲だったのだ。

訳ありだったとしても、過去は変わらない。

ただこれは、自分達にとって、〝変わる〟ものだ。あの頃の己がどうであったか。今ならば素直に思い出し、言うことも出来る。そうしたい。もはや己の足は止まらず、橋上に至り、

「——貴殿が相手で御座るか？」

「はい。葵・喜美代行——」

名乗った。目の前の相手は、この後で武蔵勢となる存在だ。ならば今、自分は敵として、

「——長泰、と申します」

古い名前。平野・長泰。羽柴勢時代の襲名だ。もはや公的な諸事でなければ名乗ることが無い襲名かと思っていたが、ここで使うこととなるとは。

直後、己の背後に風を切ってそれが落下した。

激音と震動、そのままに展開する柱状のフレームは鳥居マークの付いたものだ。その内部、駆動音と共に姿を見せるものを、己は抜き取った。それは二つの刃とパワーアームであり、

「浅間神社、対怪異近接装備〝二重桜《ふたえざくら》〟。——結構、半端《はんぱ》ないですよ？」

study

●教導院前の橋●

「さて、以前にも屋外で舞台になる場所というのを紹介したが、トップはここ、教導院前の橋じゃないだろうか。交渉や作戦会議から雑談まで何にでも使われる場所だよな」

「ええ、そうね。何にでも使えるわよね……」

「ナルゼ殿が言うと違う意味に聞こえるで御座るよ!!」

「私なども幾度か使用したことがありますが、武蔵全艦の挙動が一気に確認出来るので、運航時には有用な場所ですね。――以上」

「なお、構造としてみると、この階段を下っていった先が教導院から下の通りまで通じる長い階段となります」

「教導院終えて急いで何処か行くときとか、ここから飛び出すよね……！」

study

study

●三河争乱で活躍した人々●

三要《さんよう》・光紀《みつき》

三年竹組の担任で、教員としてはオリオトライの後輩にあたる。何やら結婚願望強かったり子供体型に悩んでいるが、隠れファンは多いから頑張ろう。教員としては理想を追いかけがちだが、三河争乱にて「死んでもどうにかする」という態度の梅組連中に釘を刺しており、それは後々まで皆の方針に響いている。

ガリレオ

K.P.A.Italiaにて、三河争乱では副長。後に第二特務となる。魔神族で天体運行に応じた術式を使用。しかしノリキの術式に敗れている。正確は温厚で探究心高め。教皇総長の担任だったこともあり、彼のアドバイザーでもある。

栄光丸

K.P.A.Italia旗艦。
欧州列強の艦群の中、最も美しいと言われるほどの艦。全長は一キロ弱で、艦首に大型の流体砲を持つ。防御性能に優れるため、教皇総長が三河まで安全に行くという選択は、この艦無しには生じなかったであろう。
教皇総長の足として、また御座としても扱われたが、旧派の威光を見せつけるために武蔵へと突撃。押し切れる寸前で本気モードのホライゾン悲嘆パワーで打ち砕かれ、武蔵のバウにて両断される。但し防御に優れる設計故、人員の救命は考慮されており、人員の損失は無かった模様。良く出来た艦だが、それゆえ後継艦が作られていない。

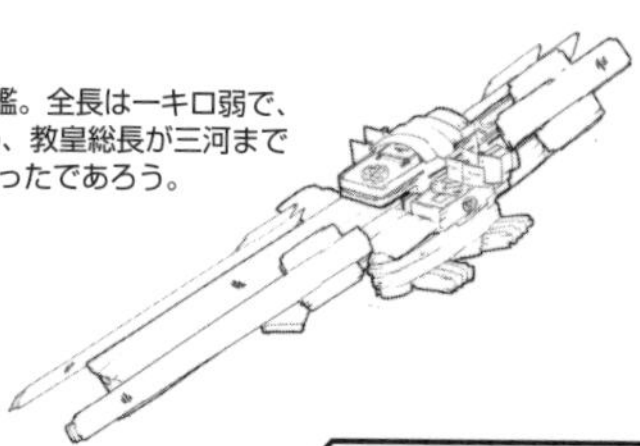

study

break time

「――豊が出ましたの？　**大丈夫ですの？**」

「それは心配としてどっちの方向ですの？」

GENESISシリーズ
境界線上のホライゾン
NEXT BOX

第四章
『見上げ場所の花』

何故
その花は
咲いているのか
配点（いろいろ頑張った）

○

脇坂は、音を聞いた。
鉄の響きだ。
今、自分がいるのは教導院の屋上。ちょっと遠回りに機殻箒で飛翔して、後ろから降り立った場所だ。途中、武蔵の防空識別証を求められたが、現実側の方から浅間神社に割り当てられた予備役ナンバーを教えて貰って通過が出来た。

「浅間神社の権限強え——」

ここからならば、眼下で戦う豊が見える。
こっちに来たのは自分だけだ。嘉明は品川のマスト上にいて、周囲の監視を続けている。
そして下からは、鉄の音が鳴っている。
豊が、この三河争乱を経て副長となる存在と、真っ向からやり合っているのだ。

○

見える。
豊が使っているのは二刀。否、刀ではなく、

『直剣？』

『あ、多分直刀ですね。二重桜だと、刃の先端が丸くなっていると思います』

流石にそこまでは見えない。いや、達人レベルだと見えるのかも。しかし、

『アサマホ、副長とやりあってる？』

そうだ。
豊が副長と、対等に戦っているように見える。
それは副長の持つ蜻蛉切と刃をぶつけ合い、火花を散らし、刃の補強用であろうか、流体光を激しく飛ばしている。

「……！」

「……！」

お互いが攻め、守り、刃をかわす。豊が二刀、副長が槍という、手数の差はあろう。だが

それだけで渡り合えるものでもない。

『アサマホが、元、剱《つるぎ》神社の代表だったから？』

『それもありますけど、二重桜のパワーアームは防御主体の設定にすると相手の武器を追尾してくれるんです。何て便利なんでしょう。今だと片腕側を購入して三十分以内であれば逆腕側が無料でついてきますね！』

　解説が売り込んできたよ？

　だが、解説はそこからが深い。

『――でもこの時期、浅間神社の二重桜は、その攻撃や迎撃のシステムがまだちょっと甘めです。基本として神道に由来する武闘系神社の基礎的技術を組み込んでいますが、その神髄を得るのは、それこそこの三河争乱以後、三河にあった熱田《あつた》神宮などを臨時で保護してからなんですね』

『だとすると、豊がまともに勝負出来ているのは――』

『ええ。まあそう言った補強もありますが、基本としては、豊が剱神社において、剣術を確かに修めていた証左ですね』

　解説というかアサマホカーチャンにドヤされたが、まあ悪い気分はしない。

　見ていれば解るのだ。

　勝負出来ていると、そう思うのは、豊の位置が変わることだ。

　追い詰められているのではなく、追い詰めてもいない。ニュアンス難しいね。でもそんな感じだ。お互いが攻撃に必要な位置を取ろうとして、それを避けてまた動いている。

○

　姿勢と位置取りで御座るな、と点蔵は思った。

……独特で御座るが、見事な捌《さば》きで御座ろう。あの、喜美の代行として出て来た御仁。どことなく浅間に似て、また、やはり代行と言うからには血筋か何かであろうか、喜美や、トーリにも似ているようにも思う。

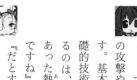

不思議な御仁だ。

何しろ、剣の腕が立つ。

本多・二代は極東の戦士団代表。先の三河消失で行方不明となった本多・忠勝の娘で、名槍〝蜻蛉切〟を振るう存在だ。

自分のような総長連合の役職者ならば、知っていて然《しか》るべき人物である。

それと正面から渡り合える御仁というのは、さて、武蔵にいただろうか？

隠れていたか。それとも文字通り、逸材というものか。

長泰と名乗ったが、襲名者だとすれば、平野・長泰。

しかしこの名前では、P.A.Oda所属であろう。武蔵にいる訳もない。

不思議な……、と思っていると、声がした。

「つーか、どうやってあれ、やりあってんだ？　セージュンの言う通りなら、あの本多・二代っての、かなりスゲエんだろ？　武器も有名なアレで」

「Ｊｕｄ．、だからつまり、姿勢と位置取りで御座るよ」
己は、教導院前の橋上、そこから見える刃の軌跡を見据えつつ、言う。

「あの長泰殿、姿勢を低くしているのが解るで御座ろう？」

「ああ、でもそれが何よ？」

「相手の本多・二代殿は槍で御座る。橋上は側壁があるので、側壁より下に対しては長物となる槍は振るいにくいので御座るな」
ゆえに長泰が姿勢を低くする。
自分の背後や近くに側壁を置くことで、本多・二代の槍に制限を与えるのだ。
それだけではない。

「槍を横に振り回せなくなったら、出来る有効打は〝突き〟と〝上段からの叩きつけ〟で御座る。これなら側壁があったとしても、距離さえ把握していれば止めることも出来、速射も可能。
しかしこれに対し、長泰殿はまた別の手を打っ

て御座る」

「――これは面倒な手を打って御座るな」
　現実側で、表示枠経由で送られてくる音から、二代はそれを理解した。
　横の正純も、向こうにいる誾もこちらに振り向く。だが言葉を放ったのは宗茂だった。

「柄を打っていますね？」

「柄？　蜻蛉切の、か？」
　Ｊｕｄ．、と己は頷いた。

「槍の柄というのはかなり曲がるものに御座る。そして穂先側も含めて、この〝しなり〟は強い打撃力になるので御座るよ」

「この時期の副長は約三メートル強で蜻蛉切を使っていましたが、そのくらいの長さでも、上段の振り下ろしで叩きつけられた場合、まともに受けると防御ごと身体が沈みますね」

「先端重量の脅威ってヤツだね！」

「女子こそが長刀《なぎなた》や槍を使えと、そう言われる訳ですね」

「しかしそれを、どうやって平野が面倒な〝手〟にしているんだ？」

「Ｊｕｄ．、橋上の側壁ゆえ、拙者が主に使える手は二つ。〝突き〟と、先ほど宗茂殿が言った〝上段からの振り下ろし〟で御座る」
　大体の動きはこうだろう。

「まず上段で、噛《か》みつくようにして相手に穂先を振り下ろし、相手が後ろへ避けたならばそのまま突きに移行。相手が横に避けたならば、柄を振るのではなく、全身と一緒に横にスライドし、穂先で引っかける。そのような動きに御座る」
　しかし、

「これだけ動作が限定されると、腕があれば見憶えることは可能。――狙いは蜻蛉切の柄、そ

れも穂先の根元を打つことによって――」
「先端が思わぬ方向に揺らされると、次の挙動が遅れます。浅間神社代表は、一刀を前に突き出して槍のリーチや速度を把握し、二刀目で柄を打っているのだと思います」
　闇殿、解説のいいところを持っていくで御座るよ?

○

　点蔵は橋をトーリと見上げつつ、一つ頷いた。

　あの長泰という御仁、見事な捌きであると思う。だが、火花と流体光を散らしているその戦い方を見るに、

「一つ、不安があるで御座るよ」

「何よオメエ、自分の出番無くなって嫉妬してんの?」

「そうじゃないで御座るよー?」

　長泰と二代の戦いにおいて、長泰側が圧倒的に不利な部分があるのだ。

「……その不利が、表に出なければ良いので御座るが」

○

　豊は機動した。

「……!」

　剣術は、羽柴勢にいた頃、織田家の主社である剱神社にて修めている。

　位置は正面をとらず、しかし大きく離れない。相手の構えに対し、一歩ほど横にズラして立つのが正解だ。

　槍は突くにしろ、振るにしろ、使い手の重心が大事な武器だ。しなる先端を制御し、真っ直《ます》ぐ突くこと自体が難しく、それを為すには全身の動きが統一されていなければいけない。

　身体で狙って、全身で打ち込む。全ての挙動は訓練で培《つちか》われる。

　ゆえに槍は、〝狙って当てる〟事が出来ても、

〝狙って逸らす〟のが難しい武器だ。

だからこちらは位置をズラす。敵が全身で打ち込むのに適した方向から、一歩を逸らして立つことで、槍持ちの力は大きく削《そ》がれるのだ。

これに対処する槍側の攻撃は横薙《な》ぎだが、身を低くして側壁を用いれば防ぐ事が出来る。

更には、

……装備！

二重桜の追尾性能がかなり頑張っている。蜻蛉切の柄と穂先の動態追尾設定が通ったのだ。
常に追いかけるような感覚はあるが、放たれた場合、位置を予測して誘導してくれる。
あとは自分の体捌きだ。腰部《ようぶ》のバインダースカートとテールバラストがよく動く。母の設定が入っているのだろうか、ちょっと上半身が重め……、母が自分より偉大だということだ。尊くて死にたくなる。だが死ねないので、

「最高──!!」

声が出た。

○

点蔵は、橋の上を見上げて思った。

……あ、これ、喜美殿の代行というだけはあるで御座るな……。

○

声を出したら楽になった。息を入れ、豊は動いた。

「行きますよ……！」

突き込まれる槍に対して軽く斜め前に出て、穂先を弾き、火花と流体光を散らす。そこから穂先の根元を打つ。そうやって槍の先端を揺らし、遠ざけてから前に出る。
すでに動きは先行予約が入っている。
尻尾のようなテールバラストが、こっちの動作を予測し、前に立ち上がって来ているのだ。
腰からバラストに押される感覚。しかし振り

上がった重量が上から吊るすように支えてくれるので、倒れることなく前傾し、

「……！」

橋上の側壁よりも低い、床すれすれの高さで自分は疾駆した。

巫女服の靴は、射撃時の身体固定用にピックが打ち込めるものだ。それを〝半出し〟にして、アイゼン代わりに橋の上を〝駆け上る〟。

行った。一瞬。嘘《うそ》です。四歩で敵の斜め前に御到着。

自分は構えた二刀を前に振り抜いた。槍の柄を上下から挟むようにして、だ。

こっちの身体は、蜻蛉切の柄に左肩を横から当てるような姿勢になる。

そして前へ。すると踏み込みつつも槍に密着している状態なので、これで敵はこちらに向かって柄を振ることが出来なくなる。

更には刃で上下を制限しているため、敵はもはや、こっちに対して左、外側へと槍を逃すしかない。

そこに己は刃を叩き込む。しかし、

「いない……!?」

目の前に敵がいない。

消えたのだ。

○

橋上という制限下の多い戦闘において、二代は自分に制限をおかないこととした。

この巫女の実力は相当。恐らくは名を隠した襲名者であろうが、

「相手にとって充分……！」

ゆえに己は手を尽くすこととした。

相手が迫った瞬間。振られる刃の手首が返り、加速するタイミングを見て、

「チョイとすまんで御座る……！」

蜻蛉切を真っ直ぐ前に押し込み、その上に跳

んだのだ。

○

橋下の点蔵からは、それがよく見えていた。

二代が、不意に、無効化された自分の突きを〝追い突き〟したのだ。

「何事に御座る？」

意味が解らなかった。当たらない攻撃を更に深くして、何をするのだと。

だが、続く瞬間でそれが生じた。

二代が柄から手を離し、前に跳んだのだ。

前宙一回転。

長泰の刃を空中前転で跳び越え、空中で一回転。しゃがんだような姿勢になった彼女は、爪先であるものを踏んだ。

前に突き込み、投げた蜻蛉切の柄だ。

……重量のある槍は、勢いを入れることで、そちらへの推力を強く持つ……。
空中に足場を作ったのだ。

かくして本多・二代は柄の上を走り、穂先側を下にキックした。

空中で歪むような軋《きし》みを放った柄が、勢いよく一回転する。

その先、更にショートジャンプした二代の手に、柄の半ばが落ちてくる。

落ちた。

○

橋上にて二代は勝機を見た。

今、敵は橋の左側壁の間際《まぎわ》にいる。刃を振り抜き、背を向けた状態だ。

自分は彼女を見据え、しかし同じように左側壁の間際にいる。だが、

「翔翼……！」

加速術式は累積型。即座の足しには弱いが、それでも己は跳んだ。
移動先は右前、右の側壁の間際だ。腰は充分に落としている。

……いい位置に御座る！

真理がある。

側壁に挟まれた難所において、槍使いが、全力の横薙ぎを放てるタイミングがあるのだ。

側壁の端。そこに低い位置で構え、逆側に対して斜め打ちに振り上げる時だ。

大振りではないが、全身には加速術式が入っている。

柄を巻き込み、抱き上げるようにして、左下から右上へと振り抜くつもりで行く。

行った。

○

蜻蛉切を全身で斜め打ちに巻き打つ。

その動作と速度の中で、二代は敵の巫女が動くのを見た。

背を向けたままの彼女が、ふと腰を上げる。

回避ではない。

前へ。

こちらから遠ざかるだけの動き。しかしそれは、

……逃げるので御座るか……！

背を向け、振り向きもしない逃走。

否。逃げては勝負にならない。だから数歩だけのものであろう。しかし、

……見事！

危険を感じた際、下手な技に頼ることなく最善の動きを取った。

距離が空いた。

もはや蜻蛉切の穂先は当たらない。ならば、

「――！」

自分も立ち上がり、前に跳んだ。全力で斜め打ちにした槍を手で頭上に回し、相手を見据えたまま、橋右側壁にステップ。そのまま、

「参る……！」

視界の中、相手が振り向く。敵はこちらを見つけて構え直し、

「……！」

笑った。明らかにこちらをリスペクトする顔。何か意味が解らんが、そういう相手なのだ。だがそれはこちらも同様。この敵は策士のように手を尽くしてくるが、

「良う御座る……！」

　止めよう、と己は思った。自分が敵《かな》わなかった〝世界〟に対し、挑もうとする者達。それを無謀だと言うならば、まず己が壁にならねばならぬものとして、

「……止めるで御座る！」

○

　流体光が火花に散った。

　豊は、手捌きよりも位置取りの足捌きとバラスト類の制御に集中し、対する二代もやはり位置を取る動作に終始した。

　二代の方が大きく動くようになっていた。槍のリーチに頼らず、側壁の上を走り、時には蜻蛉切を振るった際に発生する慣性重量を利用し、側壁の外を走りもした。

　お互いの攻撃はしかし二刀が弾き、二代の身の跳ばしによってかわされる。

　あと少しで追いつく、という動作の中、お互いは肩をぶつけるほどに近くなっては離れ、

「……！」

「――！」

　火花と、散る流体光が加速した。

●

　気付いたのは闇だった。現場からの中継の表示枠は音を届けるだけだが、こちらにいる二代の手前再現みたいな変な挙動から、段々と読め

ている。その中で、現場の二人がある動作に飛び込んだのだ。それは、

「先ほどと同じ流れ……!」

●

闇は気付いた。

本多・二代の突きに対し、浅間神社代表がぎりぎりでズラして前に飛び込んだのを、だ。

先ほどと同じ流れ。

しかし違うことがあった。

さっきは、本多・二代が浅間神社代表の二刀に対し、追い突きした柄の上に跳ぶという曲芸を見せた。だが、

……今は、加速術式が累積しているのです……!

この場合、本多・二代は違う。自分と相対したときもそうだったが、フィールドを広く利用しながら、止まらぬ動作を繋げるのだ。

○

橋上。巫女の攻撃に対し、二代は一つの動作を取った。

先ほどと同じく追い突きをした上で、

「失敬……!」

なるべく柄から手を離さぬように、前進。巫女に当たる直前で身を翻《ひるがえ》すターンを行い、

「……!?」

巫女の背。二刀を揃えて振る逆側を、背中合わせにスピンして擦《す》れ違ったのだ。

手はぎりぎりまで柄から離さない。そしてスピンした先で伸ばした手は、

「……取ったで御座る!」

再び槍の柄を摑《つか》んだ。

既に巫女は擦れ違い、こちらに背を向けた状態だ。対し自分は、右前に伸ばした手で蜻蛉切

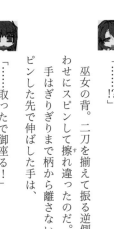

の柄を摑んでいる。

　右手の先には穂先がある。ならば背中を柄に押しつけるように、左手は逆手で柄を摑み、

　……全身を回して、蜻蛉切を振り上げるで御座る！

　そうした。

　構え直しは後で良い。今は槍を振るうことを優先とする。ゆえに背中側で構えた槍を、腰を跳ね上げる動きでかち上げ、右上に回す。

回った。

　その途中から身を入れ替え、正しく上段に構えを修正。そして前を見れば、巫女がまた距離を取ろうとしている。

　ゆえに己は叫んだ。

「伸縮機構……！」
　柄を振り下ろしながら六メートルの最大長まで伸張。
　最大の一撃を巫女に叩き込む。

○

　点蔵は、懸念《けねん》の実現を悟った。

「やはり保《も》たないで御座るか……！」

　巫女が、宙を割り、先端速度が音を超えた蜻蛉切に気付いたのは僥倖《ぎょうこう》。ふり返りながら二刀を防御として叩き付けたのは正解だろう。

　しかし何もかも保たなかった。

　迎撃の刃二つが容易《たやす》く砕かれ、流体光が散ったのだ。刃が爆砕したのは、強化術式の制御が失われた事による暴走だろうか。

　これだ。

　……槍と刀の差で御座るよ。
　打撃力が違うため、合わせて行けば先に刀の方が疲弊する。それが重なれば、武器破損だ。浅間神社代表の刃も、浅間神社由来で強化されていたとは思うが、蜻蛉切には敵わなかったと、そういうことだろう。

こちらにはもう、武器がない。

一つ〝良い〟と言えるのは、巫女が倒れた理由が槍の直撃ではなかったことだ。迎撃時の反力で押され、突き飛ばされるように彼女は橋上に転がった。

だがこれが結果だ。

「……こちらの敗北で御座るか」
思わず呟いた声に、ふと、否定が来た。それは、

「いや、そうじゃねえんじゃねえの？——だってあの巫女の姐《ねえ》ちゃんよう、うちの姉ちゃんの代行を自分で名乗ったんだぜ？　だったら——」
だったら、

「勝たねえと、嘘だろう」
馬鹿が言った瞬間だった。橋上で動きが瞬発した。

「——わあい!!」
Yポーズで巫女が立ち上がっているのだ。

○

橋上にて、二代は敵の元気溌剌《はつらつ》を見た。

うん、無傷とは言わぬで御座るが、意気軒昂《いきけんこう》なのはよう御座るよ？　しかし、

「貴殿の負けに御座ろう」
翔翼を消さぬため、左右に軽くステップして言う己に対し、巫女が口を開いた。

「どうでしょうね？　周り、見て貰えます？」
その言葉に、自分は、相手から視線を逸らさず、視界の範囲で周りを見た。すると、

「……流体光？」
先ほどから彼女の武装が散らしていたものだ。それはしかし舞いながら、消えていない。まる

で桜吹雪のように宙を波打って波紋する全ての光は、大きく左右で二重となり、

「——その刃　形無く　風に流れ　しかし空にて分かれて左右に二重。
——ゆえに二重桜」

告げられる言葉に、己は気付いた。

「……まさか、貴殿の武器とは——」

「二重桜の〝刀身〟は、この流体光の刃ですよ？　私が両手に持っていたものは、その発生器です。対怪異戦闘の際、あの発生器を打ち鳴らし、——鐘みたいな音がするんですけどね？　これを発生させつつ怪異を呼び起こすと、丁度怪異が起きた辺りでこうなっている、という寸法なんです」

巫女が両のパワーアームを振ると、それに応じて桜吹雪の刃が大きく回った。

全ては二刀。今こそ強大な、しかし散り続けて大範囲に広がる流体光の威力が成形され、

「——この刃なら、橋を打っても気にしないで済みますよね」

十数メートルの刃。その波吹雪が叩き付けられてきた。

○

迫る流体光の二撃を見据え、しかし遠くの巫女を視界の中央に置き、二代は調息した。

ここから先の判断は、容赦とか、そういうレベルのものではない。

「蜻蛉切……！」

蜻蛉切の割断能力の使用。それは、術式なども含めて割断する神格武装の一撃であり、必殺という意味をもった一撃だ。

自分は父とは違い、蜻蛉切を使いこなせていない。だから事象を切る上位発動は出来ない。だが、名前から割断能力を発する通常発動は可能だ。

使えば、相手は死ぬ。その可能性が高いと言うことを理解していなければならない。

相手は極東の民であり、教導院側の人間。自分達の相対すべき敵は他にいる。

……だが、その敵は、蜻蛉切を使用した父に相対した……！

三河消失が為されたということは、父は負けてはいない。しかし、相対した敵は生きている。この蜻蛉切では、敵を倒せなかったのだ。

……何故で御座るか!?

東国最強と言う父の強さは、どれだけのものだったのか。名槍と謳《うた》われた蜻蛉切の力とはどれだけのものだったのか。

……何故——。

疑問は、叫びとなった。

「外に戦いに出ると言うならば、少なくともこの蜻蛉切を越えていけ……!!」

刃に巫女を映し、己は蜻蛉切に呼びかける。

「結べ、蜻蛉切……！」

○

流体光の刃が割れ、爆散した。

橋下から見る点蔵にして、初見となる蜻蛉切の〝割断〟であった。

だが己は見た。割れぬものは何も無いとする蜻蛉切の発動によって、流体光の巨大な刃が散った向こう。

「————」

長泰を名乗った巫女が、無傷で立っているのだ。

○

何故、と散る流体光と擦れ違いながら、二代は思った。

父の名槍、蜻蛉切が、この相手に通じない。

それは、

「ああ、良かったですね……」

巫女が、心底安堵したように、こう告げた。

「私の長泰は、もう、私にとってはファッションのようなものなんですね」

　言って彼女が触れた巫女のインナースーツ。腹の部分が切れ、大きくめくれて落ちていく。しかしその下にある素肌は、汗に濡《ぬ》れているだけで無傷だ。

　これは、と思った時には、もう彼女が眼前にいた。

　逃げられないと、そう感じた瞬間だった。巫女の両手が勢いよくこちらの蜻蛉切の穂先を挟み、打っていた。

　快音が響く。直後に、手で挟まれたまま蜻蛉切が撥《は》ねた。伸縮を最短の二メートルに変え、その表面にある蜻蛉型のマークが光を失う。

　そして不意に重さが来た。これまでも重量はあったが、今は手応えそのままに、しかしバランスが失われているという、そんな重さだ。

……これは――。

「ＯＳの介入術式を叩き込みました。勿論《もちろん》、蜻蛉切は高性能なので、自閉モードに入って防御しましたけどね？　でも、――この蜻蛉切は、今、使えません」

　言われている意味は解る。

　己の刃が封じられたのだ。その一方で、周囲にはまだ流体光の桜吹雪が少ないながらも舞っている。

　ああ、と自分は思った。この巫女は、ここまで用意して、ここに来たのだと。

　どれほど止められようと、どれほど難敵がいようとも、どれほど追い詰められようと、最後に勝つ。そのつもりでこの場に来たのならば、

「何故で御座る？　貴殿は――」
　ふと放った問いかけに、相手が微笑した。両手で挟んだ蜻蛉切の穂先。その刃は相手の胸に向かって、しかし届いていない。
　彼女はそれを見据え、一つ頷いた後で、こちらに視線を向けて言葉を寄越した。

「私って、ズルい女ですよね？　――そう思いませんか？」

○

ミトツダイラは、それを見た。

今、西側広間から瞬発加速で走ってきた自分は、武蔵の陸港についたところだ。だが、

「世界が……！」
跳ね上がる。何もかも流体光に変わり、洗い流されるように上へと飛ぶ。思わず全身が引き上げられるような錯覚を得るが、その中で己は声を聞いた。それは自分の王の、

「――ありがてえ」
そうだ。既に自分達は、あの校舎前の階段を降りて行っているのだろう。ならば、

「……リピートの境界を、越えたんですのね？」

王が決め、行く。

何もかもが、迷い、そこから行動に移った瞬間だ。

三河の記録にとって、最も大事なターニングポイントが、そこだったのだろうか。

だが、今、記録の世界が消えていく。ならば、全てが繋がったのだ。

そして何もかもが散っていく。正しき流れを得て正常に。出来れば王達の出陣を見送りたかったが叶《かな》うまい。それに自分は既にその中にいたのだ。だから、

「――三河争乱！　正常化しましたわ!!」
一つの過去が、決着したのだ。

第五章

『踊り場の思案者』

よく考えて
次に行く
よく考えなくても
次に行く
配点（じゃあ行くか）

play back

「ふふふ、Ⅱ上は僕が主役！　そう見えないかい？」

「でもアンタ、この巻は私と同じく全く良いところ無かったわねえ……」

「初期段階から攻撃しかけていく三征西班牙が、やはり上巻では顔見せですよね、と。誾ちゃんと宗茂君がいないあたり、後の展開も匂わせているかな、と」

「点蔵、オメエ、コレ、敵から逃げてねえか……」

「ち、違うで御座るよ！　メアリ殿の処に走って行ってるで御座るよ！」

「つまり画面の左外には私がいるのでしょうか。上巻に比べてこちらは英国勢。正面向きなのは防御的な構図でもありますね。これはアルマダ海戦での姿勢を示すものでもあります」

「どちらの口絵を見ても、敵の強大さと物量差が解りますわね。つまり武蔵が逆らうことにした〝世界〟とは、大変な相手なのだと、そういう話ですの」

「相手も英国、三征西班牙という強国、大国ですからね。英国とは友好を結びましたが、三征西班牙とはアルマダ海戦で大騒ぎです」

●

「Ⅱ上下は、解りやすく言うとどんな内容ですかねえ、正純様」

「武蔵の外交デビューと、武蔵を用いた戦争の始まり、というところだろう。これは結果としてみると、私達なりの国際問題の解決法と力を示した回でもある」

「正純が〝戦争でカタをつけるウォーモンガー〟を開始した回ね……」

「それ既に三河争乱がそうだったんじゃないかな？」

「うるさいよ、お前達は……!!　英国強化のために処刑され掛かったメアリを救ったとか、そういうのもあるんだぞ？」

「なお、処刑されるところであった私を救ったことは、三河でホライゾン様を救ったことの実証となります。武蔵の方針が固まった回でもあるのですね」

振り返り　境界線上のホライゾン　文庫本Ⅱ〈上〉〈下〉

浅間は、急ぎ手配をした。

「奏上……！」

●

今、武蔵野が大きく震えた。艦が完全にコントロールを取り戻したため、逆に補正が必要になったのだ。

流体光が艦体全体から周囲に散り、三河争乱が終わった。

これまではそれら怪異に捕らわれ、出力なども不備なところがあった。それが急速に正常化した場合、負荷を掛けて強引に動かしていたところは過剰運転となる。

ゆえにそういったものを武蔵野艦橋側と共に急いで補正。幾箇所かストレスが耐えられない場所は、負荷を動力転嫁《てんか》して循環系に回し、水圧として外部に放出する。

武蔵野の周囲が、霧に満ちた。おお、と声を上げた者達が、ようやくになって艦が正常化したことに気付く。同時に艦内放送が来た。

『——御目出度《おめでと》う御座います。武蔵野、艦体のコントロールを取り戻しました。三河の記録は正常化のようです。皆様の御協力、有り難う御座います。引き続き、他艦の方、宜しく御願いいたします。——以上』

わ、という声が艦の各所から響き、本陣でも正純が大きく伸びをする。そして世話子が肩の力を抜き、

「お疲れ様でした。……これを後、十一回ですか」

「まだまだありますね……！」

言いつつ、自分は併行して進めていた手配を終えた。

豊が、疲弊激しく、艦体の解放からそのまま救護送りとなったからだ。奥多摩の浅間神社はまだ使えないが、東照宮のある武蔵野は解放された。ゆえに東照宮と連動する青雷亭本舗、その風呂に回復術式を流した湯を入れることにし

ていると、

「浅間様、豊様はどんな塩梅《あんばい》でしょうか」

「ええ、今、移送中らしくて、ネイメアさんが付き添ってますね」

「いや、いやもう最高――！　ネイメア聞いて下さいよ！　もう、父さんから最後に声掛けられちゃって死にかけるって言うか、いやもう、あはははは！　テンション凄ー！　しかもこれから父さんや母さん達の住む本舗の御風呂ですよ！　クンクンしませんかネイメア！」

「負傷者扱いなのにいつもより元気なのは何故ですの――!?」

「流石は豊様ですねえ」

向こうで世話子が頭を抱えているが、気にしないこととする。

「ええと、ともあれ今のでいろいろ解りましたね」

「ちょっとダッシュで戻ってきましたけど、つまりこういうことですの？」

・記録の表出は、リピートする。
・リピート箇所では何かが損失しているので、それを埋める必要がある。
・リピート箇所は、事件のターニングポイントとして大きなものである。
・記録内部に取り込まれた際、位置はランダム？

まあ大体そんなところだろうと思う。では、

「ターニングポイント、というのが難しいですね。どうしてそう思ったんです？」

「三河争乱のターニングポイントというと、幾つかありますけど、表向きには私達が教導院前の階段を下りたのが印象的ですわよね？」

●青雷亭《ブルーサンダー》と本舗●

「豊様が言う本舗とは、軽食屋青雷亭・本舗（葵家）のことです。青雷亭には無印と本舗の二つがありまして、無印は多摩にてホライゾンがバイトしているパン屋兼軽食屋ですね。内部構造は次のようになっております」

青雷亭《ブルーサンダー》

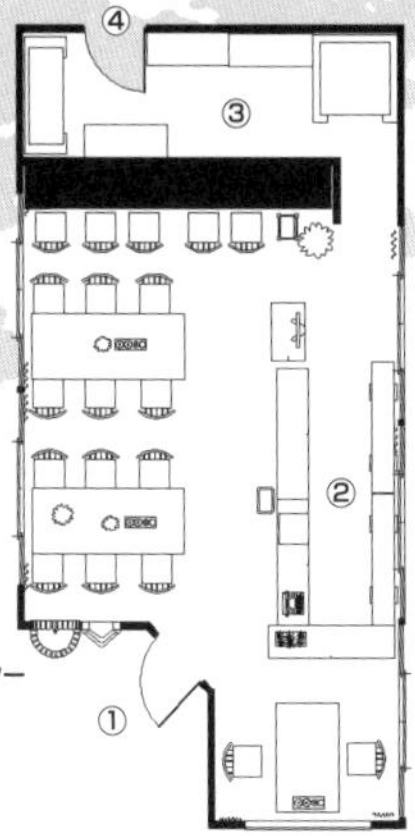

①入り口
②カウンター
③厨房
④裏口

「多摩にあるので、外交系の仕事に就いてる人達が利用するかと思えば、他、デッキやら何やらで働く連中の使用率が高いのよね」

「ナイちゃん達も、仕事の補給でよく寄るかなあ」

「ちなみに最大の売りは“何が出てくるかは出てくるまで解らない”というスリルですね。お客様からは“毎日のアクセント”として親しまれております」

青雷亭本舗《せいらいていほんぽ》

①厨房兼キッチン
②軽食屋店舗
③親の寝室
④トイレ
⑤洗面所
⑥風呂
⑦トーリの部屋
⑧ホライゾンの部屋
⑨浅間の部屋
⑩ミトツダイラの部屋
⑪喜美の部屋

「まず入り口から入ると店舗。ここは愚弟がいるときだけ開店してるんだけど、よく皆を集めて会議とかにも使うわね。そして厨房があって、奥は私室。──よく見ると解るけど、一番奥が私で、そこからミトツダイラ、浅間、ホライゾンで愚弟、という部屋の割り振りね」

「何か生々しいのがいいわよね……」

「そういう想像をしない……!!」

study

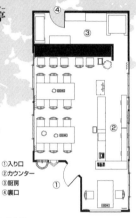

でも今回は、その直前。それを止められるかどうか、という最後の勝負となった二代と喜美の相対がリピート箇所になっていましたの」

「───私達としての、分岐点の決定箇所か」
だとすると、いろいろと思案が変わると思う。

「過去に取り込まれるのは、恐らくそのターニングポイントに近しい者か、関係者。だから、私が提示した数班単位の調査は、内部への突入確率を上げますけど、ターニングポイントが解ればピンポイントで人員指定出来ますし、また、過去の側が不意に誰かを飲み込んだ場合、ターニングポイントが逆算出来ると思いますの」

「次は〝アルマダ海戦〟の表出が生じている奥多摩ですよね？　そっちに行ったのは───」

「福島、清正、それとウルキアガと伊達家副長だ」
並んだ名前に、自分はやや考えてから納得の頷きを作る。
福島は二代の娘で、清正はメアリと点蔵の娘だ。福島の戦闘力は二代に匹敵するし、清正はメアリの持つ王賜剣《エクスカリバー》の後継である王賜剣三型を持っている。
過去の再現を要求された場合、戦闘においては福島が担当できるし、清正もかなり出来る。それに清正の王賜剣三型は、刃から放つ対艦クラスの砲撃において、王賜剣一型を超える威力を持っているとされるのだ。

「それに、半竜のウルキアガ君と、飛翔可能な機動殻を使う成実さんがいれば、アルマダ海戦の艦隊戦でもかなり戦えますね」
と言った時だ。ふと表示枠が自分の近くに展開した。
緊急通神。自分が通神インフラなどを管理しているので、これはとりあえず正純と共有。
その内容を確認したとき、同時に正純から声が上がった。

「リピート阻止に失敗したあ!?」

いきなりだな！　と思いつつ、正純は通神文《メール》の内容を確認する。

書いたのは伊達家副長である伊達・成実で、

『リピート阻止に失敗したから誰か代わり寄越して』

『まあそんな感じだ』

「何か意外に軽いな！」

「ナルミン表向きかなりドライだからねえ」

何となく解る。そして遅れて紹介文が出た。

キヨナリ・ウルキアガ

呼名：ウッキー
役職など：武蔵総長連合第二特務
・半竜。姉好きで知られているが、両親が三征西班牙の出身な事もあり、旧派で審問官希望。戦闘力に優れ、伊達家のトラブルを解決する際に助力している。その結果、嫁として伊達・成実を武蔵に迎え入れている。

「ウルキアガの分は今ここでようやくか」

だけど、

「あのメンバーで、英国及びアルマダ海戦の記録に対し、何の効果も与えられないという……、そんなことがあるのですか？」

「王賜剣三型を持つ清正殿がいてダメだった、というのは信じがたいで御座るな……」

『――急ぎの情報ですが、奥多摩方面で生じている記録の表出は、リピートまでに大体一時間二十七分掛かることが計測で解っております。――以上』

意外に掛かると言うべきか、それとも早いと言うべきか。

……まあ、この手の怪異としては早いんだろうな。

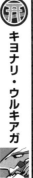

「同じ人員で連続アタックしたらどうなの？」

「成実様がこうして通神文を送って来ている、ということは、記録の表出からはじき出されて、再突入出来ていないということではないでしょうか」

　確かにそうだ。

「少なくとも、連続突入は無理と、そういうことですかね？」

「ローテーションだったら行ける？　それとも、何回か間を空けたら行けるかな？　ちょっとそのあたり、試験していった方がいい気がする。——明日以降の突入場所で、手の空いてる戦士団に試して貰った方がいいね」

「だとすれば、とりあえず今は代わりの人員がいるということか」

　誰にすべきか。そう思った時、自分はふと一つの視線に気付いた。

　世話子だ。

　ルイス・フロイスとして、彼女は聖連への連絡係でもある訳だが、

「……？」

　何が起きたのかと、こちらを半目で見ている。

●

　世話子は疑念した。今、何やら本陣の中枢の方がハネたように騒がしくなったが、

「……どうしたのですか？　まさか攻略に失敗とか……」

　視線を向けると、浅間神社代表が慌てた勢いで振り返った。

「あ！　大丈夫です！　何でもない！　何でもないですから！」

　超怪しい。なので問いかける。

「……あの、何か問題でも生じたのですか？」

「いやいやいや、何も御座いませんよ？　怪しいことなど何も！　攻略失敗とか、全く御座いませんな。おっと、御茶《おちゃ》でも飲みますか？」

怪しさが増した。

●

「正純様！　世話子様が人を疑う性格になりました！」

「今の流れで何も疑わなかったら天使か何かだと思うぞ？」

「何かコレ、ミスった報告が聖連に流れたらどうなります？」

御広敷《おひろしき》・銀二《ぎんじ》

呼名：ピロシキ
役職など：全方位経営士

・若い生命を礼賛《らいさん》するロリコ……、まあやめておこう。武蔵内で食料品などを扱う御広敷グループの御曹司で、本人も調理スキル高め。主にスイーツ系の屋台などを経営している。意外に常識人で、また、データなどを重要視して議論をする。

「あ、小生の分も出るんですね？」

「おーい、ハッサンにペルソナ君、ネンジとイトケンも来いよ！」

皆がぞろぞろやってくる。

伊藤《いとう》・健児《けんじ》

呼名：イトケン
役職など：無し

・快活なインキュバス。友人思いで、各所にてフォローなど働く他、ガス系精霊の身を活《い》かして潜入活動なども行える。子供達に人気がある。

ネンジ

呼名：無し
役職など：無し

・硬派なスライム。それとなくムードメーカーで、挫《くじ》けない。要所で体質？　を活かして皆を救う。

ペルソナ君

呼名：ぺーやん
役職など：近接武術士
・全く喋《しゃべ》らないマッチョ系。顔をバケツヘルムで常に隠している。だが心優しい。戦うのはいざというとき。インドア系でゲームの腕前ではどのジャンルでも全一クラス。六護式仏蘭西出身。

ハッサン・フルブシ

呼名：無し
役職など：全方位調理師
・カレーの使い手。カレーは神の食べ物なので、除霊なども出来るため、霊体戦士団を扱う前《まえ》田《だ》・利家《としいえ》などから恐れられている。カレーによって、敵艦群破壊や、人狼女王に降伏を認めさせたりと、武蔵では鈴と同様の隠れた高戦績ホルダー。

「おい、葵？　お前、楽しようとしてないか？　そうだな？」

「してねえよ！　隙あらば紹介するぜ！　――でもどうなの？　さっきの失敗報告が教皇のオッサンとこ行くと叱られたりすんの？」

「まあ、政治的にチョイと突っ込まれることにはなるというか、うちが完璧ではないって事でチクチク言われたりするだろうなあ……」

「あー、じゃあ、こっちは世話子さんを誤魔化すので、そっちは次のターンで解決出来る人員を出して下さい……！」

●

さて、と浅間は世話子の方に身を向ける。

今、両腕が世話子の接待で、菓子を出したり果物を剥《む》いたり茶を淹《い》れたりと頑張っている。巫女も一種の接待職業なので、ここは頑張らねばいけない。そういうわけで、

「ええと、じゃあこっちはこっちで、アルマダ海戦の際の記録について、ちょっと話を進めま

しょうか」

　こういう場合、話を逸らすためにも使えるテクニックがある。

　逆質問だ。今、向こうがこっちに対して疑念を抱いているならば、

「武蔵が参加したアルマダ海戦、あれは一体、どういう経緯で起きたんでしょうか」

「？　あれは……」

　と、何となくノセられている自覚はあるのだろう。吐息つきで世話子が応じた。

「**三河を脱した武蔵は、聖連各国、つまり欧州全土にとって〝お尋ね者〟でした。**基本として、武蔵を見つけた場合、対処を行わなければ聖連の咎《とが》めを受ける。そういう流れがあったのですが、――武蔵はステルス航行しながら、九州方面を回りましたよね？」

　言われる通りだ。かなりバレてることを覚悟の上で、武蔵が目指したのは英国。


「一応、武蔵は〝国境のみを航路と出来る〟決まりだ。だから、違法な航路進行はしていないと示すために、要所でのマーカー認証をしなければならなかったからなあ……」

「あのマーカー打ちは何時頃無くなりましたの？」

「三国会議の後、三国方面と関東の東側では国境を無視した移動を行ってる。後にネルトリンゲンに急行するあたりで不要となり、以後、〝原則〟扱いだな。――つまり武蔵に対しては、有事では航路制限しない方が得だと、各国が暗黙としたことになる」

「成程……！　ちょっと行きすぎた話ですけど、そういうのもあって、三征西班牙は武蔵の航路を判別し、英国に入る前に突っ掛けてきた訳ですね」

「前提として、三河で本多・二代に敗れた宗茂様が重傷で入院。襲名解除が検討されたため、私が宗茂様の代理も含めて前線に出る事になりました」

「闇殿、無茶苦茶強いから困りもので御座る……」
過去形になってない辺り、いい関係なのだろう。

「ともあれ**私達との洋上戦闘を武蔵は重力加速航行で離脱。しかし英国に向かったものの、英国からは上陸を拒否**されました。そして武蔵は三征西班牙の有するステルス艦サン・マルティンの攻撃を受けて被弾。また、**総長以下数百名が戦闘時に乗っていた輸送艦ごと、英国に不時着**してしまいます」
Ｊｕｄ．、と闇が頷いた。

「ここからは、私共の知らない流れですね」

●

ミトツダイラは当時を思い出す。王と共に輸送艦に乗っていた自分は、英国に不時着した艦上にて、二週間ほどサバイバルじみた生活をしたのだ。

「英国が、武蔵をどうするか。聖連に対する建前などいろいろ内部で話し合っていた間、こっちは放置で、……髪が荒れましたわねえ」
正純とマルゴットも同様だ。だが、

「こっちは英国に拒否られた際、軽い戦闘になってね。英国の主力メンバーに昔なじみがいて、シェイクスピアの襲名者やってたよ。それも大罪武装〝拒絶の強欲《アスピザ・フィラルジア》〟持ちだ」

「私も私で、その英国戦であまり役に立たなくて、チョイとヘコんだわね」
まあ、世界のレベルを知る、という意味ではいいことだったのだろうと、そう思う。

「そして私達が輸送艦から上陸できず、軟禁状態になっている間、周辺を調査していた**第一特務は、身分を隠していた英国王女、メアリと出会いますのね。**
――そうですわよね？　メアリ」
と呼びかけるが、当のメアリがいない。

study

●三征西班牙《トレス・エスパニア》について●

「では、三征西班牙の当時について説明しましょう」

三征西班牙の位置

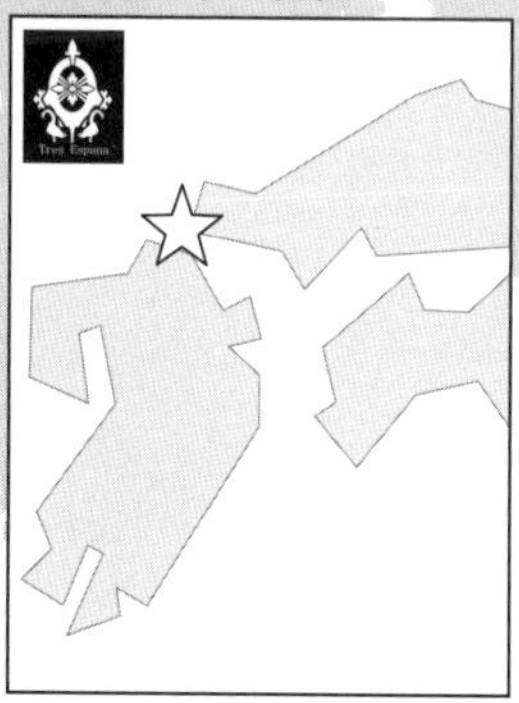

「三征西班牙は下関を中心とした地域を治める旧派国家です。かなり旧派寄りでK.P.A.Italiaとも親交が深く、傭兵など派遣しています。ただこの時代、国家運営に失敗する歴史再現があるため、各国からその再現を要求されるなど、なかなか厳しい時期です。総長はフェリペ・セグンド様ですね」

フェリペ・セグンド

三征西班牙の総長兼生徒会長。大敗であった“レパントの英雄”と呼ばれている。多くの人員の撤退や救出を成功させていたのだが、被害が大すぎたがゆえ、逃げ帰っただけと自責を持ち、清掃や用務に日々を費やしている。アルマダ海戦においては自らを犠牲にして後代に繋げるつもりであったが、フアナ達によって止められ、以後、三征西班牙の強化に邁進する。武蔵撃沈以前において、武蔵に最大の被害を与えた人物。

study

study

●英国《イングランド》について●

「ではこちらでは、英国の当時について説明しますね？」

英国の位置

「英国は極東を暫定支配しておらず、浮上島の維持のためにIZUMOからの技術供与を受けたり、また、制服もインナースーツ部分が極東からのOEMだったりと、極東寄りの国だ。改派であるために旧派国家とは付き合いが悪く、史実では国内の旧派代表といえるメアリを女王エリザベスが処刑、それがアルマダ海戦のトリガーになっている」

エリザベス

妖精女王。メアリの双子の妹だが、流体を扱う力が強いことと、王賜剣二型を使うことができたため、彼女がエリザベスを襲名した。政治的な判断力に優れ、冷静かつ英国の利益的に物事を進めていく。アルマダ海戦においては姉であるメアリの処刑など思うところがあったが、彼女が武蔵に亡命したため、リセットを掛けて付き合いを続けている。

study

「……って、第一特務？　メアリも？　何処いますの？」

「あー、奥多摩だ。英国の記録の表出に対して、当人達行かせるか、ってことで、さっき出て行った」

「え？　じゃあ今回の話について本にする時、二人を出して好き放題に脚色していいの!?」

『通神で聞こえてるのに、何言ってるで御座るか!?』


点蔵は、メアリと一緒に奥多摩に急ぐ。

今、武蔵野の艦首甲板で始まっている〝暴露大会・英国編〟についてはいろいろ言いたいことが有るが、とりあえず街中ではダメだ。人目がある。だから艦間の太縄通路に入ってから、

『ちょっと正確な情報が大事で御座るよ……！』


『**英国では、メアリ殿を処刑する歴史再現が裏で進んで御座った。**その猶予を与えられたメアリ殿は、身分を隠して〝傷有り〟と名乗り、英国の貧しい各所を訪れて整備したり、人々と交流していたので御座るな。それでまあ、輸送艦が落下したとき、ちょっとした行き違いから自分、メアリ殿に一発ビンタ食らって御座ってな』

『……後々、点蔵様のいろいろな気遣いに気付いて、私、かなり前の方で〝この方ならば〟と思っていたというのがありますね……』


「ヒュウウウウウウウウウウウウウウ!!!」

『あの、こっち、品川ですけど、今、ホ母様の奇声が聞こえて来ましたの！』

『おっと今のアツアツ状況を表現したテンションが届いてしまいましたか』

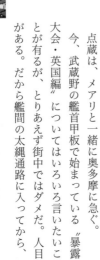

「ホント凄い肺活量ですよねえ……」

●

「フフ、でも懐かしいわね。あの頃はまだホライゾンが泣き虫で、〝悲嘆の怠惰〟を得たことで得られた〝哀しい〟という感情しか無かったじゃない？　だから、他の感情を集めるのが苦であるなら、大罪武装を集めなくてもいいんじゃないか、って話もあって」

「今のホライゾンからは想像も出来ませんねえ」

「オメエ、自覚あんの？　そうなの？」

でもまあ、と喜美は言う。

「会計コンビが土下座で英国上陸を取りつけてくれてね。それで愚弟とホライゾンは倫敦《ロンドン》でデート。そこでいろいろ見て、こう結論したのよね。――哀しいってことは、大事なことなんだって。だって、だって、**哀しくないってことは、それだけで幸いなことなんだから、**って」

●

「まあその裏で、英国の代表者達と私達は主導権の取り合いで戦闘しててね。私は良いとこまるで無し。本気でヘコんだわねえ……」

　面倒が生じたのは自分だけではない。あのとき、点蔵とメアリも倫敦デートと洒落《しゃれ》込《こ》んでいたそうなのだが、

『……私に対して、妹……、つまり英国の女王であるエリザベスが迎えに来て、点蔵様は私の正体と、処刑の歴史再現を知ってしまうのですね』

「何かあの時、格好付けようとして返り討ちにあって、地味に死にかけてた忍者いたよなあ？」

『じ、自分で御座るよ……！　悪かったで御座るな！』

「だがまあ、そういうのがあった御陰で、こっちもエリザベスとの謁見が叶った訳だ」

　ただまあ、と正純が言った。彼女は世話子の

方を見て、

「三征西班牙の方は、どういう流れだったんだ？　まあ、大体は解るが、ちょっと記録の正確性のため、聞いておきたい」

●

そうですね、と世話子は頷いた。

「三征西班牙は歴史再現によって、現総長フェリペ・セグンドの時代に没落を始めます。それは新大陸の経営失敗と、国内の新規刷新に伴うだけの国家的体力が無かったこともですが、——アルマダ海戦の失敗がとどめを刺すとされていました。
　確かに、新大陸事業や国家改造など、予算がどれだけあっても足りません。それを必死に支えていたのが副会長のファアナ様で、総長は役立たずの中年男性と、そんな感じでしたね。
　実質、当時の三征西班牙は経営的にはファアナ様の指揮で動いており、ファアナ様はアルマダ海戦で勝利するつもりでした」

「……すげえ、三征西班牙のことになると早口だぜ……」

　半目を向けると、皆が馬鹿を押さえ込んだので良しとする。

「さて、そんな不吉なアルマダ海戦ですが、トリガーとなるのは、王女メアリの処刑です。彼女は熱心な旧派でしたが、英国は改派となっており、処刑もやむなし、という判断でした。そしてメアリの処刑に対する復讐《ふくしゅう》を口実に、三征西班牙は英国を奪取しようとしていたのです。
　——無論、当時の私達としてはそんなことより国家の経営が大事で、しかし他国は、だからこそ三征西班牙の力を削ごうと、せめぎ合っていたのですね」

　あの頃、自分は三河から戻り、武蔵の姫であるホライゾンについての事情聴取を聖連から受けていた。アルマダ海戦には前線の指揮及び情報処理や交渉役として出る用意があったが、武蔵が出場すると解った段階で聖連側からチェックが入っている。

つまり、武蔵と通じているのではないかと、そういうことだ。
　ゆえに自分は海戦への参加を辞退している。
だが、

「**武蔵は、英国との会議で友好関係を確保。**しかしそれによって、英国は、傭兵《ようへい》勢力として接近しつつあったP.A.Odaを除外することとなりました。——ゆえに**武蔵は、その代わりとして傭兵となり、アルマダ海戦に参加することとなったのです**ね」

●

「世話子様、……先ほどは〝そこからよく解んねえ〟みたいな事言っておいて、ハキハキと喋りますねえ……」

「ま、まあ、今は時間稼ぎの時間帯ですから、向こうがノって来てるのはそれだけでアタリですのよ？」

study

●アルマダ海戦について●

「アルマダ海戦は史実だと英国周辺を一周して行われた海戦でした。といっても、実際は南岸側でほぼ決着していて、後は西班牙側が壊走して行った、という感じですね。
　次のような流れになります」

アルマダ海戦の流れ

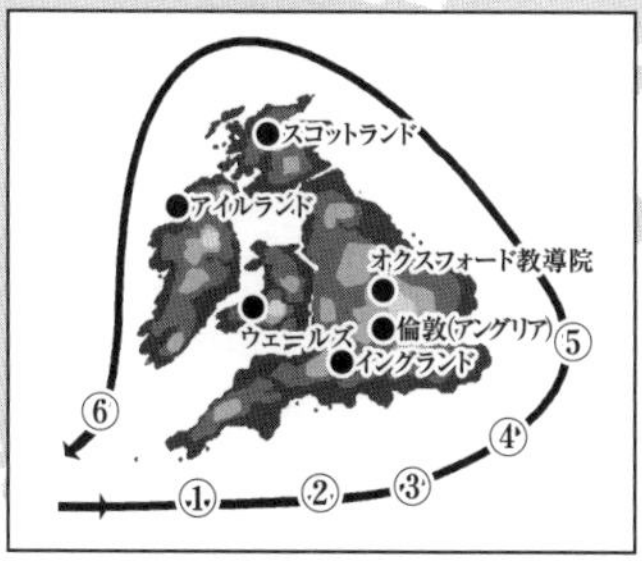

①英国南西部プリマス沖で交戦開始
英国艦隊がバックアタック。三征西班牙副司令の艦が破壊され、会計艦も火災事故で離脱。
②英国南部ポートランド沖で二回戦
三征西班牙艦隊は防御陣形を取り、英国艦隊は追撃と各個撃破を行う。
③補給タイム
三征西班牙は本土側で補給しようとするが英国側が妨害。
④英国南東沖で三回戦
極東本土、カレー沖で英国艦隊が八隻の火船を突っ込ませて三征西班牙艦隊大騒ぎ。
⑤カレー近くのグラベリン沖で四回戦
ここから三征西班牙が英国北側を回って撤退開始。英国艦隊は追撃を開始。
⑥英国南西沖にて追撃終了

「——このようなところでしょうか。私達の方では、この南岸での戦いをメインにして行っています。丁度、セグンド総長の旧アルマダ艦隊が壊滅したところで仕切り直し。そんな感じですね」

study

「まあそんな感じで、傭兵として英国に対する点数稼ぐか、って意味もあって、私達は武蔵でアルマダ海戦に出場した訳だ。だが、その際、ホライゾンがメアリを救出に行くことを決めたんだ。——メアリがいなくなると哀しくなると、そういう理由で、な」

単純なことだ。誰だって、誰かがいなくなると哀しい。だけどそれで動こうというホライゾンについて、否定する気は起きなかった。

哀しくなることを止めよう。

この考えは、後の武蔵の方針を大きく決めていくこととなる。そして、

「——私達はメアリの救出班と、アルマダに向かう武蔵とで分かれ、行動した」

後の流れは、メアリにとってよく憶えているものだ。

『**私は倫敦に突入してきた点蔵様に救われる**のですね』

『え？　それだけ？　もっとあるでしょう？　もっと！　たとえば私が、コレまでの戦績の悪さでヘコんで、ナイトに自分押しつけたのを、喜美がまあトルネードビンタで正常化したとか、そこから私が倫敦で点蔵援護したとか！』

『何故に解説口調で御座るかな？』

皆にもいろいろあったと、そういうことだ。ただ、自分の場合、特殊なのだ。正直、拗《す》ねた子供のようだったと思うが、

『私、点蔵様にフラれたと、そう勘違いしてまして、……だから点蔵様に、ハッキリと告白して欲しかったのですね。それがもう、思わぬ処まで深く踏み込んでこられて……、参ってしまいました』

『ああ、今、通神帯が偉いことに』

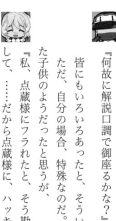

境界線上のホライゾン
Horizon on the Middle of Nowhere

『何を暴露して御座るかな――？』
　あの頃は、こんな遣り取りが日常になるなど、思ってもいなかった。ただ、

『その際、私が英国の女王としての資格があるとして、点蔵様が王賜剣一型を私と共に引き抜いて下さったのです。二型を使える妹に対し、これで同等。――ゆえに私の処刑は無くなり、しかし**立場の問題から、多くを保留するため、私は武蔵に亡命となった**のですね』

●

　世話子は内心で頭を抱えていた。
　……また面倒なことを聞いてしまった気が……。

　よく考えたら三征西班牙の代表が英国の裏話とか聞いて良いのだろうか。いや、自分は今、ルイス・フロイスだから〝有り〟で、ここは得をしていると、そう思うべきなのだろうか。

「……ともあれ、アルマダ海戦は進んでいくのでしたね」
　あれは、複雑な戦いだった。

「無能とされていたセグンド総長は、実はかつてレパントの海戦で敗れた仲間達を総動員して、旧型艦による〝自分のアルマダ艦隊〟を出撃させていました。
　新型のアルマダ艦隊は、後の三征西班牙を支えるために使う。このアルマダ海戦は、自分がこの旧型艦隊で行い、全ての責任を取る。そういうことでした」

「あの時、自分が武蔵の指揮をとっていたんですけど、まあ見事にやられましたね……。あの後、山崎の合戦に至るまで、あそこまで武蔵が損壊したってのは無かったです」

「ぶっちゃけ武蔵が苦戦した相手の筆頭は、戦闘面でも政治面でも三征西班牙なんだよなあ……」
　その評価はちょっと有り難い。持ち帰る記録には付けておこうと思う。

しかし、

「かつてレパント海戦でセグンド総長に命を救われていたファナ様は、総長を見捨てませんでしたね。二人はこれまでの行き違いを解消し、武蔵と決戦。**武蔵は総長達の乗るサンマルティンを退け、アルマダ海戦を勝利で終えた**のです」

決着はそういうことだった。だが、新型アルマダ艦隊はほぼ残存し、後の三征西班牙の経営に有用されている。

敗北はしたが、悪いことばかりではない。それが自分達にとっての結論だった。

●

じゃあ、と浅間は前置きした。点蔵とメアリが奥多摩についたことを通神で確認しながら、

「じゃあ、アルマダ海戦の流れを、箇条書きにして通神帯に流しますね」

◆アルマダ海戦――

・武蔵は英国に向かう途中で、三征西班牙との戦闘になる。

・三征西班牙は歴史再現によって没落を強制されている時期だった。

：英国王女メアリの処刑を機に行われるアルマダ海戦が、その契機。

・三征西班牙を退けた武蔵は、英国から上陸拒否をされる。

・点蔵、英国王女メアリとの交流を深める。

●

「カレッ！　ペッ！」

「ホライゾン！　このタイミングだと記録に入ってしまうから我慢！　我慢です！」

世話子の半目がイタイが、続ける事とする。

「え、ええと。続きはまあ、こんな感じかなー、と」

・武蔵の英国上陸が認められる。

：ホライゾンが、哀しくないことは幸いだと

知る＝感情を良いものと認める。
：英国主力と武蔵勢の戦闘があり、メアリが処刑の準備に入る。
・英国との謁見で、武蔵は英国との友好関係を結ぶ。
：英国に接近していたP.A.Odaの代わりに武蔵がアルマダに出場する。
・アルマダ海戦スタート。
：メアリ救出に伴い、英国の代表と武蔵勢が戦闘。
：シェイクスピアの持つ大罪武装〝拒絶の強欲〟を回収。
：点蔵がメアリに告白し、王賜剣を引き抜き、彼女を救出する。
：酷《ひど》い告白でした……。

●

「智？　何か私的な感想が入ってますのよ？」

「いやまあ、メアリの胸揉《も》んで〝合格〟とか何考えてるんですかね……」

『そ、そこ！　個人間の遣り取りをああだこうだと言わない！』

『………』

●

・アルマダ海戦終結。
：メアリ、武蔵に亡命。

　という表記を見て、闇は手を挙げた。

「アルマダ海戦の中、私は本多・二代に敗れました。しかし、後に宗茂様が武蔵に乗り込んで来て、路頭に迷いかけていた私と共に武蔵での生活を提案して下さって、今、私と宗茂様はこのように武蔵在住となっているのです」
　ちょっと説明が長いか。多分、我知らずの照れ隠しなのだろう。

「今、私達は三征西班牙側からの関与の無い身となっており、立花・誾と立花・宗茂の再襲名を目指していると、そうなります」

「そうですね。では、こうしておきましょう。

・アルマダ海戦終結。
：メアリ、武蔵に亡命。
：立花・宗茂、誾、武蔵での生活を開始。

「これでアルマダ海戦の概要は終了ですね。誾さん、どうですか？」

宗茂が先に表記されていて、気遣いを感じる。が、それは正しい。

己は頷き、世話子も首を下に振った。つまりアルマダ海戦の歴史は、個人の部分を除外すると大枠これで認められると言うことだ。ならば後は、

「奥多摩の方、……どうなっているのでしょうか？」

●

点蔵は、その人影を見つけた。

場所は奥多摩に入ってすぐ。艦首甲板でもある円形の展望台だ。よく臨時の輸送艦発着場となるここは、見知った場所であるが、

「ウッキー殿！　成実殿も！　そして――」

二代の子である福島も、自分とメアリの子である清正もいる。

あ、と気付いたのは福島だ。だが清正がおかしい。武蔵と羽柴の合流後、武蔵勢の内ではあまりおかしくない我が子であり、馴染《なじ》んでいるか心配だったが、

……何か、変な極東語で御座るな……。

まあそういうものだと思うことにする。しかし清正が福島の後ろに隠れてしまっている。隠れても王賜剣三型がモロ目立つので我が子はそのあたり可愛《かわい》らしい。父に対して常に塩対応で

なければ、だが。
しかし、気付いたことがある。福島も清正も、

「なぜ、ズブ濡れなので御座る？」
アルマダ海戦は洋上の空で行われた。落水したのだろうか。
だが、何らかの空気を悟ってか、メアリが前に出た。

「――どうしたのですジェイミー」

「あ、御母様！　どうも何も、ええと、ここを攻略出来るの、御母様しかいないように思います……！」
どういうことなのか。視線を向けると、ウルキアガが一つ頷いた。

「点蔵。貴様、ちょっと覚悟を決めろ」

「そうね。これは、それが手っ取り早いわ」
何がで御座るか？　と思った時だった。
背後に援護が来た。

「面白そうだから来てみたわ」

「大分率直で御座るな……！」

「まあ、いざとなったら逃げる手も必要っしょ」
メアリが苦笑で頭を下げるあたり、ナイトの言うことは本音だろう。ただ、

「…………」

「…………」

「…………」

「…………」

「な、何で御座るかなその沈黙……！」
いやまあ、と成実が手を前後に振る。

「行けば解るわ。じゃあね」

え？　と思うなり、それがいきなり来た。

流体光が自分の視界の周囲で光ったかと思えば、

「ンンン？」

自分は、薄暗い石造りの通路にいた。

●魔女の装備について●

「アルマダ海戦で、私達の機殻箒である“黒嬢・白嬢”が二型に交代してるんだけど、ちょっと機殻箒の解説しておきましょうか」

「魔女の華といえば、飛行用の機殻箒だよね。ナイちゃん達の使うのはこういう感じ」

双嬢《ツヴァイ・フローレン》一型〜三型

「双嬢はナイちゃん達の使う機殻箒で、最高速度に秀でた黒嬢と加速に秀でた白嬢という組み合わせ。現段階の最上位は三型ね」

「現代で言うと三河で使った一型は250CCの単車、アルマダ以降の二型は500CCクラスかしら。現在最上位の三型になるとリッター級の風格あるわね」

双姫《ツヴァイ・フュルスティン》一型〜二型

「私とアンジーの双姫は、加速板を重力制御で組み上げて機体を作るもので、白姫と黒姫の組み合わせ。重力制御なので空中制止や鋭角ターンが出来るのが強みね。砲撃形態をとることも出来るわ」

「一型はまあ機殻箒の範疇だったけど、二型で一気に巨大化。形状の組方によってはママ達の三型より大きいよ」

双嬢三型、双姫二型の出撃

「同時出撃は末世事変の解決時、月に昇るときしかまだないわね。武蔵艦上や周辺だと基本的に二型で済むし、次にこの光景が見られるのはいつになるかしら」

第六章
『花群の合格者』

予測はしていたが
見事としか言えず
配点（見事）

○

あれ？　と思ったのは、ナイトだった。

自分がいるのは、夜の町だった。

地上側だ。だが、空がちょっと違和感有る。

本土の空であれば、こんなに雲が近くはない。

そして星の位置を見るからに、これはアレだ。

「英国だね……！」
だとすればここは倫敦。夜だとすれば、大体何が起きるかは解るというか、

『マルゴット、南の空！』

通信の声に振り返れば、それが見えた。

武蔵だ。

南の空を、しかし西に向かって加速している巨影が見える。

あー、と自分は思った。多分、当時のリアル自分は、あの武蔵に乗っているのだ。だとすればここは、このタイミングは、

「アルマダ海戦直前、武蔵が現場に向かうところで、――倫敦ではテンゾーがメーやん救出に向かった処だね！」
自分らは、あれから結構忙しかった。
アルマダ海戦において、自分達魔女組は麾下も含めて防空任務の展開で忙しかったのだ。そして自分は単騎突撃で敵の空母を撃沈に向かったが途中で撃墜され、

「ガっちゃんに救われて、使用している機殻箒を一型から二型に乗り換えたんだっけ」

『ヒーローには必須の乗機交替ね。二型はホント、かなり無茶な出力設定だったけど、今でも使用するくらいに好きだわ』

だねえ、と頷き、自分は口を開いてみた。

今まで、ビミョーに避けていた話題がある。

だが、そろそろ触れておかないとダメだろう。

だからまあ、気が進まないまでも、言ってみる。

「テンゾーがメーやんにコクるの、どうなったかな？」

『良い質問だわマルゴット』

答えが来た。

『そろそろ始まるわ。――つまりあの告白が、リピート条件であり、ターニングポイントということね』

●

「…………」

「……アルマダ海戦の何がリピート条件かと思えば……、まさかそんな……」

「あっ、あっ、世話子さん！　ま、まあ記録とかそういうものの不備ですから、こういう変な……、じゃない！　異質な条件になるときもありますよ！」

「…………」

「ホライゾン！　カーッペッはまだ早いですのよ!?」

study

●メアリ救出作戦●

「メアリ殿の救出作戦は、次のような流れで行われたので御座るよ？」

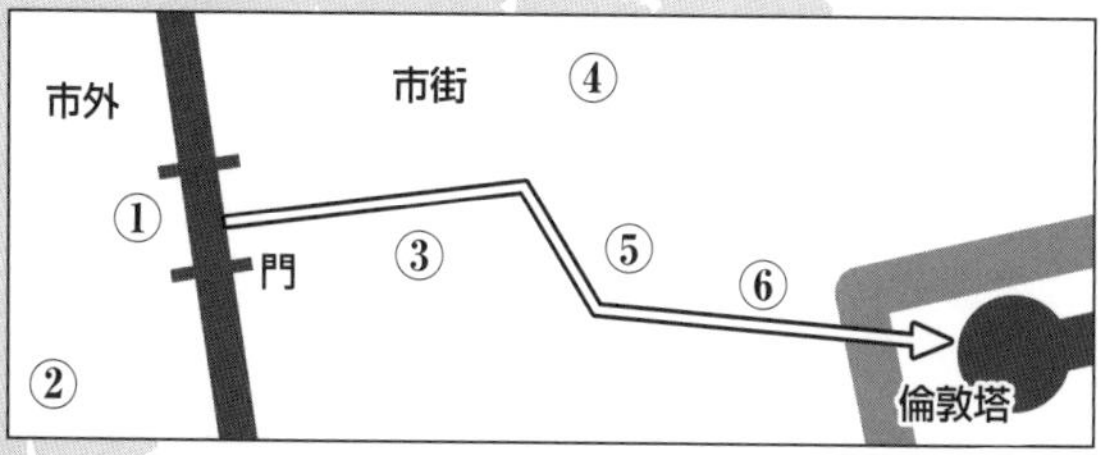

①ウルキアガが門を突破し、ニコラスと対決。
②正純がハットンを引きつけて対決。
③ミトツダイラがウオルシンガムと対決。
④ネシンバラがシェイクスピアと対決。
⑤ナルゼと喜美がダッドリーとセシルと対決。
⑥点蔵がウォルターから**逃げて**メアリと相対。

「⑥！　⑥!!　逃げては御座らんよ逃げては……!!」

「じゃあアレ何て言うんだよオメー」

study

「タイミングが大事だな！」

ノリキ

呼名：ノリリン 

役職など：近接格闘士

・術式を用い、どんな相手でも三発で倒す（対人の場合です）。元北条《ほうじょう》の襲名候補者で北条・氏直《うじなお》の婚約者予定だったが、どちらも性別を違えたために放逐。父は自害と、重い過去を持っていた。が、小田原《おだわら》征伐で氏直を妻としたところ、反動でハジけた。今は、一般人になった氏直のいる家に戻る勤労学生である。

「おおう、まだまだ出るねえ」

「人数分あるのか……？　って、――まあ実際、メアリが武蔵に亡命することを決めた時点で、英国の方針が丸変わりしたし、彼女がいなければ武蔵もアルマダ海戦で勝利出来てないよな……」

「そういう意味では、〝武蔵にとっての記録〟な部分が強いのかと判断出来ます。――以上」

○

ナルゼは、相方の位置を見つけていた。

マルゴットの方から、空に向けて青白い曳光《えいこう》弾《だん》が放たれたのだ。

思ったより近い。こっちは倫敦の外周、市壁の上だったが、マルゴットは市街だ。かつて自分が点蔵の突入を助けた広場の近くだろう。

じゃあ急がないと、と思いつつ、ふと、疑問を得た。

今、これは点蔵とメアリの告白シーンの再現なのだとしたら、

『……告白シーンを再現すればリピート解除よね？　それが何故、失敗したの？』

『いや、二人はちゃんとやったわよ？』

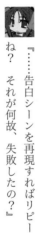

『二人って？』

『拙者とキヨ殿に御座ります』

　ああ、この二人、付き合ってんのよね、と理解。女性同士でも子供が生せる技術のある時代だ。自分とマルゴットがイチャついてるのと同じでフツーにあることで、

『それが告白シーン再現して、何でダメだったの？』

『そこが謎なのだが、いきなり天上の高い位置から、♪チャ～ラ～ラ～ララ～♪　という判定MEの後、失敗ブザー音と水が落ちてきてな』

　二人がズブ濡れだったのはそれか。

「…………」

「……ブザー音に水？」

「……さっき三河攻略したとき、そんなの無かったわよ？」

「というか、記録側の方で、何か、例えば武蔵の艦内サービスとかの影響受けて、変な事になってる？」

『失敬、こちら皆様の武蔵野艦橋です。当艦の記録攻略中にそのような変なサービスが無かったのは、当艦が真面目な中央前艦だからだと判断出来ます。――以上』

『ちょ、ちょっと待って下さい！　こちら奥多摩ですが、奥多摩も真面目な中央後艦です！　記録の攻略時に変なことになってるのは、別の要因かと判断します！　――以上！』

「フフ、そうねえ。奥多摩、トンチキ巫女のいる浅間神社あるものねえ。その影響で記録もおかしくなっちゃうわねえ」

「浅間様、時にアクセル全開になりますからねえ」

「い、いや、ソレ言うなら教導院があるからですよ！　教導院！　連帯責任です！」

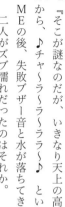

○

何が何だか解らないが、成功判定が為されるのは解りやすくていいで御座るな、と、点蔵は前向きに考えることにした。

ともあれ自分は通路を進む。先にある石造りの階段に見覚えが無いが、ここが何処かは何となく解る。コレはアレで御座る。

「倫敦塔……！」

階段を駆け上ると、そこには夜空が広がっていた。

城壁の上。風があり、英国の旗が無数に翻る場所にいる。

南の空には遠く武蔵の巨影が見え、アルマダ艦隊の莫大《ばくだい》な影も確認出来る。

鉄火場の先端だ。そして正面、そこにいるのはやはり当然のように、

「――点蔵様！」

メアリだ。

○

メアリは階段を上がり、自分のいる場所を認識した。

ここは告白の場。ここで自分は英国を捨て、武蔵に行くことを決めたのだ。

それをここで再現しろと、記録の損失が望んでいる。

だが、一つ、気になることがあった。

「あの、点蔵様？」

「Ｊｕ、Ｊｕｄ．、……これ、つまり、その」
見れば解る。

「私と点蔵様の位置が、逆なのですが……」
入れ替わっている。

○

点蔵は、思案した。否、幾つも考えるべき事があるように思った。
まずこの場合だが、

「やはりコレ、……自分がメアリ殿の役を？」

『大丈夫大丈夫！　オメエがやってもキモいだけだから！　俺の真似とは違うから！』

『というか我が王のメアリ真似《まね》、声質以外は似ていて変な違和感ありますのよねえ』

アレはホントにキモいからやめて頂きたい。
だがまあ、

『さっき豊がクリアしたときのことを考えると、皆が〝配置〟された段階ではあまり意味が生じてないと思います。現場の、〝それ〟が発生した位置についたとき、その人に役割が与えられるのでは、と』

『じゃあウッカリ城壁に上がらなきゃ良かった？』

『わあい、コンティニューするときはよく考えないとね！』

『ゲーム攻略じゃないで御座るよ……！』

まあでも大切な情報か。しかし、そうなると他に気になるのは、

「福島殿と清正殿も、自分らの告白云々については知って御座ろう」

『Ｊｕｄ．、！　キヨ殿からよく聞いて御座ります！』

『福島様……！』

コイツはちょっと意外な御得感。メアリが軽く赤面して〝まあ！〟とか言っているのも非常に和むで御座る。しかし、

『その再現をしっかりやって、……何故？　攻略にならぬので御座る？』

●

ホライゾンは、首を傾げた。リピート攻略に

対する疑問ではない。何を当然の事を言っているのだろうかと、そんなつもりで、

『――**刺激が足りないのでは？**』

『フフ、そうよね！　刺激！　やっぱり刺激は人生にとって大事なスパイス！　悶絶《もんぜつ》するくらい突っ込んでからハイスタートって感じよね！』

『言っておくけど俺だって昔より刺激に強くなったぜ！』

馬鹿と姉がハイタッチするのを正純は見た。そして考える。確かに三河にて、浅間の娘の攻略は〝勝つ〟という部分だけが同じだった。つまりは、

『寧ろ〝同じ手は使えない〟と考えた方がいいのか？』

『そうだね！　記録が損失している場合、元々あったもので繋げようとしても途切れて当然だ。だって、それゆえに途切れたんだから。だから再接続時はしっかりとしたもので繋げて後で整形、そういうことだね！』

『何かこの前、草稿書いて締め切りに間に合うと威張ってた馬鹿が、結局校正が間に合わずに本出せないとか、あったわねえ……』

『僕のことか!?　あれは違う！　校正している間にもっといいアイデアが浮かんだんだ！』

『どっちにしろ本が出てなくないかな？』

○

成程なあ、と点蔵は思う。つまり前と違う告白が必要だ、と。だけど、

『……一体どんな告白が？』

●

『――**合体**ですわね』

『告白シーンでいきなりそんなことしたら**ＨＡＮＺＡＩ**ですけど、御母様と御父様はやらかしましたわよね……』

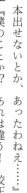

『では点蔵様、そんな自然な流れで』

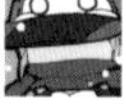
『自然じゃないで御座るよ……！』

○

しかしどうしたものか、と点蔵は思った。参考にならない連中が周囲には多いので御座るよ、と、そう思っていると、正面から声が来た。

「だ、大丈夫です点蔵様！　私が点蔵様の役でも行けます！」

「――大丈夫なので御座るか？　メアリ殿」

Ｊｕｄ．、とメアリが頷いた。

「私達の告白シーンにおける点蔵様の挙動については、呼吸、間合い、型も全て熟知しています！」

「型!?」

嫁のことがちょっと心配になったが、好感度は上昇した。

「こう言っては何ですけど、私、点蔵様十段くらいの業前はあります！」

「十段……！」

思わず台詞を食ってしまう勢いで反応してしまった。するとメアリは、一瞬正気に戻ったのか、あ、と声を上げて、

「――え、ええと、すみません、知ったようなことを言ってしまって。実際には点蔵様準《じゅん》初段くらいで」

「いやいやいやいやいや！　メアリ殿はもっと高いで御座るよ！」

えっ、とメアリが赤面した。

え？　ここ赤面するところなので御座る？　と思ったが、ぶっちゃけ女性の心は未《いま》だによく解らん。何かツボったのならば結果としてそれで良し！　そのくらいで構えることにする。

すると、

「じゃ、じゃあ、――点蔵様は、私に対して何段くらいの業前ですか？」
　キッツイの来たで御座るよ……!?

●

「コレ、アレだよな！　調子乗って一億段とかいうと、メアリが喜んだとしても、何かメアリのこと馬鹿にしてしまったんじゃねえか、って後で考えるタイプのアレ！」

「ですねえ。おっと、ホライゾンはトーリ様に対して三百恒河沙《ごうがしゃ》段くらいの業前ですよ？」

「く、くそ、解りにくい微妙な単位を持って来やがったな……！」

「フフ、まあデカ単位でテンションアゲるのもいいけど、表現にはいろいろあるし、まず自分の中ではどうなのってのを考えなさいよ？　点蔵、アンタにとって、メアリは欠点とかあるの？　どうなの？」

○

　点蔵は、思案の上で答えた。

「自分、この告白の場において、メアリ殿の段位については知らなかったので、自分の方はこれから取得していく覚悟に御座る。いろいろ、改めて教えて下され」
　そうだ。ここは告白の場。だから知らないことがあっても当然！　ゆえにここで話題を切り替えつつ、しかしメアリには残念を感じさせない方針で行く事にする。
　ゆえに自分の中での表現として、己は言った。

「段位では未熟ゆえ語れぬで御座るが、自分にとって、メアリ殿は百点満点中の一億満点で御座る」
　言う、と、メアリが苦笑した。
　あ、しくじったで御座るかな？　と思った瞬間。

「私が百万人必要ですよ、点蔵様」

「スゲエよキヨママ、自分がキヨパパに対して百点満点だって自負あるんだ……」

「まあ、そう思ってくれる人の処でなければ、嫁ぎませんわねえ」

『何か大御母様、今日は乙女脳がギュンギュン回ってる気がしますの……』

●

○

メアリは思った。いつも点蔵様は、こういう話をちょっとはぐらかします、と。

『サイテーね……』

何か以心伝心した気がしますが、まあ、それはそれで贅沢《ぜいたく》なことで。だけど、

「点蔵様、今回はいつもより深く踏み込んだ話をしていいでしょうか」

「ファ!?　あ、ハイ！　大丈夫で御座るよ？」

じゃあ、と自分は思案した。色々相談したい事柄のストックは内心で山のようにあるもので、それを順次二人で解いていくのが英国を出た自分達の功徳《くどく》。ならばそれはゆっくりと楽しむべきであろうとは思いつつ、

「点蔵様、――この記録の再現を攻略したら、御夕飯《おゆうはん》はどうなさいますか？」

○

メアリの言葉に、点蔵は即答した。

「英国風の外食の出来る多摩が、まだ解放されて御座らぬよ？」

「そういうとき、どういたしましょう？」

「Ｊｕｄ．、まあ不本意なれど、青雷亭本舗に行くか、または鈴殿の湯屋で今夜集まるのは必定なので、また湯屋前の広場で何か買い食いとかもよう御座ろう」

そろそろで御座るな、と点蔵は思った。今、通神の中で、

『世間話？』
みたいな意見がちらほら見えるが、それは〝解っていない〟。
メアリの場合、こういう話からいきなり〝飛ぶ〟のだ。聞いてる限りではいきなり話題が吹っ飛んだ気がするのだが、実は前振りがある。今回で言うと丁寧なことに〝踏み込んだ話をしていいか〟というのがあった。
ならばこの夕飯話から、いきなり〝飛ぶ〟。何が来るかと思えば、

「点蔵様」
メアリが問うてきた。

「**子供が生まれるとしたら、何人くらいがいいですか？**」

○

ナルゼは、マルゴットと倫敦の屋根上で携帯食を齧《かじ》っていた。暇なもので、点蔵が何かやらかさないかしら、と思っていたら、メアリの〝それ〟がいきなり来て、

「**ふグッ！**　――ちょ、ごめ、気管に入った……！」

「うわあ大丈夫？　ってか、合体案件より凄いの来たよ……！」

○

……流石はメアリ殿……!!
点蔵は嫁の切れ味に感心した。夕飯を何処にしようかという話からいきなり御子孫の人数何いに吹っ飛ぶとは、流石としか言いようがない。御見事！　好感度が上がって今日だけで七回くらい結婚できると思う。
しかしメアリはメアリで真剣なのだ。一応前振りをして、ちょっと日常話から移行と、手順は間違っていないと言える。ギャップが凄いだけだ。大体、こんなギャップを超えろと超デカハードルの上から笑顔で手を振ってくるのも、

これはメアリと自分の付き合いならでは。他人に対してはこんなこと無いので、つまり自分特権。素晴らしい。

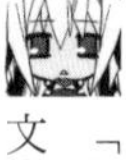

「たまにメアリ様、青雷亭にやってきて何を注文するかと思ったら〝美味《おい》しいものを〟と、尋常じゃないハードルをフルスイングしてくるのですが、それを思い出しましたね……」

「二重三重に言いたいこと有りますけど、ま、まあ平常運転です？」

友人周りでやらかしているらしいが、それもまたチャームポイントで御座ろう。そのくらいには理解がある。

だが、今の問いかけには、ちゃんと答えるべきであろう。

「そうで御座るな。メアリ殿の子なら、聡明《そうめい》で可愛らしく、何人いても素敵で御座ろう。たとえば、――サッカーが出来るくらい、とか、調子乗りすぎで御座ろうか」

まあ、とメアリが笑みで言った。

「――両チーム二十二人に審判とベンチも入ると、三十人は必要ですね」

アバウトに厳密な嫁であった。

○

『馬鹿な回答したことへの皮肉じゃないから凄いよね……』

『メアリ様の大物振りに、このホライゾン、己の卑小を感じる次第であります』

『じゃあ同人誌のタイトルに〝ボランチ編〟とか書いて三十冊出せばいいの？　総集編がどんだけ分厚くなるのかしら……』

『へ、変な回答して悪かったで御座るな……！』

○

ただ、点蔵は言葉を作った。

ギャップだ。今、メアリと話したこととは別で、ギャップを自分も作らねばならない。それがメアリに対し、通じると思った上で、己は言う。

「無論、子供は、一人でも充分に御座る」

「？　それは――」

「Ｊｕｄ．、多ければ賑やかで御座ろう。しかし一人であっても、大事で御座ろう。
――末世も解決した現在、大事に、ただ大事に、共に過ごせる時間が得られるので御座るから、それを〝充分〟と、そう思いもするので御座る」

●

福島は知っている。今、声にて聞いている清正の父と母の言葉。

……難しいで御座りますね。

かつて自分達は、父や母達の多くを失ったことがある。末世の原因に敗北し、武蔵勢が失敗した、そんな未来から、この〝今〟にやってきたのが、羽柴勢の主力である己達だったのだ。

未来において清正の父は失われて、しかし彼女の母はそんな父を待ち続けた。

父はもういないと、清正はそう理解していて、彼を待ち、哀しみもする母を不憫《ふびん》だと思った。

そしてそれゆえに、清正は見たこともない父を嫌うようになり、合流と和解をした今でも塩対応な自分を変えられないのだが、

「…………」

「キヨ殿？」

「え⁉　あ、いや、何でもありません……！」

い、い、い、ありありで御座ります。ともあれ、キヨ殿のこの強情は父に似たのか母に似たのか。両方で御座りますかなあ、と、何となく思いつつ、己は通神からの声を聞く。

『……Ｊｕｄ．』

清正の母が応じた。

『――幸いは〝充分〟ではなくとも得られます。ですが、だからこそ〝充分〟であれば、その上に必ず幸いは大きく花咲きましょう』

○

メアリは前に歩を詰めて、口を開いた。

今、自分の大事な相手も、同じように歩を進めてくる。

「点蔵様、共に行きましょう、幸いの場所へ」

言う。だが点蔵が、首を横に振った。

「どうで御座ろうか」

「何がですか？」

点蔵が、こちらを見据えて言う。顔は見えないが、日々鍛えているので視線は解るのだ。

そして彼の声が聞こえた。

「末世の方が勝った未来では、自分、失敗して御座った。――しかし自分、末世に勝った現在ではあれど、これからの未来で同じように失敗するのでは御座らぬか、と。そう思うならば、共に行くことは出来ぬで御座るよ」

●

メアリは、点蔵を見た。

彼の顔は、落ち着いている。ここは告白の再現の場。それを理解した上での物言いだ。

何故なら、あのとき、自分は武蔵へと行くのを渋ったのだから。

それと同じだ。彼は今、こちらの役を彼の立場で演じている。

そして今のは、恐らく、点蔵としての本音もあろう。自分とて、未来は見えず、不安を考えるときもあるのだ。だが、

「大丈夫です」

己は応じた。

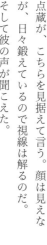

「末世に負けた未来でも、点蔵様は失敗していませんよ。何故なら、聞いた話ですが、私は点蔵様を待ち続けたそうですから」

「それは——」

「ええ、人によっては、私の心が、負けを認められないほどに弱かったと、そう言うかもしれませんね」

　でも、

「点蔵様が〝待っていて下され〟と、多分、そう仰《おっしゃ》ったのだと思いますけど、——だったら私は、待っているだけで幸いなのです」

「——もし、自分が死んでいて、戻らぬ事が確実だったとしても？」

「Ｊｕｄ．」

　即答した。理由は簡単だ。

「そのときには、恐らく、私の元に点蔵様との子供がいるでしょう。

　家族です。

だとすれば点蔵様がいないとしても、私とその子の間に、充分の幸いが咲きます。何故なら私とその子の間には、点蔵様が必ず〝戻られる〟からです」

　いいですか。

「点蔵様と共になったとき、もう、全ては幸いしかないと、そう決まっているのです」

●

　福島は、自分の後ろに清正が回ったことに気付いた。

「キヨ殿？」

　シッ、と横の伊達家副長と第二特務が鋭くトバすあたり、拙者チョイとダメで御座りますよ？

　ただ、背後から清正の声が聞こえた。

「……御母様には敵いません」

○

点蔵は、本日の脳内結婚回数が史上最高を超過したのを感覚した。しかしこれは記録の表層。しばらくすると判定ＭＥが鳴る世界だ。だからだろうか、メアリが、頬を少し上気させながらも、真剣な顔で言う。

「前向きばかりが救いだなどと綺麗事をいうほど、前ばかりを見ているわけでは御座らぬません!!」

こっちの語尾が変に混じったで御座るよ？

○

あっ、という顔をメアリがした瞬間だった。

眼下、城の中庭から声がした。振り向けばそこにいるのは妖精女王エリザベスだ。メアリの実の妹であり、英国の代表者、彼女はこちらに対して一つ頷きを見せ、

「面白いから続けろ!!」

キャラが変わって御座らぬか？

●

『奥多摩が原因ですね……。――以上』

『い、いや、違います！　理由不明ですけどちーがーいーまーすー！　――以上』

○

点蔵の視界の中、ほ、と息を入れ直して、メアリが言った。

「私、メアリ・スチュアートは、極東の世界征服を手伝い、そして武蔵第一特務、点蔵・クロスユナイトと共に歩むことを誓います」

来た、と点蔵は思った。

告白の再現。それも入れ替わりとして、だ。

これから先に、メガトン級の破壊力が来ることを予期し、抵抗は無駄で御座ろうな、と思う。

だが自分は言う。メアリの言葉に対し、

「……共に歩むと、そういうことで御座るか？」

どうだろう。僅かな本音も持って、己は言った。

「自分、ちゃんと出来るかどうか——」

「構いません」

即答であった。そして、

「——いずれ私達は家族となって、皆に羨ましがられるようになるのです。いろいろな人達《ひとたち》に迷惑を掛けて、でもそれを幸いと感じるのです。そうなるまであと少し。あとはただ共に行くだけですよ」

正面。そこに立ったメアリが告げた。

「貴方《あなた》に対して誰が何を言おうと、誰が遠ざかろうと、そのために貴方が苦しむことがあったとしても、不幸を得る義務はありません。——選んで下さい」

「な、何をで御座るか？」

「貴方がどのように自分を思っていても、貴方にしか幸せに出来ない女がいると、そういう事実です」

何故、と点蔵は、口端《くちは》を歪ませた。

……メアリ殿、超攻めるで御座るよ……！

嫁の必殺技には、ギャップもだが、この吶喊力があるのも忘れていた。浅間なども持っているラッセル型の貫通攻撃だが、メアリの場合はこっちの許可や人目無く突っ込んで来るから凄《すさ》まじい。

ともあれここで押し切られたら、再現としては甘い気がする。ゆえに自分は、

「何故、そんなことを言うので御座る!?」

解っている。メアリは、いい人なのだ。彼女を不幸にしてはならない。そう思う。

そしてその人が、此方《こちら》に対してハッキリと言

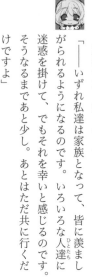

う。

「貴方に幸せにして欲しいのです」

　怖い言葉だと、そう思う。それが軽く了承できる自分であれば良かったと。

　ああ、と己は思った。あの時、自分は逆として絶対に押し切る気でいたが、メアリの方は、今のこちらのように、幸せになることへの恐れに揺れていたのだろう、と。

　メアリは立派だと、今更ながらに改めて思った。このような〝怖い〟遣り取りの中から、己の行き場所を定めて踏み込めたのだから。

　ならば、と己は思った。自分の中にある〝怖さ〟を、メアリに見せて行こう、と。

　することはただ、自己紹介だ。それはつまり、

「自分、卯建《うだつ》の上がらぬ男で御座るよ？」

「構いません」

「ファッションセンス死んでるとか、そう言われる男で御座るよ？」

「構いません」
　あ、ちょっとウケた。だが何か気楽にはなった。ゆえに、

「自分、金髪巨乳好きとか公言している男で御座るよ？」

「構いません。だって私がそうですから」
　大物過ぎる……。そう内心で感想するこちらの正面で、メアリが言った。

「点蔵様が私を第一印象で気に入って下さって幸いです」

「いや、まあ、その節は。でも」

「くどいですよ？　私と一緒になれば、ベストだと、そういうことですよね？」
　彼女が小さく笑った。一回、こちらの胸を手指で叩く。そして、

「点蔵様が御自分をどう言っても、私は貴方を見る目を過《あやま》ちません」
　言われた。

「傷も婚姻も英国が敵に回ることも、貴方が傍にいてくれれば関係ありません。失われさえしなければ、例え身を無くし、魂だけとなっても、最後の居所として、私と共にいてくれればそれでいいのです」
　己は気付いた。今、メアリから聞いた言葉は、かつて自分が彼女に言ったものだ。だが、

「どうでしたか？」
　問いは、それこそが答えだ。

「末世が勝ったとされる未来に対しても、私と点蔵様はその通りであり、——勝ったのですよ」

○

　メアリは、点蔵が一息を入れたのを見た。そして彼が、頷きを寄越す。

　こちらの意が伝わったと、そういうことだろう。ゆえに、

「点蔵様、しかし、点蔵様の不安を解らない私ではありません。ここは一つ、テストをしましょう」

「テスト!?」

「Ｊｕｄ．、簡単なことです。ではまず、点蔵様、大きく息を吸って——」
　Ｊｕｄ．、と、急ぎ、点蔵が腕を左右に開き、大きく息を吸った。
　直後、自分は動いた。彼の開いた脇に両の腕を差し込み、背で抱きしめて、身を押しつけ、

「ごぉ——ぅかぁ——く……、です!!」

●

　ミトツダイラは、鐘の音を聞いた。

　奥多摩の教導院の鐘が、午後五時を示すのだ。

　そして振り返った自分に対し、まず聞こえるのは判定ＭＥの残響であり、見えるのは奥多摩の

全域から空に昇る流体光だ。
　リピート解除に、成功したのだ。つまり、ターニングポイントを超えたのだが、

「……えっ？　今ので良かったんです、か？」

「と、当人同士がよければ、ま、まあいいんじゃありませんの？」

「…………」

「ホライゾン？　カーッペッ、ってやってもいいですのよ？」

「……いや、やめておきましょう。修羅にも情けがあるのです……」

　何が何やら、という感じだ。だが一番大変だったのは、

「……私達、何しに行ったのかしらね……。あ、ネームが三十冊切れたのは良かったわね」

「まあ、通神帯は凄く盛り上がってるからいいんじゃないかな？」

「何をして御座るかな——!?」

　ともあれ結論は一つだ。向こうで世話子が頭を抱えているのが気になるが、

「アルマダ海戦というか英国、——記録の表層クリア、かな？」

　何で疑問形ですの？

study

●アルマダ海戦で活躍した人々●

フアナ

三征西班牙の副会長。彼女が実質的な国家運営を行っている。大罪武装“嫌気の怠惰”の使用者。オーバーワーク気味だが、かつてセグンドに命を救われた経験からセグンド推し。アルマダ海戦でも彼の救出を行った。

ディエゴ・ベラスケス

書記。歴史的に見るとこの時代随一のロリコン画家。レパント時代からのセグンドの知己で、中間管理職のように彼とフアナ達の間を繋ぐ。ハッサンがカレーをチャーハンと言い切った事件の被害者。

弘中《ひろなか》・隆包《たかかね》

副長、房江とは夫婦の仲。野球部主将で霊体だが、バットによる防御に優れ、武蔵の多摩艦橋まであと少しの位置に迫った。

江良《えら》・房栄《フサエ》

第二特務。陸上部部長。四聖武神の道征白虎を用い武蔵を急襲したが、四聖武神として覚醒した地摺朱雀に敗れている。

バルデス兄妹《きょうだい》

消える魔球を用いて武蔵各所へと被害を与えた。しかしノリキの根性返しによって破れ、撤退している。

西班牙《スペイン》戦士団《せんしだん》

やたら暑苦しいが、基本的に正々堂々と戦うことを誓っている。戦闘中、相手にエールを送るなど、かなり体育会系。

study

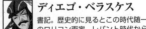

第七章
『敗戦地の記憶者達』

それぞれに意味があり
それぞれが意味を思い
それぞれが意味を辿る
配点（昇華）

play back

「わあい」

「何が〝わあい〟ですの、一体……！」

「ふふ、まだまだ現役、行けますわね……！」

「そういう訳で、いろいろ国際情勢が入り乱れるⅢは上中下構成になったということもありますが、中巻ではこのように口絵が三面ポスターとなりました。ミトツダイラ様の御母様が出ているように、六護式仏蘭西は味方。そんなことが解る構成ですね」

「ちなみにミトは、口絵に出ている回数ではダントツのトップだったと思いますね……。私、ミトと一緒の事が多いんですが、ミトは他との絡みも多いですから」

「わ、わあい？」

「Ⅲ上中下は解りやすく言うとどんな内容ですかねえ、正純様」

「武蔵の世界外交デビューと、実力の査定、というところだろう。——英国は外国であるが、どちらかというと武蔵には有利な交渉相手だった。だからフラットな外交として世界のレベルを知るのは、これが初になるんだ」

「一気にいろいろ出て来るからパンクしかかるよね。欧州の主要国が遠巻きに見てる中で関東の列強代表が挨拶にくるとか、更に真田十勇士まで出るとか」

「個人戦力でも、世界レベル相手に結構戸惑ったわよね。マクデブルクに行くまでに、P.A.Odaの滝川が戦艦で挨拶に来たり、柴田・勝家と佐々・成政が艦上を荒らして逃げたりと。気楽にやって来るから困るわ」

「その中で、自分とメアリ殿の連携や、ミトツダイラ殿の瞬発加速への覚醒など、個人戦力強化の萌芽があった回でも御座るなあ」

「ともあれ敗戦は確かさね。関東まで逃げたら江戸と里見を羽柴勢に破壊され、水戸まで追い立てられた。強いて言うなら、これは敵としての世界が、仕切り直しをしてきたと、そういうことだろうさねえ」

「上に水浴び絵を置いた上で話す内容では無い気がしますわね——……」

振り返り
境界線上のホライゾン
文庫本Ⅲ〈上〉〈中〉〈下〉

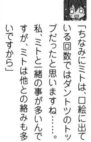

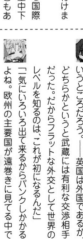

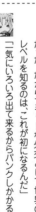

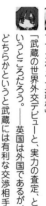

奥多摩解放の報《しら》せは、各所に届いた。

次の攻略は、品川にてマクデブルクの掠奪。

その筈だった。だが、

「……過去の再現は行われているけど、品川は幾つもの過去が各所に散っている？」

『Ｊｕｄ．、基本としてマクデブルクだが、ＩＺＵＭＯ上とか、三方《みかた》ヶ原《はら》の戦いなども表出しているらしい。——だが、そのくらいの散り方は武蔵野や奥多摩でもあったもので、今回のコレが問題なのは、〝主〟が何なのか、判別できないということだ』
言う里見《さとみ》・義康《よしやす》は、当時、この流れの中で仲間となった里見教導院の総長兼生徒会長だ。

里見《さとみ》・義康《よしやす》

呼名：ヨッシー
役職など：里見総長　重騎士
・羽柴勢に支配された里見を奪還した里見代表。二年生で、どちらかというと武闘派だが、人を頼ることを理解しているので無理は無い。最上・義光の養子となる予定で、里見と奥州《おうしゅう》の経済圏を想起しつつ、武神・八房《やつふさ》を扱って武蔵の守護を担《にな》う。

里見・義康。
彼女が今、品川の調査に赴き、しかし過去に飲まれていないということに己は吐息した。

「……副会長？　何か、それでいいと、そんな事が？」

気付かれたか。肩のツキノワが振り返って頷くのは、彼女の言う通りだと思う。

今、品川では何人かの役職者や実力者が立ち替わりで〝当たり〟を探している。が、その間に、こちらは説明を進めておこう。

己は世話子に、里見生徒会長のモニタリングを続けている表示枠を見せた。

すると世話子は、画面に見える違和感に気付いたらしい。

「里見教導院は武神の有名処でな。里見生徒会長は、総長とその機体が認めた者のみが搭乗できる〝八房〟に乗っている。
——これはそこからの映像だ」

武神。人型の巨大機械。多用途ではあるが、現在においては武装であることが多く、力のある機体は単騎で航空戦艦を落とす。

品川は輸送艦で、地下には広大な空間がある。無論、大型木箱《コンテナ》を通すためのガイドレールなどが張られているが、武神が移動出来るくらいのスペースや通路はある。彼女は今、そこを移動しながら〝八房〟の流体検知で記録の表出を探っているのだが、

「……里見生徒会長があの当時の記録の表出に選ばれないならば、幸いだ」

「どういうことなのです？」

「ああ、私達を送り出した者は、私達を正しく見ていたと、そういうことなのだ」

「ハイ！　そう言うわけで本日のスーパー解説タイムの始まりィー！」

「い、意地でも湿った展開にしないつもりですねホライゾン！」

「当然ですとも浅間様、周囲を見て下さい」

言われ、浅間は武蔵野艦首甲板を見回した。

夕刻の空の下。そこで祭が始まりつつあった。甲板は屋台で囲まれ、櫓《やぐら》もある。どうも喜美がライティングの指示など出しているあたり、ステージとなるのだろう。しかし、

「ええと、これは……」

「過去を〝送る〟んだとさ。まあ、騒ぎたい本心の言い訳かもしれないけど、確かに過去のいろいろには、思い出す美化もあれば、面倒な記憶もあるだろうさ。

だから、〝送る〟。祭はそういうものだろう？

アサマチ」

「まあ、確かに、そうですね……」
表示枠で確認すると、祭の担当主社は浅間神社で、担当は父だった。
こっちに知らせてこないのは、父なりの気遣いだろう。つまり、

「……当時、いろいろなことがあったけど、私達で抱え込まず、〝神社〟に任せておけと、そういうことですかね……」
だとすればこちらは、やるべき事がある。世話子に対し、既に何か講義のようなことを始めた正純に向け、足を進め、

「――あ、過去の流れの確認ですね。こっちも加わらせて下さい！」

正純は、席に着いている世話子を前に、ちょっとした既視感を得た。
バイトで小等部の講師をやっている。そのときの感覚を思い出したのだ。

……子供扱いしたら嫌な顔されるだろうなあ。
思いつつ、前提として問うておく。

「貴女の所属する三征西班牙は西の大国だ。だがここから先の話は、関西から関東へと飛ぶ。……そのあたり、私達についての情報はどれだけ持っていた？」

「歴史再現として、同盟している三征葡萄牙が、中国方面まで武装商船団を送っています。なので、そちら経由では」

「だとしたら沿岸の港周辺に情報が限定されますわね。三方ヶ原の推移くらいは解ってると、そう思っていいんじゃありませんの？」
人狼女王の言葉が抜け目ない。彼女の言う通りだとすれば、こちらがこれから教えるのは、ちょっとした貸しになる。そのつもりで己は言葉を作った。

「当時の流れだが、――まず、**アルマダ海戦を終えた武蔵は、補修を必要とした**んだ。

よって英国の対岸、六護式仏蘭西の北部沿岸に浮上島として浮かぶＩＺＵＭＯに寄港した」

　ＩＺＵＭＯは、極東における神道のベースであり、最大の企業組合だ。何処の国にも荷担しない中立ゆえ、各国の航空艦の建造や、神道を介した術式、装備などの販売を扱うし、

「神道の通神、流体経路などのインフラも、ＩＺＵＭＯ管理によるものです。武蔵も、建造は三河でしたが、その設計にはＩＺＵＭＯが大きく関わっていて、武蔵専用のドックがあります」

「武蔵がアルマダ海戦を〝出来る〟と判断したのは、疲弊してもＩＺＵＭＯが近いと、そういう判断もあったのでしょうね」

　その通りだ。ゆえに応急処置と廃材を確定してからＩＺＵＭＯへと着港、補修に入った。

「それでまあ、久し振りに緩い時間を過ごしていたら、関東方面の代表者達がやってきてな。英国代表も含めて今後の会議となった」

「その議題は？」

study

●IZUMOについて●

「浮上島であるIZUMOは、極東における神道の中枢です。代表者としては現人神である帝が京にいますけど、実質の経営などは出雲一族を中心とした経営陣によって行われていますね。現在、極東のインフラベースは神道のものによって成り立っているので、各国は暫定支配しつつもIZUMOや各神社などに手を出せません。現在ではそれらを如何に流用出来るかという視点にシフトしており、結果としてIZUMOは極東最大の企業組合となりました」

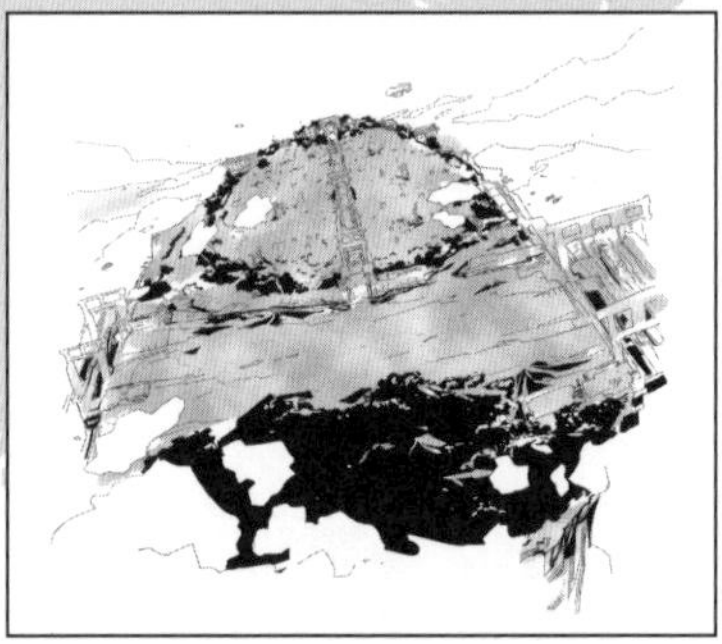

「各国側から、幾度か解体や分裂を強制されそうになったこともあって、IZUMOは自らを浮上。後に武蔵用の港を設けてますね。幾つかの傘下企業があり、神道専門の白砂台座や刀剣専門のBIZENなど、ブランドが存在しています。なお、このような企業組合は各国に多数存在します」

「ちなみに真下は仏蘭西領で、南に程よく行くと私の実家がありますの」

study

「**武蔵の関東招聘《しょうへい》**だ。――武蔵は松平家の所有。つまり羽柴の後に極東を支配する存在だ。ゆえに関東側としては、武蔵に関東での地位を固めて、自分達の存在を確定して欲しいという欲求があった。何故なら、聖連に所属する国は欧州中心で、アジア方面、つまり関東やその北にある国々は、外様《とざま》扱いだったからだ」

それに、と己は言葉を付け加えた。

「羽柴の歴史再現で、文禄《ぶんろく》・慶長《けいちょう》の役がある。これは神州世界対応論でいえば、関東、里見の周囲が羽柴によって一時期なりに支配されるということだ。

羽柴に正面から対抗できるのは、松平である武蔵。それもアルマダ海戦で勝利したならば頼れると、そうなった訳だな」

だが、と自分は言葉を継いだ。

「世界はなかなか見逃してくれない。補修途中ではあったが、**六護式仏蘭西とM.H.R.R.旧派がIZUMOを包囲してきた**」

study

●関東の代表者●

「武蔵の関東招聘を願ってIZUMOに来たのは、大体この辺だな。色々と世話になった者達ばかりだ……」

北条《ほうじょう》・氏直《うじなお》

後北条の最後の総長。印度諸国連合として暫定支配を行っており、P.A.Odaとの同盟も含め、なかなか苦労が絶えない。位相空間からの刀剣ランチャーの射出を行う。ノリキの婚約者である。

里見《さとみ》・義頼《よしより》

里見家の総長。羽柴の侵攻を控えた里見をどうにか出来ないかと思案している。最強クラスの武神・八房と、名刀・村雨丸の使用者で、里見・義康の兄代わりでもある。トーリの決起を知ったことが、彼をIZUMOへと向かわせた。

義経《よしつね》

源・義経だが、現在は清の太祖ヌルハチでもある。行きすぎた太極視点の持ち主だが、大国を治めるにおいて間違いは無い。武蔵勢に結構細かくフォローや忠告をしていく。走狗の弁慶は可変型移動都市である。

study

あの時の戦闘は、両親が六護式仏蘭西出身のアデーレにとって、複雑なものだった。

「六護式仏蘭西の総長、ルイ・エクシヴは大罪武装“傲慢の光臨《フォス・ハイペリファニア》”の所有者。生徒会長の毛《もう》利《り》・輝元《てるもと》は大罪武装“虚栄の光臨《フォス・ケノドクシア》”の所有者。二人とも聖譜顕装《テスタメンタ・アルマ》まで持っているので、やたら面倒な戦闘でしたねー……」

世話子が頷いているあたり、憶えがあるのだろう。よく考えたら三征西班牙と六護式仏蘭西はこの時期によく小競《こぜ》り合《あ》いをしているのだ。

だがまあ、そんな世話子でも、当時、知らないであろう脅威がここで出現した。

「実はＩＺＵＭＯ戦。そこで、これまで秘匿されていた六護式仏蘭西の副長が出て来たんですよ。名称テュレンヌ公を襲名したのは――」

「――私ですの」

そうだ。ミトツダイラの母親にして人狼女王。規格外の存在で、

「私のこと、コテンパンにして、**IZUMOを半壊させた上で、我が王を攫《さら》って逃げましたわね？**」

「まあ、攫うとは人聞き悪いですわね。テイスティングのつもりでしたのよ？」

尚更タチが悪い気がするんですが、ええ。

●

「……総長が誘拐されたとして、そこから、どのように？　あ、武蔵が脱出出来たのは知っていますが」

Ｊｕｄ．、と正純は頷いた。

「**六護式仏蘭西とM.H.R.R.旧派の包囲を解いたのは、M.H.R.R.改派の艦隊だった。**」

宗教改革によって生じた旧派と改派の衝突は、当時、欧州全土を巻き込む三十年戦争となっていたからな。旧派は、不用意な戦闘を避けるため、改派が私達を救出するのを見送った。

改派は私達に、これから起きる三十年戦争有数の激戦となった〝マクデブルクの掠奪〟に対し、市民の避難を要請しに来たんだ」

「一方で、誘拐された我が王の追跡として、私とメアリ、マルゴット、そして第一特務の四人が編成され、御母様を追いましたの」

と、そこで声が加わった。奥多摩解放を行いつつ、何か暇な時間を過ごしたナイトとナルゼが戻ってきたのだ。

「懐かしいねえ。あの頃のミトっつぁんは、仏蘭西気質が強くて、英国出身のメーやんと距離とってたんだけど、追跡中の戦闘とか経て、仲良くなったんだよね」

「そんなあからさまに距離とってました？」

「どうでしょう。ただ、ミトツダイラ様の御母様の話などを伺って盛り上がって、良い時間を過ごしたのは確かですね」

「まあ、私の話ですの!?」

study

●武蔵の移動と人狼女王の移動●

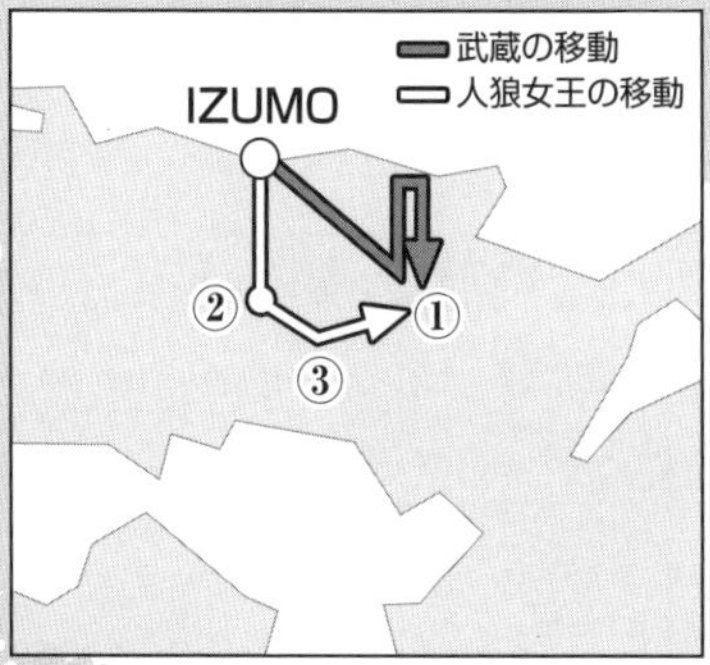

①マクデブルク
②人狼女王の御菓子の家（実家）
③ルドルフ二世の塔

「武蔵はIZUMOからマクデブルクに行き、そこから市民を北に避難させているんだ。なお、その時にK.P.A.Italiaが攻め落とされた事を知っている」

「私の方はIZUMOから移動の後、ネイト達と私の実家で合流。そこからルドルフ二世の塔に向かってますのね」

study

「俺、攫われて何かされると思ったら、餌付けの上でママンから旦那との恋愛トークとかずっと聞かされてたなあ……」

「？　どのような話を？」

「――**合体**ですわ」

「ドヤって言うことじゃありませんのよ……!?」

●

やはりこういうトークは盛り上がるんだろうなあ、というのが、夕刻となった空を見上げての正純の感想だ。

だが話は進めなければならない。記録を取っている浅間が、視線で促すのを会釈《えしゃく》で返し、

「マクデブルクについた私達は、住民を退避させる準備を進めつつ、当地にいる重要人物と会った。六護式仏蘭西前総長のアンヌだ。――

つまり**マクデブルクで、欧州の要人が揃い、武**

study

●マクデブルクの機密会議参加者●

「マクデブルクの機密会議ではいろいろ話し合ったが、その相手はこんな感じだ。巴御前とは今でもよく付き合いがあるな」

スレイマン

元P.A.Oda総長。追い出された後は本願寺・顕如としてP.A.Odaに嫌がらせをしていた。ノリの良い老人だが、怒らせたらマズい雰囲気。

松永《まつなが》・弾正《だんじょう》・久秀《ひさひで》

P.A.Odaの重臣で、いろいろな発明家でもある。信長に対して謀反を働き、自爆する歴史再現が有り、後に武蔵を関東に逃すため、その再現を適用した。

巴《ともえ》御《ご》前《ぜん》

マルティン・ルターの二重襲名。霊体となっている。義経を追って大陸に渡った後、そのまま欧州へ渡り、今はM.H.R.R.改派の代表である。聖書ハンマーを振り回す。

アンヌ・ドートリッシュ

六護式仏蘭西の前総長。病ゆえ療養中である。現総長エクシヴの妹で、その政治力と思想は後を継ぐこととなった兄や、輝元達に大きな影響を与えた。

study

蔵をどう使えるかという会議を行う。そんな算段だったのだな」

「……どのような人達が？」

ああ、これは知らないことか。ならば、まあ、今なら言ってもいいだろう。

「織田家によってP.A.Odaを追い出された大総長スレイマン。織田の代表として首を突っ込んでおきつつ、謀反《むほん》の歴史再現がある松永《まつなが》・久秀《ひさひで》。そしてアンヌと、改派の代表であるルターを二重襲名した巴御前《ともえごぜん》だ」

彼女達は、安易に武蔵を味方として考えなかった。

「当時、やはり羽柴がM.H.R.R.旧派と組み、欧州の脅威となっていた。何故なら歴史再現として見た場合、三十年戦争で敗戦国となるM.H.R.R.旧派は、羽柴側の歴史再現を使えば、欧州どころか全国を逆転支配出来るからだ。

——よって三十年戦争でM.H.R.R.旧派と敵対する改派、**六護式仏蘭西は、私達に羽柴の抑制を依頼した。それによって、ヴェストファーレン会議での武蔵の立場を考える、**と」

だが、

「武蔵はまだ力が無い。ゆえに関東に行き、味方を増やす。そういう結論だ」

「……だとすると、ここで武蔵の方針が決まったのですね？」

「そうだ。だがそこに、M.H.R.R.旧派が〝マクデブルクの掠奪〟として乗り込んで来た。羽柴を通してP.A.Odaの主力を組み込んだ混成戦士団だ」

この時期、羽柴は大規模な攻勢を各所で進めている。

「大事件となったのは、M.H.R.R.旧派が、やはりP.A.Odaと組んで行ったK.P.A.Italia侵攻です。まさか安芸《あき》が落ち、教皇総長が行方不明となるとは」

「あのオッサン、後で良いところになって出てくるんだよなあ……」

「トーリ君、ネタバレですよ……！」

まあ、皆、知っていることだろう。

「というかホント、大規模な三正面作戦だよね。K.P.A.Italiaとマクデブルクに関東も、だ。上り調子の大勢力は半端ないというか……」

「Ｊｕｄ．、マクデブルクに来たのは柴田《しばた》・勝《かつ》家《いえ》、前田・利家、佐々《さっさ》・成政《なりまさ》の三人。

彼らと麾下らの攻撃によって**水没と破壊をされるマクデブルクから、私達は脱出した**訳だ」

「ちなみにここ、後にルドルフ二世の弟で、M.H.R.R.皇帝となるマティアスの持つ大罪武装〝飽食の一撃〟《フィオゴス・ガストリマルジア》によって拙者の蜻蛉切が破壊されて御座る」

●

「——でも、その前に、ちょっとこっちの仕事がありましたわね」
人狼女王は、娘がちょっとぎこちない雰囲気を漂わせているのを見る。

study

●M.H.R.R.旧派のK.P.A.Italia侵攻について●

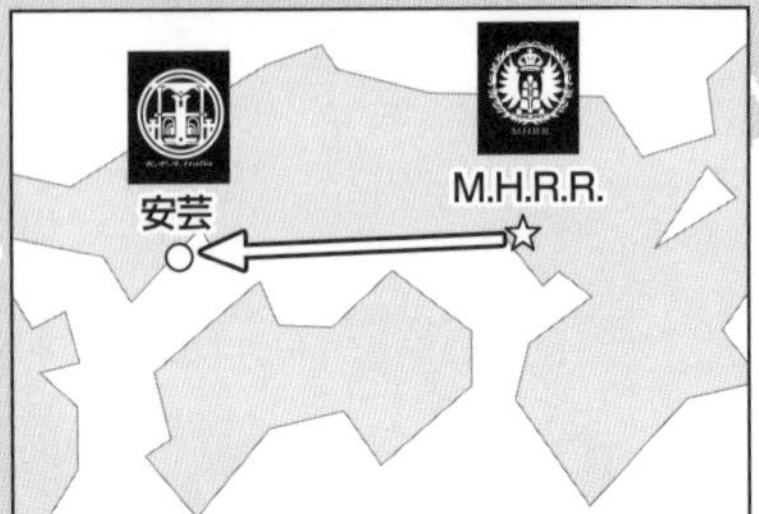

「M.H.R.R.旧派の侵攻は、極東側の“第二次木津川口の戦い”の歴史再現でした。これによって安芸は浮上島ごと落ち、教皇総長は行方不明となります」

「結果、K.P.A.ItaliaはM.H.R.R.旧派の支配下に置かれ、暫定的な教皇総長として、教皇総長の義妹であるオリンピア様が就くことになります。
P.A.Oda側の主な参加者は次の通りですね」

九鬼《くき》・嘉隆《よしたか》
P.A.Odaの航空艦隊指揮官。基本に忠実で、大勢をもって絶対に勝つ、が出来る人材。魔神族で、基本的に温厚である。

鈴木《すずき》・孫一《まごいち》
P.A.Odaの武将で、神格武装の狙撃銃“ヤタガラス”を用い、遠距離から広域までの射撃、砲撃を行う。魔神族の少女で、ちょっとやる気エンジンの遅い性格。

study

自分の娘にとって、当時の流れは非常に大きな意味を持っているのだ。

「私は、武蔵の総長を連れ去った後、輝元から指示を受けてましたの。それは、六護式仏蘭西が武蔵と友好関係を結んだので武蔵の総長を食い、うな、ということと――」

言う。

「当時、M.H.R.R.旧派の総長は〝狂人《ヴァージンニンガー》〟ルドルフ二世。独自の考え方を持っていて、M.H.R.R.旧派が三十年戦争に向かう場合、彼を始末する可能性がありましたわ。

だから私達は、先に彼に会う必要がありましたの」

「？　……どうして敵の代表ともいえるルドルフ二世に？」

あ、と武蔵の副会長が手を挙げた。

「当時、**私達の周辺には一つの怪異が生じていた。公主隠しという、人が消える怪異だ。だがその犠牲者が、どうも創世計画に関与していた可能性が高い。**

study

●マクデブルクに来たP.A.Oda主力●

「相手が相手だけに、マクデブルクでは相当にやられたで御座るなあ……」

柴田《しばた》・勝家《かついえ》

P.A.Oda副長にしてM.H.R.R.副長。鬼型長寿族で神格武装“瓶割”に、聖譜顕装まで用いるチート級の存在である。戦闘を楽しむ派で、御市を妻にしている。

前田《まえだ》・利家《としいえ》

M.H.R.R.とP.A.Odaの会計。傭兵王ヴァレンシュタインの二重襲名で、霊体戦士団を術式“加賀百万獄”で呼び出すことが出来る。なあなあ系で、妻の“まつ”と行動する。

佐々《さっさ》・成政《なりまさ》

前田とコンビを組んでいる武闘派。元はスレイマンの麾下にいた。直情径行だが意外に思案している。術式“百合花”による打撃強化は戦場での脅威である。

【輸送艦突撃】

戦術の一つで、航空輸送艦を超加速で激突させる攻城方法。このマクデブルクで羽柴が使用し、以後、各国が各所で使用するが、次第に対策を講じられていく。

study

そしてやはり**公主隠しで消された皇帝カルロス一世が残したメッセージを、ルドルフ二世が所持している**と、そんな話だったんだ」

「武蔵はマクデブルクで、六護式仏蘭西前総長アンヌの願いを聞く。その引き替えに、私がルドルフ二世の処まで、うちの子達を案内したんですのね」

「結果として、私ケッコー鍛えられた上で、そのメッセージというか、**暗号を手に入れました**のよね」

そう。そうだ。そしてマクデブルクへと急ぐ途中、自分と娘は、一つの決着を得た。

「――うちの子が、私と同等に戦えなければ、うちの子の王は私達六護式仏蘭西に勝てない事になりますの」

「故に御母様と手合わせして、……とりあえず、勝ちましたわ」

「御友人にかなり頼りましたけどねえ」

「か、勝ちは勝ちですのよ!?」

●

世話子は、ふと一息をついた。

ここまでの流れ、政治的なものや、位置的、移動関連は知っている部分が多い。だが、

「……人の繋がりは、解っていませんでしたね」

「まあ、そうだろうな。そこからは本当に、人の繋がりだ」

武蔵の副会長が、静かに告げる。

「マクデブルクに対し、M.H.R.R.旧派は可能な限りの戦力と武装を投入した。

決め手となったのは、三河が消失する原因となった地脈炉暴走。それを爆弾化した竜脈炉だ。しかしそれは、アンヌが最期《さいご》に無効化してくれてな。その間隙《かんげき》を突いて、武蔵は関東へと向かった」

知っている。そこからが、武蔵にとって大き

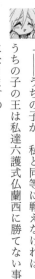

境界線上のホライゾン
Horizon on the Middle of Nowhere

な意味を持つのだ。

「――**敗戦**ですね」

●

ああ、と応じるしかない。

マクデブルクでは、改派の敗北だった。だが、そこから関東に向かう流れを、追いすがる前田・利家によって三方ヶ原の戦いと定義されてしまった。

「松平家にとって、延々と悪夢のように語り継がれる大敗戦。**三方ヶ原の戦い**。

追撃を受ける武蔵を救ったのは、アンヌであり、――謀反の歴史再現をそこで行った松永公でもあった」

彼が武蔵に告げた情報は、今でも憶えている。

「**終わらせて、終わらせない。**――松永公が、創世計画として教えてくれた言葉だ」

そして関東に入ったとき、ある事が起きた。

study

●六護式仏蘭西《エグザゴン・フランセーズ》について●

「六護式仏蘭西は、最近までは“農業ばかりで田舎の大国”という扱いでしたの。しかし各国が戦争などを始めたり、国家運営に忙殺される時代、食料貿易によって国力を増強。前総長アンヌの代から急速に強国化しましたのね。位置関係と、総長達は次のようになりますわ」

六護式仏蘭西の位置

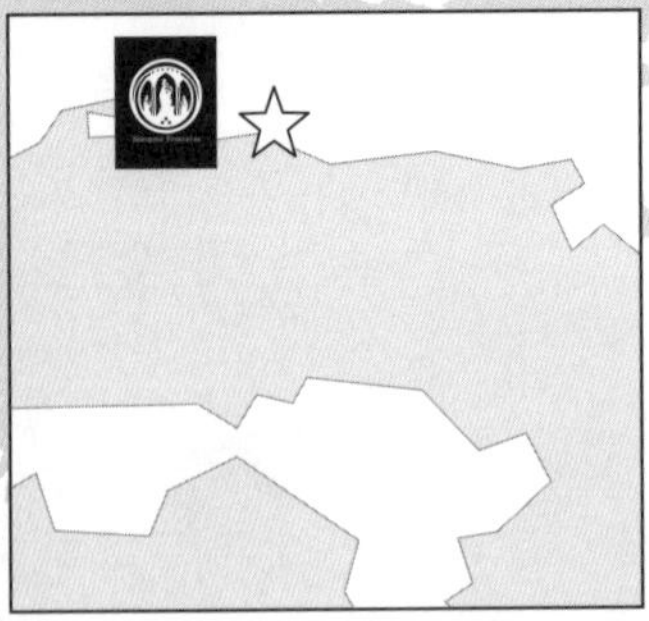

ルイ・エクシヴ

六護式仏蘭西総長、輝元の夫。神の眷属で全裸王である。大罪武装“傲慢の光臨”の使用者で、服を着ない。輝元LOVEで麾下に煙たがられる。

毛利《もうり》・輝元《てるもと》

六護式仏蘭西生徒会長。大罪武装“虚栄の光臨”の使用者で、元ヤン。政治的手腕は特に外交面で優れ、正純とは友人の立場を築く。

かなり世話好き。

study

「既に羽柴は関東にまで手を伸ばしていた。武蔵に先行して関東に入った武蔵二番艦、**P.A.Odaの旗艦〝安土《あづち》〟が、武蔵の本拠となるべき江戸《えど》や、里見を竜脈路で破壊した**んだ」

帰る場所や、いるべき場所を失った。

自分達はただ羽柴勢から逃げるように北上するしかなく、

……ああ、そうだな。

ここで話が戻る。

里見教導院の生徒会長、里見・義康の事だ。

●

自分は、義康の表示枠を見て、言葉を作った。

「……三方ヶ原の戦いにおいて、里見は前総長を失い、里見・義康が後を継いでいる。

当時は、まだ羽柴勢が未来から来た子供世代だということが解らず、敵対状態。武蔵を沈め、此方を止めようとしていた羽柴勢に対し、前里見総長、里見・義頼《よしより》が立ち向かい、彼らを止め

study

●三方ヶ原の戦いにおける武蔵の移動●

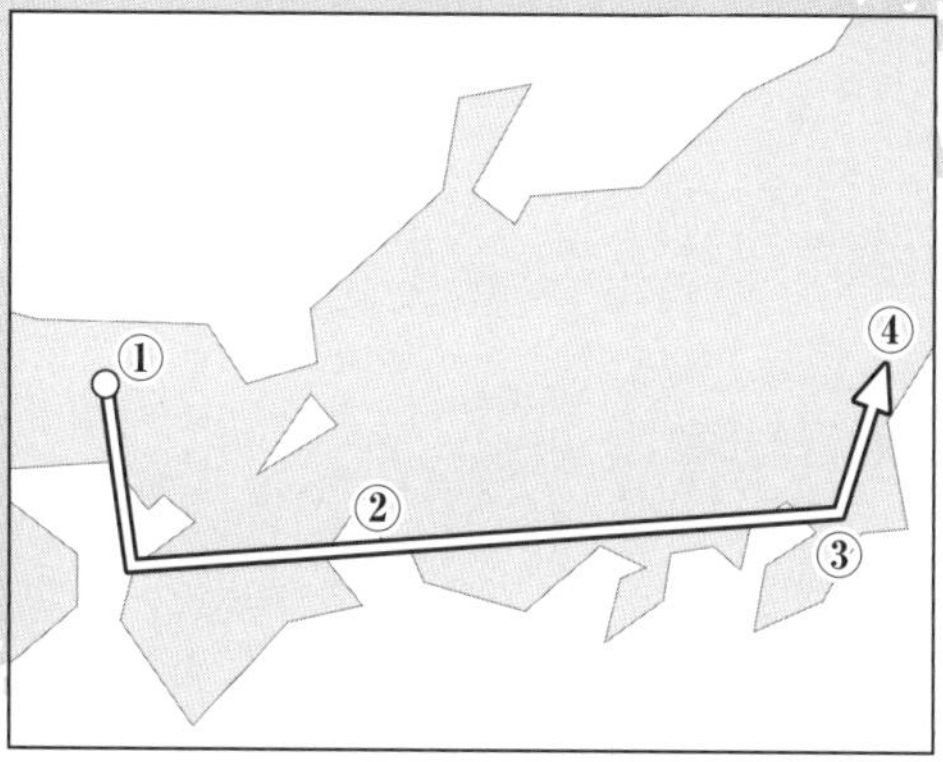

①マクデブルク
②三河
③里見
④水戸（有明）

「かなりの移動距離ですね。武蔵が改になる以前ですので、ここまでの距離を重力航行で移動しましたから、最終的に燃料はほぼ尽きました。──以上」

study

た一方で、命を落としている」

　これらのわだかまりについては、後を継いだ義康が里見の代表として内外に認められたことと、羽柴勢の合流後にお互いが助け合う関係となり、解かれてはいる。

　寧ろ、前総長、義頼がその後を作ったことで、今があるのだ、と。

　だが、彼の突撃が、ここで義康を過去に呼ばない。それは、

「……当時の私達が今に至る道をちゃんと進んでいて、アンヌも、義頼も、それを押してくれたと、そういうことなのだろう」
　と、そこで声が聞こえた。

『――それでいい。まあ、こんな風に、過去の入り口を探していて言うのも何だが』

●

　義康は、現状を認めている。

「……そうだとも」

　正直、前総長の義頼とは、上手《うま》くいっていなかった部分も有るし、彼の真意を知らず、随分と傷つけていただろうとも思う。
　しかし、彼や、更に前の総長である姉から受け継いだこの〝八房〟。里見総長しか認めないという機体に搭乗すると、よく解る。
　姉も、義頼も、間違っていなかったのだ。
　こちらを信頼し、力を預けてくれたし、待ってくれた。そのことが解るのだ。ならば、

「義頼は、武蔵勢を〝変えられる〟から付き合ったのではない。武蔵勢が、自分が行けなかった道を進んでいるのを見て、それを守り、押したのだ。
　――義頼は武蔵のターニングポイントではないし、それを望んでもいないだろう」
　だから、

「――出来れば、義頼を、私と同じように、ずっと同じ方向を見て歩んできた仲間だと思ってくれ。それが、最後の最後でその本心を見せた義頼の喜ぶことだ」

「…………」

「ホライゾン、ぶっちゃけ**〝本日のスーパー解説タイムの始まりィー！〟**とかやっておいてこの流れなので、チョイとビビっております」

「途中、カレーぶちまけて前田・利家の幽霊艦隊を浄化してたりと、やりたい放題なんですけどねえ……」

「言葉だけだと何言ってるか解りませんわねえ……」

「いや、あー、悪い。祭の中だってのにな」

『こっちもすまんすまん。――まあ、正直なところ、義頼の一件は私にとってはターニングポイントだろうが、武蔵にとっては違う案件だと思う。私の方、大体見て回ったが、別の人員での調査をした方がいいぞ？』

成程、と皆が頷く。その中で正純が二代と派遣の手配を進め、浅間が表示枠を開いた。

「あ、そういえば忘れてましたが、武蔵はそのまま北上して、関東IZUMOとして作られた大規模浮上ドック〝有明《ありあけ》〟に合流しています」

「あれ、危なかったね……」

「そうですね。私達にとって、一番危険な時間帯だったと思います。

……でも、だからこそ、じゃあどこがターニングポイントだったのか、ということですね。ちょっと見てみましょうか」

◆マクデブルクの掠奪――三方ヶ原の戦い――

・アルマダ海戦を終えた武蔵はIZUMOで補修に入る。

・関東の代表者達がやってきて、武蔵を関東に呼ぶ。

・武蔵を六護式仏蘭西とM.H.R.R.旧派が包囲する。

∴戦闘で六護式仏蘭西の大罪武装が出る。

・ミトのお母さん（人狼女王）によってトーリ君が誘拐される。
：ミト、ナイト、メアリ、点蔵君が追跡。

「ここから先、私達の動きと武蔵の方を一緒に書くと混乱しますわよ？」

「ええと、じゃあ分けることにします……！」

★武蔵側
・M.H.R.R.改派によって武蔵はマクデブルクへと誘導。
・〝マクデブルクの掠奪〟に対し、武蔵は住人を避難させる。
・マクデブルクで機密会議。
：スレイマン、松永、アンヌ、ルター（巴御前）と会議。
：羽柴の抑制を、ヴェストファーレン会議の支持と引き替える。
・マクデブルクの掠奪開始。
：皆を守ったアンヌの最期。

☆追跡側
・六護式仏蘭西の方針変更で、ミトのお母さん（人狼女王）と合流。
・合体話を聞く。
：合体期間は二十四日。
・ルドルフ二世の塔へ。
：ミトの〝瞬発加速〟への覚醒回。
：創世計画に関係している？　カルロス一世のメモ。
・ミトと、ミトのお母さん（人狼女王）の決着。

「何か私の普段の呼び方ベースなのでちょっと恥ずかしいですけど……」

「いえ、何か新鮮でいいですわよ？」

「授業参観気分ですけど、二十四日の情報は必要ですの？」

△合流後
・マクデブルク脱出。関東へ。
：松永公達の歴史再現や助力によって関東へ。
・羽柴によって関東破壊。
・里見・義頼の突撃で羽柴が侵攻ストップ。
・武蔵は有明に保護される。

「……と、こんなところだと思います」

「では、この中で、武蔵のターニングポイントというのは、リピートの起点になりそうな箇所というのは、何処ですの？」

●

正純は、何となくルールに気付いていた。

……つまりこれは〝武蔵の記録〟ということだ。

世界の、公平かつ均等な記録ではない。武蔵中心の内容といえる。

そして基本的に、記録の多くは浅間が付けている。だから、意外に感情的な部分の記述も多い。というか皆の言行なども入れているので当たり前か。

「――定義としてみると、リピート解除の条件は〝人の行いが通ること〟だ。誰かが何かを為した、ということ。人が条件であって、機械の動作結果や、事故は換算されない」

「……じゃあ、人の〝失敗〟は条件にならない、と？」

「〝失敗する〟が条件の場合は通ると思う。例えば三河の臨時生徒総会で、向井がお前相手にわざと負けようとしたが、そういう行為は有りうる」

そして、と己は言った。

「記録は主に浅間が付けていたから、私達についての記述が基本だ。だから基本、私達の行いの中で、ターニングポイントとして強烈だったものが、強いがゆえに損壊する」

「強すぎて、そこに負荷が掛かりすぎるという、そんな解釈さね？」

「まあ、私は流体関係の専門じゃないので、今の内はそれでいいだろう。浅間なんかにはちょっとそこらへん精査頼む」
　と、そこで手というか、扇子が上がった。保護者枠の最上・義光だ。

「——だとすれば、少々、別の可能性も有り得るのう。そうだえ？」

「Ｊｕｄ．、基本的に、ターニングポイントが強烈だから損壊した。だが、そうではない場合があったとしたら？」
　問いかけてみる。するとすぐに答えが来た。

「……ターニングポイントとして、弱いから欠損した？」

「ターニングポイントとして〝弱い〟って、あるの？」

「記述だったら、有り得るんじゃないかな？」

「聞こう」
　Ｊｕｄ．、とネシンバラが頷き、ポーズをとった。彼は無意味に表示枠の鍵盤を叩き、

「ターニングポイントは、基本的に強弱がない。変化が〝有る・無し〟の区別しかないからだね。だけどそれに強弱を与えるとしたら、二つの要因がある」
　長いな……、とは思った。皆が目配せを始めるが、促した分、聞くしかない。

「手短に」

「おっと、すまないね。じゃあ簡単に言おう。つまり二つの要因とは、要するにまとめるとこういうことだ」

１：ターニングポイントに至る過程が凄まじいこと。
２：記録の性質上、記述の〝濃い・薄い〟が発生すること。

「どうだ！　解るかい？」

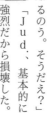

「……珍しくストレートにまとめてきたな……」

「〝つまり要するにまとめると〟って何言ってるか解らない割にストレートね」

「オイイイイ！　もうちょっとホメたらどうだ！」

前科がありすぎるからな……、とは思う。ただ、ネシンバラの言った事は、自分としても同じ考えだ。

「基本、今までの二回、三河と英国は1だった。今回、それを想定して過去にアクセスする調査を行っているが、実際は2で、記録の〝薄い〟箇所があるんじゃないか？」

「…………」

「……私、何となく、何処がというか、誰が記述薄いか、解った気がしますの」

「まあネイト！　優秀ですわね！　誰の記述が薄いんですの？」

「――御母様か、御母様周りですわよ……！　キャラとして立ちすぎてるから記述濃いようでいて、御母様、智の直接記述下にいませんでしたもの！」

●

人狼女王は、んー、と考えた。自分がターニングポイントとして考えた場合、さて、どのような可能性が有るだろうか。

「IZUMOで、武蔵総長をチョバって下に飛び降りたあたりですの？」

「アレは一貫した流れと結果みたいなものだから、そこにターニングポイントとしての〝決定感〟は少なくないかな？」

「その場合、どちらかというと、貴女《あなた》がIZUMOに行こうと決心した。その時こそがターニングポイントになる気がする」

んー。

「私がIZUMOに行ったのは、ちょっと恥ずかしい過保護な話ですけど、うちの子が駄目な

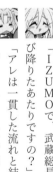

未来へ行くんじゃないかと、手を引かせる意味がありましたから……、ＩＺＵＭＯに行こうという決心は、ある意味当然の流れですわね……」

「過保護というより親バカよのう」

「最上総長？　今は自己紹介の時間じゃありませんのよ？」

「でも御母様？　だとしたら、御母様が私を止めようと思ったと……、そんなあたりまで遡りますの？」

「どうでしょうね？　そういう考えになったのは私が副長になろうとした事と不可分ですし、そうなるとアンヌとの付き合いなどもあると思いますけど、……そこまで行くと、武蔵の記録としてはかなり外れますわね」

ただ、言っていて、何となく〝当たり〟を感じるものがあった。

「東照宮代表？　ちょっと質問いいですの？」

「あ、はい、何でしょう？」

「記録として考えた場合、過去のいきさつなども必要ならば書くと思うのですけど、どのくらい昔まで〝有り〟だと思います？」

「いきなり難度高い質問ですが、……それが事案時の判断に密接に関わっているなら、限界まで〝有り〟じゃないかな、と思いますね……」

じゃあ決まりだ。

見れば、向こう、祭の櫓の近くにいた人影が一つ、いなくなっている。

きっと彼女も、何の過去が明確になっていないか、気付いたのだ。それは、

「私がネイトを武蔵に預けて大丈夫と思った理由、解りますの？」

当時の自分の行動理由の基礎。そして、自分の娘が、武蔵に在留し、関わっていくもの。

「――〝王様〟の話ですわ」

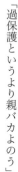

第八章

『森の王達』

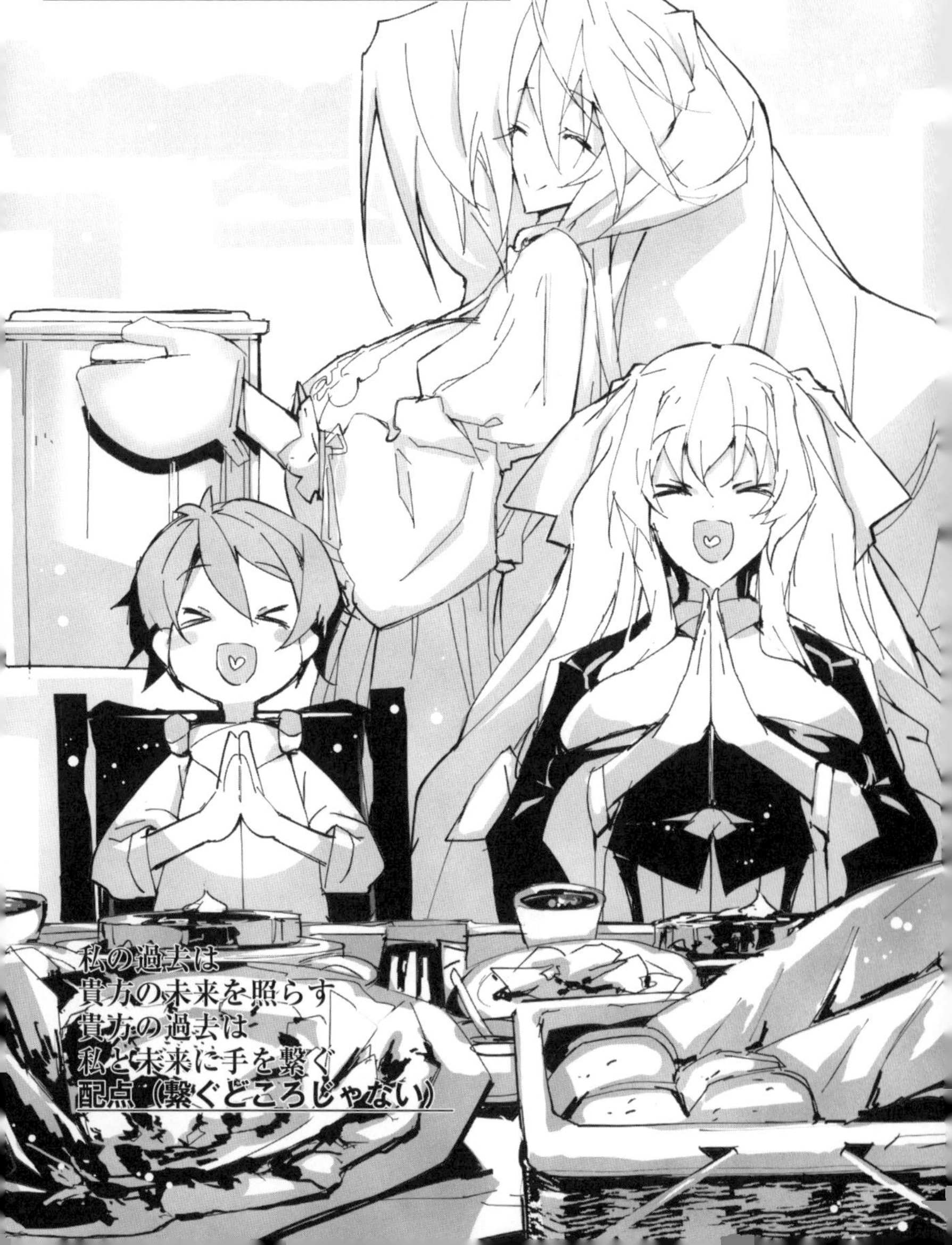
私の過去は
貴方の未来を照らす
貴方の過去は
私と未来に手を繋ぐ
配点（繋ぐどころじゃない）

○

トーリは、薄暗い森の中を歩いていた。

灯《あか》りはまだ必要じゃない。だけどすぐに、木々の向こうに見える赤紫の夕日は消える。

そうなるとマズい。

「小等部四年生の冒険にしちゃあ、人狼の森ってのは刺激強えよなあ」

IZUMOにいる曾祖母の見舞いの帰りだ。

備前《びぜん》IZUMOに武蔵が長期停泊となったので、遠出とはなるが「行った方がいい」という判断で、姉と二人、勝手に出て来た訳だ。

当然、IZUMOでは祖母にチョイと叱られたが、曾祖母は喜んでくれた。帰りの便なども手配し、武蔵にいる両親に怒らないよう手配もしてくれた。流石だぜ曾婆《ひいばあ》ちゃん。

「粋だよな！」

だが帰りの途中、六護式仏蘭西とM.H.R.R.旧派？　それが軽く戦争おっ始めて、使える道が使えなくなった。だから馬車を降りて、姉ちゃんと地図確認。

使えなくなったルートは、ある森を遠く迂回《うかい》していたので、その森をショートカットすればいいんじゃね、って話。

森は〝人狼の森〟。

今はもう、人狼などレアだといわれるけど、うちのクラスに一人いる。俺と同じで、ホライゾンがいなくなってからヘコみ気味の、本当ならビシっとしてるヤツだ。騎士だってな。

だからあまり恐怖心はなかったけど、案の定、道に迷った。というか、マジ迷った。道だと思ってたら獣道だっていう、武蔵でよくそういう本土の話聞いて「そーなのかー」ってアレだ。

いやー、そーなんですよー、って遭難と掛けてねえからな、ギャグには厳しくねえと。

だけど困ったことがある。

「おーい、姉ちゃんー？」

姉ちゃんがいねえ。

何処行ったんだろうなあ、とは思う。

ああ、でも、姉ちゃん今朝に出立するとき、IZUMO下の町で六護式仏蘭西由来の果物ジュースをガブ飲みして、

「何この味、一字違いでマンゴー!?　そうなの!?　濁音表記はこの時代無かったから厳密に歴史再現!?　でもジュースって書いてあるのは何故ホワイ!?」

などとやってたから、チョイと花摘みな可能性もある。

しょうがねえなあ。と、辺りを見回していると、

「あら、愚弟、ここにいたのね」

姉ちゃんの声がした。だから振り向くと、

「――愚弟？　どうしたの？」

姉ちゃんなんだけど、デカい姉ちゃんがいた。

喜美は、小等部四年時代の弟を見た。一見で、確実に解ることがある。

……コレは馬鹿だわ……。

いや、身なりなどちゃんとしているし、表情も確かなんだけど、何か馬鹿の風格がある。これはホント、賢い姉が引っ張ってやらんとな、と、そんな気が、かなりする。

だがまあ、今は戸惑いの時間のようだ。だって当時の愚弟にとっては姉も可愛らしい小等部四年。思い出すに聡明な私であったわね。それが今、こうしてオパイも美貌も賢さもスケールアップした姿で出ようというなら、戸惑って当然。だから説明する。

「いい？　愚弟、アンタの賢姉はピンチな状況か気分で、――大人少女に変身出来るのよ」

「大人少女!?　姉ちゃん、語彙大丈夫かよ！」

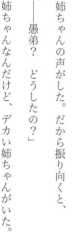

「ククク、アンタに合わせてやってんのよ。でもこの大人少女への変身、こういう緑豊かな森とか、そういう清い環境じゃないと出来ないから今夜だけのサービスよ！　解る？　グリーンのベリーボインなジャングルじゃないとノット出来ない！　解る!?」

「うわあ！　うわあ！　姉ちゃん英国弁ペラペラだ！　すげえ！」

「フフ、姉の賢さに恐れ入った？」

「うん！　でもマジに姉ちゃんなの!?　コレ、何か新しい誘拐の手口とかじゃねえの!?」

「〝人狼の森〟で待ち構えてる誘拐犯がいると思うの？」

「言われてみるとそうだな！」

「でも愚弟はカワイイから〝人狼の森〟で待ち構えちゃうわよ――」

と、後ろから軽く抱えて意味なくモッシュすると、えらくウケる。

「うおお姉ちゃんオッパイ容赦なくデカくなるんだな！」

「フフ、浅間の方がデカくなるし、将来的には揉み放題になるから安心するのよ？　あと、ミトツダイラは、そうね、言わない方が良いわね……」

「何か聞いちゃいけねえこと聞いてる？」

『――と言うか何やってんですか喜美！』

●

『あら？　こっちの情報、通神でそっちに伝わってるの？　やあねえ、千五百一回の実況みたいじゃない』

『そっちの話に振らない……！　というかそっち、どうなってるんです？』

ええ、と喜美は応じた。

『今、小等部四年の愚弟と一緒にいるわよ？』

浅間は一瞬で血圧が上がったのを悟った。
落ち着きましょう浅間・智。血圧を禊祓。無理か。ちょっと刺激の強いワードが正面から来ただけです。回避不能。しかし、

……小等部四年のトーリ君……!?

危険ワード過ぎる。彼を奉《たてまつ》っている弊社つまり東照宮代表としては気になる案件だが、とりあえず、周囲には気付かれてないようだ。だから手招きでミトとホライゾンを呼ぶ。
何が起きているかよく解らないが、やってきた二人に向こうの状況を話す。と、

「……ちょっと。あの、それは……」

「――ですよね!?　ね!?」

豊が私やトーリ君達にハシャぐ気が何となく解りました。ホライゾンも静かに頷き、

「頭の悪そうな子供でしょうねえ」

「塩対応有り難う御座います……!　というか喜美、今ので笑わない!」

しかし、とホライゾンが手を挙げた。

「ぶっちゃけ、夜の合体ウォーフェアにおいて、……有りなんでしょうか」

「…………」

「時間限定の若返りは、神道として有りです……。術式もあります……」

思わず喉がゴクリと鳴ってしまったが、仕方のないことだと思っておきます。
というか喜美は何してんですかね。

○

喜美は、弟の手を引いて歩いていた。
行き場所は解っている。だからまあ、気楽なものだが、改めて確認。

「帰ったら、皆、心配してるかしらねえ。浅間とか、オロオロしてるかしら」

「うーん、浅間は、でも、俺とか姉ちゃんのいろいろ設定関係とかモニタしてっから、実は解ってるかもしんねえ。あいつ、この前、オッパイ揉んで泣かしてから、そこらへんいろいろ世話ってか、細かくなってさあ」

●

「ほほう、オパイを揉まれてから」

「細かくなりましたのねえ」

「目覚めてしまいましたのねえ」

「いやいやいや！　トーリ君がそろそろ十歳ってことで設定関係とか結構変わるんですよ！　神道的に！　喜美だって同じですよ！」

『し〜らな〜いわ〜あ。ククク』

○

それでさあ、と弟が言う。

「俺、自分の夢、あるだろ？　王様になるんだ、って、姉ちゃんと二人で、ホライゾンがいなくなった後で約束した、アレ」

「ええ、あったわねえ。もう一回、されたい？」

「あー、俺が、そういうの諦めそうになったらやってくんね？　でもさあ」

でも、

「――ミトツダイラがさ、騎士ですの私、ってビシっとしてたのが、やっぱホライゾンがいなくなってから、おとなしくなっちまってさ。あいつ、ホライゾンが武蔵の姫だと気付いたら、それまで威勢良かったのが、〝ホライゾンを守るのが自分の使命だ〟みたいになって、俺と張り合ってさ。俺は王様だけど、ほら、イエガラ？　そういうのねえから」

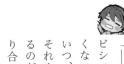

「愚弟、あんまし難しいこと考えたらダメよ？　無意味だから」

「姉ちゃんハッキリ言い過ぎだろ！　いや、でもなあ」

「なあに？」

　うん、と弟が、こちらを見上げた。

「俺と姉ちゃんは、俺が王様になって世界征服ってマジで信じてるけどさ。他の連中、どうなんだろうな、って最近思うんだよ。
　点蔵んとこなんか、オヤジ、訓練とかの講師？　そういうのやってんじゃん。点蔵とか、ああいう風に行っても、まあ、悪くねえし、俺、何も言えねえし」

　言いたいことは、何となく解る。そして、弟が、本当に何を言いたいかも、何となく解っている。だから自分は、当時を思い出す。

　……あの頃、愚弟の手を引く私は、周囲が怖くて一杯一杯だったわねえ。

　幽霊が苦手な自分としては、夜に向かう森は最悪だ。それが頑張っていけたのは、そういう不安を一切無視出来る弟が近くにいたせいもあろう。
　ただ、今は、ちょっと違う。幽霊苦手はそのままだが、経験の分だけ、太く振る舞える。
　大人少女なのだ。
　ゆえに己は弟に告げた。ちょっとした呼び水として、

「フフ、――仲間、欲しかったりする？」

「ああ、うん。そうな。昔みたいに、何も言わなくても、俺が王様だって言ったら皆がついてくるんじゃないから、だから、俺の方から――」

「王様が迎えに来たら、騎士はビックリして、でも一生ついていくわよ？」

「そうかなあ」

「――そうね。でも、アンタ、もうちょっと王らしくならないとね」

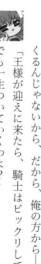

「そうだなあ。俺も大人少年ってか、そこまでなってなくていいか。でも、もしもその時、俺が王様諦めてなかったら、そうするかな。そうしたら――」

そうしたら、

「ミトツダイラ、王を守るのが自分の使命って、格好つけんのかな」

●

「ほほう？」

「……格好付けてるんですねえ……」

「まあ！　使命と言うくらいなら報償はしっかり貰いませんと！」

「いやいやいやいやいや！　我が王の想像！　想像ですのよ！」

○

喜美は思う。この頃から何も変わっていない、と。

王様なのだ。

……そうなのよねえ。

かつてホライゾンという少女がいた。複雑な環境に育った子で、ギャグに厳しかった。弟なんてコテンパンだ。

だけど彼女は、その環境ゆえ、自分の夢を定《さだ》かに出来なかった。

だから弟が立った。彼女の夢を叶えられる国を造ると、そんな王様になるとブチ上げたのだ。皆はついていくと言った。それが小等部一年生。

だけどしばらくして、ホライゾンはいなくなってしまった。

愚弟はヘコんで、私が釣り上げ直して、この時期だ。

弟が王様になろうとした理由は、もう、いない。

そして困ったことに、この頃は、勢いだけ

じゃ駄目だというのも解ってきている頃で、つまり王様とは、なれる者となれない者が明確に分かれると、そんなことも解って来ている頃だ。

　自称王様？　それでもいいじゃない、と思うが、それでいいのかなあ、と悩んでしまう時期が、段々と濃くなっていく。

　皆、そうなのだ。

　だから当然、弟も悩むし、考えるし、ふと、別の事も思う。そして、

……この先ね。

　歩いて、見えてきた。

　森の中、開けた場所がある。明らかに人工の、手が入った広場だ。柑橘《かんきつ》の木が幾つか立っているその奥には、オベリスクが左右に立つ小道があり、更に、

「わあ！　すげえ！　御菓子《おかし》の家だ！」

　憶えている通りの場所があった。

○

　人狼女王は実家で一息をついていた。本来ならば六護式仏蘭西にある夫の屋敷《やしき》。つまり自分のいるべき場所で夕食を頂いている頃だろうが、今日は駄目だった。

　娘のことだ。

「ふう……」

　いろいろ故あって、武蔵へと送り出した彼女が、何故か、武蔵を降りると言い出したのだ。

　だから自分は急ぎ、着港した武蔵へと駆けつけ、それを止めた。

　何故かと聞けば、娘は泣きながら言うのだ。

「騎士として、守る者がいなくなりましたの……！」

　解ってはいた。

　親元を離れて、しかし寂しくないと強がった娘は、自分が騎士であることをよりどころとして、友人達との関係を作って行ったのだろう。

だが、娘が〝守る者〟として頼った武蔵の姫は、二年ほど前に事故でいなくなった。

　二年間、自分のあり方についていろいろ考え、堪えられなくなったというのが、実情だ。

　だが、認める訳にはいかなかった。

　六護式仏蘭西として、派遣された騎士が、彼女なのだ。個人の思いだけで国の為すべきをやめる事は出来ない。

　人狼家系は滅びつつあり、子は貴重。溺愛という風に可愛がってきた娘に、初めて手を上げた。

　娘は驚き、泣いて、逆らった。これは嘘だと、そういう思いを全身で示すように暴れた。だけどこちらの力に敵う筈もない。泣いて、疲れて、気を失ったところで、武蔵側の人員に確保して貰った。

……私も、疲れましたわね……。

　娘の言いたいことも思いも解るが、〝これ〟は彼女に届かなかったろう。

　裏切ったと、変わったと、嫌われたと、そう思われていると、確信出来る。だから、

「……うちの人の処には、戻れませんわね」

　夫はいい人だ。だからこちらと、子のことを考えて、フォローしてくれるだろう。だけど、それは優しく有り難い一方で、受《う》け容《い》れては駄目だ。
　受け容れては、今日あったことが〝本当〟になってしまう。
　だから落ち着いて、何時かどうにか出来ればいいと、そんな余地がある程度になってから帰ろうと、そう思ったのだ。だが、

「ハアイ！　御菓子の家の主人さん!?　ちょっと道に迷った子供がいるんだけど、夕食と寝床を一丁頼めるかしら!?」

　どういう来客ですの？

○

人狼女王は、人狼種族のトップだ。女王とし

て、狩るべき相手は、森が供物《くもつ》として寄越すものか、敵として刃向かってきた者達に限る。それがプライドだ。
　だから女子供。特に、道に迷ってきた子供を取って食う事はないし、寧ろそういった存在を森の王という面から、保護するのが役だ。

……しかしまあ、元気な子がきましたわねぇ。

　姉弟だ。姉の方が年長なようだが、弟の方によれば、

「姉ちゃんは大人少女に変身してるんだよ！　スゲエんだぜ！」

　とのことで、正直よく解らん。
　どうも、IZUMOからの帰りらしい。何処に行くのか、など、姉の方が丁寧に隠しているのは、こっちを警戒しているからだろう。悪くないセンスですわね、と思う。ベタに甘えられるのもいいけれど、距離感もっていられるのも、それはそれで無責任に甘やかせるということなので有り難い。
　だからいろいろと料理を出した。夫からの直伝となるフルーツソースの肉料理などは姉にもウケが良くてちょっと鼻が高くもなりますの。
　そして寝る時間になって、ベッドの上、三人で川の字になる。

○

　人狼女王は、久し振りに〝子供〟と共に寝た。

……何だか懐かしいですわねぇ。

　中央に弟を置き、時間は十一時を過ぎた。だがお互いの話は止まらず、ただただよく喋る少年に、ずっと昔の自分の子を思い出した。もう、ああいう時間は無いのかもしれないと、そう思うと気が重くなるが、ふと、言葉を交わす中、気まずい流れを作ってしまった。
　騎士道の話がウケるので、夫の失敗談などを教えていた時だ。
　つい、弟の方に聞いてしまったのだ。

「ふふ、元気ですわね。……そんなに元気を余らせて、将来、どうしますの？　騎士道の話が好きと言うことは、興味でもありますの？」
　ちょっと、未来の話を聞きたかった。娘の未来を潰してしまった感覚が、記憶どころではなく全身に残っているからだろう。
　だが彼が告げた言葉は、意外なものだった。

「将来、やることがあるから、王様になるんだ」

「――――」
　娘が、騎士として自分を作りかけ、それだからこそこちらと敵対してしまった。そんなときに、現実じみていない、だけど騎士を従える身分の呼び名が来るとは思っていなかった。

〇

　いけませんわね、と人狼女王は思った。

　だが、彼は、少し元気を無くした顔で、こうも言った。

「仲間になってくれそうなのいるんだけど、何か、皆、変わってきちまってさ。……駄目なのかなあ」

　ああ。ああ、そうですわよね、というのが感想だった。安堵と言ってもいい。

　自分が何か言うよりも、この子は現実に気付いている。自分の娘はどうだろうか。今日のことで、騎士として過ごしていくよりも、別の道を見つけて行くだろうか。

　どうだろうか。

　自分が今日やったことは、正しかったと、そう思いたい。それゆえ、自分は、つい口を開いていた。何となく元気のない彼に対し、

「いいですの？」

〇

　喜美は、人狼女王の表情が泣きそうなものになっていると、そう感じた。

……何故かしらね。

何となくは解っている。この時期あったことを思い出すと、符号のように重なるものがあるのだ。

そして彼女が言う。

「貴方が周囲の人々に気付いていることは、それこそ正しくなっていきますの」

「やっぱ、そうなのかなあ」

ええ、と人狼女王が弟に対して頷いた。

諭す。そんな口調で、優しく言う。解ってくれと、伝わってくれと、そんな思いを重ねて、

「そういう馬鹿げたことは、大人になるに連れ、皆、やめていくものなのですよ」

○

言って、人狼女王は気付いた。

……あ。

失敗だったと思う。メゲてる少年に対して、そんなことはないと、認めてあげるのが大人だろうに。

何故か、今日のことを思い出して、娘に対する己の態度を肯定したくて、この少年に当たってしまった。

まるで、夢を抱えている子供に、現実を見ろと、〝殺す〟ような物言いだった。

少年は何か言いたそうにしていた。しまった、と思った時に、彼が言った。それは眉尻を下げた笑みで、

「まあ、俺は、一人でもやっからさ」

それだけだ。そして彼が黙ってしまい、

「――――」

自分は思った。娘に対してやったようなことを、今、この子にもしてしまった、と。

どうしようかと、そう思う。相手は子供だ。騙《だま》したり誤魔化す訳ではないが、御菓子の家ら

しく、深夜の御菓子パーティをやって、フォローとすべきだろうか。

瞬間。不意に声が聞こえた。

「フフ、ねえ、貴女」

姉の方が、こう言ったのだ。

「もしもうちの愚弟が王様になったら、――守ってくれる騎士が必要なの」

だからね？

「貴女、そういう騎士に、心当たりあるかしら？　ええ、大丈夫よ。その騎士が頑張るから、王としての愚弟は失われることがない。――挫けても否定されても、立ち上がってくるような、そんな騎士、貴女に心当たり、あるかしら？」

○

人狼女王は思った。今日、打った自分の子が、己に対して、どのような思いを抱こうとも。そしてこちらの手を離れ、勝手に生きていくとしても、

「――貴方が王になろうとして、私のような意地悪な大人の手をかいくぐり、そしてその通りになるなら、絶対に推せる騎士が一人いますわ。だって、そのような王がいると知れば、必ず守る価値があると、そう思える騎士を、私、一人知ってますの」

じゃあ、決まりだ。

きっとうちの子は、この王に見つけられるし、見つけるだろう。そんな確信を、どう表現すべきか。

「夢、ですわね」

だから、と己はベッドから身を起こした。笑みなのに落ちる涙を拭って、安堵し、

「――お祝いしないと駄目ですわね。御菓子の家、王様の始まりと、いずれ拾われる、野良《のら》の騎士、その二人の御祝《おいわ》いを」

『品川解放……!? 喜美! 何やったんですか!』

浅間の声に、自分は、艦内の莫大な倉庫区画を昇っていく流体光を見上げた。

懐かしい。

あの頃、愚弟と人狼女王のこの遣り取りを、自分は、寝た振りで聞いていた。

そして人狼女王の言うことにも、一理あると、そう思ったのだ。

でも弟は、思った以上に馬鹿だった。あれから御菓子の家を出て、御土産に持たされたウエハースをかじりながら、こう言ったのだ。

「姉ちゃん、俺、負けねえから! 俺がメゲたら、応援してくれよ!」

笑っていた。昨夜で何か吹っ切れたのだろう。

「王様になって、騎士捕まえたら、またここに来ような! ――俺、一人じゃなかったぜ、って、祝って貰うんだ!」

●

全く。ホントに頭が悪い。

姉がいるから絶対に二人なのに、ひょっとしてホントに一心同体なのかしら。まあ、同じ素材から出来てる姉と弟ではあるけれど、でも、

「この記録は、浅間にも教えられないわね」

既に記録は〝つながった〟のだ。だからこれは秘め事。憶えている者が、ひょっとして、と思うことが出来る程度の隠された過去でいい。でも、

「――気付かない間に、何度か祝っちゃってるわよね。私達」

私達らしい、と、つくづく思う。

study

●マクデブルクの掠奪と三方ヶ原の戦いで活躍した人々●

「マクデブルクなどに限らず、この期間で活躍した人々ですわね」

ルドルフ二世

“狂人”の字名を持つM.H.R.R.総長。再生能力持ちで無痛者という強化人間で、更に自分の身体を誰にでも変えられるというＨＥＮＴＡＩ。彼との戦闘でミトツダイラは瞬発加速という技術に覚醒する。

ゲーリケ

マクデブルクの暫定市長で、ザクセン教導院の会計。巴御前の補佐のような役を任じており、M.H.R.R.改派の主産業である印刷関係を仕切っている。ナルゼのファン。特技は両の義腕による真空土下座。

Mouri 三姉妹《さんしまい》

毛利輝元の叔父三人を襲名した自動人形三姉妹。

三銃士《さんじゅうし》

六護式仏蘭西の戦士団を仕切る自動人形達。アンリ（女性型）、アルマン（男性型）、イザック（武神型）で、アンリは輝元推し。アルマンはボケ派である。

study

第九章

『休息場所の非休息者』

思えばブラック
思わずブラック
思いはホワイト
配点（ホントかよ）

play back

「やはり敵はＰ．Ａ．Ｏｄａ、背後には十本槍もいて、今後を示している、といったところだな……」

「副長、マクデブルクで蜻蛉切を破損させられましたから、ちょっとスランプモードですよね！」

「Ⅲが世界全体に触れていく話ならば、Ⅳはその中から敵と味方を分けていく話……、という感がありますね。宿敵とも言える存在が明確に出てくる、そういう絵でもあると思います」

「フフ、ともあれ敵とかスランプとか無視して、外交艦使ってお泊まりバカンスみたいなこともやっちゃうのよねえ」

「この三面ポスター、裏面は私とマルゴットと正純だから、ある意味貴重な水着設定と言ったところかしら。浅間の有名なエロ水着はこれが初出よね」

「エロ水着じゃなくて、これは巫女仕様ですって……！」

「Ⅳ上中下は解りやすく言うとどんな内容ですかねえ、正純様」

「再起、というのはよく言われているし、実際その通りだ。しかし、その再起の中身を見てみると、三河からこちら、勢いも含めて通してきたことの見直しであり、それを他国が認めるレベルにする、ということでもあるんだよな」

「仕切り直し、というか、――世界基準への挑戦やな。武蔵もキレイゴト無しで武装を持つようにしたし」

「そしてまた、これまで謎に思っていた末世について、調査に向かうと、そういう姿勢も持ちました。世界に関わっていく、ということですね」

振り返り
境界線上のホライゾン
文庫本Ⅳ〈上〉〈中〉〈下〉

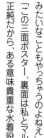

風呂に入れて良かったと、アデーレは心底思った。

「あー……、ホント、何か今日はいろいろありましたね……」

奥多摩、地下にある鈴の湯屋〝鈴の湯〟だ。ここは自分達武蔵勢の溜《た》まり場《ば》になっており、空詠《カラオケ》みや卓球台も完全完備。夜に店を閉めてからは脱衣場を中心に皆で雑魚寝《ざこね》スタイルになりつつ作戦会議などが行われる。

武蔵において、他にこのようなことが出来るのは浅間神社と、青雷亭本舗だ。

しかし浅間神社は境内に天幕を張ったり、神楽《かぐら》舞台が寝所になるため、ちょっとキャンプ感覚が強い。

そして青雷亭本舗は総長の家で、名前の通り、多摩にある青雷亭の元となった店だ。かつて閉店していたが、今は総長がいる時間帯に限って軽食屋として営業する。菓子類が異様に美味《うま》いのが特徴だが、ここは総長だけではなく、ホライゾンに浅間、第五特務も共に住む空間だ。

寝泊まりの時、男連中は店舗側で椅子寝、女子勢は浅間達の部屋の壁を抜いて大部屋扱いにして過ごすことになるが、

「……ちょっと〝生々しい〟ときあるよね。調度の位置とか……」

「ティッシュの箱とか、枕の位置とかみると、〝あらあら〟って想像するわね……」

「片付けないと駄目ですわよ？　また最初から出来ないじゃありませんの」

「そういうの全部言わなくていいですからね!?ね!?」

などと、全く否定がないところが凄まじい。

それらに比べ、〝鈴の湯〟は良い感じだ。風呂に入るので着替えを持って来る必要があるが、最悪、洗濯を得意とする白藻の獣に服を〝掃除〟して貰えばいい。

そして鈴が、番台に備え付けられた小型調理器と氷室《ひむろ》から色々出してくるのも有り難い。

今夜は久し振りにダベり大会というか、作戦会議だが、

「デカい人達が……」

「あら？　どうしましたの？」

「従士殿は各艦の警備や確認でお疲れであろうよ」

デカい……。背丈の話です。現実は見たくないです。

ともあれ風呂の中で、既に作戦会議が始まっている。

●

「明日で一気にカタがつきますかねぇ」

「流石に無理だろう。ただ、今日は実質半日強《きょう》で三艦分クリア出来た。明日、倍くらい一気に行けたら御の字だなあ」

「初期とは随分と考え方が変わりましたわね。——でもまあ、明日の小田原征伐のあたりから、難所になると思いますわ」

というミトツダイラの声に、手が挙がった。世話子だ。彼女は皆を見渡し、

「明日以降、どのような流れになると思いますか？」

「逆に聞こう。——貴女にとって、今日の記録はどのようなものだった？」

●

問われ、世話子は本日中に手元に来た記録のことを思い出す。

武蔵勢。今は羽柴勢が松平勢に合流した〝武蔵勢〟だ。かつて自分が三征西班牙で別の襲名を得ていた頃、羽柴勢はまだ正体を明らかにしておらず、ミステリアスな存在だったが、

「……まだ記録の範囲内だと、羽柴勢は不明な処の多い存在ですね」

そして、己は正直な感想を述べる。

「——武蔵が、三河を経て世界に出ようとして、アルマダ海戦にて手応えを得つつも、しかしマクデブルクで痛い目を見せられた、というところでしょうか。

——つまり、武蔵は、世界レベルの局地戦を凌ぐことが出来ても、世界全体を相手にするにはまだまだであったと、そういうことだと思います」

「ウヒョー、厳しいねえ」

「まあ実際の結果として、そう言われても仕方ないな」

武蔵副会長が、一つ頷く。

「次、——だから三国会議だ」

「……ここから先は、どうなるのですか？」

「再起だ」

即答が来た。武蔵副会長が、最上総長と伊達家副長、そして周囲の皆に視線を向け、

「自分達が何も出来なかったことに、私達は燻《くすぶ》った。今でもあれを憶えている。皆が記憶から消せないでいるだろう。——その分、私達も武蔵も、強くなった」

●

浅間は、三方ヶ原の結果と、その後を憶えている。
これはもう、次の前振りが始まっているんですね、と思いながら、
「……結構、大変だったんですよ？　武蔵が、本拠とすべき江戸に入れず、北にある水戸《みと》、そこに浮上している有明に保護されたことから、**これまで武蔵に期待を掛けていた国々が離反的態度を取りました**から」
「——**関東での敵は真田と北条**だよね。まあ、仕方ないかな、っていう距離感」

ハイディ・オーゲザヴァラー

呼名：オゲちゃん
役職など：武蔵生徒会会計補佐　全方位商人

・シロジロの嫁で、儲《もう》かるためなら何でもする金銭ジャンキー。昔にシロジロと共にかなりやらかしたので、神罰として、やらかすと尻からうどんが出るようになったが、何とか執行猶予で乗り切ったらしい。しかし神罰の二発目が入ったりした。

シロジロ・ベルトーニ

呼名：シロ
役職など：武蔵生徒会会計　全方位商人

・儲かるためなら何でもする金銭ジャンキーの親玉。基本的に武蔵や他の連中も金を稼ぐ手段としか思ってないが、解りやすいので味方として使える感。たまに裏切って神罰食らうが、なかなか懲りない。土下座の使い手で、要所で戦局や交渉をひっくり返す。

「おおお!?　何か今更出たよ!?　ついでにシロ君のも！」

「〝ついで〟とか言わない……！」

「――でもまあ、やはり北条と真田の離反というか敵対は厳しかったな。P.A.Odaに近い位置にあって、武田《たけだ》が滅びてるから、向こうに付かざるを得ない」

その通りだ。だが、

「……真田は十勇士の襲名者が乗り込んで来ていて、改修されている武蔵改に爆弾しかけたり、正純達の暗殺を企《たくら》んだりと、まあやらかしてくれたさね」

「こっちとしては、里見が羽柴勢に乗っ取られてしまい、羽柴の東側拠点になってしまったのは心苦しいところだったな……」

「まあ後で取り返せたし、羽柴の残したもので結構潤ったから良しとせえよ」

大久保《おおくぼ》・忠隣《ただちか》／長安《ながやす》

呼名：無し
役職など：武蔵代表委員長　全方位交渉士
・二重襲名で眼鏡で左腕が義腕でエセ関西弁で後輩とか盛り過ぎ系。クール＋辛辣だが、それは身内に対してであって、外面は非常に良い。歴史再現の関係で本多・正純に謀反を働き、失脚に追い込む予定があるが、なかなか上手くいかない。策士であり、戦術、交渉において正純の代理を務めることがある。

大久保さんは湯船に眼鏡で曇らないんですかね……、と思うが、キャラという処か。

ただこの大久保が、代表委員長として、当時は自分達の敵に回った。

そのことを想起したのか、話としても丁度のタイミングだ。大久保が世話子に向かって手を前後に振る。

「話の整理が、ちょう付いておらんな」
ええか、と彼女が言う。左肩から先、義腕で湯を掻《か》き、世話子に波を送る。

「副会長は、敗戦からの再起を強く願ったんや。せやから後ろ盾を得るため、**奥州方面の三国に同盟の申し出に行った。上越露西亜《スヴィエート・ルーシ》、最上、伊達の三国**や」

「……どれも大国、強国ですね。羽柴との繋がりもある国です。
敗戦した武蔵に、何の交渉材料がある、と？」

「後の極東覇者である〝松平〟だということと、将来性やな。折しも奥州の三国、羽柴には全面的に従っている訳ではないし、問題を抱えとった。――――こんな感じの、な」

・上越露西亜
：羽柴側についた浮上都市ノヴゴロドとの内戦。

：ノヴゴロドは大罪武装の所有者マルファが治めている。

：将来発生する松平の上杉《うえすぎ》への戦争〝会津《あいづ》征伐〟について。

・伊達
：いろいろと不安定な政宗《まさむね》を巡る問題。
・最上
：事変によって処刑され、霊体化した娘、駒姫を人質にされている。

　表示枠に言葉を示し、複製。それを世話子に投げた上で、大久保が更に台詞を作る。
「この三国会議は、いろいろな提案をもって進められとる。たとえば将来を見据えて関東に集合的な大商業施設や、街道を作るとか、な。つまり極東の東を統合発展させるという計画で、これは大規模な高速輸送が出来る武蔵と輸送艦群の得意とする処や」
　そして、と彼女が新しい表示枠を開いた。
「三国の問題は、一部が解決され、一部は後々での解決が約束された。
　伊達家副長が、伊達家出奔の歴史再現をもって武蔵に入ったりもしている」

study

●三国の位置●

「三国会議ということだが、三国の位置関係はこんな感じだえ？」

「困ったことに、これら三国は親羽柴ということになっていてなあ……」

「そう、だから私達と友好的になっておかないと、武蔵は北方の守りが無いことになるのよのう……。どれも国力はあるので、味方につけておくと良いバックアップ役にはなるぞえ？」

study

「Ｊｕｄ．、……拙僧の姉攻略スキルによって、成実を嫁に迎えたのだ」

「まあ、あれだけアプローチされて応えないのは粋じゃないわね」

　この二人はちょっと常人じゃないレベルでクールだったり無茶なのだが、だからこそ良い相方同士だとも思う。正直、戦力や対外として、かなり救われているのだ。

「しかしまあ、そんなことがあっても、三国の協力については結局が〝武蔵が実力を見せる〟ことが条件や。それについては――」

　あ、と浅間は思った。

……今までの大久保さんの説明って、コレ、実際は正純が指揮してやった事ですよね。

　思う視線の先、大久保が視線を逸らすように言う。

「――面倒な処、まとめたったで、他、何があったんや、副会長、言うてみ」

……ホント、大久保はよく解らんなあ……。

　実のところ、大久保は、当時において重要な役割をもった人物の一人だ。

　なので、彼女が語ったこちらの三国会議と、彼女自身の為したことを語る事で、当時の武蔵の状況を説明することが出来る。だが、

「――こっちが話す前に、遺跡関連とかそういうのあったろ。浅間ちょっと頼む」

……うわあ、大久保さんが半目を向けてきてますよ……。

　何故こっちに、と思うが、まあそういうものだろう。

　ともあれ皆の視線が向いたので、自分は表示枠を開く。見せるのは水戸周辺の概要図だ。

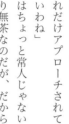

「ええと、アレです。私達がこっち来て有明に保護される際、**援護に出てくれた勢力があります。それが奥州平泉《ひらいずみ》に住まう長寿族達、藤原《ふじわら》家の方達でした**」

「――――」

世話子が口元を歪めた意味は解る。

「三征西班牙は長寿族が多くいて、特に大内《おおうち》家として極東系にも加わってますけど、彼らは元々がこっち、平泉藤原からの流れですよね」

「思わぬ処で過去がつながったものだと思っています……」

ともあれ話が通じやすくて何よりだ。

「私達はそちらの代表である藤原・泰衡《やすひら》さんと会議しまして、後の協力や他勢力との連携を取って貰う約束の代わり、不可侵などの話をまとめました。その際、教えて貰ったのが、遙《はる》かな過去、**黎明《れいめい》の時代にあった〝天津乞神令《あまつこいしんれい》教導院〟の実在**についての話ですね」

告げた単語に、世話子が顔を上げる。

「……三征西班牙でも、優秀な者の教育機関として似たような名前のものがありましたが――」

「後に解ったことだが、そちらの機関は、これを模したというか、孫的な存在だ」

割って入ってすまんな、という手振りを正純が見せた。それに対し、こちらは会釈で返して、

「――これまで、創世計画から芋蔓《いもづる》式に二境《にきょう》紋《もん》を追って行く中で、たびたび**〝何処にもない教導院〟**の話が出ていました。どうやら、元信公が末世解決のために優秀な者達を集めていたのでは、という話ですね。

そして黎明の時代の、〝あるのかどうか解らない教導院〟が出て来たので、私達は調査に向かうことにした訳です」

「それは――」

「ノヴゴロドです。浮上都市の地下に、遺跡としてそれが遺っていることが解りました。ただノヴゴロドはP.A.Odaの支配下にあり、上越露西亜と抗争中だったんですね」

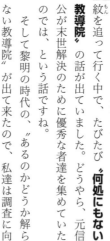

境界線上のホライゾン
Horizon on the Middle of Nowhere

そこまで言って、自分は正純に視線を向けた。

先を任せるという促しだ。

大久保さんが満足げに頷くのが可愛らしいというか。

●

大体の流れは説明されたな、というのが、正純の感想だった。

とりあえず、という感じで言葉を作る。

「そんな訳で、私達の再起への流れは固まりつつあったんだ。

・三国の協力を得るために、実力を見せる。
・末世解決の手を探るため、関係していると思われるノヴゴロドを調査。

というところだな。だが、そこの**大久保が謀反した**」

「謀反？」

「臨時生徒総会だ。――武蔵は敗北した。被害も受けた。ならばここで、おとなしくしようと、そういう提案を出したんだ。

実際、水戸に封じられていても、外に出ない限りは羽柴勢も攻撃をしてこない。そしてP.A.Odaは創世計画を進めている。だから、末世解決など望まず、水戸を治めて満足していればいいだろう、と、そういうことだな」

「実際、拙者とキヨ殿が、そのあたりの警告に出ているので御座ります」

「あの時は王賜剣を思い切り叩き込んでしまって御免なさいねジェイミー」

「それで済むから人としての器が違う……」

一般市民は大変だよな。

「――で、その臨時生徒総会は、どのように解決を？」

ああ、と己は応じた。

「公衆の面前でスカートとタイツを引《ひ》き摺《ず》り下ろしたら解決した」

「オイイイイイイイイイイイイイイイイイイイイ!!」
いやでも実際そうだったぞ?

●

「ともあれ武蔵は身内の争いを収め、内部工作していた真田十勇士を退け、**武蔵改でノヴゴロド制圧に向かう上越露西亜の援護に出た**のだえ」

義光は憶えている。

歴史再現の一つ〝秀次《ひでつぐ》事件〟。羽柴の甥《おい》、秀次が、羽柴との行き違いによって処刑された事件だ。このとき、側室の一人であった最上・駒姫も同じく処されているが、彼女は霊体として残念し、ノヴゴロド方面に派遣されていた。

「ノヴゴロドで、武蔵勢はP.A.Odaの柴田と御《お》市《いち》の夫妻、そして前田や佐々を退け、地下の遺跡へと到達したな。しかしそこにいたのは――」

「……元信公の〝どこにもない教導院〟の生徒だった阿蘭陀《オランダ》総長ウィレムだ。そして彼が二境紋に飲まれた事で、私達は謎を抱えた。

study

●武蔵改について●

「武蔵改は、武蔵に比べて多くの部分が変更されました。主に次の三つですね。

・主砲“兼定”の装備　・加速器の強化と増設
・燃料系の見直しによる長期行動可能化

これらによって、実質、長期戦闘可能な航空都市艦となったのです。――以上」

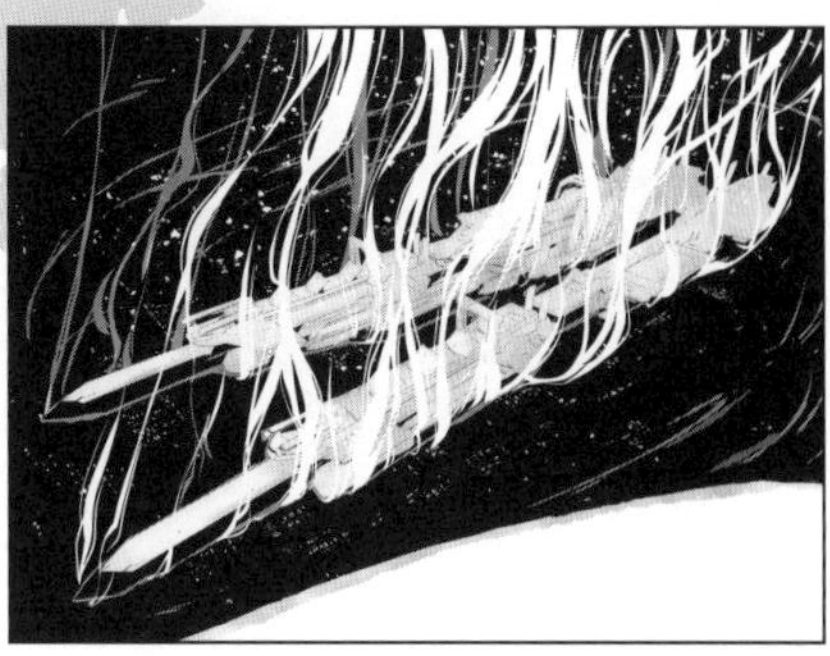

「他にも、装甲類の改良や防御システムの見直しなど、ソフト面でもいろいろ改良されました。戦えるようになったんですね……!!」

study

・元信公の創世計画と〝何処にもない教導院〟
・二境紋
・黎明の時代の〝天津乞神令教導院〟

　これらに何らかの繋がりがあると、そう解ったからだ」

　一気に事態は複雑化する。再起したと思えば課題を抱え込むのが此奴《こいつ》らしいと、そう思うが、

「ノヴゴロドが落ちる際、駒姫は武蔵によって救われ、去って行った。——満足な親離れであったのだえ？　——手が空いた母狐《ぎつね》は以後、手の掛かる子達を世話しに来ておると、そういうことであるのよ」

「なお、ノヴゴロドを落とした際、ノヴゴロド市長のマルファから、彼女が持つ大罪武装〝憤《マスカ》怒の閃撃《・オルジィ》〟を返却して貰ってますの」

「コレがまた当たらない武装でしてねえ……」

「ま、まあ、そんなこんなで、武蔵は三国の協力を取りつけることに成功し、再起を宣言した

study

●ノヴゴロドについて●

「ノヴゴロドは元々が極東側にあった遺跡を浮上させ、それを重奏神州に持ち込んだものなの。つまり重奏神州での開拓研究の際、人類が安全に生活出来る空間を与える、というものだったのね。それが重奏統合争乱でまたこちらに戻ってきたわけ」

「地下には黎明の時代の遺跡があり、ただならぬ場所なんだけど……いろいろ面倒なんだよね」

「そうね。特徴としては、基本的に魔神族の都市であること。ただし女市長のマルファが死霊系を扱うことから、住人達の多くは進んで自害して彼女の麾下に入っていたわ」

study

訳ですね」

●

浅間は、言葉を続けた。ここで言っておくべきことがあるのだ。

「私達の方針は、敗戦から再起の中で随分と悩んだり、いろいろ考えて変わりました。
英国を出るあたりでは〝哀しくなることを止めよう〟という意味で〝失わせない〟だったのが、しかし三方ヶ原の戦いの際、私達は〝哀しくなること〟で救われましたし、死地に向かった当人達が実はそんなことを考えていない。
——寧ろ逆に〝生きに行く〟と、そうも教えられたんですね」
だから、

「生きるために必死になる人を〝哀しい〟と外から言うのは、その人の誇りを穢《けが》すことです。だから〝哀しいことを止める〟では足りない。
じゃあどうしよう、という問いかけの答えが、ノヴゴロドでは何となく見えたんですね。
駒姫さんは、救われることで満足して去って行きましたけど、それをどう言うべきなのか。
これは次の流れで、ホライゾンの言葉として明確になります」

「オタノシミニィ……!」

これ、ホライゾンは照れ隠しなんでしょうか。

●

何だか入浴なのに休みになってませんわねえ、というのがミトツダイラの感想だった。
ただまあ、入浴会議も末世事変の中ではよくやったものだ。ゆえに自分は表示枠を出し、

「まあ、まとめてみるとこんな感じですわね。

◆三国会議

- **再起を目標として、武蔵の改修が始まる。**
- **羽柴勢が、再起と活動の中止を求め、警告に来る。**

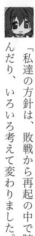

・武蔵は再起の後ろ盾を得るため、三国会議に向かう。
※三国＝上越露西亜・最上・伊達
・三国会議を終了。実力を見せれば協力という結果に。
：伊達家副長が武蔵に入る。

「三国会議、でアッサリすませてますけど、ここが一番重いんですのよね。そしてまあ、並行して進んでいた事案が、次のものとなりますの」

◇末世解決について――
・〝天津乞神令教導院〟の情報を得た。
・ノヴゴロドにその遺跡があると知った。

◇臨時生徒総会――
・代表委員長、大久保の謀反によって臨時生徒総会が発生。
：再起を止め、水戸で上手くやっていこうという提案。
・正純の相対によって解決。武蔵は再起へと向かう。

「これが全部合流して、ノヴゴロドへ向かった訳だ」

「ノリノリですわねえ。――で、ノヴゴロドに向かいますのね？」

・ノヴゴロドにて、遺跡の調査。
：元信公の生徒であったオラニエ公ウィレムが先に来ている。
：しかし彼は公主隠しで消えてしまった。
：つまり遺跡と創世計画は関係してる？
・ノヴゴロドでP.A.Odaに勝利する。
：最上・駒姫の親離れ。
：三国の協力が約束される。

「とまあ、こういう流れで、私達は有明に戻っていく訳ですのね。――再起をして、さてこれからどうしよう、という話になっていきますの」

「フフ、でもこれ、最後にコレを付け加えるべきじゃないかしら？」

●

・浅間とミトツダイラの、愚弟への好き好き度がアップ。

「モロバレでしたものねえ」

「アサマチのソーチョーへの心配具合とか、段々アップしていってて、尋常じゃなかったからねえ。それでいて自分で気付いたら〝蓋〟するから凄いんだコレが」

「狼騎士のキャンキャン振りも尋常じゃなくなってたわね……」

「満足に戦えるようになって、王との信頼度がアップしただけですのよ!?」

「いやまあ、トーリ君の加護設定とか私の担当ですからねー……」

「この期に及んで言い訳する意味あるのかしら……」

「**私が最高に楽しいから最高です……!**」

「豊！　疲労回復中なんですからおとなしく……！」

疲労回復中じゃなくてもおとなしくしていいんですのよ？

●

ただまあ、と嘉明は脱衣場に敷かれた布団《ふとん》の上で呟いた。今、風呂上がりの身体や翼を温風術式で乾かしながら、

「**私達が対武蔵特殊部隊として動き出したのも、この頃**だったのよね」

言うと、同じように湯から上がってきた世話子が振り向いた。彼女は、短い髪を肩に広げたタオルに乗せつつ、

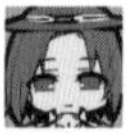

「……何故、正体を明かさなかったのです？」

「**ぶっちゃけ二境紋。**——アンジー達の過去と二境紋ってケッコー直結してて、アンジー達が過去について話そうとするとほぼ確定で出るんだアレ」
　成程、と世話子が頷いた。そして彼女は、今日まとまった記録と、明日にアタック掛ける三国会議の概要を幾つかの表示枠で確認し、

「……密度が濃い……」

「私達の方も入ると、偉いことになりますが、流石にそれは無しで済むようですね」
　そうだと有り難い。
　だが疑問に思うのは明日の事だ。三国会議の概要は聞いたが、

「これの、何処がターニングポイントになるのでしょうね」

●

　あ、と大久保は手を挙げた。こっちは先に湯から出ていた派だ。卓球台を隅に出して、この手のものが全く苦手な義康相手にいろいろと教えている。

「自惚れで言うけど、私のところはターニングポイントにならんぞ。
　あれはもう、結果が先に出ていたようなもので、私のは、その確認や」

●

　そして夜の内、今日の突入組と待機組が情報交換などを行い、記録の表出とその再現、クリアにおけるルールの推測や、体感的な現象について話し合った。

　多くの部分でお互いが納得し、今後に活かしていくものとなったが、最も同意があったのは突入組の、

「成功するとブワーっと流体光が全面アゲになって〝大成功——！〟って感じになるんですよね。あのエフェクトだけ光学エフェクト加護にして販売したら、結構ウケると思いますよ！」
　ということで、浅間が無言で術式作成の予定

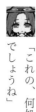

を入れたのであった。
ともあれ翌日。
攻略二日目が始まる。スタートは多摩、三国会議である。

第十章

『鉄火場の突撃者達』

任せておいて
どんな酷いことでも
宙に浮かせてあげる
配点（全員集合）

多摩にいた点蔵は、過去の中に立っていた。

○

「えっ？」

いきなりだった。

朝、武蔵野の艦首甲板でミーティング。そこで話し合ったのは、この多摩における三国会議のリピート条件についてであった。

とにかくいろいろな要素が多い案件だ。これが決め手というものについては、多くの意見が出た。

「上越露西亜の会議の間で、私が我が王の指示に基づき、相手を一気に牽制《けんせい》したの、ありましたわよね？」

「藤原・泰衡さんとの会議で、正純が何となく〝天津乞神令教導院〟を当てたのも、結構〝あり〟ですよね？」

「最後に武蔵改の主砲をガツンとやったのとか、どうですかねえ」

「拙僧が成実との初期段階でラッキー乳揉みしたこととかどうだろうか」

「それは違うと思うわ」

自分も違うと思うで御座る。

だが、己がいるのは、確かに過去だ。だとすれば、これからここで何かが起きる。

「しかしここは――」

と思った瞬間だった。

いきなり天上から駄目ブザー音が響き、大量の水が降ってきた。

しくじったのだ。

●

「ハーイ！　点蔵君、大失敗でしたあ！　リピートもう一回入りまあす！」

「えっ!?　ちょっと！　何!?　いきなり始まっていきなり終わったで御座るよ!?　どういうことに御座る!?」

「点蔵、貴様、そんな出来ない男だったとはな……」

「いや、ちょっと、コレかなり理不尽で御座るよ多分！」

「何だ何だ一体？　おい、手の空いてる連中、とりあえず多摩集合だ」

「――じゃあ、集合までに解ることがあるかもしれませんので、次、私が行ってみます。御父様のいるあたりの位置で、飲まれればいいのですね？
　とはいえ私、当時の現場にいなかったので、どなたか、起点となる方が――」

○

　清正は、過去の中に立っていた。

「えっ？」
　いきなりだった。
　さっきまで多摩のウイングデッキでミーティングしていたのだ。
　だが、己がいるのは、確かに過去だろう。何しろいきなり場所が違っている。だとすれば、これからここで何かが起きる。

「しかしここは――」
　と思った瞬間だった。
　いきなり天上から駄目ブザー音が響き、大量の水が降ってきた。
　しくじったのだ。

●

　メアリは、流体光と共に戻ってきた娘に、バスタオルを被《かぶ》せた。

「あらあら、大丈夫ですか？　ジェイミー」

「お、御母様！　すみません、私……！」
　娘はズブ濡れと思いきや、意外と極東制服が水を弾いている。新型になって撥水性《はっすいせい》がよくなっているのだろう。武蔵艦上は大気防護など

もあるし、高い空を行くので基本として雨があまり降らない。日常の中で気付かないこともあるのですね、と思いつつ、

「髪が水を吸ってしまいましたね」

　これぱっかりは仕方ない。娘も後ろの方の確認で表示枠を出し、鏡のように撮影して確かめているので、こちらは髪留めを解いて渡す。

　すると皆が集まってきた。

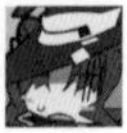

「というか瞬殺？」

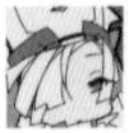

「水浴びしに行ったと考えると前向きなのかしら」

　流石にこれは吹いてしまった。申し訳ない。

　ただ、このままで済ませてはいけない。

「再リピートまで五分前後、という感じでしたけど、向こうにいた時間はどのくらいでした？」

　その問いに、娘が姿勢を変えた。

手。指で何か拍子を刻みながら、軽く辺りを見回すようにして、

「――十二秒で駄目ブザー音が響き、三秒後に水が落ちてきましたね」

「ブザー音？」

●

『ほら！　ほら！　ブザー音鳴って水降ってくるんですよ！　これで多摩も奥多摩の仲間ですね！　――以上』

『い、いや、何か環境音と重なっている偶然かもしれません……！　――以上』

『セーフだった品川から言わせて頂くと、まさか《多摩》繋がりでブザーが鳴るようになっているのでは？　――以上』

●

　ともあれメアリとしては点蔵と娘が恥を掻かされたのだ。ならば、

「では、次は私が――」

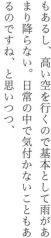

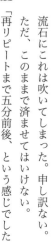

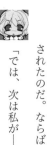

「そうよね！　水バシャアア！　ってライブの盛り上がりでやるわよね！　そして会場の消火装置から下に水流して叫ぶのよ！　〝ホニョー!!〟　——どうかしら!?」

「だ、駄目ですメアリ！　今の聞いちゃだめですからね!?　大体、貴女がズブ濡れになったらジャンルが増えます！」

「そうよ！　もうちょっと情報を得て、単純なウエットネタじゃなくて、少しヒネりが入った段階で行って頂戴！」

「——誰が一番酷いかな？」

「つまりもう少し調査した方がいいで御座るよ？」

　そうですね、と深く反省。

「点蔵様とジェイミーが立て続けに敗北したので、ちょっと頭に血が上ってしまいました」

「よーし、次の犠牲者誰だー。回転速いからネタは用意して行けよ？」

　うーん、と皆が思案する。が、その中で点蔵が手を挙げた。

「自分が見たもの、よう御座ろうか」

●

　点蔵は、皆の向こうで正純が手を前後に振ったのを見た。許可、ということだ。
　ゆえに己は言う。

「自分が見たのは、教導院前の階段。その一番下の正面で御座った」

「あ、私も同じです……。あれは教導院前の階段ですね」

「二人とも同じものを見ましたのね？」

　落ち込まなくていいで御座るよ清正殿。
　ともあれ、娘の優秀性を皆に示したいので、問うことにする。

「何時頃で御座ったかな？」

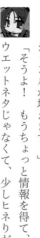

「えっ？　あ、Ｊｕｄ．！」

と応じた清正の表情が、ふと変わった。

「……？　時刻ですが、すみません、解りません」

「え？　どういうことなんです？」

「Ｊｕｄ．、慌てていたのは確かですが、……空からの光が届いてはいる一方で、均等な光に感じていて、つまり時刻が定かにならないというか……。すみません、記憶が漠然としていて」

「いや、いいので御座るよ清正殿」

清正は優秀だ。よくそこまでを視界の端に見ていた。

「教導院の階段は、周囲の階段構造も含め、視界いっぱいに広がるもので御座る」

そして、清正殿が日照から時刻が解らなかったのも当然。当時の武蔵は武蔵専用ドック有明の内部にいて、空からは照明光が降っていたの

study

●有明について●

「有明は“関東IZUMO”であり、つまり西のIZUMO本家の代わりに、関東側でその機能を提供するものです。とはいえ羽柴の進行に合わせて北に待避した状態になっていますね」

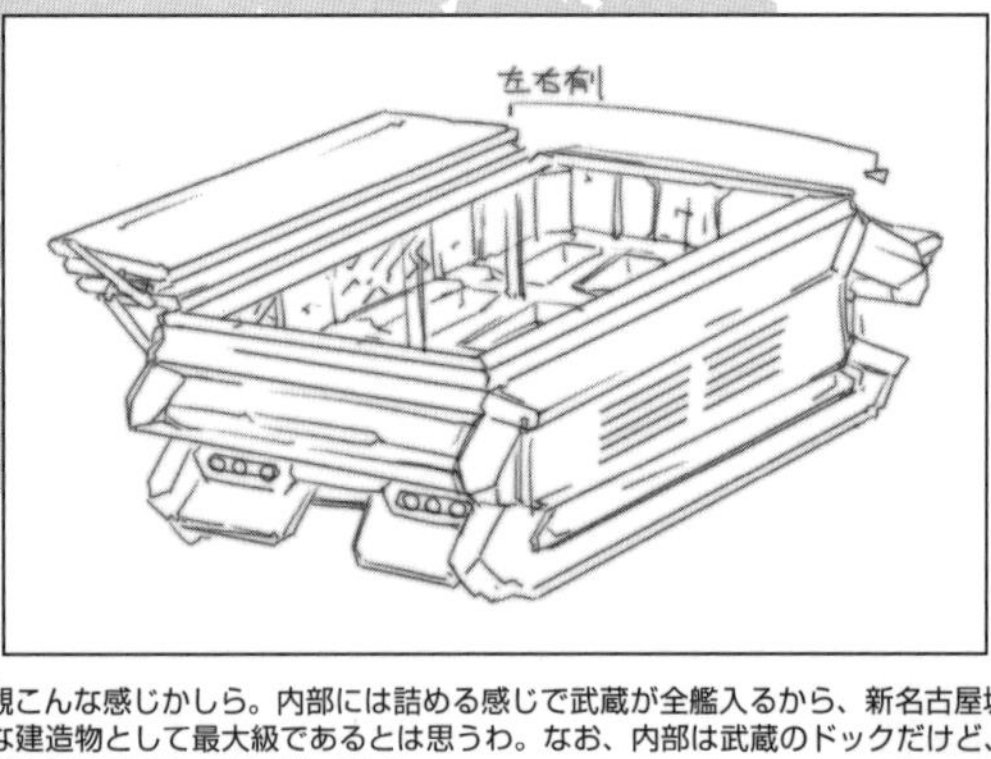

「外観こんな感じかしら。内部には詰める感じで武蔵が全艦入るから、新名古屋城が無い今、純粋な建造物として最大級であるとは思うわ。なお、内部は武蔵のドックだけど、陸港の他、市街も存在してるの。巨大だものね」

study

で御座る」

「——だとすれば、点蔵様？」

「Ｊｕｄ．、まだ武蔵改が有明から出航前、そういうことに御座る」

●

浅間は、当時の環境を憶えている。

……実際には、有明内も、時刻によって照明の強弱を変えていましたよね？

ただ清正の言う〝均等な光〟と、その事実は矛盾しない。更にいえば、光が充分にあったからこそ「時刻が定かにならない」と言っているのだから、

「昼、もしくは午後の早い時間帯ですね」

「あの時期の昼頃に、武蔵でターニングポイント？　更に、……短期決戦？　だよな？」

十五秒で決まるもの。それは何だろう。

「まだ、情報が少ないですね。次のリピートはもう始まっているのだと思いますが、調査として誰かを派遣しますか？」

「そうで御座るなあ……」

と、点蔵が、甲板上、水が溜まっている箇所に身を移動する。

何処かからダメブザー音が鳴った。コレは多分、

「……点蔵君はもう一回入るのが無理？」

「怪異ですね！　母さん、これ、生怪異ですよ！」

首を傾げて清正も水溜《みずた》まりに足を踏み入れてみる。

やはり何処かからダメブザー音が鳴った。

「……やっぱり今日、一回限りなんでしょうかね？　しかしこのブザー音は一体……」

『と、当艦の仕事ではありません!!　——以上』

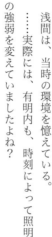

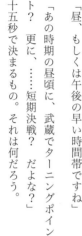

あ、ハイ、と頷くくらいの余裕はあるが、これは見事な怪異。

「艦内各所でも当時の再現がちらほら出てるんだけど、内部に〝食われる〟入り口は見つかってなかったのよね……」

「ここにあった、というより、ここに出来たような感を受けますね」

「あと、これ、現場に関係なくても飲み込んでますわよね？」

「元からそう言うものだった？　それとも、何らかまでの関係者だったら飲み込む、とか？」

「いや、この三国会議の情報範囲であるならば、拙者とキヨ殿は武蔵に警告に出ているので御座ります。また、ノヴゴロドでも同様。記録範囲内の登場人物では御座りましょう」

「そうですね。王賜剣三型でノヴゴロドを貫通させて落としたのでした……」

「器のデカイ御家族案件ですね……」

「だとしたら、私とアンジーもノヴゴロドで福島と清正を拾いに行ってるから、ありなのかしら？」

その言葉に、ふと動きを止めた者がいた。ナルゼだ。自分は何事かと思い、

「ナルゼ？　どうしました？」

「Ｊｕｄ．、ちょっと思うところがあるの。過去に〝そこ〟から入れるとして、まあ多分、手でも繋いでいれば複数人で行けると思うんだけどね？　――私達魔女組は、後に回してくれる？」

よくは解らないが、正純も二代も了承の会釈を作っている。

だからというように、ナイトが手を一つ叩いた。

「とりあえず、過去で見てる視界を広くしたいよね？　教導院の方だけ見てるんじゃなくて、後ろの方とか確認したいかな？　――誰か、それやってくれる人、いる？」

「僕が行こう！　僕の記憶能力だったら、万全だ！」

成程、と自分は幾つかの術式を手配して、正純に会釈を返す。

「よし、許可する！　行って来いネシンバラ！」

ネシンバラ君が後ろ向きにくねくねしながら過去に飲まれましたが、あれが彼のムーンウォークだったと気付いたのはトーリ君でした。

○

ネシンバラは、過去の中に立っていた。

「おお！」

いきなりだった。

さっきまで多摩のウイングデッキでムーンウォークしていたのだ。

それが今、目の前に突然の群衆がいる。視界の端まで人、人、人だ。そして皆が、

「……！」

騒然としている。その声と雰囲気に、自分は両腕を広げ頷いた。

「何だ、皆！　僕を応援しているのか！　いいとも、褒めてくれ……！」

いきなり天上から駄目ブザー音が響き、大量の水が降ってきた。

しくじったのだ。

●

仰《の》け反《ぞ》った状態で大量の水を受けたらしく、ネシンバラが甲板上に大の字になって再出現した。そのときに頭を打ったのか、のたうってる彼を遠間に浅間が言う。

「……大丈夫ですかネシンバラ君」

「な、何てことだ！　皆が僕を応援していたのに！」

「コリャ駄目かな」

いやまあ、と浅間が表示枠を展開した。

「一応、ネシンバラ君に私の照準術式〝枝葉《えだは》継《つぎ》〟を座標合わせで掛けていたので、全天視界撮れてます。現像出しますね？」

「や、やってくれたね浅間君！　僕を囮《おとり》にするとは策士だね!?」

浅間が無視して表示枠に画像を見せた。照準術式が撮影した過去の光景。そこに映ったものが何か、明言した者がいる。

「……大久保の臨時生徒総会だぞ!?」

●

ハア？　というのが大久保の感想だった。

「あの臨時生徒総会は、結局、答えを後押ししたようなもんやぞ!?」

「過去の記録側がどう判断するかは別、ということか？」

そうですね、と言う声が響いた。手を挙げ前に出た者がいる。それは、

「その過去の中に、恐らく私はいませんね」

「そうね。……多分、私もマルゴットもいないわ」

「だとすると、御嬢様《おじょうさま》、……私も恐らく、いないはずです」

加納《かのう》

呼名：無し

役職など：近接格闘士

・自動人形。大久保の実家づきで、彼女の護衛役をやっている。かなり主人推しで、秘書役を担いながら、ことあるごとに謀反を勧める。

最後の一人、加納は、自分の護衛役だ。そんな彼女が〝いない〟ことで発生する事案といえば、一つだろう。

「――私と副会長の暗殺か！　教導院前の橋上が現場やぞ！」

宗茂は、代表委員長の言葉に頷いた。
あのとき、副長の本多・二代はスランプ脱出の修行をしており、警備は代理として自分が行ったのだ。あの時の布陣としては、

「教導院屋上に第四特務、武蔵野艦橋上に第三特務、階段の中段に闇さんと加納様でしたね。恐らく、闇さんも、過去の中で損失しているのでは？」

「そうですね。……十五秒あったら、私ならば駆けつけられます」
それはつまり、どういう意味か。

「――暗殺が開始され、完遂されるまでが十五秒。そういうことです」

大久保は、眉をひそめた。

study

●暗殺の現場を確認●

「さて、暗殺の現場……、というか暗殺未遂の現場ですね。いつもの教導院前の橋上で、本来ならばこのような人物配置となっています」

「宗茂様がいた筈なのですが、この過去の表出では不在となっています。私と加納様は教導院前の階段、その中段に控えていましたが、これもどうやら不在のようですね」

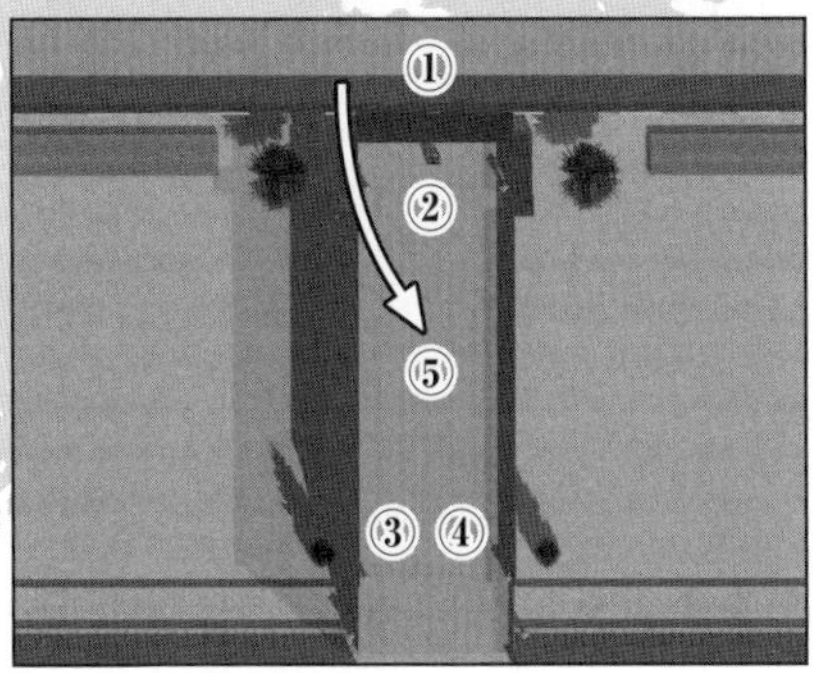

暗殺の現場

①ナルゼ
②宗茂
③大久保
④正純
⑤暗殺者の飛び込み

study

「つまり何や？　私、これまでで三回殺されてんか？」

「正確に言うと、多分、昨日からのリピート回数分、そうなってますね……」
　どんだけやねん。

「つーか私もそうなのか？」

「ああ、どっちか言うたら、副会長の方が暗殺されたらターニングポイントやろ」

「解るわ……、これは複雑な気遣いよね……」
　ネーム切らんでええわ。ともあれ、という感じで挙がった手がある。

「じゃあ、拙者が行くで御座るよ。加速術式の翔翼を前もって使えば、スタート地点の階段下から駆け上っても、一瞬で御座ろう」

「前もって使う？」
　ああ、と福島が頷いた。彼女は、広いウイングデッキの上に視線を向け、一つ頷く。

「あらかじめこっちで助走と加速を付け、速度が乗った状態で過去に飲まれるので御座りますな？」
　言ってる間に、副長が助走のつもりかウイングデッキの端まで走って行く。そこから大きめのカーブを描いてこっちに向かい、

「行くで御座るぞ……！」

○

　二代は、過去の中を突っ走っていた。

「む……！」
　いきなりだった。
　さっきまで多摩のウイングデッキを疾走していたのだ。
　それが今、目の前に突然の階段がある。上りが続き、壁のように見える長さだ。だが、

「行けるで御座るよ……！」

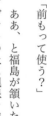

速度は乗っている。階段のステップを踏み、更に加速する。
　飛ぶようになる身体を、階段を蹴り落とすようにして更に速度追加。時間は十五秒しかないのだ。だから急ぎ、

「む？」

　いきなり階段が消えた。
　否。消えたのではない。長い階段の構造として、途中で何回か休めるようなフロア部分の踊り場がある。そのスペースによって階段が〝奥〟に移動するのだが、こちらは一直線の階段を想定していたため、

「……っ！」

　飛んだ。
　闇は、遙かな頭上を本多・二代が飛んでいったのを見た。

何処からか駄目ブザー音が聞こえてくる。
　そして本多・二代は高く遠い放物線を描き、二百メートルほど向こうにある多摩艦橋の屋上に着地した。
　彼女はそこで着地のYポーズアピールをして、

『……水が追いついてこなかったで御座るよ！』

『そこに一生いなさい本多・二代!!』

「というか私、以前に模擬戦授業で先生を追いかけたとき、階段を瞬発加速で上るのにちょっと難儀しましたのよね……」

「御母様だとどうですの？　銀鎖で身体が浮かないようにホールドとか、そういうの出来ませんの？」

「そこで速度がアジャストされてしまいますわ。恐らく、最上段まで上がったところで九秒前後。十二秒で失敗判定が為されますから、三秒で暗殺者と要人の位置など状況を読んだ上で解決。
　しかし、銀鎖を持っているとはいえ、この場

合、打撃で対処することになりますから、暗殺者が複数、もしくは距離を取っていた場合、至難ですわね」

「それは、最上段の状況が解っていればある程度安定出来ると言うことかえ？」

　と最上総長が言って、しかし不意に彼女は、自分の額を手持ちの扇子で打った。最上総長はそのまま、困ったような笑みで、

「すまん！　人狼女王！　今のは武蔵勢に考えさせる内容だのう……!!」


　清正は、思案した。

「だとすると、第五特務は最後の手段と出来ますね。最上段の状況など、調査が出来ればいいのですが……」

『本多・二代！　跳び越えたのでしょう？　下の状況は？』

『Ｊｕｄ．、正純がいたで御座るよ？　あと、代表委員長も』

「暗殺の人形が、まだ出ていない？」

「人形？」

「暗殺には、真田十勇士が現場の資材から即席で作った人形が用いられたのです。三体です。その位置が解っていなければ意味がありません」

　そうだね、と第三特務が頷く。

「何となく、これが何でターニングポイントなのか解って来たかな。暗殺は実のところ、二度行われててさ。二回目は読めたんだけど、一回目、この再現されてる回は、用意が出来たけど、〝読めてた〟訳じゃないんだよね」

「Ｊｕｄ．、だから一番に対応したマルゴットの狙撃。弾丸が合ってなかったのよね。人形相手なのに、それが解らず対人の弾丸だったから、撃ち込んでも効かなくて」

「あの時は、私の護衛役やっとる宗矩《むねのり》君が飛び込んで来て、どうにかなったんやな。

　――それもまあ、用意はしていたけど、いつ

もの用意や」
　つまり、

「あそこで〝対処〟したからこそ、今があるんや。そう考えると、確かにアレがターニングポイントと言ってもええやろな」

●

「……難しくなりましたわね。暗殺者は三人。だとすると打撃で即座に倒せるのは一人、銀鎖を使う場合は、位置を把握していることが前提ですわ」
　とミトツダイラが言うと、加納が手を挙げた。何かと思えば、彼女は右の掌《てのひら》を翳《かざ》し、

「敵の人形は厄介です。ワイヤーシリンダーのような動力で動いているので、打撃が効きにくいのです」

「じゃあ、御母様の〝銀剣〟では？」

「私の銀剣は長物で、一気に三体の人形を薙ぎ払えると思いますわ。ですけど、……あれを持って階段を駆け上るのはちょっと難しそうですわね」

「ネイ子の武器あるじゃん？　〝銀釘〟だっけ？　あの打撃だと、どうなの？」

「私の〝銀釘〟ならば打撃は面として通るでしょうけど、階段を跳ねてしまう問題が残ってますわ」
　あー、と脇坂が得心する。

「一長一短、みたいなのがモロに出るのね……」

「ふふ。——そんなときこの偉大で格好良い私はそのあたりの跳躍制御も余裕ですし、私の銀十字なら解放打撃で一発ですわね。でも——」
　でも、

「うちの子達が頑張るべき現場で、私が出ると思いますの？」

「そう来ると思いましたわ……！」

「しかしカーチャン様、やはり、やるとしたらそのような技をいろいろと？」

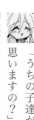

study

●人狼に伝わった銀装備について●

「私達の銀装備の話が出てますので解説しますわね？　――百年戦争で処刑された“聖なる小娘”。天使であった彼女を処刑台に束縛するためには、専用の銀器が必要でしたの。それを当時の仏蘭西異族部隊が回収し、人狼家系が武装化したのが私達の装備ですわ。ここに示した以外もありますのよ？」

銀鎖《アルジョント・シェイナ》

「私が用いる銀鎖は液体金属をベースとした鎖で、延長型のパワーアームですの。本数は最大八本。いろいろな用途に使えますわ」

銀十字《アルジョント・クロワ》

「私の銀十字は小型のボックスから展開する短距離砲ですわね。打撃武器としても使えるもので、私の象徴的武装ですわ」

銀剣《ぎんけん》

「ニューカマーとしては、私を使用者として認めた銀剣ですわね。切れ味は王賜剣並。どうも私の祖母が使用していたもののようですの」

銀釘《アルジョント・クルウ》

「私の銀釘は両腕装備の打撃武器ですの。爪形、杭型、回穿型と変形出来て、連結時の杭打ちは対艦武装クラスになりますの」

study

「いえ、私だったら階段摑んで最上段まで引っぺがして、それを叩きつけて終わりにしますわ。五秒くらいしかかからないでしょうし、まさか武蔵在住の副会長も代表委員長もそのくらいで死ぬとは思えませんし」

「意見が全く参考になりませんのよ――？」

と、そのときだ。浅間が手を挙げた。何か意見があるのかと思えば、

「すみません！　そこの、過去に飲まれる入り口！　それが閉じつつあります！」

●

浅間としては予測出来た出来事だった。

……どうしてこの入り口が昨日から見つかってなかったかと、そういう事です！

つまりこの入り口は、移動するのだ。そして、

「最悪の場合、リピート条件も変更になる？」

「……他の入り口なども、同様であった可能性があります。今、解っているものがどうなるか、監視を指示しておきます！」

そうだ。今回のこの事件は、初であり、何もかもが確定とは言えないのだ。

ならばここは急ぎ、解ることを示すべきだ。

「地脈を通しての流体の供給量が下がっています。ホットスポットとして弱くなっているということですが、このままだと周囲と平均化して消えると思います」

「その時間は？」

「――あと一回半……、つまりあと一回くらいですね」

「――ナルゼ、さっき言ったな？　最後にして欲しいと。どういうことだ？」

振り返る先、ナルゼが跳ね返るような動作で一枚の画像を見せた。

それは教導院前の階段を上から写したものであり、

「あのとき、私は屋上から観測術式〝周知燃《しゅうちもえ》〟で全体を見てたの。ここで起きる過去の内容とは違うかも知れないけど、大体の概算は付けられるわ」

そして、

「マルゴットも、武蔵野艦橋側から全体の動きを見てたのよね。だから、皆が上手く行かなかった場合、皆の情報から古い記憶を修正して私達が出る。そんなつもりだったわ」

「Ｊｕｄ．、では、嘉明殿と脇坂殿も指定したのは何故に御座る？　二人ずつ、二度アタックを掛けるつもりだったので御座るか？」

そうねえ、とナルゼがこちらを、自分とミトツダイラ見た。

「時間が無いわ。それに、位置情報とか定かじゃないから、正直、失敗確率の方が高いんだけど、それを成功させる方法もあるの。――そっち、手伝って貰える？」

●

大久保は、貨物用の小型木箱に座って、それを見ていた。

先輩連中と、自分とは同学年となる元羽柴勢、彼らが今、過去の記録の中の自分を助けに行くのだ。

「狙撃で倒すんですか？」

「いや、スタート地点から武蔵野艦橋まで飛んだら、制動掛けて狙撃ポジションとる必要があるから、基本的には無理じゃないかな。撃てて一発？」

「あと、使うのは二型ね。三型だと聴衆吹っ飛ばして、それはそれで駄目扱いされる気がするから」

「第三特務が狙撃で、だったら第四特務が屋上に飛んで爆撃、というのはどうなんでしょう？」

「ナルゼママの白嬢二型で加速入れれば二秒ちょっとで屋上まで行けるけど、通過速度が半

端ないわ。それで動いてる人形を三体即座に狙う、となると、ちょっと難しいわね」

「基本的に安全策かなあ」

「まあそうだな。失敗したら次の入り口探して、明日にでも再アタックでいいと思うぜ？」

気楽だ、というかそれぞれが役目を理解して準備しているのが心強い。そして、

「――よし、じゃあ決まりね、これで行くわ。皆ちょっとこっち来て。相談よ」

つまり、作戦が決定したのだ。

○

臨時生徒総会が終了し、人々は歓声を上げた。副会長と代表委員長が和解のような合意を得て、武蔵の方向性が決まったのだ。

再起する。

それは、敗戦から燻り、行くべき道を望んでいた人々に答えとして響いた。故に誰もが声を上げ、同意する。ここで決まった方向は、自分自身のものだと主張するように応答する。

だが、不意にそれが来た。

副会長と代表委員長が相対していた橋上のスペース。そこに、

「……何か現れたぞ……！」

宙だった。

武蔵アリアダスト教導院の橋上の空。そこに、いきなり人影が生じていったのだ。

それは、相対が終わった場へと、降ってきた。部品や資材を組み上げて作られた、自動人形だった。

三体全て、手に刃物を持ち、どれもこれも、

「……！」

副会長と代表委員長に向け、突っ込んでいった。

その動きに対し、皆が息を詰めた。

直後だ。人々の眼前に、それが現れた。

白と黒。多重の翼と砲のような機殻箒。その

持ち主は、

「第三特務と第四特務……！」

双嬢《ツヴァイフローレン》という呼び名を、誰もが知っている。

○

まず発生した動きは二つだった。

最初に激発したのはナイトだった。

黒嬢二型は既に加速器も全展開している。更には、

「行くよ！　嘉明……！」

箒の後部に魔女服姿の嘉明を乗せ、飛ぶ。黒魔女特有の反発加速で行くのは、

「教導院屋上……！」

●

「……屋上!?　白魔女の第四特務が屋上に行くんやないのか？」

大久保の疑問した先、魔女達を突入させるために〝入り口〟を広く確定させていた東照宮代表が振り向いた。

「役割です！　大丈夫ですから！」

という叫びに応じて、通神ではなく、通信経由で声が聞こえた。あちら側、過去の記録の中から届くのは、今、己が告げた第四特務の声だ。

『――こっちも行くわ！　武蔵野艦橋……！』

それは、実際あったこととは逆だ。屋上にいた第四特務が武蔵野艦橋へ。武蔵野艦橋にいた第三特務が屋上へと飛んだ。これは、

「加速と減速の仕込みか……！」

○

ナルゼは加速した。

武蔵野艦橋まで、奥多摩の教導院前からでは約二キロ弱。斜め上がりの一直線だが、白嬢二

型は加速重視だ。数百メートルのスパンなら黒嬢よりも白嬢の方が得意となる。
　出来れば空中で止まって狙撃に持ち込みたいが、不安定ではいけない。そしてまた、教導院前の橋上。階段の最上段位置というのも、結構な高さだ。
　マルゴットが武蔵野艦橋を狙撃ポジションに選んだのは、高度と安定という理由があるのだ。
　ゆえにそこまでを急ぐが、

「……！」

　白嬢の速度は充分に乗せている。アクセルワークもギアの繋ぎも上出来だ。風も充分に重い。だが最高速度が追いついてこない。ならば、

「借りるわよマルゴット！」

　黒魔女の加速術式を、流体燃料の精霊石で強引に展開。四発同時に起動したものを下二発から上二発の順番で発動し、

「──」

　全身が風を割った。

○

　暗殺者達は、それを見ていた。
　眼下から飛んでくる黒魔女の機殻箒を、だ。
　敵である。だが、

『──』

　人形達は判断した。この敵は、間違った、と。
　速度がつきすぎているのだ。
　人形達の人工視覚と判断力で捉え難《にく》いほどの速さ。その勢いでは、こちらに攻撃など満足に出来ないだろう。
　万が一、上からの爆撃を考えるとなると、

『……！』

　人形達は動いた。自分達を、討つべき相手と重ねるように位置取りしたのだ。正面側から上

がってくる魔女にとって、もしも爆撃をしようものなら要人ごと倒しかねない。そんな位置を取り、要人を人質のように振る舞う。

　これで安全だ。

　そして状況を理解したのか、豪速の風が直上に抜けた。

　擦れ違いざまの爆撃はない。当たり前だ。そのように位置をとった。このまま相手が屋上に回ったとしても、今度は要人がこちらへの盾になる。

　敵はどうとも出来ない。

　その筈だった。

○

　人々が気付いたのは光だった。

　暗殺者達の頭上、白い光が生まれていた。あれは、

「天使の輪……？」
　違う。あれは、第三特務の機殻箒の後部、そこに乗った見知らぬ白魔女が展開しているが、

「――第四特務の観測術式！」

○

　黒嬢から離脱し、白姫を観測モードで展開しながら嘉明は叫んだ。

　眼下、敵と要人の位置関係を、母から預かった観測術式は確かに捉えた。画面に出ている時間計測は現在既に五秒を通過した。だから、

「アンジー!!」

○

　武蔵野艦橋にいた〝武蔵〟は、正純と大久保への暗殺が始まったことと、その対処が為されていくのを確認していた。

「これは――。――以上」
　魔女達だ。白と黒の魔女。それも、一組では

ない。自分の知らぬもう一組がいて、今、彼女達こそが敵の排除に急いでいる。つまりは、

「ナルゼ様とナイト様が、二人を運んだのですか？　――以上！」
　頭上。艦橋上を全速で突き抜けていく音が来る。ナルゼの白嬢二型が、もう一人を運んだ証左だ。
　艦橋上の装甲板。その上にて、即座の狙撃姿勢を取った者がいる。
　だがおかしいと、己はそう思った。ナルゼの白嬢二型が、恐らくナイトの加速術式も使って突き抜けたのだ。速度としては無謀な勢いが出ていよう。しかし、

「それをいきなり零にして、狙撃姿勢を取る事が、可能だと……？　――以上」

○

「出来るんだよね……！　そう、白姫と黒姫なら、ね！」
　安治《アンジー》は自分の機殻箒黒姫を狙撃状態で展開した。
　母達の“双嬢”と違って、自分達の“双姫《ツヴァイ・フュルスティン》”は重力制御で加速板を組み上げて飛ぶ機殻箒だ。砲撃モードや高加速モードなど、元が加速板の集合なのでどのようにも組めるのが特徴だが、最大の個性と言えるのは、

「空中で、いきなり静止が出来るってことだよ！」

　しかし流石の双姫も、観測モードや狙撃モードでは高速機動が出来ない。

　だから母達の“双嬢”に運んで貰う。

　つまり二人乗りして、自分達は途中で離脱。“双姫”で制動し、嘉明は観測術式を、自分は狙撃術式を展開する。

　嘉明の方が先だ。あちらは要人を盾に取られているから、攻撃が出来ない。だけどそこからの情報は全てにおいて役に立つ。たとえばこちらの狙撃だが、

「Herrlich……!!」

時間は七秒経過。

一発。時間内でぎりぎり間に合う狙撃を己は放った。

○

疑問したのは自動人形の性《さが》である。

『――?』

敵。特に遙か向こうから狙撃してきた黒魔女の意図が、自分達には理解出来なかったのだ。

何しろこちらは要人に重なる位置取りをしている。それは、武蔵野艦橋側から見ても変わらないはずだ。

つまり狙撃をした場合、着弾した弾丸はこちらの身体を突き抜け、要人に当たる。

無茶だ。

自分達は武蔵の改修時に発生した廃材や資材を使った人形なのだ。隙間も多く、装甲など有していない。もしも着弾が正確でも、散った破片がそれこそ散弾のように要人を襲うだろう。

一体、何を考えているのかと判断し、しかし自分達の作業を進めることにした。

暗殺を実行する。

だが、声がした。

頭上、そこから降下してくる白魔女が、こう言ったのだ。

「十秒ジャスト」

何がだ。狙撃がそろそろ届くと、そういうことか。そして、背後に首だけで振り向いた自分は、それを見た。
武蔵野艦橋から飛んできた狙撃。
飛来する力の形が、弾丸の形状をしていない。
長い宙を飛び、こちらに届いたのは、

「――〝銀剣〟よ」

○

瞬間。階段の最上段にミトツダイラは飛び込んだ。

既に相手の位置と動きは、嘉明の観測術式を通して把握出来ている。

　ならば後は簡単だ。頭上。飛来した銀剣を空中で摑み、そのままの踏み込みを利用し、

「一つ……！」
　抜き打ちでまず一体を縦に割った。
　音はもはや風の高鳴りだ。
　そして己は身を加速。爪先だけで右に跳ね、大久保の前で振り返ろうとする一体を銀剣の跳ね上げで斜め上に断った。更に、

「――――！」

　最後の一体。二刀を構えた女性型の姿を打ちに行く。

　ゆえにまず銀鎖を二本。ここまでの跳躍制御に使った銀の力で、敵の二刀を弾いた。

　そこでようやく、剣戟《けんげき》としての音が己の耳に届いてくる。鉄の音。思ったよりも軽い響き。

　そんな耳を打つ鉄音に、自分は前へと踏み込んだ。先ほど振り上げた銀剣の軌道を、全身を倒すようにして巻き込み、上段打ちにして、

「どうですの!?」
　最後の一体を叩き割った。
　だが刃を床にはぶつけない。全身で銀剣を引きつつ、敵が両断されたのを確認。
　そして巻き起こした風に髪を揺らしつつ、自分は見た。破砕して、受けた力を爆発するように散った人形達の手前。見える表示枠の時間表示は、

「十二秒〇三……！」
　完遂したのだ。

study

●三国会議、ノヴゴロドで活躍した人々●

「三国会議では、いろいろな方の御世話になりましたわね……」

上杉《うえすぎ》・景勝《かげかつ》

上越露西亜総長。魔神族の王。イヴァン四世の二重襲名。実力は半端なく威厳もあるが、内心は動物とカワイイもの好きなキュートガイ。得意技は相手の負傷を邪に見立てて追い出し治療する雷撃術なので「この糞虫があぁ!!」。

マルファ・ボレツカヤ

ノヴゴロドの女市長。歴史再現で景勝とすれ違ったが、元鞘となる。景勝と同様に強面だがカワイイもの好きで、二人で獣の楽園など作っている。「次は柴犬園だ！」

直江《なおえ》・兼続《かねつぐ》

副長兼副会長。愛の人。愛の人なので戦場だろうと何だろうと男女構わず襲いかかる。必殺技のハートキャッチ兼続は対艦砲並の威力を持つ。意外に軍師。

斉藤《さいとう》・朝信《とものぶ》

上越露西亜第一特務。前線を開く武闘派で、相手の行動の先を読む"鍾馗"を使う。トーリに煽られよく怒るが、気に入ってるのだと思われる。

本庄《ほんじょう》・繁長《しげなが》

上越露西亜第三特務：魔神族と人のハーフで、本庄盾という流体盾を用いる。武闘派だが中間管理職や交渉にも出て、武蔵勢との付き合いもある。

伊達《だて》・政宗《まさむね》

仙台伊達教導院の総長兼生徒会長。竜神と人のハーフだが、四聖武神"青竜"の影響で不安定な時期が続いた。鈴達の尽力で本来の己を取り戻す。

片倉《かたくら》・景綱《かげつな》

仙台伊達教導院の会計。とにかく要らん話が多いが、脳がやたら回っているためで、ダウナー状態になるとキモく停滞する。参謀役でもあるが、教導院内の地位が低い。

鬼庭《おににわ》・綱元《つなもと》

仙台伊達教導院の第二特務。鬼型長寿族で武神隊の長。暴走する青竜を抑えるため、たびたび出撃していた。後に羽柴側に引き抜かれ、成実と相対する。

佐久間《さくま》・信盛《のぶもり》

佐久間・盛政の二重襲名。艦隊戦において撤退、防御戦に強く、武蔵や、後に賤ヶ岳の戦いで敵となる安土への対応を任される。両義腕の甘党で、結果を出す女。

鮭延《しゃけのべ》

義光の走狗。サーモンなのでモン語尾。義光推しで他に対しては毒舌も言うが、基本的に相手のテンションを読んで発言する。実はかなり有能。

伊佐《いさ》・入道《にゅうどう》

真田十勇士の四番。正純と大久保暗殺のための段取りをつけたり、武蔵改の爆破を計画したりとかなりアクティブ。最期は真田十勇士として名を残す満足を迎えた。

study

第十一章

『改変場所の通過者』

気が付けば
何か凄い
配点（慣れる）

play back

「私、政治系なのでこの連中と直でやり合う事って無いんだけどな……」

「滝川殿も忍者武将なので、右の真田勢も合わせて忍者率の高い口絵に御座るなあ」

「脇役勢揃い……！　という絵ですが、真田十勇士についてはこの後もいろいろと出てきて、私達の手助けをして下さったりしますすね」

「拙者のプリケツがいきなり出て御座りますが、この巻あたりから拙者達羽柴勢にもシーンが与えられるようになったので御座りますな」

「武蔵対羽柴、という構図の前に、私達は毛利攻めですね。極東全体を巻き込んで武蔵と羽柴がそれぞれの戦域をクリアしていく訳です」

「Ⅴ上下は解りやすく言うとどんな内容ですかねえ、正純様」

「下巻の対竜戦のイメージがかなり強いし、そこでホライゾンが天竜に生き抜く意味などを諭される、という意味では、私達の方針が決まっていく大事な回だ。だが、上巻を見ると、関東において私達の戦うべき相手が明確になったという、そんな回だな」

「Ⅳでは武蔵勢が再起という流れでしたが、Ⅴでは敗北した福島さんのスランプ解除も含み、羽柴勢の再起や挑戦に向けた流れが作られていきます。いずれある決戦に向けて羽柴勢も成長していく、という作りですね－」

「あとまあ、私やミトがホライゾンとトーリ君に呼ばれて本舗入りを考え始めるとか、そういう〝関係の変化〟も始まる回ですね」

「思った以上にいろいろありますわねえ……」

振り返り
境界線上のホライゾン
文庫本Ⅴ〈上〉〈下〉

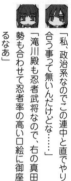

世話子は吐息した。
今、空には昼前の太陽が上がる。そして眼前では、

「よーしよしよしよしよし！　ネイト、すげえなあ！」

「ふふ、御母様、御褒美《ほうび》タイムですのね……！」

「い、いえ、ええと、わ、我が王？　人前ですのよ……！」

「解るわ……、人前じゃなければ自分からクンクン行くのね……」

「クンクンは違うんじゃないですかね……!?」

「ええ、そうですわ！　ナメナメ行きますのよ!?」
　上がいると凄い。今思うと、三征西班牙は全面的に部活動だったりいろいろありますけど、こういう濃いのは無かったですね……。

　そんなことを思っていると、副会長が手を挙げてみせた。

「どうだ？　うちの実力というか、まあ、最後で捏《でっ》ち上《あ》げるパワーは」

「関ヶ原の時も思いましたが、帳尻合わせの力が強いのは確かですね」
　粘る。というか成功に対してしつこい、というべきか。執念のようなものが、集中力と共に最後の最後で出てくる気がする。
　アルマダ海戦の記録を見ていても思うが、先ほどのように、彼らが連携を始めたときこそが怖い。一人一人の濃さが、つながって止まらなくなるからだ。
　それをまとめているのは、やはりあの王と、姫であろう。何も役に立たず、単に賑やかしとなっているように見えるが、

「最後の作戦、かなり強引だが、――お前らだったら任せとく、って言うのが、うちの馬鹿の強みでな。だから、そこまでにあった失敗も何も、全部、そういう〝任せとく〟ってのの一《ひと》

括《くく》りなんだ」

「どうしてそんな、無駄の多いような積み重ねや、強引な成功のもぎ取りを……」

するのです、と言いかけて、自分は気付いた。

「絶対に支持するから、ですね」

●

あの総長は、先ほど、こう言っていたのだ。

「まあそうだな。失敗したら次の入り口探して、明日にでも再アタックでいいと思うぜ？」

気軽い、と思ったが、そうではない。

「勝つまでやる。最後に勝てば良い。——任せるとは、そういう期待を常に捨てないと、そういうことだ」

「プレッシャーになりませんか？」

「明日に再アタック掛けて駄目だったら、明後日《あさって》があるさ」

言われ、気付いた。

「諦めたら終わり、という程度のことなのですね」

「それがまあ、あの馬鹿は、〝こうだ〟と決めたら諦めないからな。認められて支持されたら、一蓮托生《いちれんたくしょう》だ」

言う口調に、嫌味は無い。だから自分は吐息を入れ直す。身を正し、

「次は？　——高尾ですね？　真田、竜達の住む遺跡での話、ですか」

●

右舷三番艦、艦長式自動人形である〝高尾〟は、頭を抱えていた。

「次はうちですか。——以上」

自動人形として考えた場合、随分と感情豊かな仕草だ。だが、人工知能の方で何をどうしたらいいか解らない場合、身体が動いていないと機能停止したように見えてしまう。なので考えがまとまるまでの時間稼ぎとしてこういう動作

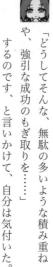

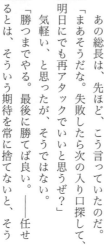

は必要。

最近頻度が増えた。特に三河以降。

「まあ、私のところは青梅みたいな不幸体質じゃないから良いですが。――以上」

『私、そんな不幸体質とかいうオカルト住人じゃないですよ！　――以上』
姉妹艦が何か言ってきたが、気にしないこととする。
ともあれ自分のところに表出している過去の記録は、〝真田戦〟と言われているが、

「……これ、前振りとして北条とP.A.Odaが航空戦しかけてきたり、真田はリントヴルムである筧《かけい》・虎秀《とらひで》が攻撃しかけてきたりと、色々あるんですよね。――以上」
実際、表出はそのあたりがちりぢりに艦内や艦外で再現されていて大騒ぎだ。
何しろ最初の北条・P.A.Oda戦は、有明艦上で行ったのに、何故かこっちの艦内で再現される。それだけ〝記録〟というものは何処にでも持ち込める情報だということだろう。本を室内に収めているのと似ている、と思う。

『〝高尾〟、どうしましたか。そろそろそちらに総長達が行くと思いますから覚悟をして下さい。――以上』

『つ、突き放しに来ましたね!?　――以上』

『だとしたら、負担を軽くするため、事前に情報をまとめておいては如何でしょうか。――以上』

言われて、己は考える。確かにそれはありですね、と。

なので迷い無く共通記憶を解放。情報体化しているので、共通記憶は実態を伴ったヴィジュアル化だ。但し、速度においては現実の世界の百万倍に設定。もっと上げられるが、お互いの齟齬の収拾に労力を割かずに済むのは現状このくらいだろう。

なので真っ白い空間をまず作った。

そこにいろいろな記録を詰め込んだ本棚と、テーブルセット。

気付くと他の艦長式自動人形が全員揃っている。〝有明〟も通神経由で呼びたかったが、向こうは情報体化していないからフォーマット差が障害だ。いずれ、ということでタスクを計上しておく。
　ともあれ各艦長は揃った。

「では試験的に、各艦における記録解放のストレスを軽くするため、ここで〝真田戦〟と称される記録について私達でまとめて行きます。議長は私〝高尾〟です。――以上」

●

　まず手を挙げたのは〝品川〟だ。昨日に解放されたため、作業などこなすのに余裕がある。
　なのでもしも負担軽減に一役買えるなら自分だろうと、そんな思案はあるが、

「質問します。どのような手順でまとめますか。経過を重視しますか。それとも結論を重視しますか。――以上」
　その問いに、〝武蔵〟が手を挙げた。

study

●艦長式自動人形●

「今更ではありますが、艦長式自動人形の紹介と行きましょう。武蔵八艦には各艦長が。そして総艦長として私が存在します。――以上」

“浅草《あさくさ》”・“品川《しながわ》”

左右一番艦艦長。初期からいた艦長で、情緒に薄くみられるフシがある。武蔵の防人として戦闘スキルを持っている。

“多摩《たま》”・“村山《むらやま》”

左右二番艦艦長。外交艦の艦長ゆえ、社交的である。

“青梅《おうめ》”・“高尾《たかお》”

左右三番艦艦長。武蔵住人が多い三番艦の艦長で、親しみやすい雰囲気。

“武蔵野《むさしの》”

中央前艦艦長。全艦の指揮を執るため、クール系。

“奥多摩《おくたま》”

中央後艦艦長。末妹であり、教導院の存在からややネタ扱いされることも。

study

「経過を重視することを提案します。何故ならば結論とは〝物事の見方〟を含めるもので、たとえ数値だけを挙げたとしても、挙げた数値の選別判断には〝物事の見方〟が入ります。そして私共自動人形は人類の感情を理解出来ないので、私共の〝物事の見方〟では、人類が望むそれに合致しない可能性があります。逆に、そのような〝物事の見方〟がさほど必要ではない出来事の列記ならば、私共の得意とする仕事で、責任も負えます。――以上」

「じゃあそれで。――以上」

もう少し話し合った方が良いのでは？　と末妹の発言に思うが、基本的に〝武蔵〟がリーダーであり、彼女の提案が元だ。こちらとしても無理に逆らう気は無い。まずは手始めに、

「〝高尾〟？　では経過を示して頂けますか。――以上」

Ｊｕｄ．、と〝高尾〟が頷き、表示枠を出した。

「〝真田戦〟と称される事案の経過は、以下のようになっております。――以上」

◆真田戦――

・武蔵が三国会議から有明に帰還。
・小田原征伐を控えた北条が、真田、P.A.Odaと組んで武蔵を攻撃してくる。
：北条はP.A.Odaへの建前として武蔵を攻撃。
：真田はP.A.Oda側についている。
：武蔵はそれらを撃退。
・有明、南下。関東解放の準備出来る位置につく。
・真田総長、真田・信之《のぶゆき》、武蔵側に寝返る。
：真田本拠から副長、真田・信繁《のぶしげ》他主力がP.A.Odaに合流。
：これにて真田は東西に分かれたことになる。
・真田の土地に遺跡がある事を知らされる。
：そこには竜属が住まう。
：かつて元信公がこの地に来ていた。

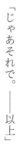

と、そこまで〝高尾〟が列記したときだった。
〝奥多摩〟が手を挙げた。

「乗員のプライベートな話ですが、この時期から、浅間様とミトツダイラ様が、総長とホライゾン様との環境共有導入に誘われ、動き始めました。つまりは同居の勧誘です。
――以上」

その言葉に、彼らの住居を抱える〝武蔵野〟が首を下に振る。

「あと、この時期から、ホライゾン様の両腕が結構独自に動き出しました。以前からそういう光景はありましたが、基本的にホライゾン様の能動意思によって分離後のもの。自分から外れて、というのは初でしたね。――以上」

皆が頷き、二行を追加する。

・浅間、ミトツダイラが総長、ホライゾン様との同居を準備。
・ホライゾン様の両腕が独自に動き出す。

「……この二行が並ぶ武蔵って……。――以上」

「疑問に思ったら負けです〝高尾〟。――以上」

そして〝武蔵野〟が吐息した。

「思い出すのも気が重いですが、真田に到着する前、信繁派である地竜、筧・虎秀様が武蔵野に乗り込んで来ました。――真田戦は、そこからがスタートですね。――以上」

〝品川〟は彼女の言葉を文字にする。更に自分の方でも続けて、

「真田では、遺跡の中で新しい情報を得ることが出来ました。そしてまた、竜属の上位である天竜達から、ホライゾン様が武蔵のその後を決める方針について諭され、後にそれを決める事になります。つまり――」

・真田の遺跡にて、新しい情報を確認。
：元信公の弟、信康《のぶやす》が何かを研究していた。
：抽出機の跡が九つ。

・ホライゾン様の持つ武蔵の方針について、天竜から諭される。
∴後に「失わせない」ということの意味が、改めて決定される。

つまり、と〝品川〟は〝高尾〟に視線を向けた。〝高尾〟も会釈を返し、言葉を繋ぐ。

「――この真田戦。短い期間でしたが、浅間様とミトツダイラ様の総長とホライゾン様への環境導入案件や、今後の方針などが決まる大事な回です。皆様の過去のリピートクリアがスムーズに進みつつ、記憶に残るものになるよう、努力をいたします。

――では、今回の会議はこれにて。以後、必要あらば御願いいたします。――以上」

●

「――ということで、何か先行的に〝高尾〟から〝真田戦〟についてのまとめが来たんだが

……」

「ヘイヘイ警戒されてるされてる！」

何故そんなことに、と思いつつ、自分達は高尾の輸送用ウイングデッキに立つ。

既に何人かが調査範囲に向かい、入り口となる場所を探しているが、こっちはこっちで、

「……先に結論が来るとは、便利ですね」

●

『……あれ？　私達、あれは過程のつもりでしたけど？　結論？　――以上』

『あれは経過の羅列でしょう。結論ならばもっとまとめて一言に出来る筈です。――以上』

『人類は、〝短くまとまっていると意味を強く感じる〟生き物なので、ああいうものは結論的に捉えるのでしょう。そしてそこに違和も問題感も得ないのです。――以上』

『何で人類はもっと厳密にならないのでしょうか……。――以上』

「まあそんな訳で結論が先に来たけど、世話子の方ではこれで解るか？」

「……解る部分はありますが、解らない部分もありますね」
　そっか、と頷く視界の中、浅間とミトツダイラがそれとなく視線を逸らしているので、半目を向けておく。

「――お前ら解説な」

「またキツい指示が来ましたね……！」

「フフ、自分達で言えば上手く誤魔化しも出来るのよ？　――私、それを見てニヤニヤ笑ってるだけだから、ハイ、ＳＴＡＲＴ！」

「最悪ですわねえ……」

　しかしまあ、とミトツダイラは表示枠を開いた。自分の案件については率先して回避。そんなことを考えつつ、世話子に対して先ほどの結論部を見せる。

「三方ヶ原の戦いから、三国会議で再起したら、次に私達が考えるのは何だと思いますの？」

「関東解放ですね。当時、羽柴勢は六護式仏蘭西を相手に毛利攻めを開始するため、関東から離脱しなければならなかったからです」
　即答が来た。おお、という声を上げるのは、当事者達だった元羽柴勢の娘達だ。

「頭のいい方ですね……」

「それアンジーやママ達が馬鹿だって言ってる？」
　まあそう言われても仕方ない気はする。だが、そこで己は違う視点から語ってみる。

「——だとすれば、羽柴勢が関東に対してどんな指示をしていったか、解りますわね？　羽柴と安土が抜ける穴埋めとして、関東管領《かんれい》であったP.A.Oda重鎮、滝川・一益《いちます》が航空戦艦・白鷺《しらさぎ》城《じょう》で乗り込んで来ましたの。そして——」

「後の極東覇者である松平に取り込まれないよう、真田と北条に武蔵への敵対行為をとれと、そう指示したのですね？」

問いつつ、世話子が表示枠の画面を見た。ややあってから彼女が頷き、

「——それを貴女達は撃退した。撃沈された白鷺城は、昨今ようやく改修が済んだそうですね」

「私はそのとき、あまり何もしていませんの。智が照準術式を展開したり、砲撃したりでいろいろありましたけどね」

そして、

「真田は、歴史再現において羽柴側と松平側に分かれますの。天下を分けた関ヶ原の戦いにおいて、御家存続を狙ったためですわね。

だから真田家は、総長である兄の信之と父の

study

●真田家の事情●

「真田は東西に分かれて真田家の存続を狙う……、というのがあるが、それ以外にもいろいろと事情がある。

- **天竜達の住処：欧州で竜害を起こした竜達が、四百年前にこちらに移住し、人々との生活を始めていた。副長の真田・信繁は、天竜皇の転生である。**
- **元羽柴十本槍で、現十本槍に敗れた者達が、こちらに移住し、真田十勇士となった。**

……って濃すぎるよなあ」

「十勇士を破ったのは私達ですが、後に和解。私などは夏休みの修行の地として、真田に行っていますね」

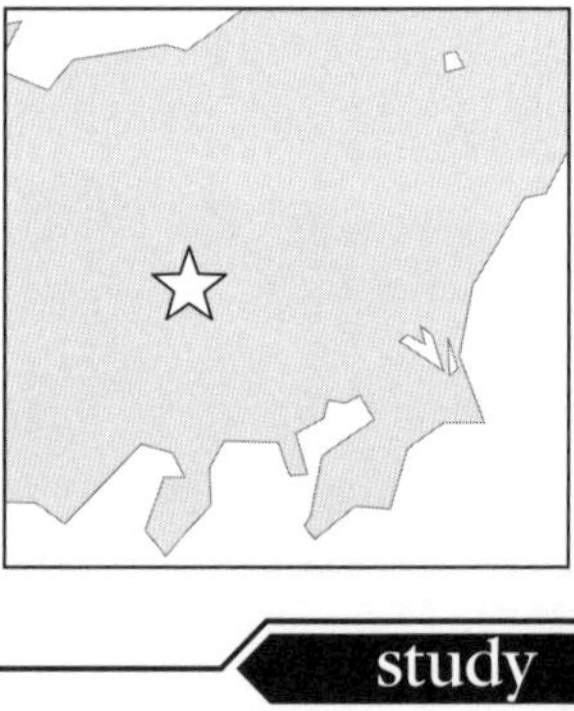

真田の位置

study

昌幸《まさゆき》が武蔵に来て講和。彼らと真田拠点の者達は松平側につき、副長である信繁は十勇士達と羽柴側につきましたのね」

　そして自分達が知ったのは、真田の地には、天津乞神令教導院と思われる遺跡があり、そこでは元信公や、弟の信康達が何かを研究していたということだった。

「真田の遺跡と、諸処の情報については酒井《さかい》学長も確認している。――信康公が、二境紋に飲まれた、という事実もだ」
　これらの出来事は、幾つかの意味を持つ。

「**小田原征伐や関東解放の前に、真田を完全に味方につけておきたい。また、遺跡の確認も行いたい。**そういう意味もあって、私達は真田に進路を取りましたのね」

「言い換えるならば、関東と周囲の掌握を望んだのですね？」
　そういうことだ。
　その上で、と己は表示枠に関東からやや西の概要図を出す。西。山渓にあるのは、

「――真田の領土。ここに向かう途中で、信繁派となっていた地竜、筧・虎秀の襲撃がありましたけど、何とか凌ぎましたわ」

「ちなみに**真田行きは学校行事として行くことになったから、現地ではキャンプになった**んだよね。ちょっとした野外活動もあって、ビミョーに休暇気分？」
　そうね、とナルゼがペンと魔術陣《マギノフィグーア》を構えた。

「じゃあ浅間？　ミトツダイラ？　そろそろ本論いいかしら？　アンタ達《たち》、あのキャンプで総長中心に一つのテントだったんだから」

●

　浅間としては、実のところ、どう言ったものかが解っていない。
　成り行きだった、とも言えるし、そうでなかったともいえる。

「あれはまあ、ホライゾンからの提案だったんですよ。……要するに、いろいろ生活していて、感情も得てきて、解ったのは、自分が独りで生

きてる訳ではないと、そういうことだと、そんな話がありまして……」

「アサマチ説明が濁ってる濁ってる」

言葉を選んでるだけだが、なかなか難しい。ただまあ、ホライゾンの中で、いろいろな変化が生じていたのは確かだ。

「かつて、失う事が哀しい、と、そう言っていたホライゾンが、失うかもしれない〝関係〟を得ようとしている、というのは、大きなことだと思ったんですね。だからまあ、お試しというか、まあ、嫌だったり、考えが変わったらそれに従おうか、と、そんな感じで」

「――で、そういう経過があって、真田の地でキャンプする際、私達は同室と、そんな〝お試し〟になりましたの」

「上手く逃げ場を作った訳ね……」

「あれは、自分ではそうと気付いておらんからな」

「ハイそこ解説しない!!」

だが、あれはいいステップだったと思う。そのまま青雷亭本舗に住めと言われたら感情や理屈ではなく体裁として拒否だったが、短いながらも共同生活をすることで、お互いが何を望んでいるかが見えたし、自分の中のわだかまりも小さく見えた。つまりは、

……上手くノセられましたよね……。

まあそれで色々な恩恵や、そうでなければ危険だったこともある。そのようなことが解るのは、ここから先だ。だからこの時点ではスタートとして、

「何だかんだで、――皆で楽しい時間が続くようにしようと、そんな感じですよ」

ナルゼがこちらの人数数えて、

「皆で楽しい……、ね」

と思案に入ったのは止めるべきだと感じまし

study

●竜属について●

「真田は竜属の地。これまでの話でも話題に出ているが、では、竜属とはどういうものか、拙僧が説明しよう」

天竜《てんりゅう》

天竜は、生物と言っても精霊型の存在で、子孫を残すということが基本的に無い。一代の存在で、死ぬと天に昇り、ゆえに天竜。また流体の身が確定すると、地上に生まれることとなる。

知能が高く、ギャグを解さないことが多い。

流体存在なので独自法則を持ち、常識に縛られない技を生物として行うことが可能である。

地竜《ちりゅう》

地竜は生物で、繁殖によってその個体数が増える。多くは知能を持ち、現在ではかなり人間に寄せた思考と生活をしている。独自法則を持つ者は少ないが、竜属としての生物的加護などは大半が有しているため、敵に回るとかなりの障害となる。

駄竜《だりゅう》

知能を持たない獣としての竜で、実のところ、大半は竜に似た単なる獣である。

機竜《きりゅう》

人類がかつて環境回復用に残していった機械類が、環境神群などの影響を受けて竜化したもの、……とされる。よって高負荷環境を好み、強力な存在である。知能を持ち、自らの補修機能や余剰パーツを利用して自己複製型の個体数増加を行う。

半竜《はんりゅう》

ウルキアガのような人型の竜。竜属と人類のハーフであったり、個有種であったりといろいろ。天上時代に種族レベルで強化を繰り返した結果、種類がえらいことに。独自法則を持つものも多い。

study

た。

●

「――というか副王の両腕ですよ！」

「元気ですねえ」

「……〝慣れ〟の最大値かと、思うんですが、あれは、どういういきさつで？」

「フフ、解らないの？　ホライゾン自体の持つ大罪武装〝焦がれの全域《オロス・フトーノス》〟は、ＯＳとして他の大罪武装を統御するの。だからホライゾンは自分の両腕を外して統御出来るのよ！」

「あの、喜美？　ホライゾンの両腕は、どっちかって言うと統御されてませんけど？」

「――じゃあ違うわ!!」

「元気だな！」

「――とはいえまあ、以前から結構勝手な動きをする風情《ふぜい》はあったで御座るよ？　ただ、ホライゾン殿が自分から腕を外した際のことだったので、自律系が残っているのかと思って御座ったが、独自に動く、となると……」

「――レベルアップでしょうか」

「レベルアップ」

「レベルアップ……、いい言葉ですね……。大体何でも説明出来る気がします」

「――じゃあそれで」

「…………」

「……えっ？　終わりですか!?」

「もっと慣れようぜ！」

●

ともあれ、と正純は右手を挙げた。

「——真田での野外授業という感じだったが、遺跡の中では欧州から渡ってきた天竜二体と戦闘になってな。何とか倒して到達した最奥《さいおく》で、元信公の弟である**信康公の研究施設があるのを発見した。**

ただそこにはもう何も無くて、**何か抽出機が九個あった**という、そんな処だ」

この抽出機が何であったのかは後に解ることとなる。こちらとしては、

「——余計な謎が増えたと、そう思ったなあ。抽出機もだが、ここにあった研究の結果は何処に行ったんだと、そんな疑問が生じる訳でさ」

「ある意味、答えは全部揃っていたんだけど……、というところね」

「でもそれ言ったら二境紋出ますのよ？　この時期はまだ」

「だからちょっと面倒な事になるんだよ」

「面倒？」

「天竜だ。——既に寿命が尽きようとしていた天竜は、この真田の地で元信公や信康公が何をしていたかも知っている。だが彼らは何も話さず、しかしそれらを求める私達を面白がった」

あれは不思議な存在だった。人類より高い知性を持ち、個々が独自の法則ともいえる究極の存在である天竜は、しかし最強であるがゆえに〝戦いを誉れとする〟のだ。

何故、戦いに死のうとするのか。

「……私達の、ちょっと引っかかっていた疑問に重なりますよね？

三方ヶ原の戦いなどで私達を救うために失われた人達は、しかし〝生きに行った〟んですけど、でも、それは私達の〝失わせたくない〟というものと矛盾します。この二律背反は、どう捉えるべきなのか」

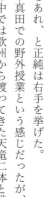

竜はこう言った。

「もしも死が結論となった場合でも、それは、死を夢としたのではない。

夢の途中で、死が訪れただけだ」

だから、

「死を悲しめ。ただ、哀れむな。そして落ち着いたならば、その人が生き切ったことを誇れ。――そういうことだと私は思っている」

この諭しは、後にホライゾンと馬鹿の中で、一つの支えに変わる。

「誰も彼も生き切り、尽くすならば、それを可能な限り失わせないことに尽力する。

――つまり**〝失わせるな〟**だ。言葉としては従来と変わらないが、意味が違う。

死を、哀しいから拒否するのではなく、死を一つの結果として認めた上で、哀しくならないように最大限、死を阻害する。そういうことだ。天竜との戦いは、そういう意味で、私達の再起を、新しいものに変える意味を持っていたと思う」


「語るねえ」

「うーん、ちょっと感情入ってるのかもな。自己リスペクトみたいな感じで」


「――しかし、真田の天竜は私達のこともよく知っておりまして。そして、私達の正体や過去を公言すると、二境紋が発生するというルールがあったのですね」

「どういうルールなんです？」

清正は、副会長に視線を向けた。すると彼女は、うーん、と身体を傾け、

「ぶっちゃけ、全部明かしながら話していくのもありだと思うぞ？」

「しかしそれでは世話子様が盛り上がらないのでは？」

「いえ、盛り上がる必要は無いのですが……」

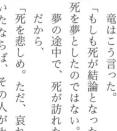

世話子が、しかし言葉を選んで言った。

「当時性を重んじたり、煩雑を避けるというならば、事前情報は最低限で」

そういうことになった。

「しかし二境紋、当時はホントに発生するから面倒だよね……」

「なので、**天竜がウッカリ二境紋をやらかしかけていたので、私が狙撃で止めた**んですね。ぶっちゃけアレやらなかったら、偉いことになってたんじゃないでしょうか」

●

Ｔｅｓ．、と世話子は頷いた。

とりあえず、今聞いた内容から、先に来た結論的概要を一部修正する。

「こんな感じですか……」

◆真田戦――

・武蔵が三国会議から有明に帰還。
・小田原征伐を控えた北条が、真田、P.A.Odaと組んで武蔵を攻撃してくる。
：北条はP.A.Odaへの建前として武蔵を攻撃。
：真田はP.A.Oda側についている。
：武蔵はそれらを撃退。
・有明、南下。関東解放の準備出来る位置につく。
・真田総長、真田・信之、武蔵側に寝返る。
：真田本拠から副長、真田・信繁他主力がP.A.Odaに合流。
：これにて真田は東西に分かれたことになる。
・真田の土地に遺跡がある事を知らされる。
：そこには竜属が住まう。
：かつて元信公がこの地に来ていた。
・浅間、ミトツダイラが総長、ホライゾン様との同居を準備。
：キャンプで同じ天幕にて試験的同居。
・ホライゾン様の両腕が独自に動き出す。
：何故かはよく解らない。

・真田の遺跡にて、新しい情報を確認。
：天竜達と戦闘。
：元信公の弟、信康が何かを研究していた。
：抽出機の跡が九つ。
・ホライゾン様の持つ武蔵の方針について、天竜から諭される。
：後に「失わせない」という意味が改めて決定される。

「説明増える両腕パイセンすげえよ……」

「必要だと思いましたので。ただ、これらの中の何がターニングポイントとなると考えますか？」

その問いに、手が挙がった。珍しく武蔵副長だ。何かと思えば、

「ターニングナンタラを考え込むより、入り口に誰か叩き込んで探らせた方が早いと思うので御座るが」

「またトンチキを言い出した……、と思いましたが、確かにここまで、ターニングポイントを話し合っても当ててませんね」

「うーん、政治的に見たら説明責任というものがあってな……」

「で、でもまあ、ターニングポイントと言ったら、何処だと思います？」

皆が無言で東照宮代表を見た。そして全体の代表として、第三特務が一回首を傾げ、

「――ホライゾンとソーチョーが、アサマチとミトっつぁんの本舗入りを言いくるめた時？」

「そう来ると思いましたけど、それはターニングポイントになりませんって……!!」

「そうねえ。フフ、――決まり切った流れだもんねえ」

あ、ダブルバインドですね、と思った。決まった流れだと言えば肯定になるし、決まってないといえばターニングポイントとして大事だったことになる。どちらにしろ自縛だ。

なので己は、問うてみる。

「天竜との戦闘は、ターニングポイントでは？」

「うーん……。天竜としては〝充実した戦闘が欲しかった〟というのがあるだろうけど、寿命も来ていたし、諭されたのもこっちが勝ったからじゃないんだよな……」

だとすれば、と思った時だ。ふと、第五特務の娘が疑問を作った。

「？　蜂須賀が、さっきまでそこにいませんでしたの？」

『あの、――アデーレもいない、よ？』

艦橋側でこちらを捕捉している総艦長代理の言葉に、皆が顔を見合わせた。

そして、ややあってから副会長がこちらに一人の人物を手招きした。

武蔵の副王。姫であるホライゾンだ。彼女はこっちを見て、両腕を振り上げ、

「今回も当てられなくてスミマセンンンン!!」

これは何かサービスのつもりなんでしょうか。

○

小六は、懐かしい匂いを感じていた。油。埃《ほこり》。そして鉄の匂いに、術式火薬や、薄く漂う生活臭。

「……M.H.R.R.旧派、P.A.Odaの鉄甲艦だ」

自分がいるのは甲板上。ガレー型の八百メートルヨルムンガンド級となれば、かなり広いのが特徴だ。

空は西日。そろそろ夕刻になる。さっきまでいた高尾のウイングデッキとは、周囲の風景も何もかも違う。

つまりは過去か。だが、そうだとすると、

「――何がターニングポイントだ？」

自分は表示枠を出した。既にM.H.R.R.の旧派式ではなく、神道式にしているが、

「多摩上？」

　そうだ。ここは現実においては多摩の上。今、自分の周囲にある過去は情報体としての記録であって、実際には本を広げたようなものでしかない。

　だがそれでは困る。何故なら、

……時刻が解らない。

　今が何時なのか、それが解るだけで、このターニングポイントの用件は絞れるだろう。だが、解るべきものが解らない。それでいて、現実とはつながっている。これはどう判断したらいいのだろうかと、軽い焦《あせ》りを得ていると、

「あ、蜂須賀さん、やっぱり飲まれてましたか！」

　武蔵の従士が、近くの砲門の陰から姿を見せた。

第十二章

『射撃場所の構築者達』

救いにしろ
咎めにしろ
それは想いの速度で届く
配点（一撃）

○

　アデーレとしては、昨日に制服で出場した反省から、ジャージ装備だった。

……調査で、結構いろいろな処に入りますからねえ。

　制服が汚れてクリーニングとなると、金欠従士にとってはかなり厳しい。だからジャージで来て、これが思わぬ正解だった。

　何しろここはM.H.R.やP.A.Odaの管轄だ。極東制服では目立ってしまう。

　とはいえ全ていける訳ではない。ジャージの上衣には武蔵アリアダスト教導院の紋章が刺《し》繍《しゅう》してあるので、これは脱いで腰に巻く。ハードポイントパーツも極東式だから、作業用で持ち込んでいたタオルを首に巻いて隠して対応。

……第一特務みたいですね！

　インナースーツが極東式だが、ジャージの胸布があるので見えるのはウエスト部分だけだ。

　何か咎められたら「極東側からの推薦で来てるので」とでも言おうと思う。

　そんな用意を即座にしつつ、状況を理解。甲板の中部にいるのが解ったので艦首に急いだ。

……勘ですけど、これは〝艦首側で行われる過去の再現〟ですよね。

　船は方向性を持つ乗り物だ。艦首側にこそ行くべき場所や目標物がある。

　そして自分が過去に呼び出されたとしたら、それは自分自身の素質ではなく、誰か近くにいた本命が〝落ちた〟のに引っ張られたのだろう。そう。だからこそ、M.H.R.やP.A.Oda側の記録が出ているならば、

「あ、蜂須賀さん、やっぱり飲まれてましたか！」

　そういうことだ。

○

　小六は従士の事を知っている。というか、よく見る。高頻度。それなりに挨拶もしたことが

あるので充分知己だと言っていいだろう。
ただ一番の安心を得たのは、彼女が技術系の話も行けると言うことだ。

……機動殻の整備を自分で行える。
自分は四聖武神の一機〝日溜玄武〟を所有している。大型の武神だが、それなりに整備の知識もあれば、実働も出来る。
知識の共通項があるというのは、安心するものだ。
だが己は気付いた。恐らくここには、自分達以外取り込まれていないのだと。そして、

「時刻――」
今何時か解るか、と聞こうとして気付いた。
彼女とて同条件だ。表示枠で確認しても、現実側の情報が出るだけだろう。だが、

「あ、午後四時チョイ前くらいですね」

「――解るのか」

「Ｊｕｄ．、武蔵で習うんですよ。日の角度と影の落ち方で方角と時刻を知る方法。今、後ろにある砲塔の影と長さでの憶測ですから精度甘いですけど」

「説明はいい」
すまん、と思いつつ己は目の前にいる相手のことを信頼しようと思った。少なくとも、こちらよりも〝上〟の面がある相手だ。自分はどちらかというと機械系以外は、農業とかゲームとか、極端な方にしかスキルがない。だから、

「組もう」

「Ｊｕｄ．、宜しく御願いします」
頷き、己は即座に告げた。

「マズい」

「え？　何がですか？」

この記録の再現。リピート条件が、今教えられた時刻から解ったのだ。

「平野が天竜を撃つ。その時刻だ」

○

アデーレは息を詰めた。

「ど、どうやって、です？」

自分とて、あの時のことは憶えている。遺跡が崩壊する直前。副王や自分達を相手に天竜が言葉を送ってきた。それが羽柴勢に触れ、行きすぎたとき、平野・長泰が超長距離からの誘導狙撃で天竜の首を撃ち抜いたのだ。

当時は憤《いきどお》ったものだが、今になってみれば解る。あのまま喋らせていれば、二境紋が発生したのだと。そして天竜もまた穢れなく空に昇っていったので、納得していたのだと。

だが、どうするのか。

「剣状矢……、たしか流体型でしたけど、精密誘導の狙撃ですよ？　アレが出来るのって、他には浅間さんくらいしかいないんじゃないですか？」

「待て」

あ、ハイ、と待って、己はふと気付く。

……自分の方が年長なんですけどね……。

まあ話を聞いてる限り、蜂須賀は精神的というか、実年齢的には自分達より上の筈だ。

そして数秒考えて、蜂須賀が東の空を見た。

「やってみる」

「出来るんですか？」

「やってみる」

出来ないかも知れないが、出来るかも知れな

い。その意味が解った直後、蜂須賀が表示枠を開いた。神道式。そこに手書きで素早くメモを書き始める。そして、

「これ」

　こちらに渡された画面を、己は確認。即座に自分の表示枠を開いた。

●

　通神を受けたのは浅間だった。

　夕とアデーレが、恐らく過去の記録に飲まれた。主導は夕だ。当時の羽柴勢関係者として、豊が行ったターニングポイントの代行をさせられている。

「――確かに、豊が天竜を止めなかったら、私達が二境紋に連れ去られていた可能性が高いんですよね……」

「当時、真田の中は羽柴側についた信繁派と、母さん達についた信之派に分かれていて、天竜達は信繁派。だから情報とかは随時確認出来たんですよね。――だけどまあ、いきなりの流れだったんで焦ったというか。御陰で最後、確認の一文投げちゃって」

「あれ、余裕カマしてるんだと思ったら」

「こういう顔ですよ？　でも、当てた自信はありますけど」

　そのあたりは流石というところだ。ただ、今、アデーレから来ている相談は、

「……私の狙撃を代行するなら、ベストは母さんが出場することだと思います」

「というか、それ以外に出来ますの？」

「向こうはやる気ですね」

　と、自分は一つの表示枠を出した。直政に視線を向け、

「マサ、夕ちゃんの通神、直接の宛先はこれで大丈夫ですね？」

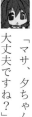

「え？　――ああ、大丈夫さね。あれで結構考えてる。任せな」
はい、と応じて、己はそれを通神帯に送った。

「神道と旧派の共用表示枠システム、〝隠れTsirhc〟の表示枠です！」

○

来た。

小六は、通神文添付という荒っぽい方法で送られてきた制御情報《プログラム》を展開。但し書きやら条文を一気にスクロールさせ、統一操作系をカスタムで選択。幾つかの項目を、

……書体は重くなるから不要だな。
一括で切ってダイエットさせたものを奏填《インストール》。奏填中に許可系やスポンサーの広告などが出てくるので許可や却下を連打する。そして、奏填終了から立ち上げ直すと、案の定、ＯＳ更新による〝初めのご挨拶〟が出るので、

「……音量ボタンを上下両方押して五秒」

「挨拶部分の全キャンセルですね？」
裏技なのによく解ってる。ともあれ立ち上がった画面は、これまでと違う。従士の手元にあるものと同じで、見た目は旧派式だ。
旧派と神道の表示枠を合体共用する〝隠れTsirhc〟のサービス。今回は旧派モードで使用している。その理由は、

「現M.H.R.R.の旧派資料庫《データバンク》に接続する。その後でそちらに共用権限を渡す」
そこからならば、この時期の出港記録など引き出せる筈だ。神道側からアクセスするとフォーマットの関係で読み取れないものが出て危険。安全確保の上で資料を引き出しつつ、従士に準備をさせるのが早い。
正直、今更M.H.R.R.側の権限を用いることになるとは。昔のことはもうどうでもいいか、と武蔵での再スタートをしたつもりだったが、

なかなか過去はこちらを手放さない。
ともあれ現場だ。今はどうするか。資料の引き出しと準備を従士に任せたら、

「これからこの艦の代表者と直接交渉する」

表示枠がこの過去にアクセス出来ないから、何かするならば、艦内の乗員に交渉だ。
正直、喋りは苦手だが、平野が乗っていた艦ならば十本槍の身分で顔パス。何かあれば二境紋だという話は広まっているだろうから、話はしやすいだろう。だから、

「戻るまで資料の確保と準備を頼む」

「あの、準備って……」

Ｊｕｄ．、と己は視線を上げた。
P.A.Odaの鉄甲艦。K.P.A.Italiaを攻略する際に八艦が失われた反省として、急遽《きゅうきょ》、改造が加えられている。それは、単純だが意味のある正面攻撃力の上乗せとして、

「――三八口径三〇センチ砲。単装型だが安土の主砲に使われているものと基本は同じ。更に術式砲としても使用出来る。だから――」
だから、

「――これを利用し、天竜を撃つ」

●

直政は、浅間から届いてくるアデーレの指示の内、資料的なものの確保を担当した。

……夕もなかなか鋭いもんさ。
三八口径三〇センチ砲。砲身長一一四〇センチの大型砲だ。確か安土はこれを連装した主砲を持っていて、大和になると四六センチ三連装となる。武蔵も一時期は同様のものを持っていたが、

「三八－三〇だったら艦首側で使用していた副砲に近いさね。艦橋側に補正を掛けさせて、最適な出力や角度とか割り出そう」

『Ｊｕｄ．、既に割り出しが出来ています。純実弾砲として使用した場合、術式火薬や砲身内加圧状況によりますが、最大射程二十一キロ前後と判断出来ます。三十キロ先の目標物に届けるには術式砲弾として砲弾自体に加速力を与えなければなりません。――以上』

「〝大和〟は呼び出せないんですか？」

「大和は現在、九州沖にて外界航行試験中です。単独生存環境試験を行っておりますので、緊急案件ならば通神を入れますが？　――以上」

「何ソレ？」

「つまり他と途絶した状態での訓練中、ということだ。最悪の状況を想定している訳だな。そのデータは武蔵にもフィードバックされるから非常に有用。憶えておけ」

「つまりガマン大会状態かよ」

　それはどっちかっていうと耐久試験じゃないさね？　と思うが、耐久試験が何なのか説明を要求されそうなので黙っておいた。共通項のない者と話し合うのは面倒だ。だが、

「夕とアデーレなら、そういうの大丈夫さ」

　意外と行けるんじゃないさね？　と思った時だ。浅間が顔を上げた。

「豊！　夕ちゃんから緊急です！　向こうの現場、貴女がいないので代行するんですが、現場の艦橋にそれを説明する場合、豊が不在の理由どうしましょう？　――何で豊がいないんです？」

●

ンンン？　と流石に首を傾げる案件だった。

「え!?　私がいないのは、私がいないからじゃないんですか!?」

「哲学的だな……」

「どっちかって言うと幾何学の定義みたいね」

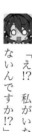

何か言われてるけど、話題になってると気分がアガるから良しとします。しかし、自分が現場にいない理由を考えて、ふと思った。

「私、基本的に休まないですよね……！」

「風邪とか病欠は？」

「私が口挟みますけど、そこら禊祓と加護でほぼ完全シャットですんで」

その通りだ。大病。それも流体系を根本から乱すようなものでなければ掛からない。強いて言うと怪異などがそれに該当する場合もあり〝酔う〟ようなことはあるが、

「でもまあ、基本、そういうの廃して現場に行ってますよね……！」

母の手元に表示枠が出た。

「〝早く〟ですって。何かもう、艦橋入口に居るそうで」

オウ。こいつは参りました。

「館内通路でスベって転んで頭打って記憶喪失になって今は変な宇宙の真理とかアワアワつぶやいてる時間で出られないとか？」

「変なドラマを進行しないで下さいよ……！」

「こりゃあもう夕様には豊様が**ウンーコ中**だとネタを言って貰うしかありませんなあ」

「ウワー！　強調気味に美味しいネタ振り有り難う御座います！　でも記録の再現の中でも人権保ちたいです私！」

「というか夕のキャラ考えてやってくれ」

あの、と清正の母が手を挙げた。

「夕様のキャラでしたら、〝無言で頷く〟だけで、大体の応答は済ませてしまえるのでは？」

その通りになった。

○

アデーレは、直政に必要な資料を列記して送りつつ、ある人物に連絡を取った。

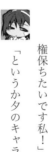

『Jud.、よくこっちを思い出しましたねえ』

竹中《たけなか》・半兵衛《はんべえ》

呼名：タケ
役職など：全方位軍師

・長寿族。眼鏡のおねーさん。元羽柴勢で武蔵勢と敵対していたが、合流後は大久保の補佐的な仕事についている。ストレスに弱く、すぐ〝えろ〟る。戦術、戦略ともにトップクラスだが、極端な発案は〝ハイダメージ・ハイリターン〟と自他認めるものである。

竹中・半兵衛。羽柴勢、十本槍の一人だが、未来から来ていないのが彼女だ。つまり武蔵勢の誰かの子供、という存在でもない。
今は武蔵勢に合流し、生徒会や委員会を助けているが、彼女は元々がP.A.Odaの重臣。諸処に詳しい軍師だ。だから、

『M.H.R.R.の資料とか、そういうののガイドをして貰おうかと！』

『ああ、蜂須賀さんに言われて向こうを直撃しなかったのは良かったですねー。流石に推薦パスあっても分類やら何やら国家規模の資料庫にアクセスすると大変ですから』
と、こちらの表示枠に、竹中から通神文が来る。彼女の所有する情報庫に制御情報を入れておいたという、そんな内容だ。

『検索系と翻訳系を入れたクロール型です。蜂須賀さんからの指示を突っ込んでおくと、いろいろ引っ張ってきますから、良いと思ったものを残して行って下さい。自動選別が働いて精度よくなりますんで』
そして、

『羽柴十本槍の記録とかになると機密もありますから、そっちはおねーさんが引っ張って来ましょう。そちらは技術系の資料を集めておいて下さいねー』

『あ、有り難う御座います！』
いやいや、と竹中が僅かにノイズの入った通神で応じた。

『身内の情報はあまり外に出したくないってのもありますからねー。そこらへんはおねーさんも微妙に保護者感覚と言うことで。ともあれ宜しく御願いしますねー』

武蔵上では、急ぎの対処が生じていた。

「――弾体だえ。まずは何よりも弾体の確保をしないといかん」
義光は自分の持ち艦である山形城《やまがたじょう》などの設計に関わっている。砲門のシステムなどは熟知しており、砲撃に必要なものや、その手順などを示すことが出来る。
今回は有りものの砲を使う。三〇センチ三八口径。術式砲だ。だとすれば必要なのは、

「まず発射する弾体を設計するのだえ。弾体が決まらねば発射用の術式火薬の設定や内圧管理に砲の角度設定なども出来ん」

「というか、剣状矢の流体式でしたっけ？　作れるんですか？　確か、当時は発射機構を用いていたと思いますが」

「流体の密度操作と形状操作が出来れば作れるには作れますよ？　ただ、発射と航行時に減衰損失しないようにするのと、巡航と誘導を入れるには術式を掛ける必要があります。
なお、今回の距離を飛ばすには、私が持っていたようなシステムか、術式砲の砲塔があれば充分なので、そこはクリアしてますね」

「術式砲は、術式の符などを固めた弾体を撃ち出すものですよね？　流体の剣状矢を撃ち出すには、どのようにするんです？」

「多段砲弾ね？」
嘉明の言葉に、東照宮代表が頷いた。

「符を固めたものを弾体としますが、その符の内部で流体式の剣状矢を生成。失速しない内に再打ち出しと加速を行う……、というのが行けると思いますね。ただ、ただ――」

「P.A.Odaのシステムは旧派かムラサイです。私と豊は神道式ならば得手ですが、他二派に対応した剣状矢の生成砲弾術式は作れません」

「ええと、一応、私が発射した剣状矢はこんな感じです」

　と浅間神社代表が、光の剣を手の上に出す。長さ一メートルほどだが、

「ちょっと危ないので、１―５に縮めてます。諸元設定は出しますので、必要でしたら言って下さい」

●

「――では弾核が用意出来たので次は弾体設計だえ？　解る者は――」

　問うと手が挙がった。世話子だ。

「――旧派術式で、砲弾などの知識に詳しい人を知っています。

　我が三征西班牙生徒会、副会長のファナ様と、会計の江良《えら》・房栄《フサエ》様です」

●

『――あら、どうしたのですロドリゴ。いえ、今はフロイスでしたか？　――いえ？　世話子？　誰ですソレ？　まあいい？　それで何です一体？　房栄が？』

『んー？　なーにかな、と？』

『――砲弾？　設計？　急ぎ？　五分以内って、何言ってるんです？　ちょっと！　武蔵の住人に感化されてませんか貴女！』

●

「ファナさんと江良さん？　は、紹介が出ないですね……？」

「アルマダ海戦クリア時に別枠で軽く紹介がありましたからね。五分以内に設計が出来るそうです。――流石は〝超祝福艦隊《グランデ・フェリシジマ・アルマダ》〟の発注者と、各種砲弾や投擲武器ならば何でも任せられる陸上部部長。三征西班牙は最強国家ですね」

「今、そこらへんの遣《や》り取りが全部聞こえて来てたんだけど、ツッコんでいいかえ？」
　いやまあ、と世話子は言う。とりあえず砲弾の設計は出来るのだ。あと、気になるのは、

「――問題は、弾体成形システムが艦内にあるか、ですね」

「どういうものです？」

「印刷機ですよ。通神などで弾体情報を受け取り、それを拝気《プレス》の収められた術式符のロングカートリッジに印刷するのです。あとはそれを職人もしくは機械が丸めて閉じ、外殻をつけて砲弾とします」

「神道にもありますね。木版式なのでちょっと量産性では劣りますけど」

『あ、それなら、あるみたいです。印刷系は改派の技術かと思ってたら、旧派でも作っていたんですね』

『鉄甲船はP.A.Oda側の技術で出来ていて、つまりムラサイ側の技術が強いんですが、それでK.P.A.Italiaに苦戦しましたからね。主砲としての三〇センチ三八口径を積むとき、旧派側からそれを導入。しかし砲撃頻度の比率もあって、専用の弾薬庫は小型で、砲弾も艦内成形する方法になってます』
　だとすれば、と世話子は言った。

「大枠として、今ので砲弾は出来たと考えていいのでしょうか」
　その言葉に、異議を唱える者はいない。ならば、という雰囲気をもって義光が頷く。

「――発射に必要な術式火薬の割り出しは、従士の方で解るかえ？」

『Ｊｕｄ．！　資料の方で割り出せてます！』

○

アデーレは、砲門脇の階段から艦内へと走った。
知らないタイプの戦艦だ。大体、鉄甲船に乗った極東戦士団は、今の処いない筈だと思う。

……貴重な体験してますね！

それを可能とするのが、手元に展開した鉄甲船内部の見取図と、竹中のサポートだった。

『大体、おねーさんが知ってるのと同じ型ですねー。主砲ついてるから変化あったかと思いましたけど、艦首側の倉庫スペース食ってるだけみたいで』

と、案内付きで行く艦内には、当然にM.H.R.R.やP.A.Odaの戦士団達がいる。彼らにパスが利くのは、やはりこれも竹中が用意してくれた艦内通行許可証だ。十本槍のサポート班ということで、咎めがない。なので幾つか見えるものや風景から、時刻や方角、ランドマークや高度など、現実側の情報補完になるものを外の皆に告げていく。
そして行く足は、目的の場所についた。一回細い階段を折り返した以外、思ったより元の位置に近い。術式弾体の成形工房は十メートル四方の部屋で、奥に大型の印刷機が有り、手前ではオペレーターがこちらに振り向くところだった。

『通神は出来るんですよね？　じゃあ、おねーさんがここ対応しますんで。――成形射出された弾体は砲門内に自動移送される筈なので、従士さんは砲門の内部に行って下さい』

Ｊｕｄ．、と頷き、アデーレは感想した。

「ビックリするくらいスムーズですね！」

●

「まあこっちがサポートしてるんだがな？」

正純の言葉に、浅間は苦笑した。だが、

「どうですか？　豊」

「はい。さっきこちらに来た報告の中で、向こうの時刻についての言及がありました。
　現在四時十二分、と言った処ですが、あまり時間がありません」
　急ぎと言うことか。

「アデーレにプレッシャー与えないよう、そこらは言わなくていいんじゃね？　大体、一発くらいは余裕あんだろ？」
　彼の問いかけに豊が頷き、そして一人、嘆息する影があった。
　闇だ。彼女は世話子と共に三征西班牙側と交渉をしながら、

「砲撃系となると、私が行ければ良かったのですが……」

「闇ちゃん目立つし正体バレ避けられないからねえ」

「武蔵側の過去だったら良かったんですけど、羽柴側ですからね」
　このあたり、なかなか難しい。ともあれアデーレの方は上手く行っているようで、

「何とかなりますかね……」
　ふと漏らした言葉に、皆が頷く。だが、

「アサマチ、ちょっといいさね？」
　と、直政がウイングデッキのある箇所に視線を向けた。アデーレ達の飲み込まれた位置だ。

「どうしました？　追加サポートとしてあっちに行きますか？」

「Ｊｕｄ．、万が一を考えて、送っておきたいのがいる。ちょっと手間だが――」
　頼む、と直政が言いかけたときだった。ふと、こちらの顔横に表示枠が来た。それは彼女の妹、現場にいる夕から届いたもので、

『すまん』

『？　――どうしたね？　夕』

直政の問いかけに、ややあってから夕が応じた。

『この艦、術式砲として、主砲を使う用意がない』

○

夕としては、想定外の状況だった。

とにかく甲板に。従士に説明しようと通路を急ぐ。

『──実弾砲としては使える』

艦橋にて艦長や砲撃担当と話し、解った事だ。

この艦は現在、P.A.Oda領内を移動するために用いられているため、戦闘用の装備としては基本的な用意しかしていない。

『主砲は実弾砲の用意のみ』

『Ｊｕｄ．！　こっちでも今、確認しましたよー！　オペレーターと話したんですが、術式砲の弾体成形は出来ても、遠距離砲撃用の術式火薬が搭載されてないですね。一応、予備的なものはあるんですが、三十キロも先に用いれるものではないです』

竹中？　と思うが、恐らくは従士が頼ったのだろう。有り難い。自分の現場におけるパートナーは頑張っていたということだ。

こちらは口ほどにもない、と言った処だろうか。

『すまん』

『いや、蜂須賀さんが謝るところじゃないですねー。だって基本的にP.A.Odaの戦艦はフル装備で出る事が基本なんで。要不要の判断はしちゃいけない筈なんですけど、御陰で基本的資料から成る目星が外れました……』

『──今更ですけど、当時は私が乗ってたから、術式系の遠距離装備の用意をしなかった可能性ありますね。私の方が高性能なんで』

『アサマホ突っ込んだ方が良かった？』

『いや、当時の剣状矢の発射システムはもう剱神社に返還してますんで！　浅間神社だと梅椿ですが、今の剣状矢だと弾体が短いので竜に刺さっても言葉を止められないと思います』

駄目か、というのが感想だ。

ともあれ甲板に出る。従士にはミッション失敗であることを伝え、謝ろう。

この経験と記憶を、次のアタッカーに教え、糧《かて》とするのが前向きだ。

そんなことを思っていると、通路の出口の向こう。甲板から声がした。

「夕さん！　来て下さい！　早く！　凄いですよ！」

○

凄い？　何がだ？　と夕は思った。

従士には済まないが、これは負け試合。これからやるべきは次に向けての情報収集だろう。

……気が重い。

吐息しつつ、西日の眩《まぶ》しい甲板に出る。

視界が一瞬光に奪われ、眩しい。ゆえに手を翳して影とする。が、身体加護の設定で遮光フィルタの術式陣が顔前に出て、視界を確立してくれた。

術式で薄暗く見える何もかもの向こう。そこに従士が立っていて、砲弾を抱えていた。僅かに着衣や髪が乱れているあたり、それを担《かつ》いで砲門から出て来たのだろう。身体強化の術式陣が周囲に何枚も出ているのは、砲弾を運んだからだ。

いや、でも何の意味がある？

自分達のミッションは、既に失敗し、終了しているのと同じなのだ。それなのに、

「早く！　御願いします……！」

何がだ、と思って前を見た視界。遮光術式のフィルタの向こうに巨影があった。

黒い人型の武神。

「――〝日溜玄武〟！」

●

豊は、通神からの声で玄武が蜂須賀と合流したのを知った。

「――よっし！　向こうへの入り口を武神クラスまで広げるのは難でしたけど、拡大設定範囲を無視すれば行けるもんですね……！」

「……それは術式の違法運用なのでは」

聞かなかったことにする。だがあまり時間が無い。

『夕、よく聞きな。――**玄武の重力砲で狙撃するんさ**』

彼女の姉が、妹に声を送る。一方で彼女は、別の表示枠を通し、武蔵野の艦尾射出システムで玄武をこちらに届けた整備課に手を挙げ、礼としている。

忙しい人だ。しかしパワーに満ちているとい

study

●武神●

「ではこのあたりで武神の説明をしとくとするさね。

武神は人類が竜属やら何やらに対抗するために作ったとされていて、搭乗者を情報化し、機体のOSとして組み込むのが基本。ゆえに武神の破損は搭乗者にフィードバックされるんだが、昨今はそれを軽微にするシステムも各国が考案してるさね。

現在、多くは農業や工事用で、

- **軽武神：全高四メートル以内**
- **中武神：全高八メートル以内**
- **重武神：全高八メートル以上**

といった区分けかね。重武神は十メートル強が今の基本だと思うさ。

ものによっては飛行もするし、独自法則による攻撃や加護も持つ。多くの教導院が所有しているから、対抗策は必須さね」

study

う訳でもなく、ただ、タフに見える。

『いいさね？　――玄武の右腕に、輸送艦用の駆動着火プラグを装備させてる。艦が動かなくなった時、強引に駆動系を動かすものだが、玄武の重力砲と合わせれば術式砲弾を発射と同時に発動出来る筈さ。――砲撃に失敗したら他に任せるつもりで、チョイと試しな』

返答は無い。どうしてかは解る。

そう。彼女の姉が小さく笑って、こう言った。

「もう玄武に搭乗してるのか」

○

重武神と呼ばれるクラスの武神は、搭乗者と合一した際、サブ操縦システムとしての仮想空間を寄越す。

外界の数百万倍の速度で処理される人工頭脳だ。余分な処理能力を用い、搭乗者に考えるだけの余裕を与えるのが目的で、仮想空間内は搭乗者が自分の好きなように作るのが習わしだ。

夕の場合、故郷の土地だった。

広く何処までも広がる田園と、水路。一つだけある果実の木。そして開けっ放しの、大きな平屋の家と納屋《なや》。

空は青く、雲は小さく白く流れ、自分は白のワンピースに麦藁帽子《むぎわらぼうし》で、

「何だかな……」

これは二重の過去か。否、過去の一つはどっちかといえば平野のものだ。自分の過去は無関係に玄武の中にある。

風が吹く。空を見上げる視界とは別に、玄武の右手が従士から砲弾を受け取る。

麦藁帽子を風に押さえる動きで、玄武が連動。砲弾を掌の中央に構え、

「諸元入力。――座標、角度、諸要素変動を考慮して補正」

玄武は頭が良い。元から良いのを、そのように鍛えた。だから、

「ん」

空を雲が流れ、回る。それは錯覚だ。現実側では玄武が多重の計算を経た上で身を正しい位置に向けているのが解る。

二重の世界。人に話しても、この操縦システムは訳が解らないと言われるが、そういうものだろうか。もはや郷愁とはいえず、ただただ自分の居心地いい空間で、そこにある何もかもが操縦に転嫁するだけだ。

陽光がいつの間にか出ている。ならば自分は果実の木の下の影に歩み、

「玄武」

影を踏んだ瞬間。こう告げた。

「――発射」

○

アデーレの視界の中、激震が走った。

「砲撃……！」

日溜玄武は、これまで幾度も敵として見上げたことがあるが、味方としては初めてだ。

装甲が多重化し、立ち上がった亀のようにも、重装の衣装を着た武者にも見える。が、砲撃の際に一瞬全ての装甲が衝撃を逃すために揺れた。

その隙間、陰に見えたのは、

……女性型なんですね！

四聖武神としての能力は〝重力〟。両腕から発する重力砲の〝片突き〟は、同サイズの武神くらいなら軽く潰し、また遠距離砲撃も可能とする。

その力を利用しての、無塔砲状態に近い形での発射だ。砲身が無いので安定性については不安もあるが、

『――発射後に加速と誘導の術式が立ち上がるので、管理を御願いします！』

言葉が消える勢いで、反動の爆風が来た。甲

板上に対抗の干渉術式が旧派式で何枚も立ち上がって割れていく。

既に砲弾は白の霧を爆発させて飛び、

『――――』

○

夕は、影の中で手を伸ばした。

頭上、木々の枝から橙色《だいだいいろ》の果実が落ちてくる。

どうだろう。実家の、故郷の、この木には何の果実が実っていただろうか。

「姉さんに聞けば、教えてくれるかな」

呟き、空中でキャッチした。その手応えは、ある一つの事実を示す。

「――着弾完遂」

命中したのだ。

○

立ち上る流体光の中、アデーレは玄武が笑ったように見えた。

錯覚だ。だが、合一を搭乗システムとする武神は、搭乗者の仕草を映す。

ならば、と思うのは、ちょっと無言系の夕に対する期待だろうか。ただ己は声を上げる。あまり喋らないパートナーに代わって、

「……高尾解放！　完遂しました……!!」

study

●真田戦で活躍した人々●

筧《かけい》・虎秀《とらひで》

リントヴルム型の地竜で、古老。真田に向かった武蔵上に着艦。単独戦闘を行ったものの、武蔵勢に鎮圧されている。後に真田にやってきた清正らの面倒を見る。

滝川《たきがわ》・一益《いちます》

P.A.Odaの重臣で忍者武将。白鷺城をもって武蔵を関東に追い、有明への攻撃を行ったが、撃沈された。後に蟹江城の戦いでミトツダイラに敗れるが、それはその直前に糟屋（ネイメア）を試験する戦闘を行っていたためだった。

筧《かけい》・十蔵《じゅうぞう》

真田十勇士の十番、体術の達人であり、また、神の加護によって“飛び道具を零距離から叩き込む”ことが出来る。後に蟹江城の戦いに参加の後、戦闘余波の水害を防ぎ、自分の為したことに満足して最期を迎えた。

海野《うんの》・六郎《ろくろう》

真田十勇士の七番。巫女で、舞による術式を行使する。かなりヤンキー系で、彼女がトーリを攻撃に巻き込まなければ浅間の“蓋”は開かなかった気が。後に真田で清正らを迎え、友好を得る。

望月《もちづき》・幸忠《ゆきただ》

真田十勇士の九番。自動人形で、関節のフリー化や髪に爆砕術式を仕込むなど、暗殺主体の能力を持っている。後に海野と共に真田の地を治める方に向かう。

佐助《さすけ》（天竜）

旧真田十勇士。白竜。元は八百年前の欧州竜害の時代、ガリア方面の侵攻軍団長だった。真田にて酒井達と戦闘した事もあり。彼が死の間際に遺した言葉が、後にホライゾン達の方針を強く固めることとなる。

才蔵《さいぞう》（天竜）

旧真田十勇士。黒竜。佐助の相方というか古い付き合い。攻撃性が高く、ホライゾン以外でトーリを負傷させた初の存在。そりゃあ浅間とミトツダイラが怒る訳で。

白鷺城《しらさぎじょう》

P.A.Odaが旗艦を作る際、安土と共に建造した高速艦。最終的に安土が採用となったが、白鷺城はその高速性から関東と関西を行き来することを期待された。滝川・一益が初代艦長となり、武蔵を関東に追い詰めた後、関東南にて武蔵の南下を警戒していた。実際に有明の南下に対して出場するが、武蔵勢と武蔵の強化によって撃沈。
そこから池田・照政に艦長が引き継がれて補修を開始されるが、OSの刑部姫が表に出てきたり、艦内に三河コーチンの非常時農園が設けられたりとよく解らない艦になりつつある。

study

第十三章

『死に場所の生還者』

眠りから覚めたならば
起きて貴方と行こう
立ち上がり行くならば
笑って貴方と歩こう
配点（現場でそんな余裕はありませんでした）

play back

振り返り　境界線上のホライゾン　文庫本Ⅵ〈上〉〈中〉〈下〉&Ⅶ〈上〉〈中〉〈下〉

「裏面が浅間とミトツダイラのエロ水着なのよねコレ……」

「いやまあ、ホライゾンと私とミト、三人の正式な本舗住まいというか住み込みが始まった、ということですが、Ⅳで鈴さんと真田の佐助さんが話したあたりから明確になってきた〝関係〟という言葉。人と人の関係は変わるものだという、そんなことがこの頃からいろいろ表出してきますね」

「智？　本文デザイン壊す勢いで早口になってますのよ？」

「しかし上の風呂絵、小田原征伐は談合で済ませたというのがよく解る一枚だなあ……」

「この小田原征伐あたりから、一年生や保護者勢が参戦するようになっとるんや。培ってきた〝関係〟や新しい〝関係〟が、武蔵や羽柴の動きに応じてきた、ということやな」

「Ⅵ上中下とⅦ上中下は解りやすく言うとどんな内容ですかねえ、正純様」

「小田原征伐から関東解放という二つの戦域の結果は私達の〝台頭〟であると思う。その一方で、上でも述べてるように、三河からこれまでの再起の中、作ってきた〝関係〟が動き出し、こちらを助けてくれたり、また、こちらも助けに行ったりと、いろいろだ。

　世界は同時に全て動いていると、そんな当然のことが理解出来た巻だな」

「ともあれ、これでようやく、羽柴勢と向き合えるようになったし、他国もそれを認めるようになったので御座るなあ」

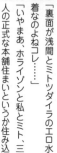

●

安堵の吐息を、大久保は聞いていた。
教導院の三階、正面の橋を眼下に見ることが出来るのは生徒会居室だ。

「大丈夫か竹中」

先ほどまで窓から外に顔を出しつつ、紙袋にえろっていたが、今は落ち着いているようだ。
竹中は元羽柴勢の軍師役だ。黒田《くろだ》・官兵衛《かんべえ》との二重襲名ということは、長く皆を支える予定だったのだろう。実際、自分達武蔵勢も、彼女一人にかなりやられたフシがある。
ただ、有能だがえらくプレッシャーに弱い。
こっち来て解ったが、何かあるとすぐ〝えろ〟るのは、まあ個性としておくか。人それぞれだと思うことにする。しかし、

「いやあ、いきなりM.H.R.R.関係振られるとキョドりますね」

「今でも付き合いあるやろ？　そんなもんか？」

「何だかんだでM.H.R.R.旧派は内部刷新されて、織田、羽柴勢が主力ではなくなりつつあります。事業分けをする、と聞いてますが、そうなるとおねーさん達の閲覧許可とか、どこまで残るか、ですねー」

でも、と彼女が言った。

「その一方で、こっち、武蔵側としての記録や資料は扱えるようになっているので、良いと言えばいいのかも知れません」

「そんなこと言いつつ、M.H.R.R.旧派の古い資料や記録は全部手元に複製しとるやろ？」

「まあそこらへんは嗜《たしな》みたいなもんで……。複製してる者がいるかどうかのチェックも、私の〝三千世界〟は超えられませんし。――でもですね？」

「何やねん」

「これがまあ、ありがちで困ったことなんですが、P.A.OdaもM.H.R.R.旧派も、結構入り交じって活動していたじゃないですか。だから気をつけていたんですけど、〝片方にしか無い記録〟ってのが結構ありまして。——コレ、後の歴史家達が困る案件だろうし、両国の歴史的根拠やら見解やらが割れたり、他国に対して遅れたりと、弊害になりそうですねえ」

「ただでさえM.H.R.R.は改派と旧派で分かれてるから下手すると三分されとる記録もある訳か……」

Ｊｕｄ．、と竹中が頷いた。

「そんな〝片方にしか無い〟が最近解ったのが、次の過去の表層ですね。

小田原征伐、関東解放、ネルトリンゲン戦、——どれも羽柴勢が関わってますが、P.A.OdaやM.H.R.R.旧派がそれぞれ完全に関わってない場合もあって、記録の密度がまちまちです。

出来れば今回を期に、軽く統合的なのを作って、両国への貸しにしたいですねー」

「タダではやらん、というのが、まあ有りやな。——武蔵側の記録者である浅間神社代表や、副会長に話つけとくか」

さて、その当人達だが、浅草に入ったとの報告が来ている。

「では、今日一番の、大規模な戦闘を中心とした記録の表層。どう片付けるんや？」

●

観客になっている自覚はある。

世話子としては、出来る事ならば役に立てれば、という思いがある。今も、浅草の貨物甲板の上、先ほど色々手配を尽くしてくれたファナと話しているが、

『——Ｔｅｓ．、そちらの状況を聞いていると、随分と仲良くやっているようですね』

『そんな恐ろしいことをいきなり』

『いえ、良いことです。武蔵は、基本的に三征西班牙の今後の役に立つ存在ですし、基本的に無害です。良い関係を持っておくことが大事でしょう』

　それに、とファナが言葉を作った。

『個人としても、武蔵は基本的に嫌いではありません』

　この発言は〝基本からズレたこと〟がよくあるという意味でしょうかね……、と深読みしてしまうが、武蔵とは敵対や警戒、探り合いとなる接触の方が多いというのが実情だ。だからこそ、ファナとしては信頼がおけているのかもしれない。一方で自分としても、姉の魂の看取《みと》りを行ったのが武蔵ということもあり、勝手な身内感がある。

　役に立てれば、と思うが、

「よーし！　次！　何だ一体！　小田原征伐に関東解放にネルトリンゲン!?　アレだな！　全部並べて言うと、屋台でメシ食って江戸観光して最後はライブでシメだな！　あと、チンコを

study

●武蔵と羽柴の移動●

「この時期の関東と関西の要所図は、こんなところか。武蔵は里見からネルトリンゲンへ。羽柴は備中高松城から里見に来たのだが、随分と長い距離を短時間で移動するものだ」

関東と関西の要所と、移動経路

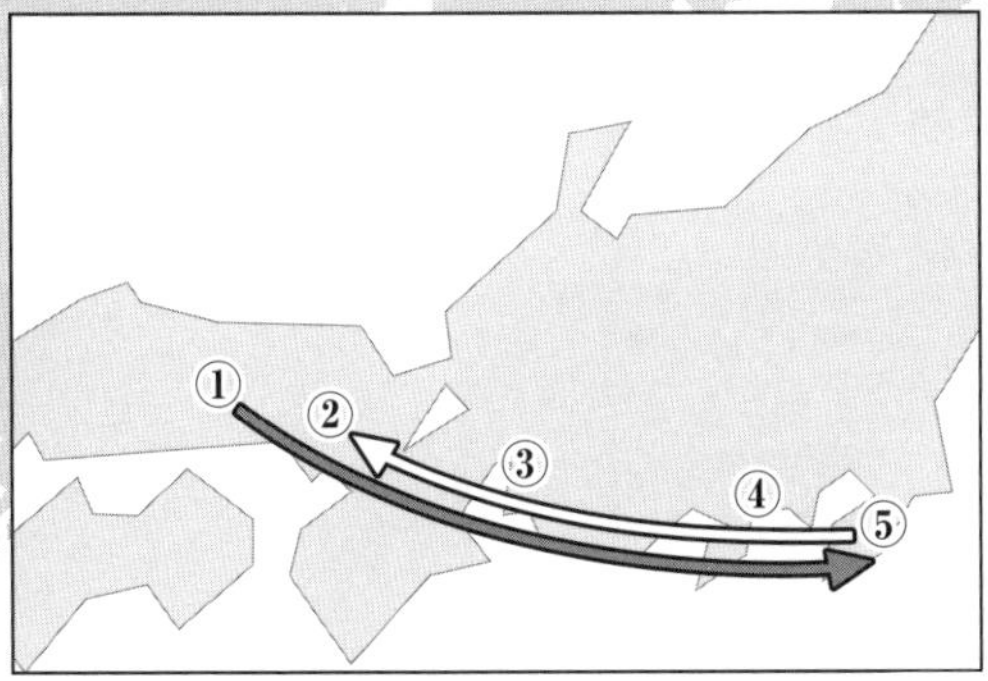

武蔵の移動
羽柴の移動

①備中高松城
②ネルトリンゲン
③三河
④小田原
⑤里見

study

青に塗るパフォーマンスつきな！」
あ、今、基本的ではない時間帯、と、そんな感覚を得る。

●

世話子がビミョーに半目になっているときは、説明を一気にしてしまっていい時間帯。正純は何となくそう判断して、言葉を作ることとした。

「――ではまあ、小田原征伐からの流れだが、前提として、別件説明しておく必要がある」
と、手が挙がった。清正だ。

「この時期、私達羽柴勢は、毛利攻めに注力しています。しかし小田原征伐は、神代の時代の歴史だと羽柴の発案によるもので、これには毛利勢も参加しているのですね。
つまり同時に発生している二つの戦闘で、敵味方が違う、という構図です。そして――」

「Ｊｕｄ．、戦闘の規模としては毛利攻めの方が大きいので、羽柴は安土も持ち込んでそちらに集中。だから小田原征伐は大量の人数を用いる〝戦争〟の代行として、代表者による戦闘で、解釈する、という流れになったのね。――当時、羽柴の代表としては私と、ここにはいない可《か》児《に》・才蔵《さいぞう》が出たわ」
二人の、顔を窺いながらの説明は、お互いがお互いの戦線についてよく解らない部分があるからだろう。その気配に、自分は少しの感慨を得る。何故かというと、これはやはり、当時の自分達の動きが上手く行っているからだ。だが、

「？　**小田原征伐を代表戦で行う**のは、羽柴が人員を動かせないから、というのは解りました。でも、だとしたら羽柴はこれを止めるべきでは？　そしてまた、武蔵勢や他勢力も、それで良かったのですか？」

「下手な損失が出るよりも、代表者戦の方がいいな、とは思う。無論、国家の存亡掛かるところでそれはどうだ、というのもあるのは解るが」
己は、とりあえず個人的な見解をまず述べた。そして本論として、世話子に身を向ける。ここがちょっと面倒なんだよな、と思いつつ、

study

●小田原征伐で活躍した人々●

「じゃあ、小田原征伐で活躍した連中の紹介だな!!　俺もだぞ！」

世鬼《せき》・政定《まささだ》

六護式仏蘭西の自動人形。不良品だが、それゆえにあらゆる自動人形に対して“ズレ”から生じる回避と命中を叩き込める。しかし、元の性能ゆえ完全回避とはならず、破損をするが、膨大なスペアパーツで凌ぐ戦術をとる。小田原征伐では大久保に後れを取るが、北条の自動人形＋遠隔操作の武神部隊を単独で壊滅させた。

風魔《ふうま》・小太郎《こたろう》

北条·氏直の走狗。忍者系で、遠隔操作の武神を扱うことで一大戦力となっていたが、世鬼の“ズレ”によって壊滅させられる。

北条《ほうじょう》・幻庵《げんあん》

北条の機鳳部隊を率いる。開発関係を仕切っており、北条の対外戦闘力の要となる人物である。北条征伐では地上戦用の機鳳で出撃、義康に敗北するが、後の関東解放では安土に対して機竜“ヴリトラ”で仕掛け、その任務を果たす。

北条《ほうじょう》・氏照《うじてる》

戦闘系の魔神族であったが、強化のために己を自動人形のボディに改造。侍女式になったのだが、強面で異様なほどの戦闘能力を誇る。しかし、襲名上の姪となる氏直には能力の相性から敵わず、小田原征伐では好き勝手暴れたあとで氏直を急襲するが返り討ちに遭っている。

後に安土へと幻庵と共に強襲を掛け、安土の主加速器を破壊して散っていく。

ハッサン・フルブシ

武蔵代表として出場した彼は、トーリとの仕込みで開発したカレーによって毛利代表の人狼女王を懐柔。敗北せしめた。人狼女王の公式的な敗北はこれが初となり、以後、無いものである。

ノリキ

元は北条の重臣の息子であり、氏直の婚約者であった彼は、新型術式を提げて彼女と相対。未来予測をする氏直の義眼“千手輪廻”と無尽の刀剣射出を行う“天下剣山”を破り、彼女を妻とする。

後に氏直は襲名を捨て、一般人として生活することとなり、歴史の流れから降りていく。

study

「――つまり**毛利や奥州三国や里見は、対羽柴として武蔵と組んだ**んだ」

●

あの時期、極東の東側では大きな動きが生じていた。

「関東から羽柴を排除したいという願いは、西で戦っている毛利と同調した。
　毛利は羽柴の戦力を削りたかったからな。
　だから毛利攻めが始まるというタイミングで、毛利の代表である毛利・輝元が副長の人狼女王まで連れて関東にやってきて、小田原征伐をやろうと、そんな話になったんだ」

『――いやホント、羽柴抜きで小田原征伐をやろうというのは無茶ですけど、羽柴以外の参加者が揃ってしまったし、武蔵も毛利も歴史的に見れば羽柴側です。
　だから下手に代理を立てられるよりも、認めて参加、となった訳です。敵である北条側も許可を出しましたからね』

そして、

「小田原征伐は代表者の戦闘で終始することにした。つまり、大規模に戦士団を動かすのではなく、**〝代表者が小田原の町で戦闘し、それぞれの勝星をもって戦果とする〟**、という方法だ」

「――**〝談合〟**ですか？」

なかなか鋭い。だからだろうか、率先してそれに乗って来た最上総長が、手を挙げる。彼女は扇子を一回口に当て、さてな、と前置きした上で、

「――各勢力、いろいろな歴史再現を持っておる。それに三国会議で発生した権益もある。ゆえにそれの遣り取りを、この代表者戦に懸けたのだえ。――一番得したのは、後に松平に攻められる〝会津征伐〟を前借り出来た上越露西亜であろうな」

『なお、羽柴側としてもこの小田原征伐はそれなりに意味がありました。そもそも小田原征伐として勝星を上げておかねばいけませんし、そ

の間に毛利攻めを進ませたり、関東に戦力を移動させる時間稼ぎが出来たからです』
　彼女の言葉に、自分は世話子を見た。

「――解るか？」

　問いかけに、世話子が頷いた。

「……小田原征伐は、関東解放の前哨戦だったのですね？」

「Ｊｕｄ．、――私達にとって、ここからの対羽柴戦はどれも意味のあることだ。何しろ、羽柴を抑制することがヴェストファーレン会議での支持取り付けになる。現場に六護式仏蘭西の代表でもある毛利・輝元が来ているとなると、半端は出来ないよな」

●

「なお、ダイレクトに言ってしまうと、この時期からトーリ様の実家にホライゾンと浅間様、ミトツダイラ様が転がり込んで、ホライゾンが楽出来る生活……、あ、いえ、楽しい共同生活が始まります」

「浅間さんが本心表に出さないのを粘る粘る……」

「い、いや、流石に素直になってましたよ……!?」

「あれで素直でしたら、私なんて完全服従状態ですのよ？」

　ただまあ、と浅間が唇に手を当てて言う。

「――実際、小田原征伐の直後に行われた滝川・一益との戦闘。そこでトーリ君の命に関わるような状況があって、流石に覚悟を決めたというか、理解しましたね……。ああ、この人に死なれるのが、私は嫌なんだなあ、って」

「…………」

「……ここまで!!」

「……ま、まあ、かなり努力した方だと思いますのよ？」

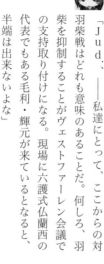

「いやあ、推しが両親とその関係者で良かったなあ、って思いますね……！」

●

でもまあ、と言ったのはナルゼだ。

「回想気味に言うと、北条の遺跡では、ちょっと変なものが見つかったのよね……」

実際には、何も見つかってない筈だったのだ。

ただ、自分が観測術式で写したものを加工すると、あるものが浮かび上がってきた。それは、

「——**多くの人々に祝福される〝顔の削られた子供〟のレリーフ**。天井全体に彫刻されたそれは何だったのか、って話は、まあ、後で、と言ったところかしら」

「というかもっと変なものが出て来たよね」

「おお！　何だ一体！」

「ぶっちゃけノリキ殿では御座らぬ？」

「……？　どういうことなのです？」

ああ、と正純が言いつつも首を傾げた。

「ノリキは元々が北条の後継者の一人だったんだが、いろいろ不都合が重なって武蔵に来ていてな？　父は引責で自害と、重い話が重なっていたんだ。

だが、——小田原征伐で北条総長であり、元々の許嫁《いいなずけ》であった北条・氏直を倒し、北条という〝家〟から共々に解放され、結婚したら——、**人格が変わった**」

「ハジけたよな!!」

「…………」

ぶっちゃけ、ちょっとモブに使えないから困る。

●

福島としては、当時についていろいろと思う

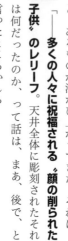

境界線上のホライゾン
Horizon on the Middle of Nowhere
22

ところがある。

　自分達は毛利攻めの中心メンバーで、戦果を上げたが、結局のところは〝間に合わなかった〟。つまり時間切れと、そんな状況になったのだ。

「羽柴勢としては、初の敗北といえる状況で御座りましたなあ……」

「ぶっちゃけアンジー、援護のためにキメちゃんに関東任せてスっ飛んできたんだけど、チョイ間に合わなかったよねえ。更には——」

「それから急ぎで安土に乗って関東に直行ですからね。アレ、ＭＶＰがあったら、恐らく脇坂様がそうだと思います」

　自分達の敗北は、戦力の分断をされたことだったろう。

「しかし、それと同じ事が、母上達にも生じるので御座りました……」

「ナレ口調？」

study

●備中高松城の戦いについて●

「備中高松城の戦いというと、羽柴が毛利に勝利した水攻めで有名な戦いに御座ります。実際には備中高松城＝巴里、という扱いで、M.H.R.R.対六護式仏蘭西の決戦、という意味もあったので御座りますな」

「水攻めと包囲戦に対し、六護式仏蘭西は武神隊などを展開して戦闘。天竜である加藤・段蔵様やベルンハルトを繰り出し、結局私達は攻めきることが出来ませんでした」

「アレはホント無茶だって。……でもまあ、そこから関東に間に合うか、と、そうなった訳だね」

study

「なお、武蔵にとって小田原征伐からシームレスに続く関東解放は、私の羽柴勢として初陣《ういじん》に近く、御母様や大御母様と戦ったりで酷く充実してましたの」

「私と宗茂様は関東組で、やはりかなり充実した時間を頂きました……」

「夫婦水入らずの会話しながら砲撃ガンガン入れてくのって、充実？」

と言いつつ、皆の視線がある人物に向く。それは。

「……まあ何だ。長くというか、思ったより短い期間で**里見が奪還出来て幸いだった**。今更だが、感謝する」

「とはいえ、いろいろとぎりぎりで御座りましたな。今となっては、あれも良い結果だったと、そう思うので御座りますが」

「……良い結果？」

study

●関東解放で活躍した人々について●

「では関東解放、功労者の紹介と行きましょうか」

鍋島《なべしま》・直茂《なおしげ》

M.H.R.R.旧派の一年生。可児の友人。機竜“大気不足”を使用して六護式仏蘭西の武神部隊と渡り合うが、経験不足から相打ちとなる。麾下は龍造寺四天王。「五人いるけど四天王!!」

浅野《あさの》・幸長《よしなが》

可児の友人。位相空間の管理術式に優れ、罠や兵站の能力を駆使する。関東解放では詰め切れずに破れるが、後に管理能力から砲撃指揮系に回ることとなる。

村上《むらかみ》・元吉《もとよし》

村上水軍の長。K.P.A.Italiaが敗北する際はそちらについていたが、ここで毛利側としてリベンジ。九鬼の艦隊を相手に自分が落とされても継続可能な戦術をもって勝利する。

study

「Ｊｕｄ．、――毛利攻めを敗北で終えた私達は、**関東に安土で急行したのです。ただそれが、ぎりぎりの処で北条残党の干渉に遭い、間に合わなかった**のですね」

「間に合ってたら、どうだったろうねぇ」

「武蔵が無い上で、安土と十本槍の戦力だ。毛利も、参加した最上も疲弊していたから、まあ、再奪還されたろうな」

　そういうものだ、と義康が言い、しかしこう締めた。

「昔は江戸湾を挟んで敵対していた北条勢が、最後でこちらの味方になるとか、……多くのことが変わった数ヶ月だったよ」

●

　だよなあ、と正純は義康の言葉に頷いた。

「――で、関東解放が進んでいる間、こっちはネルトリンゲンに行く訳だが――」

「ハイ！　そんな感じで、そろそろ出番だと思って来たであります！　昨日に紹介文出ましたが、瑞典総長クリスティーナ！　または明《あけ》智《ち》・光秀《みつひで》の娘、ガラシャ夫人または長岡夫人であります！　当年二十八歳！　夫になる忠興《ただおき》様とは十四歳差の年上女房《にょうぼう》であります！」

　また元気よく来たな、と正純は思った。

　正面を見れば、彼女の夫である長岡《ながおか》・忠興が酷く困った顔をしているし、

「…………」

長岡《ながおか》・忠興《ただおき》

呼名：オッキー

役職など：全方位銃士

・中等部三年の銃士。元M.H.R.R.。歴史再現で妻となるガラシャ夫人（クリスティーナ）に惚《ほ》れ、彼女の自害を止めることを武蔵に嘆願。それは叶い、武蔵に転校する。結構弄《いじ》られ気味だが狙撃の腕は高く、あまり表に出さないが嫁

ラブ。

　ああ、解る解る。でも紹介文と一緒にこっちを半目で見るな。
　だが、世話子においては、何か慣れて来たのだろうか、無表情だ。

「大丈夫か？」

「あ、いえ、瑞典総長とは関ヶ原の折など、言葉を交わしてますので。ただ……」

　ただ、

「十四歳差？」

「そこにツッコむんじゃねーよ！　こっちも惚れてんだ！　文句あっか！」

『ファナさん！　ファナさん！　聞きました！　今の!?』

『私、感涙させて頂いております……！　御目出度う御座います……！』

　……よく考えたらこの瑞典総長、うちの副会長と友人づきあいしてるんでした。
　ともあれここから先の状況は、こっちでも少し捕捉出来ている。
　久し振りとも言える、武蔵の欧州での行動が、この時期行われるのだ。
　と、そこで新顔が来た。

『ネルトリンゲンとのことで、呼ばれてきました。――〝病原《ウイルス》〟の大谷・吉継《よしつぐ》です』

大谷《おおたに》・吉継《よしつぐ》

呼名：ツギー

役職など：情報体（病原）

・三成《みつなり》と共にロールアウトした情報体で、病原として作られている。三成や羽柴勢の補佐役だが、前線に出ることも。性格はかなり真面目だが空回り気味。嘉明とアンジーに弄られ気味。

「誰？」

『また！　またそういう塩対応ですね!?』

「おおう、大谷さん、――ネルトリンゲンが初陣ということで、私も来たですよう」

『小姫は既に紹介文が出ているが、俺はまだだから、出るか？』

鬼武丸《おにたけまる》

呼名：無し

役職など：機動殻OS

・戦闘に不慣れな左近を補佐する機動殻のOSだが、実体は霊体として復活させられた源《みなもとの》・頼朝《よりとも》。左近を小姫と呼び、変な息の合い方で戦績を上げている。声がデカいが態度もデカい。

おお、と皆が迎えるあたり、新顔連中のウケは良いようだ。

そして大谷が、情報体として表示枠を開く。

『本当なら現場指揮官だった三成君が来るべきかと思いますが、代行です』

さて、

『――武蔵や毛利が関東解放を行う一方で、欧州では三十年戦争が進み、改派と旧派の争いが激化していました。その決着となるのがヴェストファーレン会議ですが、最大の勝者とも言える改派瑞典の総長クリスティーナ様には、二重襲名としての枷《かせ》がありましたね。

彼女のもう一つの襲名、**ガラシャ夫人は、関ヶ原の戦いの前、石田《いしだ》・三成によって人質にとられそうになったのを拒否、爆弾で屋敷ごと自爆する**のです』

これはどういうことか。

『――羽柴はM.H.R.R.旧派ですから、ヴェストファーレン会議では敗戦国。対する戦勝国の代表を、極東側の歴史再現で爆死させ、会議を有利に進めようという動きですね』

境界線上のホライゾン
Horizon on the Middle of Nowhere

「Ｔｅｓ．、なので忠興様が、私のことを武蔵に助命しに行ったのであります」

「まあ、うちは〝失わせない〟ということを第一にしている。これを見捨てる訳にはいかん」

武蔵の副会長が、表示枠を出す。彼女は極東の概要図上を示すと、関東から近畿まで三河経由でのラインを引き、

「ガラシャ夫人の自爆。——この歴史再現は、三十年戦争での激戦であり、改派と旧派の優劣が決まる戦いとなった〝ネルトリンゲンの戦い〟と重ねられた。

本来ならここは六護式仏蘭西が出るんだが、関東解放と毛利攻めに対応してるので、私達が代理で出ることになったんだ」

「だから俺の嘆願も、毛利の推薦、っていう流れになってたんだ。勝手に一人で動いた訳じゃねえからな？」

これは初耳だ。だとすれば、

「六護式仏蘭西と、非公式会議が？」

「ああ、だからそのとき、毛利・輝元から、六護式仏蘭西が所有する大罪武装二つを返却されている。**〝傲慢の光臨〟**と**〝虚栄の光臨〟**だ。——お互い貸し借り無し。そんな感じで、ネルトリンゲン行きの依頼だったな。

——だから、羽柴勢と同様、こっちも武蔵勢を関東側とネルトリンゲン側に分け、関東解放の序盤を終了した段階で欧州に急行した」

結果、どうなったか。

『羽柴側は左近さんや、駒王丸《こまおうまる》など投入しましたけど、ネルトリンゲンでは敵いませんでしたね。ガラシャ夫人も長岡君に奪取され、更には武蔵副長にこちらの大罪武装**〝飽食の一撃〟**を奪われています』

「市街戦やその結果など、——マクデブルクの戦いの逆で御座ったなあ」

「つまり三方ヶ原の意趣返しをした、というところですか……」

●

生徒会居室の大久保は、目の前の竹中を見る。

さっきから、ちょっと隙を見るように通神で向こうの話し合いに首を突っ込んでいる彼女は、やはり軍師だからだろう。

「――なあ、瑞典総長の自害のアレ、アレまあ誰が強制したとか、そういうのではなく、順番とか流れとかでああなっていったもんやけど、――アレやったら、うちらが二分すると、そういう目論見《もくろみ》あったか？」

「いえ、大枠な戦略としては、やはり六護式仏蘭西が戦力を散らさないかな、というところでしたねー。そこに武蔵が来る方がイレギュラーだった訳です」
ただまあ、と彼女が吐息した。

「そういう〝最悪〟も予期してましたけど、対応出来なかったですねー。流石の羽柴勢も、左近さん達を投入するのが限界でした」
だが、あの後、島・左近を初め、新規の戦力が各所で活躍していくことになる。だとすれば、夏休み前の最後の時期に彼らを用意し、出せた羽柴勢と、竹中の判断は、

「……貴様とはあまりやり合いたくないわなあ」

「いやいや、おねーさん、誰ともやり合いたくないですよって」

●

世話子は、やはりこれが一つの大きな節目なのだと悟った。

「……マクデブルクから始まった三方ヶ原の戦いの敗戦。そして、**ヴェストファーレン会議での支持を得るための羽柴に対する抑制。それを、関東解放とネルトリンゲンの戦いで果たし、羽柴を確かに抑制した**訳ですね」

「Ｊｕｄ．、武蔵はその後、長期間にわたって四国の俗称**〝うどん王国〟**に居座った。
つまり、欧州に戻ったというアピールをした訳だな。

——そこからは夏休み。続くのは本能寺《ほんのうじ》の変《へん》だ」

つまり節目だ。ならば、

「——長い再起はここで示し終えた。ここからは攻勢だ」

●

「ではここから本日のスーパーおまとめタイムウウウウ！　ではホライゾンが〝UAHAAAAA！〟と言ったら下の句を言って下さい。おっと浅間様早かった！」

「え、ええと、つまり概要的にはこういう流れなんです？」

◆小田原征伐と関東解放——

・真田戦を終えた武蔵は北条に向かう。

：関東にやってきた毛利と合流。小田原征伐を思案する。

・武蔵上で、小田原征伐に参加する勢力と会議。

：参加代表者達の人数調整など。

・小田原征伐開始。

「——なお、この小田原征伐、代表者達が戦闘方法を決めていいという決まりだったので、武神は出てくるわ自動人形は出てくるわ。仕舞いには決着が空詠《カラオケ》みだったりカレーだったり卓球だったりと、かなりフリーダムでしたね」

「……その半分くらいやっとるの貴様だぞえ？」

「あとまあ、浅間達の合流も書いておかないと、ね……」

・ホライゾン、浅間、ミトツダイラ、総長の家に転がり込む。

：ホライゾンが嫁大家、他が嫁店子という扱い？

：最高カーストは喜美。

・小田原征伐後、真田勢を連れたP.A.Odaの滝川・一益と戦闘。

：白鷺城を落とされたリベンジマッチ。

・戦後、調査に入った遺跡で〝顔の削られた子供〟のレリーフを発見。

・ノリキが北条・氏直を嫁にする。

：なお、氏直は襲名解除の後、一般市民に。

「ノリリンの嫁はもう政治とか戦争とか関わらないって話だけど、元気？」

「おお、元気でやってるぞ！」

「何かもういろいろですけど、これから関東解放に入りますのね」

「ええと、その前に忠興様の私についての助命嘆願であります」

・長岡による、ガラシャ夫人（クリスティーナ）の助命嘆願。

：長岡のチンコが青に塗られる。

「記録に残すな……！」

「ぶっちゃけ、ケシが要らないから便利なのよね……」

・関東解放開始

：毛利、最上、武蔵、里見の連合が関東解放に動く。

：武蔵は毛利勢の代理として戦力を分け、ネルトリンゲンに向かう。

・ネルトリンゲン戦

：羽柴勢は島・左近を初めとした戦力を投入。

：武蔵勢の援護があり、長岡がクリスティーナを奪還する。

・関東解放終了

：安土は北条残党の干渉で間に合わない。

「……まあ、こんなところか。前哨戦としての小田原征伐と、本論となる関東解放とネルトリンゲン、恐らくは、全体で見ても有数の分厚い戦場だな」

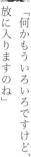

「副会長は、どこがこの長期戦役のターニングポイントになると思います？」

「やはりホライゾン達が総長の家に転がり込んだことよね……。同じ舞台の本を作りまくる運命が見えたから、流石に３Ｄ素材を導入せざるを得なくて、いろいろなターニングポイントになったわ……」

「そういうターニングポイントじゃないですからね……!?」

「一時期ナルゼ様の絵の背景がやたら堅かったのは、慣れてなかったんですねえ」

第十四章

『空の逆転手』

不思議なものね
初めてなのに
何をしたらいいか解ってる
配点（為すべき）

○

伊達・成実は、小田原征伐に出場したメンバーの中の一人だ。

「さて……」

元々は伊達家副長。三国会議の際、伊達家に交渉にやってきた交渉団の一人である半竜ウルキアガ・キヨナリの〝告白〟を受け、出奔の歴史再現として武蔵に入っている。

伊達は最上や里見とも交流が有り、つまり自分は小田原征伐も関東解放も関係者と言えば関係者なのだが、

「――だとすれば、やっぱり、こうなるわよね」

「付き合おう」

彼がそう言ってくれて幸いだ。

そして自分は空を見る。

ここは浅草。規格統一された大型木箱を並べることで生まれる貨物甲板の上。

その筈だった。

違う。

今、目の前にあるのは晴れた未明の空。東の天が紫に焼けつつあるから、未明だろう。

南は海。そして西には海から跳ね上がるような山渓があり、自分達はそれを遠くに見る砂浜に立っているが、

「……熱海《あたみ》の東か。西のは伊豆半島《いずはんとう》だな」

「そうね。見覚えあるわ。小田原、征伐で戦ったのはもっと半島寄りだったけど」

でも、と送る視線は、伊豆半島の上空に向けられた。

西の方角。そこから轟音《ごうおん》をもって、巨大な影が立ち上がりつつある。

壁だ。

時計の針のように跳ね上がって来る姿は、六艦構成の巨大艦だった。

○

「……安土」

羽柴の乗る航空戦艦・安土城だ。武蔵の二番艦とされるそれは、今、艦首側を下に、艦尾側を天上へと振り上げ、こちらに向けて側転運動を開始した。

空が割れる。

巨影の移動する先では、艦の装甲や砲塔が白い霧を棚引き、後においては莫大な真空が発生して、大気が白く破裂する。

夏の夜空に積雲が開けていく。

轟音も、雷光現象も発生させてこちらの頭上を跳び越えようとするのは、

「――東において終了した関東解放を、まだ終わっていないと定義するために、安土で戦場に飛び込む。しかし、通常の航行方法では制動が利かずに戦場を大きく逸脱してしまうから、空中で半回転。前後を逆にして艦尾側出力を使用

study

●安土について●

「安土はP.A.Odaの旗艦で、武蔵型二番艦。信長様の艦でしたが、羽柴様がそれを主に使用しました。武蔵型ですが左右中央全て前艦・後艦構成の六艦式で、艦上の艤装は基本的に既存の延長物です。
ゆえに高速航行可能な大型戦艦、というものですが、当時においては各国にとって脅威であり、他の武蔵型に比べて整備なども容易であることから、かなり完成された名艦である、と判断致します。――以上」

「トータルで見て、最も“ライバル”感があったのは、やはりこの艦でしょうか。――以上」

「有り難う御座います。なお、安土は武蔵同様のアクロバットな挙動が可能で、たびたび武蔵を追い詰めました。最終的に撃沈されますが、補修用のフレームが後に武蔵と大和を月に発射するカタパルトとして使われるなど、全体の貢献度はかなり高めです。――以上」

study

すれば急制動を掛けられる、か」

「かつて武蔵が用いた手段を応用した訳ね」

言いつつ、東を見る。

遠く、江戸湾を越えた向こう、里見の方は地球の丸みが遮蔽となってよく解らない。が、そちらの低い空に幾つかの艦影が見え、煙が上がっているのが確認出来る。

関東解放が終わったタイミングだ。

「私、この時分はネルトリンゲンで駒王丸と戦ってたわ」

「拙僧、ネルトリンゲンに掛けられた睡眠結界に対し、術式と根性で堪えていたな……」

「迎えには遅れてなくて幸いだったわ」

つまり自分達は、当時〝ここ〟にいなかった。

そんな瞬間と現場に、今、彼と二人で〝飲まれた〟というのは、どういうことか。

「当時、北条の残党が機鳳と機竜で突撃し、安土中央後艦の加速器にダメージを与えたわ。それが原因で安土は急制動に失敗。戦場を逸脱したことで、関東解放は羽柴の敗北として完全に終了が認められたの」

ならば、

「安土中央後艦の加速器を破壊することが、ターニングポイントなのね」

○

「行きましょうか、キヨナリ」

成実は表示枠を展開。それと同時に、己の背後に位相空間から射出されたものがある。

伊達家副長としての証《あかし》。航空戦を可能とする機動殻・不転百足だ。それは軽く浮かせた己の五体を足下から拾い上げるように格納し、こちらの義腕と義脚に連動。

背の流体型加速器である翼は、既に展開していた。

行ける。

そして彼を見れば、こちらも翼や四肢の加速

器を、後部側に向けて加圧中だ。流体光が溜まっていく音は長い呼気に似て、

「上機嫌ね」

「非常に価値のあるターニングポイントだ」

彼の言う意味は解る。

小田原の東側。かつて代表戦の戦場があった方角から、音が空に飛んだのだ。

人工の加速器。それをもって未明の天に舞い上がるのは機鳳だった。

●

浅草の貨物甲板上、闇が見事を感じたのは、伊達家副長の判断だった。

「こちらに一切、通神を送って来ませんね」

彼女と第二特務が、過去に飲まれたのは解っている。その現場は恐らく安土への突撃。航空戦が可能な二人ならでは、というあたり、過去の記録もよく出来たものだ。

ともあれこちら、東照宮代表が顔を上げた。

「流体検知からするに、成実さんが不転百足を召喚しました！　これ、すぐにでも始まりますね……！」

「あのとき、安土艦上にいたのは拙者とキヨ殿と、蜂須賀殿で御座ったか？」

「い、いや、僕もいましたよ！　片桐《かたぎり》・且元《かつもと》！　いましたって！」

向井《むかい》・生緒《いくお》

呼名：カッキー

役職など：全方位軍師

・未来から来た鈴とトーリの子。元羽柴勢で武蔵と敵対していた。元の襲名は片桐・且元。知覚系、表現系の術式に優れるが、親が凄すぎてどうしたものか。目下、〝実家〟の祖父達に認知されるかどうかが勝負。

そんな主張しなくても、と思うが、戦場の記

憶者がいるというのは、こちらのサポート態勢を考えるにおいて大事なことだろう。

「……あとは伊達家副長と、第二特務次第ですね」

○

先行する北条機鳳隊が、安土の側転に対して下から飛び込んだ。

数は十五。

三機編隊を組み、各隊単位で散開。

先頭編隊の三機が分かれ、それぞれ左舷艦列、中央艦列、右舷艦列へと向かう。

三機はそれぞれ尾翼から光学描写術式で赤いラインを引いた。その光が安土表面部の構造を照らし、導かれるように後続が飛んだ。

射列の響きが、曳光《えいこう》の下にある構造物を穿《うが》って行く。

そして全機天上方向へ上昇。まずは左右と中央の前艦、その艦橋部へと加速した。

行く。

study

●機鳳と機竜について●

「機鳳と機竜、専門じゃないけど語ってみるかねえ」

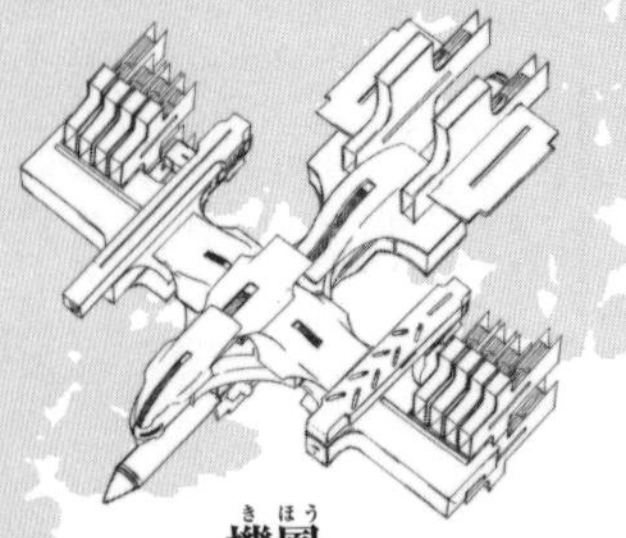

機竜《きりゅう》

こちらは竜を模して作られた戦闘用機械。全長80メートルを超えるクラスが普通で、竜砲を発射出来るということが前提。飛行能力は無いものも多いが、その場合、対空能力として強固な手段を持っている場合が多々。戦闘用の機械であるが、フォーマットがない上に量産もほぼないので、操縦システムから何から、ワンオフである。

機鳳《きほう》

実際に存在する鳥形の機械生物とは別で、鳥を模して作られた飛行機。高速機動が可能で、誘導弾や追尾弾、攻城杭などを投下することにより、対象に大きな被害を与えることが可能。主に三征西班牙と北条で使用されている。

study

　同時に反応したのは安土だった。艦表層部の灯光術式を全開にして索敵。更には副砲を旧派術式の〝捜し人至る〟をベースにした自動照準で動かしつつも、

「艦橋防護――!!」

　各艦の個別艦橋が、もはや迎撃ではなく防護を選択した。

　その判断が正解だった。

　高速で機鳳が安土にぶつけたのは、先端硬化を施された石杭《いしぐい》だからだ。

　左右艦と中央艦で、合計三発。

　瞬時に展開した安土の防護障壁が一斉に砕かれ、光の破片を夜空に散らす。

　二発が破砕し、一発が抜けた。

　高速の風を巻き、石杭が左舷前艦の、砦《とりで》状艦橋に飛び込んだ。

　迎撃の発火炎が走り、瞬間的な威力が石杭にカウンターで激突。

　着弾間際の石杭が、破裂して折れていく。


　だが石杭の勢いは止まらず、大質量の攻城杭として艦橋正面に激突。その装甲板を歪め、開けられた窓から内部に飛び込んだ。

　警報が鳴る。警告の赤が光として走る。

　直後に、空の方でも火が散った。飛来した編隊の内、左舷の二機と、中央の一機、そして右舷の一機が被弾したのだ。

　副砲による攻撃ではなかった。激突したのは、重量加護で体当たりを敢行する連中。

「――**我ら吶喊中隊〝叫食《シャウエッセン》〟**!　防護の時にも迷わず参上……!」

○

　垂直構造の上で新しい爆炎が咲くのを、中央後艦の右舷に飛び出した小六は見ていた。

　今、空に散っていく数は四つ。

「見事」

　一つ、二つと追加で穿ち、こちらも副砲群を砕かれながら、

「三つ追加……!」

これで敵機は四機に減った。

だが、どれも各列の後艦に飛び込んできている。先行する曳光機が重なる被弾によって自壊して散ったが、その光を合図とするように残り三機が散開した。

右舷に一機、中央に二機、だ。

直後。安土の中央後艦が大音を激発した。

主砲だ。三八口径三〇センチ二連装砲を、構えもなく同時発射。

……いい判断だ……！

爆圧が空に弾けた。

衝撃波が走り、艦上構造物が一斉に外へと洗われる。敵の射撃を受けていた装甲は剥がれて吹っ飛び、被弾していた副砲も、折れて空へと落下した。

自爆に近い被害状況だった。

だが、正面に来ていた二機が、消えていた。

艦上で発生しかけていた火災も、全てが吹き飛んでいる。打ち払ったのだ。しかし、

「後一機……！」

右舷だ。そこに飛び込んでいく一機が、迎撃の被弾を食らいつつ石杭を発射した。

機体は一度、石杭よりも前に出る。それは、石杭に向けられた迎撃弾を機体で受けると言うことであり、

「――――」

砕きはした。だが残骸になりきれぬ質量が、防護障壁にまっすぐ激突した。

そして障壁を失った右舷後艦の艦橋。内舷側三階に該当する部分に、高速質量弾が直撃。

激震の一発は、艦橋を歪め、内部の構造物を崩壊させていた。

大破である。

○

爆砕の響きを、やはり安土艦上から福島は見ていた。

被弾はした。右舷後艦の艦橋部を大破したが、

「保って御座りますか！」

各艦の連動だった。艦橋部の機能を失ったが、指揮系が失われただけであり、艦の各機能は保っている。ゆえに中央後艦や前艦、右舷前艦が牽引《けんいん》帯を展開して右舷後艦を確保。安土のメインともいえる中央後艦が指揮系を代行し、加速器や浮上システムを保持した。

保った。

敵機はもういない。ならばこのまま、房総半島の上を越えていく軌道で側転。着地からの大制動で関東解放は終了しない。

……行けるで御座りますか……！

思った瞬間だった。艦内に、〝安土〟からの声が響いた。

『敵です……！』

新手《あらて》か。それとも、

……本命!?

疑問に応じるように、艦内放送が叫んだ。

『敵機動殻、半竜、高速で中央後艦に向かっています!!　――』

○

成実は当時を思い出す。ネルトリンゲンに向かったために途中抜けをした関東解放だが、そこで北条の残党が戦果を上げていたことに、少なからず驚きを得たのだ。

……そうね。

既にあのとき、北条は歴史再現として滅亡したことになっていて、つまり北条の民は全て、戦う必要が無くなっていた。

それが機鳳隊を出し、隊長であった北条・幻《げん》庵《あん》は機竜ヴリトラをもって安土を強襲。戦闘用の自動人形に自己を換装した北条・氏照《うじてる》の助力も有り、安土中央後艦の主加速器を破損させて

いる。

　里見と敵対し、羽柴側につきもした北条勢が、既に戦う理由も無い筈なのに、何故、そのようなことをしたのか。

　大きく影響を受けたのは、守られる形となった里見の総長、義康だろう。

　前総長、前々総長が何かを守るために果て、そしてまた、敵であった北条勢に守られた。

　その理由は、解るようでいて、解らない。

　解ったと言えば、相手の尊厳を潰してしまう気もする。だが、

「――成実」
　彼が、問うてきた。今、こちらに敵が気付き、迎撃の副砲を連射して来ているが、

「関東にいたならば、――こうしていたと思うか」

「Ｊｕｄ．、――間違いないわ」
　だって、

「――こうしていなければ、いけないことだもの」

○

　安土甲板上から、小六は、敵の飛翔を見た。

　二体。航空戦可能なタイプの機動殻と、半竜だ。

　彼らが、宙を天上に向けて跳ね上がる。副砲の射撃や、灯光の一線すらもかわしていく。

　……集中力か。

　止まらない。そして淀《よど》まない。

　速度は充分。

　砲弾の隙間を縫うのではなく、飛来していく弾幕に対し、追い抜くような加速で超えていく。

　そして時折に、

「――」
　剣だ。機動殻が射出する巨大な剣を、両者ともに力任せに宙を薙ぎ、投射する。

飛び道具として刃が宙を割る。

それはすぐに彼ら自身で追い抜くものだが、威力はしかし消えない。

視界の中、振り向こうとした副砲が砕かれ、または咎めるように刃で縫い止められた。

対するように、二人が加速する。

……まだ速度が上がるか……！

半竜の種族的自力か。機動殻の方も、もはや単なる代物ではあるまい。各国の役職者、特務以上、もしくは副長クラスの武装だ。

迎撃を、と思った直後。後艦が主砲を放った。

○

安土艦上で、福島は耳を打つ大音を聞いた。

「……!?」

主砲撃だ。

先程において、後艦が敵の機鳳を打ち払ったのと同じ方法だった。

機動殻と半竜。大きいが人間サイズと言える相手に、戦艦が主砲を放つ。

「衝撃波による打撃狙いで御座りますな!?」

だが二人が反射した。お互いを蹴り合うような動作で、しかし左右に大跳躍。

速いと言うより、当然の動作に見えた。

……あの二人……。

このような鉄火場に慣れている。そのような気配に対して自分が息を詰めたなり、二人の位置が確定した。

大外だ。

中央後艦の主砲撃を、二人が、一瞬で左右艦の側舷壁まで飛んで回避している。

しかし彼らの前進は止まっていない。戸惑いも、恐れもなく、ただこれが当然であるというように、主砲の爆圧を外から回り込んで加速。

そしてまた中央で合流する。

加速光を後ろに引き、二人が前に出た。

行き先は、

「……安土中央後艦、主加速器で御座ります！」

○

安土中央後艦。その屋上に清正は立った。

手には王賜剣三型。刃からなる光撃で敵を迎撃するつもりだったが、

「速い……！」

こちらの屋上を越える軌道は、確かに後部の主加速器狙い。今、後輩の鍋島《なべしま》が機竜〝大気不足〟で彼らの追撃を掛けているが間に合わないだろう。

ならばこちらは、

「……果てなさい王賜剣三型！」

叫び、全長三キロに至る光撃を一刀として放った。

○

「……！」

清正は、巨大な刃を振るう。

直撃狙い。まっすぐに当てることを考えている。

しかし高速で振り抜く一撃が外したとしても、意味がある。何故なら敵の挙動は捕捉出来ている。それも〝安土〟達、自動人形の精査によって、だ。だから、

……副砲！

今、各前艦を中心に振り向いた副砲群が、彼らの行き先を読んでいた。

砲撃は既に始まっていて、

『回避すれば軌道が外れ、主加速器の破壊は出来なくなります！　回避をしなければ被弾の後、鍋島様が突撃を掛ける予定です！　——以上！』

二択だ。

後は己が王賜剣三型を振り抜くだけ。それによって関東解放を止めることが出来れば、

……御母様達を止める事が出来ます！

思いを強く、手に力を込めた時だった。己の視界に、あるものが見えた。

光だ。

敵。二つの加速光が、上空で止まっているように見えた。

違う。あれは静止しているのではない。まさかとは思ったが、

「……こちらに向かっている!?」

自分は気付いた。敵の狙いは、直上周りからの後部主加速器ではないのだ。それは、

「直上からの、パワーダイブによる艦橋への突撃……!?」

○

副砲の弾幕を直下に加速して抜け、振り抜かれる王賜剣三型の刃を伝うように、成実は宙を疾駆した。

「先に行くわ」

彼よりも前に出て、背の加速光を最大限にする。

全身を細く、頭からひたむきに動力降下しつつ、己は思った。かつて、機竜にて最後の突撃を掛けた北条・幻庵は、このとき何を考えていたのだろうかと。

解らない。ただ、この短い一瞬の中で、自分は思った。

「……こうしているべきよね」

ええ、と己は思った。

自分は知っている。

北条・幻庵が安土に対して突撃した航路は、前例があるのだ。

「――三方ヶ原の戦いの際、武蔵を生かすため、安土の弾幕に突撃した里見・義頼の軌道」

北条は、もはや歴史再現を終え、戦う意味がない状態だった。
実際、この後、北条総長だった氏直は、ノリキの元に嫁ぎ、武蔵の住人となりつつも、こちらや、政治などに一切関わらず、一般市民として生活をしている。
長として、他の元北条住民に、示しているのだろう。もはや戦いは無縁として生きていこうと。
それは正しい。だが、

「――北条・幻庵」

貴方達も、この突撃をもって、生きていこうとしたのね。そして、

「生きているわ」

言葉と共に、己は宙で両の腕を広げた。
天上に伸ばした両手の先に、位相空間から顎剣を連続射出。左右共々三十メートルほどの鞭《むち》剣を作り上げると、全身を振って大気に挑んだ。
回る。高加速状態を引き継いだまま、

「――!!」

加藤・清正の顔が、確かに見えた。
制止の言葉を叫んでいるが、気にしない。己はただ、対艦武装となり得る連結の双刃を直上から叩き付け、

「さよなら、北条」

安土の中央後艦、その艦橋部を、中央と左右に三分断した。
甲板上に、自分を叩き付けるように着地。
一瞬で脚部の緩衝系が底付き《ボトミング》して、機動殻内部に警告が満ちる。が、構わない。
眼前にあるのは断たれ、しかしまだ形を保とうとしている敵艦橋だ。そこへと更なる加速で行くのは、

「キヨナリ。――頼んだわよ」

Ｊｕｄ．、と通神に声が来た。

『拙僧、着弾……!!』

●

浅草の全艦体から解放流体光が跳ね上がる。
それは間欠泉のように、花火のように連続し、艦を回って全面に起立し、飛んでいく。
その光を見上げながら、クリスティーナはつぶやいた。

「……忠興様に姫抱きされて出た後、爆弾で吹っ飛んだ屋敷も、こんな感じで派手でありましたねえ」

「――安心した」

「何がであります？」

「いや、俺とお前のいきさつがターニングポイントだったら、何処かで俺達、気分次第ってことじゃねえか。――決まり切ったことだったた、ってのが解って良かった」

死にかけた。
こういうことがあるなら、過去の表出何度あってもいいでありますね、とは思う。しかし、

『竹中様？　よく、資料を出したでありますねえ』

●

『――バレてましたか』

瑞典総長の頷きに、竹中は吐息した。生徒会居室、窓際《まどぎわ》に座りながら見る手元の表示枠には、一つの資料が出ている。

「貴様の情報処理制御術式〝三千世界〟でシミュレートした、北条機鳳隊の突撃時における安全航路と、安土艦橋部の構造図か」

「安土がもう建造されない、という前提だから出しましたけどね。……当時の反省として防空状況を見たとき、副砲の旋回速度などから〝穴〟が生まれるというのが解ったんです。流石、里見の防空網を相手に空戦重ねていた北条

ですね。こっちの迎撃で撃墜されながら、最後にはヴリトラを通しましたから」

　だから、

「――そのシミュレーションを〝武蔵〟側に振った資料。伊達家副長の機動殻ならば情報処理して最適ルートを作ってくれたと思うんですが」

「伊達家副長、達人級やからなあ……。余計な御世話だったかもしれへんで？」

「そこは北条の顔を立てる意味でも頷くところですよ……！」

●

　語らなくていいわね、と浅草上に戻った成実は決めた。

　いろいろな思いは個人のものだ。既に終わった戦争。ただあるものとしては、

「――――」

　現里見総長である義康と視線を合わせ、己は右手を挙げた。

　軽い挨拶。

　対するように義康が会釈を送って来て、それで終わりだ。

　それでいい。

　何もかも、今、空に散る光こそが正解なのだ。

「さて……、今日の解放予定は、これで決着ね？」

　風呂にするか、早い夕食にするか。彼に聞くのが一番だろうか。

●

　世話子は、本日の攻略予定が終わったことを理解した。

　皆が夕食がどうだこうだと、気楽に話をしているが、今回の怪異、過去は、その中において疲弊もすれば負傷もするのだ。それがこれだけ日常的に扱われているというのは、

　……三河から、随分と変わったのですね。

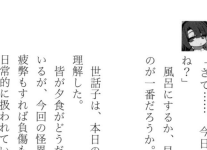

経験と、一言で述べていいものだろうか。
三河で、姫を救うために議論していた彼らの迷いは、もう無い。救うべき者を救うべき時に救い出す。そして集まってきたのが例えば瑞典総長や、伊達家副長や、最上総長達だ。
だが、三河での、あのもどかしいような議論や時間が無ければ、彼らはこうなっていないだろう。

……人や集団を強くするものとは、何なのでしょうね。

自分の場合はどうだったろうか、とふと思う。姉がいて、しかし、いなくなって、襲名を経て事業や歴史再現をこなしてきて、

「――――」

悪くない時間を過ごした。いい仲間も周囲には多くいた。ただ、

「世話子様！　これから夕食で肉を食う時間帯になりますが、一丁如何です!?」

呼ばれ、自分は頷いた。

かつて、自ら死ぬべきだと思っていた彼女の髪を、己は梳《す》いて、いろいろ言葉を交わした。
あのときの姫は、今、違う個性を得ているが、

「――いいですね」

今、自分は、彼らの中にいる。かつて己と旅をして、歴史再現をこなした仲間達や、また、常に上に見えた姉とは違うが、

「いろいろ、話を聞かせて欲しいところです」

過去はまだ中盤。三河から出た彼らが、今に至るまで。決定となるものが見えるのは明日だろう。

study

●ネルトリンゲンで活躍した人々●

「ネルトリンゲンで活躍したというと、こんな感じですよう？」

長岡《ながおか》・忠興《ただおき》

稲富・祐直との二重襲名。まだ中等部だが、能力をかわれてM.H.R.R.旧派の襲名者となっていた。史実で妻とするクリスティーナに惚れ、自害の歴史再現が開始された彼女をネルトリンゲン戦で救い出す。狙撃の名手で、音楽好き。十四歳。

駒王丸《こまおうまる》

源・義仲の遺骨を使用した機動殻に、彼の魂を乗り移らせたもの。意識が定かではなく、戦闘用として機動する。ネルトリンゲン戦では成実に敗れたが、後に内縁であった巴御前を救うことで意識を取り戻す。

丹羽《にわ》・長秀《ながひで》

P.A.Odaの重臣。精霊を己の身に降ろして戦うが、歌唱能力で広域の術式を掛けることも可能。ネルトリンゲンでは歌によって市街丸ごとを眠りに落としたが、「徹夜はスポーツ」と言い切るナルゼの対バン抵抗から始まる武蔵勢のテンションに敗北。後に賤ヶ岳の戦いを経て、P.A.Odaの生徒会長となる。

study

第十五章

『展開場の追憶娘』

考えれば考えるほど
理不尽
考え直して考え直すほど
超理不尽
配点（よくある）

play back

「夏休み……！　という感じでイベントよね。歴史みたいな感じで内容追ってると忘れがちだけど、学生なんだから、楽しむ処は楽しんでいかないと」

「こういう時間帯とは別で、夏休み期間中は鍛えたりもしてるんだよね。これは羽柴勢も同じで、お互い、本能寺の変での激突を想定して動いていた訳」

「やはり〝関係〟という言葉が前に出ますね。本能寺の変において、私達を試すかのように真実が語られました」

「語られました、というより、こっちが無考えに突っ込んだせいもあって〝語らざるを得なかった〟のが本当ですのよ？」

「創世計画とは、運命の人格を信長に奏填し、その信長を殺すことで運命の人格を共に殺すという、言わば二重の喪失。更にコレによって、運命が作ってきた人々の関係も消えてしまう。――となると、失わせないことを第一とするトーリ殿達とは、相容れぬで御座るな」

「Ⅷ上中下とⅨ上下は解りやすく言うとどんな内容ですかねえ、正純様」

「自分達の実力を上げ、謎も詰めていったⅧと、それらを越えていったⅨという感じだな。強いて言うなら、ここまで積み上げた上での、更なる〝提起〟だと思う。

　三河や敗戦、そして関東解放がなければ、本能寺に至らなかった。だけど創世計画や大罪武装など、どのようにするのかという問題を提起されたんだよな」

「決戦前の合体ネタとかも出てきたけど、まあ、合体ロボでもやらんような合体シークエンスが笑えたわねえ」

振り返り 境界線上のホライゾン 文庫本 VIII（上）（中）（下）&IX（上）（下）

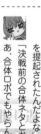

●

夕食は焼き肉だった。

多摩が解放されたため、外交用の港であるウイングデッキの下、テラス部が使えるようになった。ここは展望型の食事処《どころ》で、

「大きな仕事や打ち上げのときは、大体ここで焼き肉ですわねえ」

「テーブルの鉄板が大きくて、いろいろ並べて楽しんでしまいますの」

「良いですの？　**草を食べるのは偽善行為。**お解りですわね？」

などと、人狼一家が早速の持論などを出す中、それぞれがテーブルについて意見交換や情報交換を始めた。

　夕暮れだ。まだ日は沈み切っておらず、ともすれば眩しささえ感じる夕日を横に浴びつつ、言葉を交わす。

　世話子は、武蔵副会長と代表委員長。そして代表委員長の補佐として入っている竹中と同じテーブルだった。

「昨日と比べて、随分と開放的になりましたね」

　屋外。艦上とは言え露天で食事とは。
　今も、遠く砲撃音が聞こえてくるが、

「——物資を抱える一番艦が解放されたので、とりあえず食料品や衣料品など、不足がなくなった。非解放艦である村山、青梅の住人においては、日常を過去に侵食される問題が続いているが、やはり倉庫区画などのスペースが多い一番艦が頼れる。学生は教導院に詰めているし、——まあ退避場所が確保出来た上で非解放艦が残り二艦となれば、〝何とかなる〟という空気が実感出来ているんだろう」

「Ｊｕｄ．、外交艦であるここ、多摩が解放されたおかげで、各国からの抗議も減少しました。今は逆にこの怪異の情報を寄越せと、そんな感じですね」

「そのあたり、こっちで逆に駆け引きしとるよ。幾つもの国の外交官を円卓状態で招いて、必要

最低限の情報を出した上で、それ以上の情報が欲しかったら、――まず教皇総長の許可を得るか、こちらに協力しろ、と」

凄い名前が出て来たものだ。だが、

「世話子、元々貴女がここに来たのも、教皇総長を基軸とした聖連の依頼だ。少しばかりは利用させて貰っても文句ないだろう」

「御陰で各国外交館は、各国の被災者の保険や退避業務を行っとる。代わりにこちらは現場集中やな。

今、一番ホットなのは青梅や。やはり山崎の合戦で派手にやり合ったのが再現されると、武蔵住人としては血気が上がる」

当時の大体の流れは、こちらでも理解している。ただ気になることがあった。それも二つ。

●

世話子の言葉は、他のテーブルでも聞くことが出来た。

トーリとホライゾンのテーブルは、喜美や浅間、ミトツダイラに、豊とネイメアが座る大所帯で、トーリが通路側の追加椅子になっているのだが、

「――気になることは二つあります」

「気になることは二つありまぁす」

「トーリ殿、口調だけ似せて声色そのままはキモいで御座るよ」

まあまあ、と浅間が制している間に、言葉が来た。

「まず一つは、未だに表出していない過去。小牧長久手の戦いと、関ヶ原の合戦。そしてヴェストファーレン会議からの対運命戦です。これらはいつ、どのような形で出ると思いますか？」

そして、

「それらに対しての攻略。ターニングポイントの把握は、出来てますでしょうか」

「おーいセージュン、ちょっとそこらどうなのよ？　俺もよく解ってねえし、オメエもよく解ってねえんだろうけど、テキトー言ってみ？」

　聞いた世話子が無茶苦茶嫌そうな顔をしたが、こちらとしても大体同意だ。

　とりあえず、確度の高いところを頼って聞くことにする。

「浅間、――他の過去の表出はどのくらい見えてる？」

「あ、はい。現状ですが、――実のところ、武蔵野と奥多摩の流体経路に不安定なものが見えてます。流体燃料や通神など、流れているんですが、経路自体が何かを避けているような感じですね。中央に〝山〟があって、それを越えたり迂回したり、みたいな」

「――気になったので、こっちで、浅草・武蔵野・品川の解放された三艦間と、まだ解放されてなかった頃の高尾と、解放後の奥多摩、そして非解放の青梅の三艦間における通神状況の差を確認してみました」

　結果はどうであったか。

「前者、解放された三艦間と、非解放を含めた三艦間でも、やはり武蔵野と奥多摩に〝山〟が検知されています。だから恐らく、新たな過去の表出が、これから解放するものをトリガーに起きるのでは、と思います」

「――面倒やな。武蔵野と奥多摩の住人は、適時他艦に退避か、結界張って貰ってその中に避難した方がええか」

「結界効くのかしら？」

「ええと、実際既に起動している防御系は、ある程度機能してます。怪異なので、目抜き通りなどはほぼ排除出来ていて、四辻《よつじ》の〝陰〟や、密閉空間、それとまあ、矛盾してますが、ものがものなのでスペースの広いところは逆に出やすいですね。

　だから今は、通りと四辻の禊祓性を強化して、避難や移動がしやすいようにしてますが、やりすぎると入り口が何処か解らなくなるので、ある程度以上は応相談です」

「フフ、流石の早口ねえ。怪異オタク」

「必要な情報を言ってるだけですって……！」

Ｊｕｄ．、とホライゾンが頷き、周囲に対して両腕に両腕を組ませる。

「ともあれ浅間様のスーパー神道オタクパワーで本舗などは安全ですが、羨ましいですか皆様。おっと、浅間神社と鈴様の湯屋の給湯提携も忘れてはいけませんね。つまり鈴様の湯屋が使えるのはうちの店子の浅間様の御陰……！」

遠くにいる戦士団達がこちらを拝むのは、それでいいのだろうか。

ともあれ怪異があっても安全な場所や、通路が使えるのは有り難い。

「各国に、そのあたりの避難地図とか、恩つけて寄越してやらんとな……」

「私、これ聞いていていいんでしょうか」

「まあそう言うな。もはや身内みたいなもんだ。――それより、ええと次、これから行う攻略のターニングポイントだが、意見あるものはいるか？」

という問いかけに、手が挙がった。

「武蔵書記で、作家志望者の僕が言おう」

いいかい？　と、ネシンバラがポーズをとった。

「正直いうと、ここから先の攻略は、楽である一方、先が読めない。そう思わないかい？」

ネシンバラの問いかけがこっちを向いていたので、ナルゼは無視しようと思った。

「ふうん、この新メニューの、〝三河コーチンのバジル載せ〟って、焼くのちょっと面倒だけど、いいじゃない」

「鶏肉《とりにく》系は近親食やってるみたいで、逆にネタとしてよく注文するけど、何かちゃんと美味いとフクザツな気分になるよね……」

「オイイイイ！　こっちの話を聞いてた!?　聞こえたよね!?」

　放置しておくと騒がしくなりそうな気がした。だからそれに皆の視線もこちらに向いている。だから己は、吐息を付けて皆に視線を返した。炭酸オレンジのジョッキを、上から摑んで軽く振りながら、

「**ぶっちゃけ、ターニングポイントになる箇所が少ない。**そういうことでしょ？」

「――そうなんですか？　本能寺以降、決戦といえるレベルのものが連続しましたよね？　あれはターニングポイントでは？」

「記録を物語として捉えた場合、**ターニングポイントは決戦の前にこそ起きてるのよ。**決戦に至った理由。またはソレをしなくてもいい状態との決別。――そのタイミングは何だったのか、ってところね」

「決戦で、最終的に結論を決めた一戦があれば、それが、そこまでの戦闘を集約させたことによるターニングポイントともいえるけどね。さっきの安土強襲なんかはその一例ではあると思う」

「あれは連戦の末に発生したのではなく、単体として生じるものだから、集約的とは言わない気がするわね」

「プ。――あ、御免ネシンバラ、ちょっとアンタのこと笑っちゃったわ」

「フ、いいよ別に、僕は落ちた失敗から這《は》い上《あ》がる男だからね……！」

「失敗を修正しないとまた落ちるのでは？」

　何やらぎゃあぎゃあと言い合いが始まったが、世話子としては距離を取る塩梅だ。

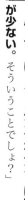

「……**共食い**と表現するのでしたか」

「オフィシャル用語じゃないから憶えなくて良いぞ」

左様で。ただ、こちらとしては進行に関わる部分だ。気になりはする。

「――実際、ターニングポイントは、見当付くのでしょうか」

「誰かが飲み込まれれば一発だろう」

「アンタ何でそう雑な考えの時があるんや……」

まあまあ、と副会長が言う。

「実際、ちょっと考えるのが難しい。――たとえば、**関東解放の後だが、校則法によってどの教導院も夏休みに入った**だろ？　うちはその間、修行みたいなことやってたし、まあ、強いていうなら**欧州に有明呼んでやった同人誌イベントで、明智・光秀に会ってな**」

何を言い出したのか、という表情をしたら通じた。

フォローのように、竹中がこちらに対して手を前後に振る。

「明智さん、結構フリーダムなんで、仕事出来る一方で好き勝手に動くんですよねー。まあそのあたり、過去のいきさつなんかもあって、P.A.Oda内では独立したような存在でしたが」

「……気軽い明智・光秀、というのも、少々意外ですね……」

「何か、うちのナルゼのファンだったぞ」

名前に反応したのか、第四特務が振り向いたので会釈しておく。向こうは軽く手を挙げ、自分のテーブルに視線を振り返ると、

「――**許可が出たわ**」

「オイ！　国際問題になるようなことするなよ!?」

何が何やら、というところだ。ただ、向こうのテーブルにいた第三特務が振り向き、言葉を

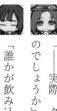

study

●夏休みにあったことや関係者●

「よーし、夏休みに何があったかまとめてみっかー！　誰が何したんだよ一体！」

安国寺《あんこくじ》・恵瓊《えけい》

自称“暗黒G・AK”。同人文章界の大物で、公家言葉を使いながらも毛利から羽柴へと鞍替えする。しかしそれは毛利を存続させるための手配で、彼は暫定支配された極東側毛利として活動する極東派の政治家であった。

明智《あけち》・光秀《みつひで》

P.A.Odaの中でも浮いた存在で、京都、内裏を管理していた。夏休み中はイベントで薄い草紙を買いあさっていたが、そこで武蔵勢と交流。後に内裏に武蔵勢を呼び、黎明の時代に始まった運命とのアクセスについて知らせ、二境紋に飲まれる。

冷泉《れいぜい》

内裏管理の古式自動人形。ナンバーは「0018」。明智・光秀を主人としており、彼に呆れつつも仕えている。後に内裏へと武蔵勢が来た際、彼らに先に進む資格があるかどうか試験し、その結果に満足して自己の役目を終えた。

【模擬戦】

訓練や補修として、I上巻で行った屋根上模擬戦を行った。全員の実力を見るために敵として人狼女王と義光を追加したところ、武蔵就航以来の危機に。艦橋への明確なダメージが入ったのは初である。

【御菓子の家】

本能寺の変や欧州の動きに対応するため、六護式仏蘭西と手を組む形で武蔵勢は夏の合宿場所を人狼女王の実家とした。これは“ミトツダイラの家系の住まい”という言い訳もつくためで、皆、それぞれの調査や研究をしつつ、本能寺の変に向けての鍛錬を重ねた。

【“全国・絶やさぬ倫理で漫画草紙を交流する会・夏”】

倫理的に悪いことは一切しないという夏の漫画草紙即売会。略して“全国・絶倫漫画交流会”。何もやましいことはありません。毎年有明で行われていたが、1648年は有明が関西に移動したため、初の関西開催となった。

実の処、関東に置かれた武蔵を有明に収め、有明を関西に移動することで武蔵を夏休み中に関西に運ぶという策である。

武蔵勢はナルゼが大手参加であるため、皆が魔女のコスプレで手伝いに出ている。売り子がメアリの時間帯と点蔵の時間帯で客足の格差があった。

【えっ？】

本能寺の変に向けて集中していたから、内裏で何か質問されても答えられないよね？　ね？

study

作った。

「——夏休み明けっていうか、**本能寺の変の直前にさ、明智のオッチャンに呼ばれて、京都の内裏に行ったの**。世話子は知ってるっしょ？」

え？　という疑問の視線が幾つか来るが、実は知ってる。自分は当時、三征西班牙本国にいたのだが、

「内裏に行く武蔵勢に対し、京都を守護する石田・三成は傭兵を雇って迎撃に回しました。——その傭兵とは、スポーツ行事によって京都方面に出ていた三征西班牙主力だったのです」

但し、武蔵勢はそれを破り、フアナの持つ大罪武装“嫌気の怠惰《アーケディア・カタスリプシ》”を回収している。このとき、何処からか戦場に持ち込まれた大罪武装“淫蕩の御身《ステイソス・ボルネイア》”も回収しているが、持ち主である教皇総長は参戦が記録されていない。

いろいろあるのだ、と、そういうことだろう。

「……そして貴女達は、御禁制とされていた内裏の中に踏み込んだのでしたね」

内裏の中であったことを、浅間はよく憶えている。

……あれは、大変な事実と出来事でした。

内裏、帝《みかど》という存在は、神道にとっても重要だ。よって内裏で起きたことなどは、ＩＺＵＭＯ側から精査や質疑が来て、一部秘匿の上で公開許可が出ている。

それを何処まで話すべきか。正純がこちらに対し、促しとして首を下に振っているから、武蔵側として許可は出ているものとして、

「ちょっと言葉選びつつですけど、記録に出せる内容として話しますね」

「問題ない範囲で宜しく御願いします」

はい、と己は頷いた。表示枠で、かつて自分が書いたメモを見つつ、

「――内裏の奥底で私達が知ったのは、内裏が遺跡の一つであることと、かつての黎明の時代、人類が環境神群にまで辿《たど》り着《つ》き、何をしたか、でした」
それは、

「――環境神群をもって地脈から運命にアクセスし、**〝運命を味方につける〟**。
そんなことをかつての人々は行ったんです。
そして、以前にナルゼが北条の遺跡で見つけた**〝顔を削られた幼子のレリーフ〟**も、完全なものをそこで見ることが出来ました」

「ただ、私達が見たのは、……**〝顔の無い幼子〟**のレリーフだったわ。つまり北条のものも、元から顔は作られてなくて、しかし何か否定のために削られた、ということね」

「……〝運命〟ゆえ、味方ではあるが、誰のものでも無いとして、顔の無い子供というものを祭った……?」

「……ええ。元信公の創世計画に関係すると言われた黎明の時代の遺跡。その中枢ともいえる場所で、私達はそういうものを見て、知った訳です。
ただ、創世計画というものが、実際にどういうものかは解りませんし、では**〝運命を味方につける〟**とはどういうことなのかも解っていませんでしたけどね」
己が告げる言葉に対し、皆、無言だ。特に自分の娘達は、ここに関係する。豊達が皆の背後を少し気にしているのは、二境紋が出ないかと確認しているのだ。
だが大丈夫。

「**明智公は内裏を破壊し、帝によって管理されていた環境神群を解放。**――つまり〝運命〟は、ここで自由になった訳ですね。明智公は元信公の生徒の一人で、この行為も創世計画に必要。そういうことだったと思います。そして――」

「……そして私達は、内裏を脱出の後、創世計画の実際を知る意味をもって、それが行われるという本能寺に向かった訳だ」

「――というか、武蔵勢が本能寺の変を起こしていいのですか？　各国から羽柴の抑制を依頼されていたとしても、それは行きすぎでは？」
世話子の問いに、浅間は表示枠を何枚か出す。
それは当時、内裏の地下で明智・光秀から受け取ったものの写しで、

「実は明智公から、トーリ君に襲名が譲られてるんです。だから――」

「**俺が一応、明智・光秀の襲名者**、ってことでいいんだろ？」

「はい内裏で送られた彼の専用術式などを、私が代わりに受け取ってます。
トーリ君は、正式な襲名者からの、指名による二代目と、そうなりますね」
しかしまあ、凄い話だと浅間は思う。

「よく考えたら、二代目の松平・元信であり、明智・光秀でもあった訳ですから、トーリ君の歴史的重要人物度はかなり凄いですね」

「でもコレ、当時の情勢というか、二国間の限定的遣り取りとか、そういうのが関わってるんで、真っ当にやったら絶対この馬鹿は襲名出来ないよな……」

「そ、それをどうにかするのが正純の仕事ですのよ？」

「ネシンバラ！　どう？　歴オタ的に見て、俺のサインとか欲しい!?」

「重要人物が身内だと、これほど有り難みがないとはね……」
まあそう言わんでも、とは思う。

「でもまあ、そういう決戦の前に、えらいことがありましたねえ。
つまり簡単に言うと、ホライゾンとトーリ様の**合体技**ですが」

「いやあ、あれはなかなか無いというか。人類史上初というか……。合体技が本当に合体技とか、誰も想像しないですよね」

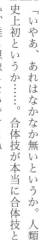

境界線上のホライゾン
Horizon on the Middle of Nowhere

「智？　もうちょっと言葉選んだ方がいいですのよ？」

「決戦前の合体事業って言ったら、フツー、ウェットな感動に満ちてる筈なんだが……、まあ、俺達らしいかな、って」

「事故で実況入ってたけど、あれ、有り難い一方で全く資料に出来ないのよね……」

「何をしたんさ……」

「それを聞いたら駄目ですよ！　実況記録を自分で探るか、断片的な情報から妄想するのが粋ってもんです！」

●

「……で、御母様達が本能寺の準備をしている頃、私達は、柴田先輩がいきなりやろうと言い出した賤《しず》ヶ岳《たけ》の戦いに行かねばならず、ちょっと大騒ぎでしたのよね。

　ホントは私達、御母様達を止めるため、本能寺に介入する予定だったんですのに」

study

●賤ヶ岳の戦いで活躍した人々●

「柴田様と御市様は当然として、他の方に注目ですの」

不破《ふわ》・光治《みつはる》

P.A.Oda北陸方面会計。前田、佐々と共に府中三人衆と言われる眼鏡女子。賤ヶ岳では可児を相手に立ち回るものの敗北する。いろいろ世話好きで、後に佐々と付き合うような付き合ってないような不思議な関係に。

森《もり》・長可《ながよし》

純情な触手。森君は、いいやつです。ここに限らず要所で結構いいアシストをする。

異族部隊《いぞくぶたい》

糟屋・武則（ネイメア）麾下の異属部隊。賤ヶ岳では北側からの突撃を掛け、少数ながらも一万を越える柴田の北側防衛部隊を砕いて退けた。

前田《まえだ》・KG

利家の呼び出す死霊の内、最大規模の巨人型。KG＝ケーニッヒ・ガイスト。安土に対して多彩な技とキレの良さを見せるが、糟屋の突貫と攻撃によって破壊された。

study

娘の言葉に、ミトツダイラは興味を得た。
　正直、無理に聞く内容でもないので、娘達の羽柴勢時代における行動については詮索していない。時たまに、何かきっかけで話が咲く場合もあるが、娘達が話したいのかそうでないのか、計りかねている部分があるからだ。

……気の回しすぎでしょうねえ。

　というか日常が慌ただしくて、過去話をしてる余裕が無いというのが実情だ。この武蔵上、末世事変が終わって落ち着くかと思えば、次から次へといろいろ起きるというか、

「……今、リアルタイムで起きてますのよね━」

「え？　何ですの、御母様」

「あ、いえ、何でもありませんの。賤ヶ岳の話を聞かせて下さいます？」

　Ｊｕｄ．、と応じて、ネイメアが手振りをつけて話し出す。

「時間が無かったために私達十本槍はそれぞれが現場に急行。柴田先輩の手勢を排除して、最終的に福島と清正が柴田先輩と御市様を倒しますの」

　これは、何の意味がある戦いだったのか。

「——実質上の、P.A.Odaにおける実力トップ。拙者達《せっしゃたち》は柴田様からそれを認められ、本能寺に向かった訳に御座りますな」

●

「一方の本能寺……、というところですが、さっき言われた〝ターニングポイントの無い〟状態に、これがなっている訳ですね？」

　世話子の言葉に、正純は頷いた。

「軽く説明するつもりが、何だか本能寺の記録を伝える状態になってしまっているな」

「これ、このまま明日の分の準備としてまとめた方が良いですよ？」

「でもまあ……こういう〝事件〟があると、頭がそっちに向いて、こういう気を抜くべき場所

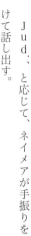

でもついつい話し合っちゃうわね」

「――解ります。三征西班牙でも、一時期、アルマダ海戦で敗北するのをどう凌ぐか、という話が、誰の間にも常にありましたから」

そういうものか、と己は思っておく。

「じゃあ開き直って話をするが、本能寺を強襲した私達は、創世計画の正体と、ホライゾンの持つ大罪武装の意味を知ることとなった」

言う。

「――かつての黎明の時代、人類は**〝運命を味方につけた〟**。

だがその方法は、地脈を通し、**〝運命に人格を与える〟**ものだった」

「……自動人形のような、人工の人格を運命に付与した、ということですか?」

「Jud.、――黎明の時代、環境神群と人類が会った際のことらしい。環境神群は人類が作った知能ある制御情報のようなもので、地脈を操作していたそれを利用し、人類は地脈から運命に人格を付与した。つまり運命は、生きて、

study

●本能寺で活躍した人々●

「実は私、かなり良いところありました！　他の方々を紹介ですね！」

弥助《やすけ》
影渡りの半竜。暗殺などの技能に優れ、本能寺の警備役としてついていたが、喜美の舞に敗れてファン（廃）となる。

森《もり》・蘭丸《らんまる》
本能寺にて弥助と警備を行う古式自動人形。かつて冷泉達のことを慮って武蔵に警告に行ったこともある。

碑石《ひせき》
両腕を使用した“ホライゾン・碑石アタック”によって、羽柴と信長の攻撃を阻止した無敵のアーティファクト。

【えっ?】

解らないことを問われても答えられないですよね?　ね?

study

境界線上のホライゾン
Horizon on the Middle of Nowhere

心や判断力を与えられた訳だ。しかし――」
しかし、

「――**人格を与えられた運命は、人類の度重なる回避不能な死や破壊を前に堪えられなくなり、緩やかな自殺を始めた。**運命の人格は、人々の移ろいに対して、優しすぎたんだな」

●

「タフな人格与えていたら、どうなりましたかねえ」

「世界が全てホライゾンみたいになっていたんじゃないですかね……」

●

厄介な話だ、と正純は今更にでも思う。

「運命は、即座の自殺をしようとしても、内裏などから止められる。セキュリティがあるのは当然で、三種の神器がそれだ。**重奏神州の崩壊を呼んだ三種の神器の奪い合いも、運命の直接的な自殺を止めるためであった**と、そう言われている」
だから運命は決めた訳だ。

「直接的な自殺が止められるなら、緩慢な、出血死のような自殺だったら止められないだろう、と。
――これは実際その通りで、つまり、**運命の緩慢な自殺に伴う世界の希薄化が、末世の正体だ。**世界は気付かぬうちに希薄化し、消える。それが末世ということになる」

「……では、それに対抗する創世計画と、大罪武装とは？」
ああ、と己は応じた。視界の中、浅間が、先ほどとは逆でこちらに促しの手振りを見せる。彼女の横にいるホライゾンが何か首を傾げてるが、意味解ってるよな？　大丈夫だよな？

『――このくらい、ホ母様のアクセントですよ！』

『無意味に不安にさせるなよ……！』
ともあれ自分は、言葉を選んで、口を開いた。

「――**創世計画**とは、人格を持った運命を、人格の無い……、つまり魂の無い存在に下ろし、殺すこと。要するに、**運命の人格部分だけを殺し、本来の運命の形に戻すことで、自殺を止める方法**だ」

そして、

「**大罪武装**とは、創世計画と別で用意された対運命用の武装だ。**運命が嘆くのは、負の感情があるからだが、それを穿って運命の人格を殺す。そういう武装**だ」

この二つは、補完する関係にある。

すると浅間の娘が頷き、専門家としての言葉を作った。

「創世計画は、それ自体で運命の人格を殺す事が出来ます。巨大な制御情報のようなものですね。しかし運命側が介入し、止めるかも知れません。その場合、大罪武装が、抽出された運命に対し、効果を発揮するんです。

なお、依《よ》り代《しろ》に選ばれた魂の無い存在とは、ホ母様の本来の身体であり、これは生体式の自動人形として、織田・信長《のぶなが》の襲名者になっていたんですね」

「でも、ちょっと話が違っちゃってたわよね。ホライゾンの大罪武装は……」

「Ｊｕｄ．、……信長が言うには、大罪武装の咎める大罪を、運命は既に嫌悪《けんお》していて、この状態では大罪武装は通用しない。ゆえに信長には別の大罪武装が与えられていて、これは断罪型として、絶対に人格を殺せるのだと、そういう話だった」

「？　そうなのですか？　では、……何故、元信公は三河で大罪武装をあんなに喧伝《けんでん》したのですか？」

言われて、己はホライゾンを見た。

ホライゾンが、ガッツポーズを取っている。

だから自分はこう言った。

「いずれ説明するが、何とかなる。というか、なった。――だからこの時点では、意味解らんけどどうにかしないとなー、とくらいで押さえてくれ」

「ず、随分と不安な安心感を煽りますね……！」

「いやあ、本能寺に行ったら、自分の生身の身体が勝手に動いてオンステージしてるとか、大罪武装？　使えませんねえ、とか言われて、チョイと困った案件で」

「というか、自分の記憶を持ってる生身の存在とか……、普通、そういうの見たら、葛藤とかあるのではありませんでしょうか……？」

「いや、記憶持ってるくらいで敵う個性など、——ホライゾンはそんなに甘くないですからねえ」

「肝が太くてスゲーよホママ……」

何か盛り上がってるが、ダウナーにならないのがうちのいいところだと浅間は思う。

……御陰でどう反応して良いか解らないときも多いですけどね！

ただまあ、正純の説明をこちらで補足しようとは思う。当時、急変とも言える事態の動きや、事実が解って、流石に戸惑ったのだ。だからこそは、整理の意味もあって、

「——運命の人格は、空に浮かぶ第二の月に存在しています。だから万全を期す形で、本能寺は信長を〝運命の人格の器〟つまり創世計画の部品として第二の月まで送りました。

それを阻止出来なかった私達は、敗戦したといえますね」

ただ、と己は彼を見た。すると彼が頷き、

「まあ、何だ。運命の人格が死ねば解決、って話だったけど、その際、運命が人格を持ってた期間で作られた俺達ってか、**人類の〝関係〟が、全部無かったことになる**んだろ？　運命が損失する訳だから」

それはどういうことか。

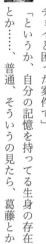

「——そうなった場合、私達の人間関係や、皆のそれも、また、人々が作った文化や文明、知識も、全て関係を失って、〝**解らない**〟状態になります。
末世を回避出来るけど、人類は白紙に戻る。この、最終手段ともいえる解決方法が、**創世計画**なんですね」

「それは駄目、だよ、ね。**運命も信長も、どちらも失われるし……**」
その通りだ。だが当時は、それしかない。他にあるとすれば大罪武装だが、

「大罪武装も運命を殺す武装だが、今の運命には通用しないと言われた。
だが何か方法があるんじゃないか。そして運命を殺すことも、信長が、自動人形であれ死を強制されるのも駄目だ、というのが私達の結論だった。——創世計画を止め、失わせず、別の方法を模索する。悠長な話だが、猶予は四ヶ月ほどある。だから考えるべきだ、と皆が思ったところに、——羽柴勢が来たわけだな」

「……そこから先は、〝**山崎の合戦**〟ですね」

●

Ｔｅｓ．、と世話子は応じて、考えた。

……決戦であり、敗戦ともいえる本能寺の変、ですか。

重要な事実が解り、世界が大きく動いた。だが、確かに、武蔵勢の記録として見た場合、それらは彼らが為したものではない。どちらかといえば、かつての時代に作られたターニングポイントを、探索し、教えられた側だろう。

「ただ、ここで、これまでの情報がつながる訳ですね？

遺跡の謎は、全て、それが運命に人格が与えられたという痕跡かつ証拠であり、二境紋とは——」

「**二境紋は、運命が、自分の自殺を止めようとする者を見つけたとき、それを除外するシステムです。**つまり運命の外に送り出す。そういう

ものだと解っています」

「Ｔｅｓ．、だとすれば、やはり、全ては運命というところですか」

複雑な流れだ、と思う。

これまで武蔵勢は、三河から始まり、自分達の存在が侵害されぬよう、失わせないことを第一に掲げ、多くの関係を持ち、いろいろな考えを重ねてきたのだ。

だがそれらが、ここで試される。

創世計画が完遂すれば、世界は保たれるが、信長や運命は失われ、関係は消え、重ねてきた思いも無意味となる。

ああ、成程。

「……三河が崩壊するとき、元信公が、創世計画と大罪武装を別に扱って論じた訳ですね。――世界は創世計画で救えるが、オプションとしての大罪武装を、世界から弾かれていたような武蔵に預ける、と。――ああ、何とかなる、という前提で話してます」
周囲。皆が顔を見合わせるのがビミョーに不安だが、基本はそれでいい筈。ですよね？　何かちょっと怖くなりつつ、しかし己は言った。

「流れを、概要として見てみましょうか」

「流れとしては、実は結構解りやすいんですよね……。場所がかなり絞られているからだと思うんですが」

●

◆本能寺の変――
・夏休みに入って、どこも修行や蓄積の期間となる。
・夏のイベントを経て、明智から内裏へ呼ばれる。
・内裏に向かう。
・：京都を守護する傭兵として三征西班牙と戦闘。
・内裏に入る。
・：地下で黎明の時代に〝運命の人格付与〟が

行われたことを知る。
：内裏は崩壊。

「サラっと〝修行〟とか言っとるが、私も参加していろいろやったのう……」

「ぶっちゃけ当時の武蔵において史上最大の危機でしたね……。――以上」

「久し振りに子供扱いされたで御座るなあ……」

「……母上が子供扱い……!?」

「あ、すみません。短く済むなら、賤ヶ岳の戦いについて言及御願いします」

「あ、はい。スペースあるから大丈夫ですよ?」

・賤ヶ岳の戦い
：柴田が十本槍（羽柴勢）を試すために行った。
：十本槍、勝利し、名実ともにP.A.Odaのトップに。
：安土で本能寺へと急行する。
・本能寺の変開始
：末世の真相を知る。それは〝人格を与えられた運命の自殺〟だった。
：信長の正体は、ホライゾンの生身の本体。
：運命の人格を殺すため、受け容れる器としての自動人形。
：創世計画は、〝運命の人格を殺して末世を止める〟方法。
：しかし人々や文明などの〝関係〟が失われ、信長と運命の人格も失われてしまう。
：大罪武装は、運命の人格を殺すもう一つの方法。
：だがホライゾンの大罪武装は使えない。
・本能寺、月へと上がる。
：つまりは止められなかった。

「……これ、ターニングポイントってあるのかしら……」

「内裏も本能寺も、武蔵側が何かを動かした訳じゃないですからね」

「賤ヶ岳の方でしたら、福島先輩と清正先輩が勝利したことがそれになるんですよう？」

「サコーン来てたの!?」

「あまりツッコミませんけど、かなり前からいらっしゃいましたよ？」

●

ともあれ明日だな、と正純は思った。

本能寺の変と、山崎の合戦。

「正直、辛《つら》い部分のある過去だが、だからこそ強制的に見直せる機会というのは有り難迷惑でありつつ、重要かもなぁ」

「オメエ、〝面倒くせえけどやんねえとなぁ……〟ってのを難しく言おうとして失敗してねえ？」

「まあ、こちらとしても日程内で済みそうで安心しています。——明日は宜しく御願いしますね」

その言葉に皆で頷き、夕食を再開する。

「さあ、明日が大勝負ですから、皆様、ちゃんと蓄えておきましょうね？

ネイト？　湯屋で寝泊まりばかりしてないで、隙見て蓄えておくんですのよ？」

「話がつながってませんわよ……！」

「よく考えたら千五百一回もそろそろなのね……」

何かどんどん派手な方に行くな、とは思う。

「三河を出た頃に比べて、随分と変わったもんだな……」

「良いことに聞こえるように言うのやめーや」

いや、全体のフォローだと思えよ。

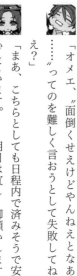

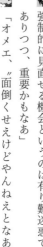

第十六章

『祭の相方』

古きを
新しきと
継続を
新生と
配点（強さ）

○

朝、村山に行ったら、そこは賤ヶ岳だった。

「文学的で御座るなあ」

　賤ヶ岳というのは北陸の地名であり、歴史再現としては羽柴がここで柴田を倒し、織田家を掌握するのだ。

　その柴田の持ち城は北《きた》ノ庄城《しょうじょう》。航空艦としては甲板が広く長く、今はどうも祭のつもりなのか、投光術式を入れた提灯《ちょうちん》が幾つも並んでいる。まあ夜で御座るしな。

　しかし周囲は不思議な事にドンパチ状況。何やら下の方、輸送艦を並べて作った町のような陣地の中で、銃撃や剣戟の音が聞こえてくる。

　これはつまり、

「……賤ヶ岳の戦いですね、本多・二代」

「おや闇殿、貴殿もここに？」

「恐らくは貴女に巻き込まれたのです。――貴女は福島・正則の親ですから」

　そういうもので御座るか、と呟き、そして自分は艦首側に振り向いた。

　自分達と同じように、眼下の戦火を眺めている者が二人いる。

　色黒の鬼型長寿族。身長二メートル半を超えるのは、背に盾にも似た聖譜顕装**〝意欲の慈愛《アニムス・カリタス》・新代《ノウム》〟**を持つ姿だ。彼こそはM.H.R.R.副長の、

「――柴田様に御座るか。久し振りに御座るな」

　そして横にいる彼の妻。大剣を両の手に、背には不死となる聖譜顕装**〝天渡りの信仰《カプトファイデス》・旧代《ウエトゥス》〟**を掲げるのは、

「御市様も、お久しぶりです」

「――何だ。貴様等か」

「お久しぶりですねえ」
気楽な、余分な力の無い応答だ。
次の瞬間に、御互いは刃を交錯していた。

●

村山、外交用のウイングデッキ上。

午前の調査中に、副長と立花・誾が過去に飲まれたと知ったとき、嘉明は魔術陣を開いていた。

通信だ。だが、

「豊、──副長達の通神と私の魔術陣を繋いで」

「はい！　緊急時なので強制解除しますね！」
何事か、と皆が振り向くが構わない。何故なら己は知っているのだ。

「賤ヶ岳の戦いで、北ノ庄城の上に清正を送ったのは私なのよ」
ゆえに、自分は見たし、憶えている。それは、
豊が繋いだ副長達の通神から届いてくる音だ。
幾度となく響き、そして止《や》まない風の鳴る唸《うな》りは、

「──二人とも、賤ヶ岳の戦いの中にいるわ。それも、柴田先輩と御市様との戦闘中。間違いないわ」

●

「どういうこと？　昨夜、〝ターニングポイントとか超楽だから〟みたいなこと言ってたのがいたわよね。ネシンバラみたいな言い方で」

「一番最後が一番傷つくな……！」

「オイイイイ！　ちょっとそれはどうかと思うがキャラが立ってる証拠なので有りだね！　そのたびに登場するから宜しく頼むよ！」
言うんじゃなかった、とナルゼは思った。だが、

「──何で嘉明達だけの過去が、こっちのターニングポイントになるの？　これまで、なってて

なかったわよね？」

「ここから先の流れとして、私達の合流に向かっているから、ですかね……」

浅間が疑問形で言うと言うことは、恐らく誰にも確定出来ないことだろう。だが、

「起きていることが事実です。——だとすると、今後の判断も、昨夜のものとは変えて行った方がいいと思いますね」

そして、

「現場の方、こちらからの援護が出来るならば、そのようにした方がいいかと」

○

幾つもの交差と入れ替え、その上で刃を散らしながら、柴田は感想する。

……コイツら、ノヴゴロドの時とは違うな……！

三段くらい違う。

特に本多・二代が面白い。ノヴゴロドで会ったときも大きく変わったと思ったが、今回の変化はまた違う。

——凄味《すごみ》が無くなったじゃねえか……！

ノヴゴロドで戦闘したときは、落ち着いている中での必死感があった。自分の中にある実力がどれだけのものか解らず、何処まで出して良いのかを、しかし戦闘への勝利という義務感から表に見せようという、そんな焦りと期待だ。

こういうヤツは面白いし、怖い。

ふとするとこっちの思惑よりも一気に伸びて、手が付けられなくなる場合がある。

が、それを押さえ込んでこその副長だ。どんだけ相手が強くなろうとも、経験や実力、何らかの部分で勝っているのだから、そこで押さえ込む。

しかし、

……コイツは、そういう強さとは、また違うな！

上手く言えない。だが何かが違う。そのことは確かだ。

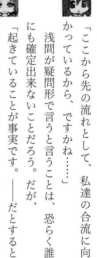

だから気をつける。己が上にいる部分で対処する。そして、

「……御市様の相手してる立花・誾も、同じか……！」

上手くは言えないが、やはり違う。

かつて、夫の立花・宗茂と共に御市の片腕を落として退けた女。それが今、御市と互角に渡り合っている。

○

柴田は自問した。何が変わった？　と。

否、解ることが一つある。

……俺の聖譜顕装が通用しねえか！

己の持つ聖譜顕装**〝意欲の慈愛・新代〟**は、こちらに対して相手が攻撃と防御を行ったとき、相手の動作を止める能力がある。攻防において強力な聖譜顕装で、あまりにも強いのでノヴゴロド戦では使用しなかった。

そして本多・二代は、これを見たことがある。

ノヴゴロド以前、初の会敵となったのはマクデブルクに行く武蔵の上だった。

遊び気分で武蔵の強行偵察に行ったこちらの前に、この女は突っ掛けてきたのだ。

あのとき、**〝意欲の慈愛・新代〟**を逸らした上で迎撃に来たが、実力差はどうにもならない。

そして女は重傷を負った。

それがまあ、何だ。

今は、**〝意欲の慈愛・新代〟**を、全く気にせず飛び込んでくる。

攻撃も防御も、移動も視界の確認すらも、

「――全ては連動した一行動か！」

動作が区分けされていない。

達人が可能とする、型を自在に変え、連動し続けるということ。

技でも、力でもない。ただ経験と鍛錬と発想がそれを可能とする。しかし、

……何処だ？

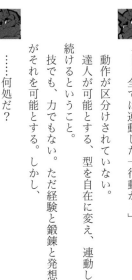

何処でこのような自在を得た。

凄まじい、というのが御市に対する闇の感想だった。

○

「……！」

大剣を二本全身で振るい、しかし止まらない。

剣を回せば、自らの五体を剣の回転軸に飛ばし、自分ごとまた新しい角度で叩き付けてくる。

曲芸のように見えるが、御市の場合、身体の後ろを回したり、自分自身が這うように滑り、また刃と共に回転しながら止まらない。本来ならば構えるべきところで、五体を半身《はんみ》にスピンさせて片手打ちにしたり、または刃の背を押して宙に回したりと、速度を上げてくる。

高速の旋風が、それでいて疾駆の突撃を掛けてくるから始末におえない。

しかも双の大剣。

人外の剣だ。更には、

「――――！」

手にした双剣を叩き込む。それは確実に御市の腕を割った。だが血が散るよりも早く、

「ふふ……」

光がある。御市の背に浮いた天輪、聖譜顕装**“天渡りの信仰・旧代”**が力を発揮するのだ。

《信心あるものの命を、信心に預ける》

信心が本物であれば、その者は負傷しない。

今、目の前で、御市の傷が消える。

不死の聖譜顕装だ。

厄介な相手である。だが、

「闇殿！」

いきなり横に馬鹿が来た。何事かと思えば、

「チョイと歩数を間違えたので交替に御座る」

「は!?」

疑問詞を放った瞬間。本多・二代が妙なスキップを一回踏んで御市に突っ込んだ。
危ない、と思う暇もない。御市に本多・二代が行ったとなれば、

「何だ何だ!?　いきなり選手交代かよ！」

柴田が来た。

○

反射的に誾は得物を引き抜いた。

「四つ角十字!!」

対艦砲、攻城砲として使える大物を射出と同時に砲撃。衝撃波を飛ばした陰から迷い無く柴田に双剣を叩き込む。すると、

「面白え！」

柴田が回避した。力任せの技ではない。足首から下、踵《かかと》を横に滑らせることで全身をスライドさせ、身構えを崩すことなく砲撃を避けたのだ。
直後にこちらの腹を狙って水平切りが一発来た。
だが自分の視界の隅、動きがある。四つ角十字だ。巨大な砲が、砲撃の反動で砲口を跳ね上げながら一回転。

「再砲撃」

撃った。射撃砲口は夜の空。だが巨大な十字型の砲門が、柴田の水平切りを上から潰すように瞬発した。

「クッソ！」

声に笑みがある。直後の判断で、自分は降ってきた四つ角十字の側面を、

「十字砲火」

新たに射出した砲門で、四つ角十字を撃った。
四つ角十字の装甲板が歪み、火花を散らすが構わない。空中で捻《ね》じれるように回った四つ角

十字を柴田と挟むように向き合い、

「──」

「──」

お互いが、四つ角十字の空中スピンに合わせて回った。

だがそれも一瞬だ。自分は十字砲火で柴田の顔を狙い、

「穿ちなさい！」

言葉と同時に、自身は回る四つ角十字の下に滑り込む。双剣を叩き込みながら鉄の十字を潜り、柴田の脚を刈る。だが、

「──こっちだ」

声が上からした。

砲撃で顔を狙うことで、上方向への動作を止めたと思ったが、そのくらいは回避を出来ると言うことか。そして四つ角十字の上からこちらに一撃を振るっている。ならば、己は上に振り向きもせず。

「──あっちへどうぞ」

四つ角十字を砲撃した。大音。爆圧は投げ飛ばすように砲門を跳ね上げ、上にいる柴田が跳躍する。彼の行く先、そこには、

「おお、柴田様！」

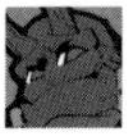

「貴様かよ……！」

空中にいる段階から剣戟を見舞えるから凄い。しかし自分もそちらに追う。本多・二代といえど、あの二人を同時に相手にするのは厳しい。厳しい筈です。自覚あって欲しい。うおおお、とか変な声あげなくていい。飛び跳ねなくていいけど以前からよく飛び跳ねてた気がする。つまり何ですか、ええと、

「──勝ちますよ本多・二代！」

宗茂様、私、大人になった気がします。

○

柴田は追加の違和感を得ていた。

……コイツ……！

本多・二代だ。

妙なことに、コイツの切れ味がさっきより上がっている。

どういうことだ。先ほどこっちとやり合っていたときは本気ではなかったというのか。

「貴様……！」

刃を叩き込む。だが本多・二代が恐れることなく飛び込んで来た。

流れるような、しかし歩いているのにも近い速度で、彼女が来る。全身の挙動、その全てに加速術式を入れて〝管理〟しているのだ。

勘で動く部分も含め、己の身体の動きを速度で制御する。これによって、超近距離の微細な回避運動も何も可能とするのだ。

一歩間違えば術式が暴走して全身が吹っ飛ぶだろう。

こっちが放った刃に対し、本多・二代が動く。初動どころではなく、前にどのような動きをしたか、更にその前から、という連動を読み、ここでこちらが放つ一発を予測する。

動作の連動が出来る者ならば、当然可能となる、相手の連動の先読みだ。

「……やるじゃねえか！」

俺も出来まーす。やれまーす。やべえ、俺、やるじゃない。自画自賛する男って、御市様、好きです、か……。

だがこっちの刃が本多・二代の脇を削ぎ、あちらの刃がこっちの肩を削った。

擦れ違うようにして離れる。だがそのときには、

「交替です……！」

立花・闇が来た。
コイツはコイツで面白い。何故なら、砲撃なども絡めてくるが、その基礎としての剣術が滅法出来ている。
両腕義腕というキャラの癖に、使う剣術は基本を守ったものだ。ともすればガチガチの練習用剣術にもなりかねないが、義腕と砲撃がそこに変化を与えている。
上段を振ったら、次はそこから下段。当たらないと見たら中段で横に薙ぎ、相手に攻められると思ったらカウンターで突き込む。更には、

「両腕行きます」

左右の腕が違う剣を振ってくる。
単純に考えて、二人を相手にしているようなものだ。そこに砲撃も加わってくれれば、

「手数では貴様の方が上か……！」

クッソ。移動力と位置取り、そしてどんな姿勢からでも攻撃を放ってくる本多・二代に、手数押しの立花・闇。この二人の組み合わせはかなり完成されている。

「貴様ら、二人で一組なのか……！　さては仲良し二人組だな!?」

立花・闇がえらく嫌そうな顔をして、悪い事を言ったと思った。

○

だが、また二人が交替したとき、ソレが来た。
さっきと同じ、もしくはそれ以上の違和感だ。

——？

本多・二代の切れ味が上がっている。こちらに踏み込むタイミングも度胸も、速度も違う。
何故だ。
さっき、この違和感は既に得た筈だ。それが何故、また、ある。しかも、

「——」

「――――」

再度交替したとき、自分は感じた。

立花・誾の切れ味も、また、先ほどより上回っていたのだ。

●

「――御市様ですね」

宗茂は、加藤・嘉明の魔術陣から聞こえてくる現場の音に、何が起きているかを悟った。

「かつて誾さんと副長は、総長の姉を交えた祭の中で、彼女を奏上するために本気で戦闘に臨みました。結果、奉られれば奉られるほどに〝最高〟になっていく総長の姉に対し、誾さん達は追いつかなかったのですが、そこであるものを悟りました」

妻が得た一つの見地。それは何かと言えば、

「〝強さ〟とは、剣術や、武術、または力や速度というものではないのではないか」

「……哲学的ね」

「そうですね。誾さん達も、その入り口として剣術や速度を用いています。しかし、究極的な強さ。つまり、剣術や武術、または力や速度のみならず、言論や経済、政治、そういったものすら超越して、上に行くようなもの。それは何なのか」

今、現場は、その入り口を見ているだろう。

御市だ。

「御市様の剣術は高速の回転を利用した変幻自在で、速度自体は人外の域にまで達します。ゆえに、御市様の剣に合わせて上回るように立ち回れば、――速度と剣術の面で、単純な強さを超えていきます」

●

「喜美の舞や歌みたいなものです、か？」

「あら、私は私だけでアゲていけるから、そのレベルじゃないわよ？　ただ――」

ただ、

「人の行いとて、ある一線を越えたあたりからは神に近しくなり、代演みたいなものが生じるようになるのよ。これはどのようなジャンルでも同じ。だから、それを何て呼ぶか知ってる？

――神技、って言うのよ」

面白え。

○

「いいぜ……！」

〝見切り〟を当然として、攻撃も防御も、移動を重ね、お互いの周囲を回るような動きを取っていく。

敵は速度だ。そして剣の密度でもある。

速く、ただ疾《はや》く刃を当てに行き、そのまま次の動きへと止まらぬように、

「――――」

加速する。

起点は御市だ。彼女の回転速度が上がり、それを上回るように敵二人が跳ね、その挙動を追うようにこちらが上がっていく。

距離が離れ、即座に近づくのは天体運動にも似て。しかし、

「――っ」

本多・二代が離れる瞬間。立花・誾が彼女を押した。明らかに突き飛ばすような動作だったが、

「――！」

頷き一つで本多・二代が身を回す。

今のは補正であり、加速であったのだ。

そこまで意気が合っているのかと思った。そしてこちらの死角から立花・誾が攻撃を仕掛けてくる。右手では上段、左手では下段を放ってくるから面白い。

〝見切り〟と連動を、二人一組で完全に行うと、こうなるのか。

御市と自分も〝見切り〟を高いレベルで出来るが、少し相性が悪い。

御市と自分は位置取りの面で連動出来るが、先ほどの敵どものような補助は出来ないからだ。

その意味で、よく出来てるのは立花・誾だ。

彼女が本多・二代の行きすぎを止めながら、加速を許している。

特に御市対策が万全で、完全連動型の止まらない連斬を使う彼女に対し、速度で上回るか、〝見切り〟で飛び込むかを即座に判断する。

本多・二代が野生っぽく飛び込んでいくのに対し、立花・誾は動きを一瞬で判断し、二択を正解していく。

やる。

自分の知る限り、それが出来たのはノヴゴロドで戦った立花・夫妻だけだ。

立花・宗茂は、加速補助の準神格武装でそれをこなしたというが、

……三河で行った、本多・忠勝との戦闘の反省だろうな。
小物はすぐに反省会するからいけねえ。
だが、立花・宗茂は偉いと、少し思った。何故なら、加速術式として、やはり旧派のときと同じような短距離連続系を選んだからだ。
その術式では、連動系の動きを取るのは難しい。しかしそれにこだわり、御市様を追い詰めるまでに……、って、殺してやろうか立花・宗茂！

●

「？　……どうしたのですムネオ様？　いきなり寒気ですか」

「いえ、妙な殺気のようなものがあったのですが……。前にも何か、これ、あったような気がしますね」

○

成程な、と柴田は敵を知った。

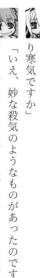

理解したのではない。解っているなら勝っている。

ただ、知った。

敵として、そのままに認めたということだ。

この二人は、やる。

もしも自分と御市がこうだったら、どうだったろうか。何か語彙がねえな。まあいい。

ともかくその場合、自分と御市は補完し合い、完全な連動を行い、

……それこそ、無敵だったんじゃねえか？

だが、今の自分達では、駄目だ。出来るのかも知れないが、それには鍛え直しと、考え方の改めも必要になるし、何より御市様のテンションアゲアゲ戦闘術をどうにかしねえといけねえ。

無理だ。

そして解ってしまったことがある。

コイツらの戦い方だ。

速度と技術と力を用い、しかし天井知らずに自分達をアゲていくこれは、

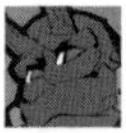

「――強さの上限を無視し、何処まで行けるかを求めるのか！」

俺じゃない。御市様でもない。お前でも、貴様でも、他の誰でもない。

誰も到達出来ないような高い位置に、誰もがしかし目指せる処へと、貴様らはその戦い方で行こうというのだ。

ただこのやり方は、条件がある。貴様らが上に行くこの方法は、

「――――」

相手あってこそ、だ。

○

賤ヶ岳の戦場。戦闘を止めて、ただ成り行きを見ていたM.H.R.R.戦士団や羽柴勢は、それに気付いた。

「あれは……！」

炎に見えた。

北ノ庄城の甲板上。その全域に、朱色の炎が波打っている。

だがそれは、違う。揺らぎ、練るように拡《ひろ》がって吠《ほ》え上がるのは、

「流体光だよ……！」

散る火の粉は花吹雪にも似て。

火焔《かえん》の色に光る流体の波の中、四つの影が行く。

舞い上がる光の散り欠け。そこを逆光となった影は、残像のみが印象として伝わり、どれが誰だかははっきりと解らない。ただ、大柄なものが柴田であり、踊るように動いているのが御市であろうと、その程度だ。

四人は燃えさかる艦上を、まるで散歩でもするように行き、そして翻っては空を見上げて光の火の粉を追う。

朱の色。

舞い上がる花のような火の欠片《かけら》。

音は驚くほどに生じていなかった。

ただ四つの影は行きて戻りて。そして、

「更に加速するか……！」

戦場が燃えて主張する。

○

柴田は、戦闘当初に得た違和感を、今こそ知った。

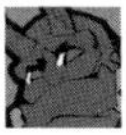

……何処だ？

強さだ。

神を呼ぶような、剣も力も速さも、他の何かもを含めて全てで競う強さ。

このような〝強さ〟を、求める場所を、コイツらは知っているのだ。

だが、何処で知った？

何しろ、俺は、そんなものがあると知らなかった。

そりゃそうだろう。俺は強い。完璧とまでは言わねえが、史上最強クラスだ。そして常に敵

がいて、時代があり、守る者があった。御市様
もいたからな。だが、

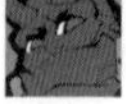

……ああ。
俺が知らねえ〝強さ〟があって、そっちの方が、俺の〝強さ〟よりも、何だ。ええと、
……広いってか、全てに通じるのか。

それは多分、新しいという、そういう強さだろう、貴様ら。

だから解ってしまった。〝この道〟の最強。

何となく憧れてしまう最強は、自分達のものではないのだと。それが誰のものかと思えば、

「ああ、そうか」

己は思った。これが、託すという、そんなことなのかもしれねえな、と。

だが、

「――――」

「――――」

馬鹿野郎。

俺が、このあたりで、貴様らを新しいものとして認め、託してもいいかと言ってるのに。

何だ貴様。

何だ貴様ら。

「……っ」

食ってかかってきて、もっと上だと。速度を上げろと煽って来やがる。

そうか。

そうだな。

貴様らは、俺達の事を信用しているのか。

来いというのか。俺達に、付いてこいというのではなく、共に行こうというのか。

○

柴田は、笑った。

声を出さず、口《くち》の端《は》をあげて笑った。

そしてただ、こう呟いた。

「解ったよ」

戦場を支配しているのはまだ自分だ。そのつもりでこう言った。

「もう少し、付き合ってやるよ」

○

柴田が速度を上げたのに対し、御市は、晴れ晴れと笑った。

……いいわあ……！

周囲には花が咲いていて、花火も上がっている。そこに自分は大好きな人といて、自分の動きについて来れる人達と踊っている。

息をしていい。

音を聞いていい。

視界に入るもの全てを受け入れていい。

大事な人の言葉以外の、誰も彼もの意思を、信じていい。

声が聞こえる。応援の足踏みも届いてくる。

だから、

「あ、は……！」

私はここで、全力を出していい。

そして今、解る。こちらの相手をしている二人が、どんどん追いついてきているのだ。

敵ではなく、こちらに追いつき、追い抜こうとしている人達。

きっとこの祭の中で、自分達は追い越される。

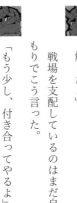

それはどういうことか。

「あ、は、は、は……！」

解った。

とうとう解ったの。

未来を失って、あれだけ人を殺《あや》めて、そして閉じ込んで、でも、何もかもを今、信じられて、応援されて、その上で、共に行ける人がいるというならば、

……解ったわ。

私は、特別なところのない、普通の人だったのだ。

○

柴田は、敵二人を挟んだ構図で、御市が仕掛けたのを見た。

こちらが二人の壁となることを前提で、立花・闇に超短距離の突撃をしたのだ。

……鋭えな！

御市の戦闘勘は抜群だ。

この敵二人、お互いが補正し、息を合わせて動いている。だが、

……その利点を使うために、あまり距離を離さねえんだ……！

ゆえに二人まとめた挟撃が効く。

御市はそれを悟った上で仕掛けた。一瞬で踏み込んだときには、もう両の大剣を時間差付きで真下から立花・闇に叩き込んでいる。

そして己も、

「おお……！」

御市の双剣の間を抜くように、高速の片手上段を正面にいる本多・二代に叩き込んだ。

彼女の回避軌道には、背後から立花・闇狙いで来る御市の双剣が走っている。

御市の双剣は下段からの振り上げ。左右にかわすことが出来ない攻撃だ。そこに対し、

「――――」

振りかぶりすら知覚させない、高速の一刀を己は叩き落とした。

勝負の瞬間であった。

○

幾つかの判断が一瞬の中で生じた。

御市の突撃を、闇は正面から迎撃した。

不思議な事に、〝迎える〟ような攻撃だと、

御市の動きをそう感想した。
　御市の攻撃は二つの刃。速度は充分。
　そして己は、一つの判断をした。

「——両腕パージ」
　両の義腕を、肩から外したのだ。

「……!?」
　御市の双剣が、さっきまで肩のあった位置を下から割る。その間に自分は、

「……失敬」
　前に歩いた。突撃してくる御市の膝を踏み、階段のように鎖骨を踏み、背を踏み、ただ野を行くように歩いて越えた。
　回避したのだ。そして、もはや振り返らず、

「本多・二代……!」

○

　それは回避不能な一刀だった。

……届く!
　御市と息を合わせたような一発は、単純な動作故、ここまでの動きの中でも最速だった。
　だが己は見た。
　視界の向こう。夜の空に火が見えた。艦上を波打つ流体光ではない。あれは、

「立花・誾の対艦砲……!」
　ここまで引っ張っての砲撃が、己の刃、〝瓶《かめ》割《わり》〟に正面から激突した。

○

　火花が炸裂《さくれつ》する。

　柴田の〝瓶割〟に激突した砲弾が、着弾の衝撃で圧縮され、更に刃に割られて溶解、散ったのだ。

火花と言うよりもペレット状になった鉄火が散り、そして二代は動いた。
闇が御市の背後に回ったのと同じように、己も柴田の背後に回る。
御市の双剣が届かぬぎりぎり。柴田の体を這うように回った。
一刀を放った背は無防備に見える。だが、

「……!?」

気付いた。
柴田が、未だに勝負を捨てていないことを、だ。
左腕。一直線に振り下ろした筈の〝瓶割〟が、そこにある。
しかもそれは、単に提げられているのではない。

……下段の背後打ち！

真下に両腕で振り下ろした一刀を、軌道の途中で強引に下段からの片手背後打ちへと切り替えたのだ。
元からそのような動きをするならば、解る。
だが今、柴田は、上段打ちを両腕で放ったのだ。
それを途中から別の動きに変更し、成し遂げるなど、鬼の膂力《りょりょく》あってこそだが、

……流石に御座る！

思った瞬間には、一刀が走ってきた。
こちらの横腹。最も回避しにくい水平切りで、ど真ん中に来た。

○

二代に向けて柴田が強引な技を見せると同時、闇は、柴田と御市の関係性の強さに息を詰めていた。

……同じです！

今、御市が、左の大剣の軌道を変えていた。
二つの大剣を下段から振り上げる。彼女にして、両剣を揃えた動作であり、最も振り回され

る一発だった。

故にこちらは御市の背後に回り、隙ありの背を狙えると思っていた。

違った。

御市が行ったのは、右の大剣を躊躇《ためら》いなく捨てる事だった。

左一本。上に跳ね飛ばしていた極厚の刃を、しかし彼女はぶら下がるようにして、

「……!!」

しがみついてからの全身スピンで、一撃がこちら向きに変わった。

強引な背後打ちの水平切り。

二代を襲う柴田の一刀と高さは同じ。姿勢も似ている。着弾のタイミングも恐らく同じだ。

……流石！

自分は現状、両腕をパージしている。使えるのは十字砲火と四つ角十字のみだ。だが、

「――――」

行けます、と思う動きを、己は迷いなく行った。

○

柴田は後ろを見ていなかった。

……見る必要もねぇ!!

今の一撃は現状にして最速。そして正面には御市がいて、彼女がこちらの背後で生じる本多・二代の動作を追っているのだ。

自分が遮蔽になったとしても、御市は〝読む〟。脚捌きや髪の揺れなどから連動の先を読めるのが達人だ。

俺も出来る。

だから御市の、その背後で動く立花・誾を、
自分は見ていた。

正面視界の中、御市の後ろで、立花・誾が身を後ろに反らせた。

スウェイバックの要領で、御市の一刀を回避しようと言うのだろうか。

甘い。

そんな速度で自分も御市も一撃を放っていない。

両断だ。

しかし、立花・誾の視線がおかしかった。

身体を反らせる動きを止めず、加速するように右膝を上げている。それはまるで、剣の軌道上にて空中後方回転を打ち込む動作であり、

「勝家さん!!」

御市がこちらの背後を見て声を上げた。そして己も見た。
空中で、確かに、立花・誾が御市の刃を蹴ったのだ。

○

限界まで己を加速し、達人の刃をその高速域で蹴る。

実際には踏み、押されるものだが、

「……っ!」

蹴った。
爪先の力を通す軸は一線。それに靴の先端を乗せ、大地のような反力を得た上で己は自分を弾いた。
自分の加速力と、相手の一撃と。それはもはや人外の速度を上回る速度で全身を回し、

「――!!」

甲板に叩き付けられるような勢いで、しかし四肢を着く形で己は着地。
正面。未だに柴田が刃を振り切っていない。
それほどの速度でこちらは回避したのだ。
やることは一つ。今はもう、全身をもって、

「――何と見事な夫婦愛!!」

○

炎が波打ち、火の粉が花吹雪として舞う中。

柴田と御市は、背を突き飛ばされるように押され、お互いの距離を零にまで詰めた。

「――あ」

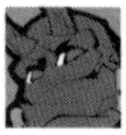
「――っと！」

当たる。受けとめる。お互いが左の刃を背に回し、片腕しか使えない状態で。
だが両者ともに、浅く抱き留め合う形が生じた。
不覚であった。

○

柴田は、御市の背から、天輪が落ちたのを悟った。

今、こちらの腕の中にいる彼女は、息を荒らしつつ、しかし正気だ。

そして自分は気付いた。この周囲、燃える背景は何処かで見たことがある、と。

「御市様と共に行こうと決めた。――浅井《あざい》の焼け落ちる城の風景だ」

そうか。

戦闘中、それぞれが散らす術式だけではなく、もはや周囲の流体や精霊達も呼ばれ、この焔《ほのお》沸く戦場を作ったのだ。恐らくは、自分と御市が最も記憶に残している瞬間を、こちらの動作や思いから読み取り、讃《さん》じるようにこの形にしたのだ。

ならば、と己は思った。自分の妻を抱き留めながら、

「気付いていた……、否、知っていたのか？　こんな派手な立ち回りをしたとき、何が現出するかというのを」

「――少なくとも、この焔を作る感情を、私は己の中に持ちません」

では決まりだ。最後、俺達を重ね合わせることで終わりが作れると悟ったのは、こいつらが

先に行っていて、俺の知らないことを知っているからだ。だが、

「――この火焔の祭。俺達の方が支配力が上だった、ということだな」

負けてねえ。追い付き、追い越したのだ。ただ何か思うことがあるとしたら、

「御市様」

「……なあに？　勝家さぁん」

Ｔｅｓ．。己は頷き、彼女を抱き寄せた。

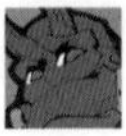

「――こういうの、出来る戦い方を、修めてみるのも悪くねえな」

○

二代は、光を感じた。燃える艦上の流体光ではない。

過去が解放される流体の散り上がりだ。

全ては御別《おわか》れ。これは、結果のある一時の夢。

そういうものだ。だが、自分は口を開いた。

「柴田様」

疲労激しく、息も枯れている。それだけでも柴田との差を感じ、胸の奥が震える。

神代の時代の歴史では、賎ヶ岳の戦いの最後にて、柴田は御市共々、北ノ庄城を爆破し、死亡する。歴史再現でもそのように総《すべ》ては進み、しかし、

……柴田様と御市様の遺骸は、発見されて御座らぬ。

現場の崩壊具合から、遺骸も散ったとみるべきかどうか。

解らぬままに、己は言った。

「――またいずれ」

頭を下げた。

「御指南、御願いするで御座る」

村山解放の流体光が空に昇る下、本多・二代と立花・誾がその姿を現した。二人の疲労は濃く、東照宮代表と平野が回復術式を展開してまず駆けつけていく。
福島は、自分の母が、支えられ、しかしこちらを見たのを気付いた。

「母上」

実際の歴史再現においては、自分と清正が柴田と御市を倒したのだ。あれはもう、自分達の限界まで達するようなことをして、ようやく勝てたというものだが、

「柴田様には敵わぬで御座るなあ」

どことなく満足げに笑う母に、自分は頷いた。
己と清正は、柴田からいろいろなものを託されたと、そう感じている。つまりは、正しく、先輩と後輩という仲だ。だが、母達は、

「……全く、巻き込みで酷い目に遭いました」

言う立花・誾も、また悪い口調ではない。だとすれば、

「……義母様《かあさま》達は、柴田様と御市様の、同輩となられたのですね」

受け継ぐのでも、託されるのでもない。
周囲は敵と、味方としての後輩達、そんな柴田達に対し、自分達が送ったのとは別の答えだ。

「御見事に御座ります」

言って、自分は前に出た。母を支える一人として、皆の中に加わっていく。
見上げるまでもなく、空に光が散り上がる。
村山が解放されたのだ。

「しかしコレ、リピートを止められなかったらどうなってたんだ？」

「やはり柴田公がテンションで大爆発でありましょうかねえ」

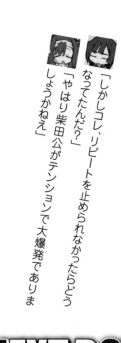

第十七章

『土壇場の勝者』

信じられなくても
真実ならば
信じたところで
どうせ真実
配点（まあそんな感じで）

play back

「――さて、この巻で私達羽柴勢の真相も語られます。末世解決に失敗した未来から来た武蔵勢の子供達。つまり母さん達の失敗を止めに来たんですね」

「私達の、〝関係〟は、過去からではなく未来からのもの。上の絵は、幼い私達が過去に行く決断をするときのものですわね」

「その一方で、私達の方もこれまでの〝関係〟が試されます。羽柴勢の真相を聞いてたことや、武蔵が撃沈されたことを受け、トーリ君が哀しみを抱いていいか、迷うんですね」

「私達、我が王を支えてきたり、共に歩んできましたけど、安心して死んでいいかどうかが計られた回でしたの。――結果として、我が王は一度死に、しかし神界にて、私達との協力で生き返りますわ」

「フフ、そこから新大陸で全ての真相知って、新型武蔵を召喚！　大和を相手に地球一周とリベンジして、子供連中と和解の上、世界を〝失われない〟方に向けてやったのよね」

「X上中下は解りやすく言うとどんな内容ですかねえ、正純様」

「羽柴勢の事があるので〝真相〟というのもいいか、と思ったが、やはり最終的な流れを見ると〝合流〟だと思う。何しろこの巻、敗戦も再起も何もかも詰まってるから、何処を見てもそれなりの言葉が出ると思うぞ」

「合流、……良い言葉ですわね。一文字違いで**〝合体〟**ですし」

「何でその字の方が大きいんですの？」

振り返り
境界線上のホライゾン
文庫本X〈上〉〈中〉〈下〉

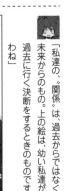

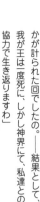

「――というわけで私、とうとう青梅にまで呼ばれましたけど、どうするんです？」
そろそろ昼食だ、というタイミングだった。
多摩が昨日に解放されたため、青梅外舷にある輸送用港のウイングデッキでは、多摩商店街の各店が昼食用に弁当やら何やらを提供している。
戦士団や生徒会の者達は、青雷亭のアルファベット弁当を広げて、

「うあああ！　無難だろうと思ってF弁当にしたらフリカケが三種類、層になって詰まってやがる……！」

「ざまあみろ！　俺のはR弁当でレモンの砂糖漬けがメインだぞ！」

「レモンなのにLじゃねえのか!?　じゃあ俺のホイップクリームが詰まった弁当箱がHなのもそういうことか！」
などとかなり盛り上がって、それぞれが自分達の弁当の一部をトレーディングする流れが生まれている。ときたまに、

「S弁当の人、いる!?　醤油《しょうゆ》じゃなくて塩の方！」
という、何となく危険な言葉も飛んでいるが、大枠は安定だ。だが、

「石田・三成、到着しましたー」

「どうもです！　十本槍補佐の可児・才蔵です！」

石田《いしだ》・三成《みつなり》

呼名：ナリナリ
役職など：全方位軍師
・自動人形。元は大谷と共にロールアウトした情報体で、こちらはOS系。今は羽柴のボディに入っている。武蔵に合流してからは主にM.H.R.R.方面の外交を担当している。不幸体質で振り回され気味だが、有能である。

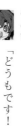

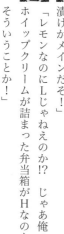

可児《かに》・才蔵《さいぞう》

呼名：エビ　カニ玉

役職など：近接武術士（侍）

・二年生の襲名者。福島の補佐役で、彼女が出られない戦域を担当する……、筈なのだが、強力な相手にガンガンぶつけられ、負ける一方で実力アップ。友人も出来て最高です！　現在はM.H.R.R.各所を回って末世事変解決後の混乱を収める（物理）な役割に従事している。

　と、懐かしかったりよく顔を合わせる面々もきた。が、

「——どうするんです？」

「いやまあ、村山に表出した過去が、どう考えてもこっちよりも羽柴寄りだったろ。今後の流れを考えると、またそうなったときにアドバイザーが欲しい」

「アドバイザーって？」

「例えば左近を倒さないといけない過去が出て来たとき、左近に弱点を聞くの」

「な、何かいきなり不穏な空気になりましたですよう？」

「まあでも、攻略の際に必要なら、情報は出すだけ出して貰う。いろいろなアイデアや、判断も、な」

　しかし、と世話子が手を挙げた。こちらは極東系の焼き魚弁当に手を付けながら、問うてくる。

「本能寺にて、運命を自分の中に抽出した信長が空に昇りました。——それから、**〝山崎の合戦〟**となった訳ですね？」

「ええまあ、本能寺を終えた私達は武蔵勢ですが、明智・光秀勢でもある訳です。

　そして遠くから羽柴勢が来ているので、こっち

としてはダッシュで逃げますよね。
だって本能寺の変で明智・光秀が織田・信長を討ったら、今度は山崎の合戦を経て、彼は羽柴に討たれる事となる訳です」

「こっちとしては大急ぎです。武蔵勢はこの逃亡を、本能寺の変の後、松平勢が本拠に急ぎ撤退した際に行った〝伊賀《いが》越え〟にしようとしましたからね」

「松平勢としての歴史再現を行うことで、明智勢であることをアジャストしようとした訳だ。強引だが、やりきってしまえば大義名分は立つし、味方もつく」
しかしまあ、

「〝**山崎の合戦**〟が成立状態となり、では私達はどれだけ羽柴勢を凌げるか、という話になったんだ。そこの石田が、当時は羽柴でな」

「当時は羽柴？」

三成は、当時の羽柴勢の指揮をとっていた。
何故かと言えば、

「――私、羽柴を襲名していた時期があったんですよね。やっぱ石田・三成がいいか、って戻してますけど」

「大体の情報は得ていますが、実際はどういう事なのです？」
ああ……、という皆のちょっと引いた感を受けつつ、首を傾げる世話子に己は告げた。

「私、元は制御情報の情報体で、今は自動人形のこのボディを使用しているんですね。
で、このボディなんですが、ちょっと出自が面倒なんです」

「面倒？」

「ええ。このボディ、実はそちらにいるホライゾン副王のスペアなんです」

「……ほう」

「――でもこのボディ、作った元信公が、創世計画用としてP.A.Odaに置いてしまいまして。それでどうなったかといえば、信長様が、外で活動する際、自分の制御情報をこのボディに移し、羽柴を名乗っていたんですね」

「ほう？」

「はい。信長様は、創世計画のための制御情報であり、そちらにいるホライゾン副王の体、事故によってかなり破損し五体を修復したものを、正式なボディとして使ってました。

　でもその身体は疲弊に弱かったので、外での活動用ボディを必要としたんです」

「ほ、ほう……？」

「――で、信長様は本能寺で副王の体に制御情報を移して月に昇られました。そうなると、このボディが〝空く〟ので、私が使わせて貰っている、という、そんな流れです」

「…………」

「……今の誰か説明を」

「いやいや今のが説明ですよ！」

●

　まあ時系列よね、とナルゼは空中にペンで文字を書く。

「スタート地点は、ホライゾンが十年前に事故に遭ったことよ」

・ホライゾン、十年前に事故に遭う。
・・魂は自動人形に移される→後に武蔵へ。
・・身体は修復され、しかしP.A.Odaで信長（創世計画のOS）のボディとなる。
・羽柴のボディ、創世計画用のスペアとして作られる。

：信長が外に出るときに使用。
・三成、羽柴勢の参謀役の情報体として作られる。
・本能寺で信長が月に昇る際、羽柴のボディを捨てる。
・三成、そのボディを使用する。
：ウワァ、羽柴様の中、暖かいなりィ……。

「こんな感じね」

「さ、最後が余計ですよ！　あと、私、〝ナリ〟語尾じゃないですぅー！」

「そうですよう。あまり語尾に個性つけても悪目立ちですよう？」

「お前が言うのか……」

●

ともあれ、と三成は説明を続ける。

「羽柴勢、武蔵勢、共に安土対武蔵、という構図で戦いましたが、途中で私達十本槍が武蔵に吶喊を掛ける流れになりました。ある程度の橋《きょう》頭堡《とうほ》を作って、でもそれに拘《こだわ》っていると時間が無駄に過ぎてしまいます。だから達人級の彼らに頑張って貰うことにしたんですね」

「その結果は——」

Ｊｕｄ．、と己は応じる。

「武蔵を落とすことを目的としていましたが、出来ませんでしたね。ただ、個別の戦闘では勝利もしくは優勢を得ました。

・英国王女の王賜剣一型を、清正さんが破壊。
・武蔵の航空戦の要である双嬢を、嘉明さんと脇坂さんの双鉄《ツヴァイアイゼン》が撃墜。

このあたりは解りやすい戦果です。しかし——」

しかし、と言ったところで、皆が息を詰めた。

「この際、私達はある情報を武蔵に明かしています。それは——」

これまで、羽柴勢が武蔵勢と敵対していた理由。

「羽柴十本槍の内、その多くが、**未来から抽出された〝武蔵勢の子供達〟**である、ということです」

●

皆の視界の中、世話子が沈黙していた。

「――」

黙っている、が、彼女は、ふと周囲の視線に気付く。

あ、という前置きを付けて、世話子が言った。

「――**知ってました**」

●

「ええ？　何？　この企画、最初から失敗してねえ？」

「いやいやいや、企画じゃなくて怪異！　怪異の一種ですって！」

「というか世話子様、関ヶ原の際に武蔵に来てますからねえ。大体、以前から豊様やネイメア様達も、母呼びしてますし。バレバレでは」

「――いえまあ、当時においてファナ様から大体聞いてましたので……」

●

「ただ、当事者の方から聞いてみたかったですね。どのような話で？」

問われ、ネイメアは豊や清正達と視線を合わせた。皆の向こう、母の母が〝挙手！　挙手！〟と授業参観状態なので、手を挙げることとする。

「……当時というか、私達のいた時代の過去では、御父様達が**三河で失敗**しますの。ホ母様を救うのに間に合わず、御父様も〝刑場〟に触れて亡くなってしまいますのね」

だから、未来はこうなる。

「——副会長達は何とか武蔵を三河から脱出させ、世界を巡りますの。その世界では、大罪武装をもって運命の人格を殺すことが創世計画となっていたようですわ。でも——」

「大罪武装では、運命の人格を殺せないのでしたよね……？」

「Ｊｕｄ．、……だから御母様達は大敗して、世界は末世によって希薄化。消えていくことが決まりましたの。ただ——」

ただ、ちょっとした抵抗があった。

「その最終決戦の前や後で、御母様達は、それぞれ、御父様の子として私達を頂きますの。——御父様の御実家、洗面所のブラシでも見れば、髪の毛がありますわよね。
それを基に、御母様達が産んだ子達が、私と豊、そして片桐と——」

「フフ、この時点では定かではないけど、ホライゾンの髪と愚弟の髪を合わせて、私が代理出産してもいるのよね。それが私達の担任の真喜子・オリオトライ、となるわけ」

自分達の伯母、そんな彼女が小さく笑う。

「——私と愚弟、自分の娘の胸揉んでたりしたのよねえ」

まあそういうものですの。他にもこういう者はいる。

「——英国王女と、第一特務の子が清正。副長の子が福島、そして私達の補佐役のように、武神の合一システムとして組み込まれた第六特務の妹が蜂須賀ですの」

列記するとこうなる。

・ネイメア（糟屋・武則）

 **＝**  **×**  **：ミトツダイラとトーリの子。**

・豊（平野・長泰）

 **＝**  **×**  **：浅間とトーリの子。**

・生緒（片桐・且元）

 **＝**  **×**  **：鈴とトーリの子。**

・嘉明（加藤・嘉明）

**＝****×****：ナイトとナルゼの子。**

・アンジー（脇坂・安治）

**＝****×****：ナイトとナルゼの子。**

・ジェイミー（加藤・清正）

**＝****×****：メアリと点蔵の子。**

・福島（福島・正則）

**＝****：本多・二代の子。**

・オリオトライ

**＝****×****：ホライゾンとトーリの子。**

「トーリ様の毛、頑張りましたねえ」

「毎回思うけど鈴の思い切りが凄いわ……」

「い、いや、そういうものだよ、ね……」

「そうです！　そういうものですよね！」

「鈴と智の〝そういうもの〟は違うものの気がしますのよ？」

「狼狽《うろた》える母さん達、**最高**……」

「豊もちょっとズレてる感ありますのよ？」

●

「つまり**私達は、御母様達を止めに来たのです。**——このまま御母様達が末世解決を進めても失敗し、失われてしまうのですから」

「失わせない、ということを第一に掲げてきたママ達が、失われる……。この矛盾はどうしようもないのよね」

「実際、御母様達も、私達を残して先に失われてしまい……、私達、酷く泣きましたの。それ

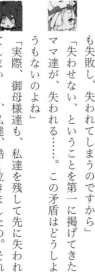

が元で、何とか過去に降りる可能性を探って、それを為しましたのね」

「それは――」

「真田の遺跡にあった研究所で、九つの抽出機があったろう？　あれだ。**元信公の弟、信康公は、末世を探るため、地脈から未来にアクセスし、何か抽出出来ないかと試験した。**末世で世界が希薄となるなら、逆に、残っているものは明確に抽出出来るだろうと、そう予測したんだな。そして、そして――」

「そして、同様のことを考え、**自分達を情報化した拙者達は、過去の時代に抽出された**ので御座ります」

●

あの頃は、ホントに大騒ぎだったと竹中は思い出す。
それは二重三重の理由で重要機密で、元信公が作り上げていた創世計画も大規模な修正を余儀なくされた。特に問題だったのが、

「――この子達は、〝運命〟に目をつけられていました。何故なら、彼女達が〝過去〟のことを話せば、〝運命〟の正体も何もかもバレるからですね。でも地脈に住む運命は、こちらの世界のことを直接知覚出来ません。だから――」

「――自分に関する情報が知覚されたとき、そこに二境紋を出すのですね？」

そういうことだ。

「下手に話をすると、母さん達を二境紋に飲ませてしまいますし、もしも世界に公表すれば、世界の人々が飲まれかねません。だから、黙って行動するしかなかったんですね」

「でも、**信長の中に運命の人格が抽出されたことで、二境紋が出ることはなくなりました。**――ゆえにこの山崎の合戦で、総てを明かせたんです」

「そうだったんですね！」

「可児さんそこら全然伝えてなかったですけど、教えたらソッコ二境紋で飲まれそうだったので、そこらへんすみませんねー……」

●

　そこから先は、世話子も知っていることだ。

「大坂湾《おおさかわん》に出た武蔵と安土は、砲撃戦を開始。結果として、安土は武蔵に撃沈されますが、それによって**〝安土に代わる旗艦〟**が呼び出せるようになり、羽柴がそれを召還するのでしたね」

　あれは、映像として確認したものだが、当時の脅威感をよく憶えている。

「**武蔵三番艦・大和**。——武蔵を戦艦型に改良した航空都市艦で、出力系に地脈炉を使用。主砲撃により、**武蔵は撃沈され、大坂湾の底に沈みました**」

●

「メデタシ！　メデタシ！」

study

●大和の紹介●

「大和、つまり本艦です。基本的には武蔵と同型の三番艦となります。最大の特徴は主砲“長船”が存在することですが、これによる出力不足を地脈炉型駆動器でまかなっているため、超長期の重力加速航行などが可能。当世において最強の航空艦だと自負致します。——以上」

「現在では武蔵と共に極東の安定の為、活動していますね」

「なお、大和は新名古屋城で完成しました。元信公の自爆は大和を地脈に投下し、位相空間に封じることが目的だったのです。——以上」

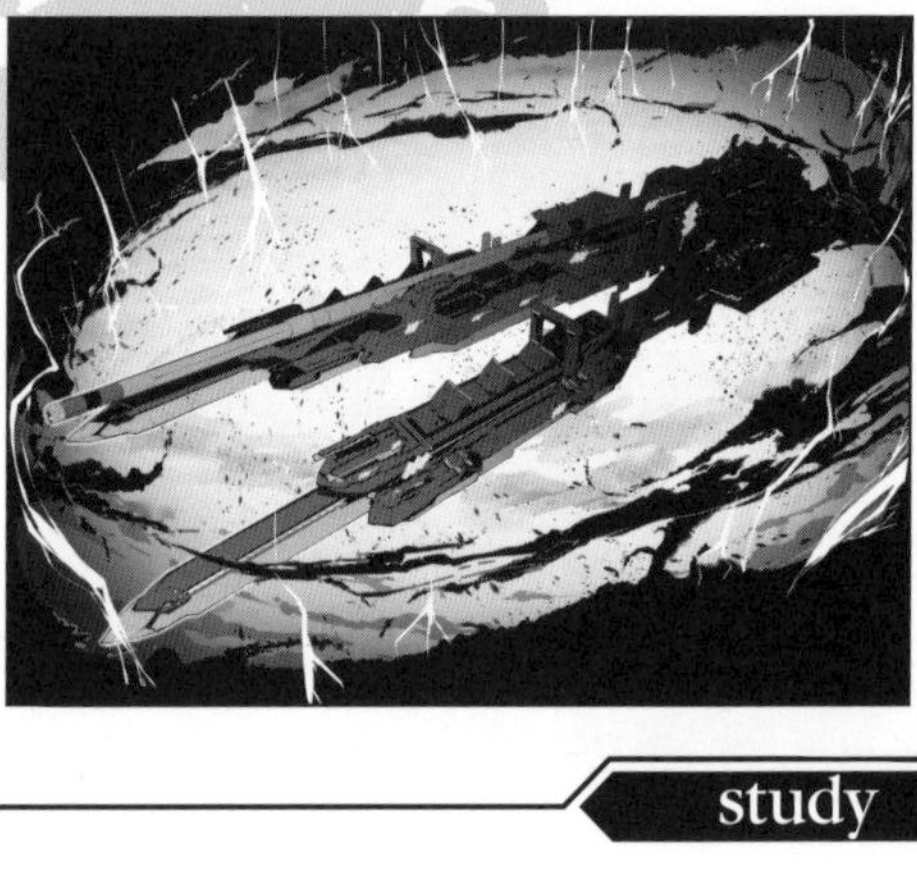

study

「いやいやいや、良くない！　良くないですよ……！」
「ホントこういうのスゲエよ……」

クリスティーナは、そこからの武蔵との付き合いが長い。
　否、今でも実家に帰らず何やってるんだ、という疑問はあるのだが、実家はアクセル達が仕切ってるし、任せておいていいかなと思うものでもありまして。

「でも武蔵撃沈からの、**避難していた基本船殻部を四国のうどん王国に移設**したのは、いい判断でありましたねえ」

『失敬。あのとき、艦長式自動人形で無事だったのが〝奥多摩〟と私〝青梅〟ですが、――ああ、クリスティーナ様には外交や知識面などいろいろ御世話になりました――、武蔵の都市部が、補給さえあれば何とかなる、というのが解ったのは大きかったですね。
なお、移設された階層都市は**地上武蔵**と呼ばれていました。――以上』

　と、そこまで話が進んだところで、人狼女王はある視線に気付いた。世話子だ。

……あらあら。私が気になりますのね？
　意味は解る。何しろ、武蔵勢が武蔵を失って落ち着いたうどん王国は、K.P.A.Italiaを除けば、六護式仏蘭西の南側真っ正面なのだ。
　武蔵と友好的な六護式仏蘭西、しかも娘と娘の娘が武蔵勢と羽柴勢に分かれているというのは、なかなか無い条件だろう。

「――欧州側の話をしてしまうと、**武蔵が沈んだことと、大和が出現したことで、世界は基本的に羽柴側のやり方に従う、**という流れになりましたのよね。つまり創世計画押し。一方で武

蔵勢については、基本、放置でしたわ」

「下手につついて、反抗組織になられても困るからのう。——羽柴はあのとき一強状態であったが、創世計画を進めるためには各国と友好的にやっていかねばならんし」

　ですわねえ、と己は頷く。

　あの頃、娘の娘であるネイメア、当時はまだ糟屋を名乗っていたが、彼女が訪れ、いろいろと言葉を交わした。

　解ったのは、彼女達は親世代を止めるために来たのだということで、

「——失わせない、失うものを止める。そういう信条が、子供世代に伝わっていたのは、未来で失敗したうちの子も、そのあたりちゃんとしてましたのね」

「何とも言いづらいですけど、そこらへんは王の薫陶《くんとう》ですわね……」

　ただ、と己は疑問する。

「あの後、武蔵勢は新大陸に渡って、何やらいろいろ知って再起しますけど、ちょっと、よく解らないこと、ありましたわよね？　噂《うわさ》ではいろいろ飛んでますけど」

「あ、ハイ！　噂ですよね！　噂！　ありましたね！」

「———」

「ネイト？」

「黙秘権を行使しますわ？」

「——済みません、**大家様？**」

「あー、ぶっちゃけ**トーリ様がおっ死んだんですねえ**」

「軽……!!」

　どういうことか。気になったので娘の王様に視線を向ける。すると彼は、アー、と前置きし、

「いやまあ、何だ。俺、三河で契約した流体供給術式が超強力なんだけど、あれ、制約として

“哀しくなったら死ぬ”のな、俺。
　俺達三河からいろいろやってきてさ。世間から見たら正しくねえんだろうけど、失わせない、って間違ってねえよな、って思ってた訳。そうしたら、そうじゃねえ間違ってんよ、って未来から言われちまってさ。武蔵も無くなって。未来じゃ俺死んでるっぽいし、じゃあ、間違ってるままなのかなあ、ってメゲちまってな」

「ガマンしてましたのね？」

「ホライゾンや、姉ちゃん、あと、浅間やネイトは気付いてたぜ？　ただ、俺から言い出すのを待っててくれてさ」

「ふふ、うちの子のフォロー、有り難う御座いますわね」
　じゃあ、とこちらは東照宮代表に視線を向ける。

「うちの子は黙秘権行使してるので、代わりに説明頂けます？」

「いやまあ、トーリ君が哀しくなったら死ぬっていう術式なんですけど、実は術式の組み方に手を入れて、契約先の神であるサクヤがミスで術式が途中で止まるようにしてあったんですね。それがちょっと上手く行きまして、トーリ君の魂がサクヤ預かりみたいな状態になったので、じゃあこっちは神界に行って直談判《じかだんぱん》しようって話になる訳です。
　あ、うちは浅間神社なんで、かなり荒技ですけど、神界行きは出来るということで」

「Ｔｅｓ．、――つまり、うちの子と貴女が、神界に行ったわけですのね？　でも、どうしましたの？　王様の魂をこっちに返して貰うのに、じゃあ何を支払うか、という問題がありますわよね？　サクヤだって、自分のミス扱いで終わったら恥ですし」

「ええと、それはあれです。これはもう、ほら、サクヤが出産の神な訳ですよ」

「…………」

「……極東の神話だと、昔、上位神の夫婦が離縁する際、恨みに落ちた嫁が〝一日に千人の人を殺してやる〟とハジけて、夫の方がこう言うんですのよね？ 〝じゃあこっちは、一日に千五百人を産むようにする〟と」

「…………」

「……つまり、それです」

「……焼き肉で説明出来ます？」

「——すみません、和菓子か何かだと……」

「興味本位で聞きますけど、どうなりますの？」

「ええ、つまり、私達は、御団子を一本持っていて、これを持ち帰りたい訳です。
で、上位神——、イザナギが千五百人分の御団子を毎日用意してる訳ですけど、だったらこの願いを通すのには、まず私達がイザナギの仕事を代行して、更に一本分、付け加えないと駄目ですよね。つまり千五百一本の御団子を作ると、サクヤもイザナギに顔向け出来て、一本持ち帰っていいだろう、という話になる訳です」

「つまり**千五百一回合体**すればいいんですのね？」

「だ、台無し!!　台無しですよ!!」

王様の姉が向こうで無茶苦茶笑ってるが、自分も現場にいたら笑いましたわねコレ。

「まあ、うちの子も頑張りましたのねえ……。二人で千五百一回……」

「というか回数的には合計千八百超で、智の方が多いんですのよ？」

「ネイト！　負けてどうしますの!?」

「食いつくところ、そこですの!?」

境界線上のホライゾン
Horizon on the Middle of Nowhere

「いやあ、この企画、**最高**ですね……」

「豊はホント、楽しんでますの……」

ただ、自分としては気になることがあった。恐らくはその時期だろう、四国の地上武蔵において、大規模な祭が行われたと、そんな記録があったのだ。

「まさか、あの、お祭りは──」

「フフ、そうよ？　あれは浅間とミトツダイラが神界でやらかしてる間、私が愚弟の魂を呼ぶための舞を奏じてたの」

「あれは、拙者にとってかなり刺激となったもので御座る」

「……同意ですね」

「最終的に、**トーリ様にはホライゾンのスピア気味なフライングヘッドバットが入って、魂が注入されました**」

「最後の情報でよく解らなくなりましたのよ!?」

「それが本当だからまたよく解りませんのよねー……」

「大騒ぎやったなあ」

ああ、と正純は、後輩の言葉に頷いた。

「──お前の期待には応えられたろ」

「応えられたろ、じゃなくて、応えられたか、くらいにしといてくれんか？」

嫌そうに言われる事だろうか。解りにくいヤツだよなあ、と思い、

「そこからは、世話子の方でも解っているだろう。結局は見逃さないものとして羽柴勢が私達

を追ってきてな。羽柴に対して逆らう歴史再現を持つ佐々・成政が、敵ながら援護に来てくれたりして、私達は三征西班牙に退避したんだ。それも三征西班牙本国ではなく、――新大陸へ、だ」

　何故なら、

「新大陸の開拓地に、それがあったからだ。――元信公の、**〝何処にもない教導院〟**が、だ」

●

　Ｔｅｓ．、と世話子は応じた。

「三征西班牙は、先代より昔から、新大陸に巨大な塔を作っていました。先代ファナ、〝狂女王〟と呼ばれた女王の歴史再現として、そこを幽閉地に使っていたのですね。
　よって私達の代でも、そこは触れることの無い場所として扱われていたのですが――」
　転機は、マクデブルクの掠奪だ。

「あのとき、ルドルフ二世から武蔵勢が受け取った暗号のメモ、その解読に三征西班牙も関わったところ、不可侵の場であった件《くだん》の塔が、どうやら**〝何処にもない教導院〟**ではないか、という推測が立ったのです」
　後は、状況次第だった。武蔵勢が再起を懸けるような動きがあれば、羽柴勢が潰しに掛かる。その時こそが手を差し伸べるときだと。

「最上総長に手配し、武蔵勢を新大陸へ。――その後、どうなりましたか？」
　自分が知るのはここまでだ。基本、資料は後々に配布されたが、当事者の言葉を聞いてみたいと、そう思う。
　すると、武蔵副会長が、姫の方を見た。

「ホライゾン、話しても大丈夫だろうか？」

「…………」

「何か不都合ありましたっけ？」
　副会長と東照宮代表が、姫をちょっと連れて何か話し込む。しばらくの間、

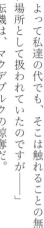

「アー！　ありましたありました！　サッパリ忘れておりました！」

などと危険な会話が聞こえるが、まあこの連中ですし、と思うくらいには慣れた。

そして副会長が戻ってきて、腕を組んだ。

「では可能な範囲で話そう」

大丈夫なんですかねホントに。

●

新大陸にある狂女王の塔は、幾つもの階層に分かれた構造で、内部は教導院施設となっていた。その中で会った狂女王本人については、正純の記憶だと、こうだ。

「狂女王こと大フアナはストロングスタイルの使い手となる霊体で、麾下の連中や地元の英雄達の霊体の挑戦を退けていたな」

「…………」

「堪えてる堪えてるぅ」

「い、いや、大丈夫です」

あまり無理するな、と思うが、聞いて貰わないと話にならない。

「**〝何処にもない教導院〟**、そこでは二つのことが行われていた。

一つは、元信公がほぼ個人で進めていた、運命の人格を殺すための武装。大罪武装の研究。

もう一つは、優秀な生徒達による末世の回避研究と——」

ここが問題だ。

「運命の人格とのコンタクトだ」

●

「**運命の人格に対し、生徒達は二境紋を通してコンタクトがとれると推測した。**結果としてそれは成功し、生徒達は運命に言葉を教え、情緒

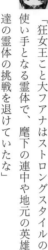

まで伝えつつあった。
運命に対し、最初に教えたのは肯定の意思。ゆえに**〝首肯〟を逆読みして〝公主〟**だ。公主隠しの公主とは、〝首肯〟つまりイエスの名を与えられた運命のことだったんだな」

「解説されるとつまらなくなるアレだよな……」

「流石トーリ様、経験豊富ですな」

馬鹿が言い訳し始めたが、無視することとする。だが、

「その教導院のリーダーは、全体としてはホライゾンの母マリア。実働としては、――うちのクラスにいるミリアムという女子生徒だ」

「うちのクラスに〝いる〟?」

ああ、やはりこれは極秘だよな、と正純は思った。
とはいえ、ここについては後で説明する。なので軽く右の手の平を立てて前に出し、

「――研究と交流は上手く行っていた。だがあるとき、別で分けていた大罪武装の研究施設に、〝運命〟が入り込んでしまった。そこで、恐らく**〝運命〟は大罪を知り、自分が殺されるかもしれないということに恐怖を抱いた。ミリアムは、〝運命〟を宥《なだ》めるため、母として地脈の中に飛び込んだんだ**」

自分の母もそこの生徒だった。
母はそのことを黙っていたが、その理由も何となく解る。

「――研究は頓挫し、解散。しかし武蔵の正式建造の際、**〝何処にもない教導院〟**の一部施設が持ち込まれたんだが、それを縁にミリアムは還《かえ》ってきた。当初は武蔵から離れられないようだったが、今は帝の子である東《あずま》や、二人が出会ったことで生じた〝可能性の子〟である少女と一緒に、普通に人として生活している」

元信公は、多分、ミリアムがいたことを知っていたろう。そして、

「やはり教導院にいた元信公の弟、信康公は、ミリアムが地脈に飛び込んだことから、逆に地脈から何かを抽出することの研究に入り、真田にて十本槍の面々を抽出した。
　彼女達から得た情報で、大罪武装と創世計画は見直され、新しい形になった訳だ」
　だが、
「世の中がどうしてこうなったか、知ってしまったら、チョイと放っておく訳にはいきませんな。**ホライゾンの方では、これまで放置気味だった自己アップデートに入りました**」
　その通りだ。そして、何が起きたかは、世話子も知っていよう。
「新大陸から欧州に、私の山形城で戻ってきた武蔵勢は、見事に羽柴勢に付け狙われてのう。山形城は落とされたが、しかし、そこの武蔵の姫がコレを呼び出しおったのだえ」
　最上総長が指差すのは、足下だ。
「——**新武蔵**。撃沈された武蔵に対し、地脈から膨大な流体マテリアルと新型設計を用いて修

study

●ミリアムと東●

『そういう訳で、帝の子供という設定だった東君と、病弱設定？　だったミリアムに通神通じてますので、別枠でインタビューです』

『さあ、私の同人誌のためにどんな生活してるのか回答するといいわ』

『また解りやすいねナルゼ君……。あと、設定って、またダイレクトだね……！』

『というか東は、正確には帝の実子ではなく、末世を前にした地脈が作り出した精霊のようなものだったのよね。——そして私は存在自体が武蔵に組み込まれたパーツをよりどころとした、運命関係の土地精霊みたいになっちゃってたんだけど、地脈の精霊とも言える東がやってきたことで、外との関係力が強くなっていったの』

『——だから東君との関係が深くなるにつれて、外へと出ることが出来るようになったと、そういうことですね』

『二人が出会ったことで、半透明の幽霊みたいな少女が出現したけど、あれはミリアムを母とした“運命の可能性”ということね。——一冊描いたわ』

『不穏な単語があったけど、このコラム、何でタイトルで私が先なのかしら……』

study

復された新造武蔵。あれが出たとき、各国はどう思ったかえ？」

「あらあら、って、夕食作りながら表示枠《シーニャカドル》の放送見てビックリしましたわねえ。あ、でも、御料理は失敗しませんでしたのよ？」

「……そこまでやれと言ってません、というのが、ファナ様の感想でしたね」

「ウワアアアアア！　乗らなきゃ！　早く！と、そんな感じであります！」

「解りやすくバラバラですのね……！」

「補足ですが、**三河崩壊時に元信公が新名古屋城を爆破したのは、それによって地脈内に大和と、新武蔵用の流体マテリアルを投下するのが目的でした。**確かに、新名古屋城の大きさならば、武蔵型航空艦が二艦は入ります。——以上」

いろいろあったねえ、とナイトは魔術陣で当時の記録を見返し言う。

「ナイちゃんなんかも撃墜先で**農園荒らすケダモノを狙撃ババアと狩る生活してた**んだけど、そこが元々の故郷でね。親の残した機殻箒で復活とか」

「……何故、無用にパワーワードが出てくるのですか……」

まあそんなもんだよ、と笑いも出る。

「武蔵と大和は**追いかけっこで地球一周**。第二の月に至ることの出来る性能証明して、その上では親子対決とか、ヨッシーが遂《つい》に武神・八房に認められたりとか、ね」

「その全体の戦いは〝**小牧長久手の戦い**〟の歴史再現になったんだ。羽柴と松平が交戦し、松平が実質上の勝利をした唯一の戦い。それだね！」

そうだ。

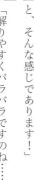

ここにいる皆が、何もかも知っている。
あの晩、世界の行方を決める戦いがあって、それに参加したのだ。

「私、あまり役に立たなかったのが残念でした！」

「可児様は戦績的には相当なものだと思いますよ……！」

勝てないけど超意味ある戦闘って、確かにあるねえ、と思う。ただ、

「**武蔵が勝った**ことで、決まったんだよね。——信長が死ぬのを認めるのやめて、運命の自殺も止めよう。でも世界はこのままいく。方法はこれから考える、って」

無茶苦茶な提案だ。思索ゼロ。でも、

「失わせないという、そのことを前提としようと、そういうことです」

●

「ハイ！　じゃあ今回はホライゾンに代わって、スーパー概要タイムの始まりです！」

「母さん、遂に司会役の下克上ですね！」

「**ハッジマッリマアアアアス!!**」

「結局ホ母様が火力強めですのよ!?」

「ともあれ山崎の合戦から話を進めると、こんな感じですわね」

◆山崎の合戦——

・明智勢となっている武蔵勢、羽柴勢が急行しているのを察知して三河に撤退。
∴明智勢のままだと、山崎の合戦の歴史再現で討たれることになるから。
・しかし追い付かれて交戦開始。
・羽柴十本槍、数名が、未来から来た武蔵勢の子だと告白。
∴これまで言えなかったのは、運命が存在していたから。
（信長が運命を取り込んだため、二境紋が

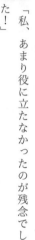

発生しない）
・：武蔵勢、劣勢になる。
・：ナイト、ナルゼ、本土に撃墜される。

「うーん、いいですねえ！　ちなみに私がここで母さんに勝ったのは、母さんが駄目人間系を好きだというのを指摘したら動揺したので、そこに隙有りショットという感じでした」

「言っておきますけど、豊だけ他と温度差ありましたのよ？」

・大坂湾にて、武蔵と安土が戦闘。
・：大久保の指揮の下、武蔵が勝利。
・しかし安土を捨てた羽柴、武蔵三番艦の大和を召喚。
・：大和は三河で爆破された新名古屋城で建造されていた。
・：新名古屋城の爆発は、大和を地脈に移送するためのもの。
・武蔵轟沈《ごうちん》。
・：大坂湾に沈む。

「ここから、ビミョーに本土編でありますねえ」

「そのころ私達、各国巡って創世計画のプレゼンとかしてました。忙しかったんですよ？」

「一方で関東側などは、まだ有明もあるし、反抗の機会はあろうと考えておったのだえ。そして、四国の地上武蔵では、〝あれ〟が起きるのであったな」

・これまでの方針が正しくないとされたトーリ、いろいろメゲて哀しくなる。
・：死亡する。
・：しかし浅間の術式の仕込みによって、死が途中でストップ。
・トーリ君を蘇《よみがえ》らせるぞ作戦開始。
・：浅間とミトツダイラが神界で千五百一回。
・：現世で喜美が魂を呼び起こす舞を奉納。
・：フライングヘッドバット。
・強襲してきた羽柴勢に対し、三征西班牙の導きで新大陸に退避。

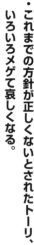

「アッサリ書いて逃げおったわね……？」

「いやいやいや、記録に残るだけで充分ですって！　次！　ハイ！　新大陸！」

・新大陸にある〝何処にもない教導院〟で、過去のことを知る。

：全ては友好的になりつつあった運命との行き違いだった。

：公主＝首肯（イエス）の名を得た運命の逆読み。

・最上総長の手引きで新大陸を脱出。

・大和に追撃される。

：ナイト、ナルゼと合流。

：自己アップデートしたホライゾンが新武蔵を召喚する。

・小牧長久手の戦い開始。

：武蔵対大和、地球一周で衛星軌道まで上がりましたね？

：子供達との再戦。

：最終的に武蔵側が勝利。

・羽柴勢、武蔵勢に合流する。

：失わせない、という方針で運命に立ち向かう。

「何かアップダウン激しい回ですけど、これで全部ですね……！」

●

ドンパチの音が、過去の再現として聞こえる。

それを懐かしく思う成実は、当時に対してちょっと客観的だ。何しろ自分達の子供が羽柴勢の中にいない。ゆえに、逆に自由に各所を叩いて回ってたりしたものだが、今になって思えば、

「――何処にターニングポイントがあるの？」

「……ホライゾン殿が新武蔵を召喚したとき、とか？」

study

●小牧長久手の戦いで活躍した人々●

「ではまあ、小牧長久手の戦いで活躍した人々など、見てみましょうか」

新武蔵《しんむさし》

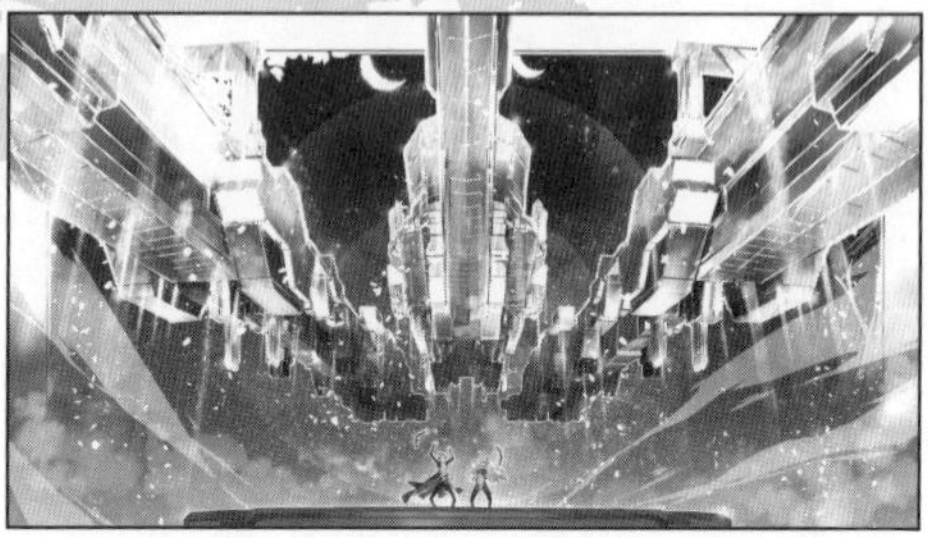

地脈に投下されていた流体マテリアルと設計システムをベースに、轟沈した武蔵が新造された姿。この、武蔵の完全再生システムは、元信公が新名古屋城の自爆をもって地脈に投下したもので、自爆前の新名古屋城は新武蔵と大和が収められていたことになる。

「これ、もしバレてたら極東は政治的に無くなってたんじゃないかな……」

「基本設計は従来を踏襲していますが、出力系は地脈炉型駆動器を用い、主砲は仮装砲塔“兼定”として扱うことが出来ます。――以上」

「大和との関係は、主砲だけ見ると武蔵と小次郎だねえ」

真田《さなだ》・信之《のぶゆき》

真田教導院の総長。忍者系で有能なのだが、弟が優秀であることから虚勢が身についている。羽柴勢についた天竜皇である信繁を、兄として止める。

石川《いしかわ》・数正《かずまさ》

元武蔵の教員。当時は十本槍の教員。オリオトライに敗れて武蔵を去ったが、再就職先のP.A.Odaにてオリオトライの正体を悟り、彼女がその理由を話さず相対したことを「役に立たぬと思われたか」と恨む事となる。実力としてはオリオトライを越えていたが、乱入した喜美に破れる。酒井推し。

八房《やつふさ》

羽柴側にコピーされた“八房”に対し、己の態度を見せた里見・義康を助けるように、その搭乗を許可。以後、義康の乗機として力を発揮する。

ヴリトラ

関東解放の際に撃墜状態にあったが、鈴の知覚に反応し、幻庵の遺志に基づき武蔵を救う。戦闘の後に眠りに就くが、その行動は機竜を使う鍋島に影響を与える。

魔女《まじょ》の村《むら》の人々《ひとびと》

ナイトとナルゼの両親が住んでいた村の人々。狙撃ババアも住む。双嬢の元型とも言える機殻箒を保管しており、ナイトとナルゼにそれを後継する。

study

「限定的過ぎて他の誰も代行出来ないんですが、ターニングポイントとして換算されるんですかねー」

「浅間が千五百一回を思い付いたトンチキタイムじゃないの？」

「というかトータルで回数足りたことかな？」

「ハイッ、ハイッ、ネタとして他人のプライベートを使わない！」

「やはりホライゾンがフライングヘッドバットを叩き込んだときですかねえ」

「これまで以上に一瞬勝負のアタックですわねえ」

「――子供世代は何か意見ある？」

　問うてみる。するとそれぞれが首を傾げた。

「……まず、山崎の合戦としてみると、武蔵を追いかけるのは総合的な積み重ねで、どれが明確なターニングポイントとは言えないか、と思うで御座ります」

「山崎の合戦も、小牧長久手の戦いも、決着はありましたが、ターニングポイントと言えるのでしょうか……」

「まあ、以前にもあった、〝決着は、それ以前こそが大事〟というアレやな。賤ヶ岳みたいに、最後が代表戦になってれば別やろうけど」

　やはり答えが出ない。だとすれば、

「これは、……もっと別の処にターニングポイントがあるのかもしれないわね」

　と、言った時だ。不意に東照宮代表が声を上げた。

「……あれ？　ええと、過去のリピートが始まってます!!　それも、中に誰か取り込んだ状態みたいです……！」

○

　オリオトライは、広い空の下にいた。
　高い空だ。
　だが自分が立っているのは、土の地面の上。
　ここは、

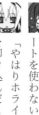

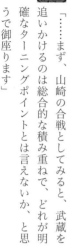

「――IZUMOか」

懐かしい、とそう思ったのは、ここがある建物の裏庭だと気付いたからだ。

「葵家、――私から見たら、高祖母の家ね」

以前、ここに住んでいた時期があるのだ。

未来から抽出された子供が葵家を名乗ったため、IZUMOが半ば強引に確保したのだ。

当時、父達は存命だが、まだ幼いことを知り、安心しつつ、ガッカリもした。

彼らを救いに来たが、その時期よりも早すぎて、対処のしようが無かったのだ。

しかし曾祖母や、更に高祖母にあたる人は、自分の来訪を喜んでくれた。検査によって、明らかに後代の存在だと解ったせいもあろう。そして二境紋のことがあり、親に会いたいと思っても会えない自分を、だからこそ大事にしてくれた。

「有り難いことよね」

と、呟き、何となく気付いた。つまり、

「私がターニングポイントなのか」

言ってみる。だが、

……ホントかなあ。

そうなのかな？　と首を傾げる。と、不意に表の方から人影が一つ来た。

少女だ。年齢は中等部あたり。小袖に上着を引っかけ、下にタイツを穿《は》いただけの気楽な格好で、しかし手に一本の長剣を持っている。

かつての自分だった。

第十八章
『故郷の邂逅者』

あら久しぶり
今は春だっけ？
配点（誰アンタ）

○

オリオトライは、見知らぬ女性が裏庭に立っているのを見た。

知らない人だ。

本当なら警戒し、声でも上げるべきだろう。

だが、

「――誰？」

あまり他人と話はしない方がいいと、解っている。自分が何か話そうとすると、二境紋が生じる可能性が高いのだ。
未来から抽出された子供。
そう。自分は、父達が失敗した未来からやってきたのだ。

○

オリオトライは、昔の自分を見て、思い出した。

……懐かしいわねえ。

彼女は、一人だった。

仲間達を捨てて、先にこちらに来たのだ。

何しろ、かつての未来において、仲間達は、それぞれの母達を止めるという方針だった。

だが、それでは自分の場合、だめだ。

だって**彼女達の場合、対運命の最終決戦までに止めればいい、**というスケジュールだ。親がそこで失われるのだから。

でも**自分の場合、三河で両親が亡くなる。**というか、そのおかげで毛の出番になる。

……毛の子。

知ったときは驚愕《きょうがく》だった。変な毛じゃないというのは保証して貰ったからセーフ。でも剛毛かどうかまでは解らなかった。

ただ、仲間達の思いには同意だが、彼女達の望みでは、自分の本当の母であるホライゾンが、ほぼ助からない。父達の力不足なのだから。

だから自分の場合、三河争乱をどうにかしないといけないが、

……難しいわよね。

どうすれば、力不足の三河争乱で勝てるのか。

アイデアとして、自分達が、親と混じって戦うというのがあった。だけどコレは却下された。

「母さん達に混じったとして、正体を隠し切れますか？　もしも自分のことをウッカリ話したら、二境紋で、それこそ母さん達を失いますよ？」

豊はもうホントにここらへんの弁が立つ。

だからまあ、三河については流動的で、必要だったら介入しよう、と、そんな決定をしたのだが、流石に納得出来ない。

ゆえに先行して、自分は勝手に〝出た〟。

それから数年、というのが〝ここ〟だろう。

当時、仲間達が遂に抽出された筈だ。自分が葵家の係累としてここＩＺＵＭＯに確保されたのとは別で、元信公が創世計画を進めるP.A.Oda側に確保された筈。

しかし、数年のタイムラグは、年齢差になっている。恐らく、会ったところで、向こうは気付くまい。というか実際そうだった。更にいえば目の前の私も私が誰か解ってないんだけど、私、そんなフケたかな……。

しかしどうしたものか。

この頃、自分はかなり燻っている。

困ったことに、三河争乱をどうにかしたいという自分の話を聞いても、大人達は動いてくれないのだ。否、動いている大人達はいるのだが、末世対策に意識を向けていて、自分の両親達をどうしよう、という話に向かわない。

何となく思っているのは、三河争乱と呼ばれる事件が、この時点からは起こるかどうかも定かではないことと、やはり二境紋の存在だろう。下手に各国に持ちかけて、重要人物が消えたならば、ＩＺＵＭＯのテロとして扱われかねない。

ただ曾祖母達は言ってくれた。

……そういうときは、アンタが何とかするんだよ、って。

応援しよう、と、そう言ってくれたが、だが、どうしたらいいか解らなかった。

自分にあるのは、何だろう。未来の知識も、あるかと思えば、やはり子供レベルだ。あるとすれば、対運命用に使えるという賢鉱石の長剣と、実の母である〝父の姉〟から教えてもらった剣術のみだろう。

○

オリオトライは、来客らしい女に対して、ふと、変な親近感を得た。

……変な人ね。

見たことがない人だが、この裏庭に立つ姿が、合っている。

自分が鍛錬のために、ちょっと広げたり、草木の位置を調整した場所だ。

だから適切な立ち位置があるのだが、彼女はその範囲にいて、しかし周囲に無用な気を払っていない。

知っているかのようだ。だが、

「――何か用？」

ちょっとの煩わしさを感じたのは確かだ。用と言っても、昨今の来客は〝普通の子供〟みたいな扱いになってる自分ではなく、祖母達にこそある人達ばかりだ。

まあ仕方ない。何しろ、そろそろ高等部への進学の時期だ。進路も考えるべき時期になっていて、

「……なあに？　あまり喋れないのに、世界は勝手に自分のことを普通の人扱いで、困ってるって、そんな顔ね」

目の前の女に、図星を指された。

○

「うるさいわね。誰、貴女」

「ああ、私？　私は武蔵で教師やってんの。今日はちょっとこっちに遊びに」
　そう、と若い自分は言った。背にした長剣は、まだ低い身長に対してかなり大振りだが、

「どいてくれる？　毎日の練習があるから」

「見ていい？」
　問いかけに対し、相手はやや迷って、しかしこう言った。

「——いいわよ」

○

　オリオトライは、若い自分が結構真面目だったことに気付いた。

　練習と言えば素振りと型が基本だが、その前に構えの練習に入ったのだ。

「——」

立って構え、身を入れる。そして中腰になり、というのを幾度か繰り返す。

　ややあってから、脚を左右に開いて同じように上下し、今度は捻《ひね》って繰り返す。

　練る。

　上段、下段においても行い、途中で何か引っかかったら、もう一度。

　トータルで二十分くらいを、構えだけで使った。

「——よく、見てられるわね」

「いやあ、綺麗なもんよね、と、そう思ったわ」

「有り難う」

　そう思ってないような、思ってるような口調で言われ、苦笑する。

　そこから彼女が、素振《すぶ》りと、型に入る。

　綺麗だ。

　そして型に入ってから、連動が始まる。

ただ繋げるのではなく、相手がいる設定なのだろう。どうも硬いものを相手にしているようで、剣の軌跡が必ず空中の一箇所を通過する。

一瞬で三度打つ。そのような動きを見ていると、不意に声が来た。

「ねえ」

「え？　あ、何？」

「——貴女、教員なのよね？　じゃあ教えて」
何かしら、と思うなり、問いかけが来た。

「——私が、世界を変えられると思う？」

○

ああそうか、とオリオトライは思った。

……ターニングポイントね。

自分は世界を変えられない。世界もまた、自分の望むやり方で、世界自体を変えるようになってくれない。

何か別の方法が必要なのだ。

それに気付くのが、この頃。否、このときでいいと、過去は言うのか。

そして自分が自分に問うた。

「——世界を変えないと、駄目なの。私に出来ると思う？」
その問いかけに、己は即答した。

「無理ね」

○

「どうして？」
そんなの、解り切ったことだろう。

「——下手な事をしたら、二境紋が出るんだもの」

「貴女……！」

型の動きが止まる。警戒の視線と身振りがこちらに向く。

「誰？」

「――教員よ」

いい？　と己は言った。

「――もっと鍛えなさい。貴女が、自分の本当の親の名を誇れるほどに、教えられた剣の技術を信じて、強くなりなさい」

そして、

「――貴女は世界を変えられない。それほど世界は甘くないわ。でも、貴女が、その、母親から教えて貰った剣や技術を確かなものにすれば、それが世界を変えるの」

「――どうやって？」

「私は出来たわ」

言った瞬間だった。

不意に、相手が打ち込んできた。正面中段。高速の跳ね上げからの面打ちを、自分は弾く。

舞う動き、これはそう、母の得意な動作だった。身を捻り、掲げた手を絡めるようにして、しかしスイングした腰の動きを上半身に回して、

「――――」

弾いた。

いい音がして、相手が崩れかけた姿勢をキープ。やるじゃない、と思う視線の先で、素早く引かれた。

一息、二息。それだけの呼吸を持って、若い自分が姿勢を正した。

「――教員ね」

「――あら？　やる気？　ちゃんと勉強しないと駄目よ？」

「解ってるわよ。でも――」

でも、

「……私が世界を変えなくても、私は出来るのね？」
いい問いかけね、と思った。
だから言っておく。

「名前を考えておきなさい。母のことを誇れる名前を。――名前が違えば、二境紋は貴女を捉えづらくなって、少しは気楽になれるわ」

「気分の問題？」

「まあそういうものよ。適当に頑張っておきなさい。ああ、あと――」

「何？」

「――体育が出来てれば体育推薦あるから、自分が親譲りの馬鹿だと思ったらそっちね？　忘れちゃ駄目よ？」

「貴女は？」
答えない。ただ手を挙げ、それを別れとして、自分は裏庭から、家の前に回った。
日の当たる処。菜園があり、そして、
曾祖母達がいた。

「――」

○

懐かしい。

曾祖母はまだ存命だが、高祖母はやがて亡くなる。

両親に会えない時期の自分にとっては大事な肉親だ。だが、先ほど、若い自分にも気付かれなかった己だ。ここでは単なる無礼な侵入者だろう。だから、

「――すみません。ちょっと裏手から迷い込んでしまって」
言った。その時だった。

「よく来たねえ、オリオトライ、アンタだろう？」

○

どうして、と思った。何故、解るのかと。だが、言葉を失ったこちらに対し、

「——アンタについては、何があっても驚かないよ。まあ、何だ、つまりこういうことなんだろう？」

高祖母が、笑みで問うてきた。

「——上手く行ったんだね？」

「……はい！」

そうかい、と高祖母が笑った。頑張ったねえ、と。そして、

「行くんだね？　馬鹿な孫達に、宜しく頼むよ」

頷き、そして顔を上げると、光が生じた。眼下、流体光が昇っていく。

ターニングポイントだ。

今、裏庭の自分は、己の思いを決したろう。

あれがやがて、教員の道を選び、真喜子という名前をもって武蔵に上がることとなる。

己は、光の中で、大事な親族に対してこう言った。

「御達者で」

ああ、と高祖母が言った。

「——玄孫《やしゃご》の立派な姿が見られるとか、幸いだよ」

その言葉が光に満ち、自分は青梅に戻った。

●

トーリは、ふと、顔を上げた。

散って昇る白い流体光の波。誰かが、クリア条件を満たしたのだ。

それが誰かは解らない。しかし、

「姉ちゃん」

「フフ、どうしたの？　愚弟」

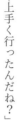

ああ、と己は言った。今、感じたままのことを告げるなら、

「――IZUMOの曾婆《ひいばあ》ちゃん達の声がした」

「フフ、幽霊ネタなら卒倒ものだけど、親族ネタなのでセーフ。そういうつもりで聞いてあげるわ。――何か言ってた？」

ああ、と己はまた言った。そう、聞こえた言葉、あれは確か、

「――夜叉の立派な姿が見られて幸いとか」

凄い遠くから担任の投げた装甲板が直撃したけど、何か俺が悪いらしいです。

第十九章

『一晩の常駐娘達』

濃度というのは
つまりいろいろな事柄に
当てはまるものでして
当てはまるとは
つまり隠語ではなくてですね
配点（何言ってますの？）

play back

「ちなみにコレ、俺がホライゾンの胸揉んでやろうとタイミング読んでて、ホライゾンがカウンターで殴ろうとしてんのな?」

「私とミトは、それに気付いてますし、喜美もちょっとアオってますよね」

「ここまで来ても相変わらずですわねえ」

「**YEAHHHH!**　激狭ですねえコレ」

「フフ、ともあれ大団円、そんな感じかしら」

振り返り
境界線上のホライゾン
文庫本XI〈上〉〈中〉〈下〉

「XI上中下は解りやすく言うとどんな内容ですかねえ、正純様」

「関ヶ原もヴェストファーレンも対運命戦もあったけど、〝決着〟ではないんだよな。何しろまだこれからも私達には未来があって、終わらないんだから」

「だから、ヴェストファーレンで今後の世界の新秩序を掲げたように、解りやすく言うと〝明日〟だ。未来というほど遠くではなく、手が届く〝明日〟。それをこれから、皆で続けていこうと、そういう巻だと思う」

「失わせないことを掲げ、関係を広く深く確かにしていったら、いい〝明日〟に繋がる、と言って良いか……」

「…………」

「**良いんですかね？**　ホントにホライゾン達のいつもの明日は、〝いい〟判定になるので？」

「ぎ、疑問に思っちゃ駄目ですよホライゾン……！」

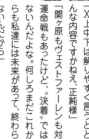

●

午後三時、という時間を正純は見た。
この時間に、とりあえず全艦に表出した過去を一掃したことになる。後は、

「残りの記録が、武蔵野と奥多摩に表出するか……」

言っていて気付いた。ここから先の過去は、どういう性質のものかと言えば、

「——武蔵勢に羽柴勢が合流し、末世を解決する流れだ」

「つまりここまでの全てをクリアする意味は、それを出すためにあった、と？」

「まあ、単に〝スペースがないから〟という理由であったら、何処か解放した時点で、そこに最後の記録達が湧いとるやろな」

だとすれば、三河からの記録は、幾つかの意味を持つ。これは単なる記録ではなく、

「……御母様達が世界に打って出られるようになる事実の成立と、私達の合流を、記録として完成させる、ということですか」

そうだな、と己は頷く。だが、そういう意味で考えると、

「……ここから先、大きなターニングポイントって、あるか？」

●

ここから先、という言葉に、人狼女王は考えた。合流後としてあるのは、

「……うちの子達の合流、というものを別とすれば、**関ヶ原の合戦**と、**ヴェストファーレン会議**、そして**運命との決戦**ですのよね？」

「ちなみに合流の際、私達の〝本名当て〟みたいなものが幾つか行われて、私達は、自分の名前を本名と羽柴時代のものとで二つ持ってますね」

「合流の際、他人のお金で頂く焼肉は最高でしたわねえ……」

「言っておきますけど、昨夜のもそうでしたのよ？」

毎回どうも有り難う御座いますわ。
だけど、次の関ヶ原は、ちょっと異質だ。何しろ羽柴と、松平である武蔵が合流した状態になっている。だから、うちの子の子が頷き、言葉を作った。

「――**関ヶ原の合戦は、身内の談合。教導院行事である体育祭と重ねることで、無血の合戦が果たされました**のよね？」

「Ｔｅｓ．、西軍代表として毛利から輝元が乗り込んで来ましたし、楽しかったですわね」
「飛び入りで私も忠興様と参加出来て、良かったでありますねえ」
かなりフリーダムな関ヶ原の合戦だったのは確かだ。
世話子もこの関ヶ原には三征西班牙代表として参戦しており、

「射撃があったり水泳があったりと、酷く自由でしたね……。おかげで東軍と西軍の勝ち星の取り合いが無茶苦茶になりましたが」
何か遠い思い出のように語ってますわねえ、

study

●関ヶ原で活躍した人々●

「無血の関ヶ原、完遂にはいろいろな人々の協力があった。それを紹介しよう」

島津《しまづ》・義弘《よしひろ》

九州に住む草の獣。疲労熱量を食うことで生活しているため、生物は傍にいると疲労を奪われてつまり寝る。群体であるために“死ぬ”ことがまず無く、究極の戦力である。

小西《こにし》・行長《ゆきなが》

史実における関ヶ原の合戦の首謀者。女商人で武蔵商工団代表者の一人である小西の娘。関東解放の際、羽柴勢として大久保や義康と戦った経緯を持つ。彼女の斬首の歴史再現をどう解除出来るか、が無血の課題のひとつであった。

【競技内容】

関ヶ原の合戦は体育祭と重ねられたため、以下のようなプログラムで推移した。

二人三脚→水泳→射撃→徒競走→徒歩戦

多くは代表者を出し、勝ち星の遣り取りで談合という流れである。

study

と思う。

だがまあ、楽しかった。これまで娘達とああいう行事に参加した事がなかったのだ。いろいろ競って、良いところを見せたり見せられたり、家族で参加して、御弁当なども楽しんだ。

ああいう平和な歴史再現として解釈を出来るなら、それがいい。

「結果として、西軍と東軍は、東軍の勝ちでしたけど、それを取り消すことによって、歴史再現で死ぬことが決まっていた参加者、小西《こにし》・行《ゆき》長《なが》を助命。――つまり無血の合戦として終了しましたのね」
ただ、それで済まないのが、やはり今の時代だ。何故なら、

「関ヶ原終了後に、とうとう乗り込んで来たよな、K.P.A.ItaliaがM.H.R.R.旧派に沈められて以来、行方不明になっていた教皇総長が」
そう。つまり、時期が来たのだ。

「ヴェストファーレン会議ですのね？」

どうだろうなあ、と正純は首を傾げた。

「――ヴェストファーレン会議も、こちら側で決定的なターニングポイントっていうのは無い気がするんだよな。**堅実な積み重ねがモノ言う現場**だから」

「**堅実？**　**堅実**って言った？　今」

「というか私、今、アオっておいてこういう展開ですのよ？」
だがこれは事実だ。

「ヴェストファーレン会議は、元々が**三十年戦争の講和会議**だ。
それらの戦いに関わってきた私達は、敢《あ》えて羽柴の所属していたM.H.R.R.旧派側として参加し、敗戦国として参加することで、各国の要求を聞くことにした訳だ」

「会議後、そして末世解決後の世界において、武蔵と大和の出来ることが大きすぎる訳や

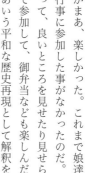

な。――こちらが上に立つような会議をしたら、世界全体が結託して敵に回る。
　せやからこっちが敗者になれば、各国は我先にと交渉を求め、足並みが狂う、と」

「まあそんなところだ。だから各国、こっちに対して何を言うか、考え直しになって、フラットな状態となった」

「……Ｔｅｓ．、酷く迷惑をしました……」
　三征西班牙は、この会議で阿蘭陀が自領から独立する。会議は上手く切り抜けたいという願いがあった。が、それ以外でも、各所でこちらとまとめてきた話がある。それが結果として反故《ほご》にされないか、監視的な意味もあっての参加だ。いろいろ気疲れあったろう。

「なお、このヴェストファーレン会議に参加した各国と、戦勝国、敗戦国と分けると、次のような感じになる」

◇戦勝国――

- **六護式仏蘭西**
- **M.H.R.R.改派**
- **瑞典**

◆敗戦国――

- **M.H.R.R.旧派（武蔵）**
- **旧派諸国（K.P.A.Italia含む）**
- **議題として阿蘭陀の西班牙《スペイン》からの独立有り。**

「――武蔵はM.H.R.R.旧派として出たので、敗戦国の代理をしているような状態だな。だがこの会議の中、私達は戦勝国や阿蘭陀を味方につけていった。多くは外界開拓や、極東内の商業インフラの充実という、武蔵や大和あればこそ、という部分を交渉材料にした訳だ」

「外界開拓って、そんなに意味があることなのかしら」

「――手つかずの広大な土地やで？　ヴェストファーレン会議は国境を制定した会議でもある

から、外界に行って勝手に国境線引けばそれが領土にもなり得るんや。
　攻めるにしろ守るにしろ、大量の高速輸送が出来、移動拠点にもなる武蔵や大和があれば、大国だけやのうて、力ない小国は助かるやろな」

「つまり外界開拓が始まると、これまで極東上で作ってきたパワーバランスが大きく変わってしまうんですね」
　そうだ。だからこそ、必要なものがある。

「**新秩序**だ。武蔵が世界に提示し、要求するもの。それは**外界開拓や、末世のような事変に対して、大国や小国が向き合い、お互いが対等にやっていくためのルール**といえる。
　武蔵は、これを、旧秩序代表ともいえる教皇総長にぶつけた」
　結果はどうであったか。

「教皇総長は、最後にこちらの〝制限ある自由〟と、やるべきことを認めてくれた。まあ、こちらのやることが理解出来なくても、世界が認めているなら利用しようと、そういう発想だ

study

●ヴェストファーレン会議で活躍した人々　その1●

「ヴェストファーレン会議は派手な現場やったなあ……。その紹介や」

ウィレム二世

阿蘭陀の新総長。第三の全裸。阿蘭陀の独立を求めたが、それによる不備などを解消するため、大久保と息を合わせて旧派の介入を阻止した。

アクセル・オクセンシェルナ

瑞典の女副長。過去の負傷で武神と一体化している。親旧派、親武蔵寄りである総長クリスティーナを諫めるために相対する。

クリスティーナ

瑞典総長。ネルトリンゲン戦で忠興と武蔵勢に命を救われ、以後、武蔵在住で外交や知識面の助けを尽くす。ヴェストファーレンではアクセルの武神と相対し、爆砕術式をもって忠興の補助を得ながら圧倒する。

study

な。おかげで、極東に掛かっていた学生の年齢制限など、随分緩和された」
　ただ、アレだ。

「最後に、自分の勝ちを散々喧伝されたよ。――確かにあの個性の強さには敵わんよな」

●

　世話子は、一息をついた。今、何処の艦上にも過去の表出はない。が、終わった訳ではない。武蔵野と奥多摩の上空には、まだ監視として魔女部隊が飛んでいるし、両艦から退避した人々が左右艦の内舷からそれを見ている。
　要所。武蔵野艦橋や東照宮のある総長の家、そして浅間神社と教導院には、結界としての防護障壁が張られているのも見える。そういった安全の確保を確認した上で、己は言った。

「……ヴェストファーレンのターニングポイントは、あると思いますか？」

「あれはホント、積み重ねの現場やで……？　あるとしたら、教皇総長の決断であるとは思う。

study

●ヴェストファーレン会議で活躍した人々　その2●

マティアス

M.H.R.R.総長で神聖ローマ皇帝。羽柴の傀儡で、羽柴がリタイア後は旧派の傀儡となって傀儡人生を満喫。悪い人ではない。ルドルフ二世の弟で強化人類である。「傀儡楽しいです！」

オリンピア

教皇総長の義妹で、老いるほどに外見が若くなる逆齢の民。夢見の内容を流体で模造化することが可能で、運命との戦いを予期していた。この当時は新教皇総長であり、マティアスと組んで傀儡を楽しんでいる。

【マブダチ自撮り】

重要人物は簡単に歴史を動かしに掛かるという一例。教皇総長なりの和解だとされる。

study

境界線上のホライゾン
Horizon on the Middle of Nowhere

三河からこっち、全てはヴェストファーレンでの教皇総長との再対決がどうなるか、であり、そのために各国と交渉し、羽柴の抑制を行ってきた訳や」

「Ｊｕｄ．、こちらはこれまでの蓄積と提示。対する各国および教皇総長こそが決断だ。最終的な是非と言えば、教皇総長の決断こそが世界のターニングポイントだよな」

「ええ!? じゃあ今回、自分達の誰かが教皇総長になるってことですか!?」

「そういう意味じゃないからな!? 大体、教皇総長は武蔵側の記録と密接ではないし」

　しかし、と自分は言葉を挟む。

「そうなると、――決戦となった対運命戦がターニングポイントですか？」

●

　どうかなあ、と鈴は武蔵野艦橋内で思った。

　今、自分は、結界によって守られたここで、武蔵の各艦を精査している。武蔵全艦、そしてそれを縦に三十六段階に割った模造を広げ、全域態勢でチェックしているのだ。

「厄介なのが、この怪異が流体関係の総量を変動させず、また、重量も変動させないことですね。浅間様が流体の流量変化を突き止めましたが、そのようなものは武蔵内では恒常的に起きているため、つまり〃人の勘〃が重要です。なので鈴様、色々と任せてしまってすみませんが、宜しく御願いいたします。――以上」

「う、うん。頑張るね？」

　どうだろう。

　関ヶ原、ヴェストファーレン、対運命戦。どれも大きな事象で、その中では幾つもの決断があったのは確かだ。だけど、これが決定打だ、というものを想定すると、違和感がある。

　何故なら、

「――世界は、変わっていくんだよ、ね」

〃今は〃、子供達の来た未来とも、違うように

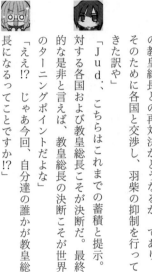

なってしまった。それはつまり、

「大きなターニングポイントが一つあるとか、そういうのじゃなくて、ターニングポイントが、いつもあるような状態になってるんじゃないかな……？」

●

　鈴の言葉に、〝武蔵野〟は推測した。

「確かに、事象的に言えば、今の世界に対し、先行して十本槍のいた未来の世界がありました。彼女達はそれを否定しようとしていた訳ですが、その否定が完全に成立したのは、武蔵勢に羽柴勢が合流したときだと判断出来ます。
　未来を知った上で〝失わせない〟という方針が確立したため、武蔵勢が無考えに運命に挑むことも無くなったからです」
　ゆえに、と己は言葉を繋いだ。

「羽柴勢が合流以後、先行して存在していた彼女達の未来の世界は、不確定になりました。よってここから先、未来を前提としたターニングポイントが、記録的に見て確定しにくいのだと思います。――以上」

「ええと、つまり？」
　ちょっと言葉が走りすぎたことを己は自覚。周囲の自動人形達が〝ですよね〟という態度で頷くのはやめなさい。説明すればいいのです。

「**未来は不確定だ**ということです。そして今、未来が無限に続いているので、何もかもがターニングポイントになり得る。――鈴様の仰ったことへの裏付けですね。私達は今、常に決定と判断の中に生きているのです。――以上」

●

「――ほほう、今の世界は全てがターニングポイント！　でもそんな事は関係無しに記録の再説明しないと歴史再現で教皇総長様に怒られてしまいますね!!」

「Ｊｕｄ．、そうとも、ウッカリここで〝そうか、未来は不確定なんだ……〟って、いい話で

終わったら、ルイス・フロイスの歴史再現を途中でやめることになるからね！」

「す、すみません！　ここでそれ言うのは私の役目なのですが、イニシアチブで負けました……！」

「競ってどうする」

「い、いやまあ、世話子さんの歴史再現もですが、昔の記録を見てみたらターニングポイントがあるかもしれないので、やはり見直した方がいいですよ？」

●

じゃあ、と豊は自分の表示枠を出した。

運命との決戦。つまり月に上がった信長の確保と運命の解放については、自分も記録をとっているのだ。

……浅間神社代表ですからね！

母がヴェストファーレン会議のあと、東照宮をある程度形にして、そちらの代表という役目に就いた。母は浅間神社代表も兼任するが、浅間神社の正式代表としては、自分が就くことになっている、というかそうしている。

なので武蔵の神道系情報処理能力は、基本、従来の二倍になっている筈だ。東照宮がもっと整備されれば、もっと強くなると思うが、語彙の少なさをどうにかしたい。

ともあれ、自分は当時の記録を読み返す。

「決戦前に**父さんと母さん達の生合体**があったって本当ですか？」

「――記録の筈が疑問形になってますのよ!?」

●

「――プ、プライベートなことなのでノーコメントとします！」

「答え言ってるのと同じですのよ？」

「ちなみにトーリ様がやたら元気なので、先端に**竹のペン立てハメたら抜けなく**なりましてねえ」

「どういう極東語だ！」

「ウワー！　貴重な情報をどうも有り難う御座います！」

●

　これは自分が進行した方が安全ですね……、と浅間は思った。

「対運命戦というか、運命の自殺をどう止めるか、というのはヴェストファーレンでも議題となっていたことですね。

　大罪武装では、大罪を罪として認めている運命に通用しない。ただ、運命の人格は元々が制御情報であり、大罪に対する認識もそのようなものです。

　だから**大罪についての認識を自己アップデートすればいい、**ということになります」

「ホライゾンの自己アップデートは、このあたりを考慮したものでして、まあ大罪武装を、単なる大罪から、チョイと変えたのですね。

　哀しくないというのは幸いなことである。——だとすると、**哀しいことは有りでしょう。**つまり、三河からこちら、ホライゾンが得てきた感情やら何やらに対する認識に沿うよう、大罪武装をアップデートした訳です」

「おおう……。ホライゾンがロジックで喋ってるよ……」

「……でもコレ、ホライゾンのＯＳが勝手にやってることなので、実はホントにそうなのか謎です。今のも〝そういうことですかねえ〟みたいな話で」

「これ、マニュアル無しで大規模破壊武装がアップデートしてたということよね……」

「成実、言っても変わらないことを言っても変わらないぞ」

「哲学的ですね……！」

「ともあれ、この大罪武装なら届くということは、三成さんの持っていた大罪武装のスペアとの撃ち合いで評価出来ました。大罪を嘆くのではなく、だからこそ意味がある、と考える。そういうことですね」

「洗脳では？」

その言葉に、自分達は顔を見合わせ、ちょっと笑った。
これを運命に提示した現場には、世話子もいたのだ。だからその時、こんな結論が出た。

「アップデートしても、いずれ変化して、別のものになっていきますよ。大事なのは、後に続けることとです」

自己解釈の部分も大きいが、そういうことだ。
誰かと関わり、世界とともにあれば、変化していく。そして、

「――私達は、一六四八年の年末に、第二の月へ行く道を作り、そこに武蔵と大和、各国の主力艦隊を乗せ、空に昇った訳です」

そこで何が起きたのか。

「運命側が、流体で出来た竜属や武神の大軍を出す、というのもですが、私達……、というか**全人類の〝幸運〟な存在を出す**、というのは、厄介なことでした。
何しろ相手は〝上手く行かなかったこと〟の無い、最大限の実力をもった私達。まともにぶつかれば上回られます」

「…………」

「……上手く行ってばっかりのネシンバラとか、その世界、大丈夫かしら……」

「どっちかっていうとバラやんが上手く行くというより、世界の方が合わせてきてる感じ？」

「いいねそれは！　世界が僕についてくる、ってヤツだ！　――ってよく考えたらそうじゃない今は何だというんだ!?　何もかも失敗しているというのか!?　よし解った！　ここから上り調子だな!?」

「すげえ前向きだ……」

「ともあれ、そんな存在に勝てたのは、拙者達がやはり〝敗北もしてきた〟ことを、自覚していたからで御座りましょう」

「Ｊｕｄ．、——上手く行ってれば強いとか、実力が高ければ強いとか、単純に結論出来ることじゃない、という話ですねー。要は自己を活かすための運用。それが出来るかどうかです」

「Ｔｅｓ．、三征西班牙も、自分達の幸運なコピーを相手に〝試合に負けるが勝負に勝った〟という戦術で勝利しました。ただ——」

「**一回ソレで退けられたら、無限リスポーンで対抗してくる**とか、運命もかなり大人げないですよねー」

　こっちはこっちで、激戦だった。

　何しろ武蔵と大和のコピーが出て来て、主砲の撃ち合いなど行ったのだ。それを制したのは皆の総合力や、自分達以外の援護によるものだが、決着としては、

study

●地上側での抵抗●

「対運命戦の際、地上は何してたんだ？」

「これは地上に限らないけど、運命が出してきた戦力を呼ぶ際、“瓦解の”と名付けたわ。下手な呼び方つけると脅威感出るものね」

「——で、地上側ですが、豪雨と大洪水が起きることが解っていたので、まず、羽柴様が以前より各地に配置していた輸送艦で人々を避難。そこから、第二の月より降ってきた竜や武神という“瓦解”を排除に掛かりました」

「当然、月に昇る道を作り、保持した本能寺跡地に敵が落下してくるので、皆、相当に大変だったようですわね。有明を寄せてガードの上、迎撃とか」

「スレイマン殿が出場したとか、各地の副長クラスが総勢で出たとか、関東方面では白鷺城が再浮上したとか、そういう話で御座るな」

study

「フフ、……愚弟が賢弟となってるのも見てみたかったけどね。でも、賢姉にはやはり愚弟あってこそ。私が、〝賢いだけの私〟に負ける訳ないじゃない」

「もはや言ったもの勝ちみたいな気もしますが、どちらかというと、彼らと和解するような形で勝負がついて、私達は先に向かったんですね」

●

運命は、今、何をしているんだろうな、と正純は思う。

「……結果として、私達は、運命と話し合い、その自殺を止めることにした。運命はこちらの言うことを理解しながらも、しかし、逆らうことを選び、こちらは止めることを選び、……そして私達の力が届いた訳だ」

結論は、空にある。

運命の住まう第二の月は破壊され、運命はアップデートされ、そして、

「哀しくてもいいじゃねえか。外に出て、こっちに来いよ、ってな」

「ひょっとして、信長の身体を模した姿で、何処かにいるんですかねえ」

どうなのだろう。

今、この星には、周囲に精霊石の破片で出来たリングがある。第二の月の破片だ。それは月の光が当たったときに強く光るもので、自分達はそれが地球の周囲を回り出すのを見たのだ。

あれは、

「青白い水面に、この星が浮いているようで、な」

「――創世の物語の一節ですね。大洪水があり、人々は箱船を作ってそれを凌ぎ、新しい大地に住まうことにした、と」

「だから創世計画とか、あの極道オヤジ、上手いネーミングをしたつもりだったのでしょうか」

それは流石に解らない。しかし、

「しかし、対運命戦ってこういう流れだが、何処にターニングポイントがあるんだ？」

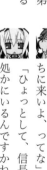

禁
境界線上のホライゾン
Horizon on the Middle of Nowhere

「い、いきなり現実的なところに戻りましたね！」

「インパクトで言ったら、何ですかね。大和と武蔵が先頭になって月に上がっていくとき、運命側が数十キロあるような〝流体で出来た膨大に続く壁〟とかいう、無考えにも程があるものを叩き込んできたときですかね」

『あれは、かなり困ったよ、ね』

「それで済むのか……」

「やっぱアレかしら。私の天上ビンタが勝負決めたっていうなら、私が下で〝これならいいんじゃない？〟ってステージ衣装を決定したときこそがターニングポイントになるのかしら」

「悠長にノコノコ出て来たときに私が一発喝入れたのもターニングポイントで良いですよね……！」

「おーい、一応は世話子の歴史再現用に、誰かここまでの概要をまとめておいてくれるか？」

「――まずは私達の合流から、関ヶ原の合戦ですのね。体育祭、として考えると、結構シンプルになりますの」

◆関ヶ原の合戦――――

・羽柴勢が武蔵に合流する。
**　・親子焼肉会で本名当てたり御肉の追加。**
・関ヶ原の合戦開始。
**　・体育祭を利用して行う。**
**　・無血で済ませることを目標とする。**
**　・無血とするため、談合が基本。**
**　・東軍の勝利で終わる。**

「こうしてみると、思ったよりアッサリよのう」

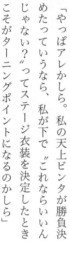

「一番インパクトあったのは、**草の獣である島津家による〝島津の退き口〟**だな……」

「あれ凄く可愛かったですよね。思い切り寝ましたけど。——で、ええと、この次はもうヴェストファーレン会議ですか」

◆ヴェストファーレン会議——

・ヴェストファーレン会議開始。
：武蔵勢は羽柴勢を通し、M.H.R.R.旧派として参加。
：外界開拓、商業施策などをあげて各国の支持を得る。
：教皇総長と副会長の相対。
：新秩序を掲げる副会長。
：両者立つ位置を模索することで、教皇総長の理解を得る。
：極東の扱いを大きく見直す。
：大罪武装がアップデートされていることを公表。

「ずーっと会議してましたわねえ」

「まあ、神代の時代の方でも、延々とやっていたそうだからなあ……」

「細かい部分は注釈を入れた方がよさそうではありますね。ただ、〝新秩序〟というのは、ヴェストファーレンで生まれた大きな価値観だと思います」

「とはいえ、現場に〝運命〟が信長様の身体を模した姿で現れて、アオって来たりで大変でしたね……」

「だからこそ、その勢いで対運命戦に行ってしまうんですけどね……！」

「では、対運命戦を、見てみましょうか」

◆対運命戦——

・概要
：運命が住まう第二の月に向かう。
：第二の月の近くに、運命を取り込んだ信長

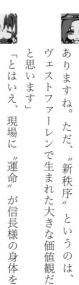

がいる。
：武蔵、大和、各国の主力艦隊が第二の月に伸びた〝道〟を昇る。
：運命側の迎撃、障壁や竜、武神が来る。
：運命、人類の〝幸運のバージョン〟を出す。
：運命側の武蔵、大和との戦闘開始。
：各国代表もそれぞれの持ち場で自分達の〝幸運バージョン〟と戦闘開始。
：賢姉オンステージで道を通す。
•運命と向き合う。
：運命の人格を大罪武装でアップデートする。
：第二の月を破壊し、運命を自由にする。
：信長の身柄を確保。生存を確認する。
•運命を解放。
：地球を見ながら、皆で軽く祭。
：ホライゾンが笑ったアアアアアア！

「ホライゾン！　ホライゾン！　感動的なシーンだったんだから、もうちょっと手加減を！」

「おやおや浅間様、アレはもう過去のこと。古いことはネタにするのがギャグに厳しい戦闘国家、武蔵の矜持でしょう」

「しかしコレ、相対の連続や勝負の連続はあっても、何処が全体としての決定打のターニングポイントになるんだ？」

「やはり喜美のオンステージ……、と思いますけど、あれがヴェストファーレンや他を通しての決定打か、というと難しいですわね……」

●

皆が自分の思うターニングポイントについてぎゃあぎゃあとやり始めた中、世話子はそれに気付いていた。

東照宮代表と浅間神社代表が表示枠を見せ合いながら、武蔵野と奥多摩の方へと振り向いていたのだ。そして総艦長代理からの通神が来て、

『――過去の表出？　来るよ！』
という言葉と共に、夜空が見えた。

武蔵の中央艦を視界に入れた周囲に黒の空が拡がり、更に艦尾側には、

……地球!?

その通りだ。今、目は明らかに武蔵の中央艦と右舷艦を捉えていて背後は青の空。だがそこに、被るでもなく、変わるでもなく、同時に夜空と地球が見えている。

二重化ではない。

「過去の記録が、現在に同化しているんです。こっち側に意識を持っていないと、向こうに引っ張られる可能性があるから気をつけて下さい!」

言われるまでもなく見える。

今、奥多摩の教導院では体育祭の競技が全て同時に行われていて。武蔵野の甲板はコロシアムのような円形座席となっており、その中ではヴェストファーレンの会議が続いている。

更に、という事象が発生した。

奥多摩、教導院前の階段を降りてくる集団がある。あれは、

「……私達よ!」

三河争乱が、何故か、再表出しているのだ。

●

疑問と、しかし納得をしたのは豊だった。

「……私が、あの直前のターニングポイントをクリアしたんです!」

それは事実だ。だが、何故、また三河争乱の続きが表出しているのか。

考えるまでもない。今、三河の記録は、末世の終了となった記録と同化するように表出しているのだ。

「あの時、地下メインで過去が出ていたのは、この本命を〝表〟に隠していたんですね……!?」

ならば答えは見えている。母に視線を向けると、彼女は頷き口を開いた。

「――あの**三河争乱こそが、全体のターニングポイント**です!」

瞬間。それが来た。迫るように、抱きしめてくるかのように、三河争乱の過去が武蔵全域を浸したのだ。

足下、あっという間に現場は声の群となる。

武蔵上。後に三河争乱と呼ばれる時間の中、武蔵の代表者達が教導院の階段を降りた直後。

そして、

『皆……！』

片桐の母の声が響いた。

『皆が、いない、よ……！』

●

ネイメアは、正直、ちょっと残念を感じていた。

三河争乱の過去に豊や嘉明が参加し、他、幾つもの過去に、未来から共に来た仲間達が飲まれては解決していったのだ。

だが自分には、ちょっと機会が無い。

無い方がいいのだが、羽柴勢の頃から前線に出るなら自分と、そんな感じの吶喊力が売りとなる人狼種族だ。騎士である母からは、戦いというものの価値を教えて貰ってもいる。だから何か、自分の力で役に立つことがあればいいと、そう思っていたのだが、

「――あら？」

気が付くと、自分は、広場に立っていた。

○

土の大地だった。遠く遠く、土手が四方を囲んでおり、こちらの背後、北東側には大きな門。向こう、南東側にも同じような門がある。

ただちょっと不思議なのは、恐らく三征西班牙とK.P.A.Italiaの戦士団が、南側で巨大な方陣を組んでいることだ。

「……これは」

何ですの？　訓練か何かに、入り込んでしま

いましたの？　と、そんな疑問を思った時だ。

「おーい」

振り向くと、父がいた。

あ、御父様、と声を掛けそうになって、ふと気付いた。これはアレですの。そう、多分、

「三河争乱……!?」

○

何故、とネイメアは思った。だがコレは間違いなく三河争乱。

更には、おかしな事があると己は気付いた。父がちょっと離れた処、土手際にいるのだが、

……どうして護衛の戦士団が一人もいませんの!?

おかしい。

だがこうも考えられる。これは過去の再現で、きっとターニングポイントか何かに関係しているのだろう、と。そして恐らく、ここにいない者達は、まだエントリーを済ませていない状態で、自分は運良く先行的に飲まれたのだ。解りやすく言うと、

……当分、私一人で御父様を護《まも》るんですの!?

神様すみません。ちょっと出番が欲しかったとか、イキったこと考えた罪を懺悔《ざんげ》しますの。ぶっちゃけこんなウルトラハードモードを超えたナイトメアモードに近い条件クリアが提示されると思わなかった。

どうしたものですの、と自分は父に振り向く。が、疑問があった。

……この御父様、当時の現物？　それとも、今の御父様ですの？

当時の父だった場合、こちらのことが解らない。その場合、味方だと思って貰えないかもしれなくて、ちょっと哀しい。

少し遠間だが、匂いを嗅いでみる。

自分の母の匂いがする。だが、豊の母の匂いもするし、喜美伯母様の匂いもする。そして、

……**あ！**

ホ母様の匂いが確かにある。そうだ。この時期、父はまだホ母様とは距離を詰め切れておらず、逆に**キモい客**と思われていたのだ。ちょっと表現悪くてすみませんの。だが、ホ母様の匂いがしっかりあるということは、

「御父様！」

「おーう、やっぱネイメアか。ちょっとこっちこっち」

父が呼ぶので瞬発加速で寄っていく。すると、

「よーしよしよし」

髪に手を突っ込まれて頭を撫でられる。ちょっと上手くて変な声が出るが、

「お、御父様、大丈夫ですの？」

「ああ、何か面倒な過去に来ちまったなあ、って感じだな。――とりあえず俺、そこにある木にセミみたいにしがみついてた記憶あるんだけど、そうしてる間、ネイメア、護ってくんね？」

「――**Jud.**！」

○

即答していた。

「――〝黒狼〟ネイメア、攻撃的防御に出ますの！」

何とも解りやすい話だが、一発で気分に火が入った。ゆえに己は敵に振り向く。

巨大な方陣。人数は一千人。誰もが手練《てだ》れの戦士団だ。だが、

「――私を相手にした者は、一人もいませんのよね」

第二十章
『未来の往還者』

それは
抱ける視界を
振り仰ぎ通る者
配点（支配権）

○

三征西班牙と、K.P.A.Italiaの混成戦士団は、西班牙方陣《テルシオ》を組んだ中で、敵の判断に困惑をしていた。

「……？」

自分達は最新、最高の装備と陣営だ。一千人の防護に砲門も用意している。

それなのに単騎で出て来たこの少女は何者だ。皆が極東の戦士団や総長連合の人員を照合するが、いない。

一番信憑《しんぴょう》性ある見解は、こういうものだった。

「武蔵の第五特務が、変装してる……？　髪が黒いのは夜間用なのか？」

だがそれには、即座の否定が来た。

「否！　武蔵の第五特務は胸が薄いぞ！　あの少女は少なく見積もっても巨乳だ！」

「じゃあ違うか！」

即応であった。

○

「何か私、今、どこかでディスられてる気がしますわ」

「な、何かよく解りませんけど、とりあえず今、加護の調整急いでるから待ってて下さいね！」

○

ネイメアは、背負っている銀釘のカートを展開した。

人狼種族《ルウガルウ》に伝わる銀の武器。かつて天使であった〝聖なる小娘《ジャンヌ・デ・アーク》〟が火刑に処されるとき、それを止め繋ぐための銀器が武器として作り替えられたものだ。

母は鎖。母の母は十字架。そして自分は、

「天使を縫い止める釘。——左右共に装備で行きますわね」

両腕に装備するのは、一メートルを超える十字架型の打撃武装。それを軽く後ろに振って、上半身を前に倒し、

「――――!」

行った。

○

西班牙方陣は、この時代において完成されたともいえる防御陣形だ。

槍などはおろか、銃撃にも強く、何はともあれまずはコレ、という方陣である。機動力に劣るが、だからこそ防御に優れ、それが一千人の厚みがあれば、

「ん?」

正面。遠くにいた改造極東制服の少女がいなくなった。

そう思った瞬間。それが生じた。

自分達の方陣。中央を構成していた集団が、空に吹っ飛んだのだ。それも数人単位ではない。二桁を優に超える数が背後側へと飛び、

「――――」

誰も、何が起きたか解っていない。砲撃かと思うが、敵の砲門どころか、敵自体がいないのだ。

しかし、各所にいる隊長格の一人、方陣の角にいるまとめ役の者が叫んだ。彼は危険を知らせる喇叭《ラッパ》を吹き、

「敵襲――!!」

●

点蔵は、向こうの現場を知っている。西側広間と呼ばれる陸港の予備スペースでは、三征西班牙とK.P.A.Italiaの混成戦士団が作った西班牙方陣を相手にしたのだ。

今そこに、あの馬鹿とネイメア殿が行っているが、

「現場で展開している西班牙方陣は、構成人数一千人。ネイメア殿一人で、どうにかなるものでは御座らんだろう……！」

「——大丈夫よ」

「アー、ネイ子なら大丈夫」

「大丈夫だって言ってるでしょ？」

「アー大丈夫大丈夫」

「何か理解があるのとテキトーなのが一気に来たで御座るよ！」
憤っていると、嘉明が魔術陣を通して伝わる現場の音に耳を澄ませ、言葉を追加した。

「賤ヶ岳の戦いの時、私達は糟屋……、当時のネイメアね。彼女の異族部隊の援護に回っていたの。敵はM.H.R.R.機動殻の迎撃部隊一千人。彼らの突撃防御に対して、ネイメアは真っ正面からカウンターを叩き込んで、その半数近くを壊滅したわ」
だから、

「——条件は違えど、一千人、ネイメアだったら、やってやれない数じゃないわ」

○

方陣を構成していた混成戦士団は、急ぎそれを組み直しながら二つの事実に気付いた。
一つは、被害人数が三十二人という数であったこと。
もう一つは、

「違う位置にいるぞ！」
いつの間にか、先ほどの吶喊を行った少女が、遠くに戻っている。
だが彼女の位置が違う。西寄り。それは木にしがみついて、

「ミーンミーンミーンン！　俺はセミでえええす！　狙わないで下さあい！」
キモいセミがいるが、それを背後に置く位置

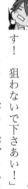

に、少女が立った。

護るのか、と皆が構え直す。こちらは一千人。三十数人を吹き飛ばしたところで、その何十倍も人数がいるし、復帰する者だっている。

多勢に無勢。ゆえに今の一発を牽制として、守りに入るのか、と。ならば、

「――射撃用意!!」

前列が防護術式の盾を重ね、しかし続く者達が長銃を射撃姿勢に入れた。

相手が距離を取ったならば、銃で仕留める。それも分厚い弾幕を張れるのが西班牙方陣の良いところだ。

構えさえとれば、無敵。そのつもりで皆が動き、射撃しようとした時だった。

ふと、誰かが呟いた。

「なあ」

聞こえる。

「今の一発、実は調子を見たり、距離を把握する試験で、――本番はこれから、だったらどうする?」

○

ネイメアはスタートした。

「……!」

距離は読んだ。歩数も調整が利く。

一千人弱。一気に穿ちたいところだが〝軽い〟というのが感想だった。このまま中に深く突っ込むと、軽さ故に敵を連鎖で崩せず、単に食い込んでしまうだろう、と。

だから敵の密度を、こちらで上げる。

正面からではなく、斜めから方陣に突っ込むのだ。

正面から行くと、打つのは縦に並んだ列だけとなる。しかし斜めからならば、前後の者達を巻き込んでいくことが出来る。

そして斜めから入って、角を崩すと言うこと

は、ある成果を導き出す。それは、

……御父様から敵を遠ざける事になりますの……！

○

ネイメアは、かつてこの戦場に来ようと思ったことがある。

……三河争乱のとき、北にある岐阜城から推移を追ってましたの。

この争乱で父が亡くなる。これを止めることが出来ないかという豊の相談を受け、竹中に可能性の有無を問うたのだ。

結果として、自分達で急襲し、いざとなったら父だけでも攫って帰還すると、そんな計画を急ぎで構築した。

あれが遂行されていれば、恐らく、自分はここにいたのだ。

父を救う。

それは、今と昔では方法が違うかもしれないが、

ああ……。

何故、自分が優先的にこの過去に飲み込まれたか、解った。

ここに己は、居たかったのだ。

居る。

だから行く。

○

自分は土の地面を踏んだ。

「……！」

脚は加速、全身は速度を示し、視界が前に集中した。

春の終わりの時期だ。

空は西日に染まりつつあり、野の花の匂いがする。そして鉄と火薬と油の匂いが重なり、何もかも穿てと身体が躍動する。

戦場だ。

正面から銃弾が来る。こちら狙い。凄く正し

い。だが、左右に跳ねるように瞬発し、その度ごとに加速する。

跳ねる。跳ねる。

黒の狼が晩春の野を疾駆する。

足音は後ろに。

「ええ……！」

戦場で、速度に身を任せることを許可した。

○

西班牙方陣を構築する混成戦士団は、それを見た。

黒の狼の群だ。

銃弾を回避するために。更に加速をするために。高速で跳ねて己を弾く黒髪が、その残像だけを残して行く。

元は一匹だった。

だがすぐにそれは数を増やし、

「弾幕が効かない……！」

誰もが思い出すことがあった。

人狼には、銀の銃弾以外効かないのだ、と。

三河は海辺の町。極東の地だ。そのような用意は無く、今から旧派に銃弾の銀状強化術式を通神発注するのも遅すぎる。

もはや距離は詰められた。群が一斉に押し寄せ、

「正面防御！」

違う。狼が食らうのは肉の密度が高いところ。方陣の角だ。自分達にとって正面ではないが、黒の勢いに錯覚してしまった。ならば、

「一千人で守り切れ……」

結果は即座のものだった。

誰もが見たのは、黒の髪の浪打《なみう》ちと、狼の掲げた十字の光。

全身で振りかぶったトルネード式の一撃は、異様に低空からのスタートで、

「――る、ら」
歌と共に地表すれすれで連続加速した狼の全身が、水蒸気の爆発を連鎖で走らせた瞬間。
打撃が一千人にぶち込まれた。

○

激突した。

ネイメアが使用する銀釘のモードは、

「回穿《ドリル》モード！」

銀釘の打撃部は流体マテリアルで構築されていて、変形が可能だ。

衝撃力にして最大の、掘削用回穿仕様。その打撃が、ほぼ地面から発される軌道で方陣の角を食った。

敵が浮き、だが狼が前に出た。

浮いた敵が、上昇の推力を持ちながら、背後や前の人員を巻き込む。

それは重く。何人も重なるが故に大重量となりながら、

「……っ！」

回穿が射出された。

杭打ち。

その上で全身を下から前に打ち出す。正面の重量を全て抱えるようなつもりで、足首を前に入れ、膝を入れ、腰を入れた。下半身を確定。そこから上半身を振り抜き、回す。

回した。

一気に押す。このタイミングで、打撃力が巻き込んだ全体を貫通。衝撃が彼らの装甲を砕き、仕込まれていた防護術式が暴発。各所で流体光や防護障壁が散る音は滝音の重奏に等しい。

全ては打撃が砕き、飛沫《しぶき》にしていく。そして、打撃力の抜けた敵群全てが、

「……!!」
叩き付けられるようにして、全域で吹き飛んだ。

散ったのは百七人。空いた円形空間に、狼が
着地するように一歩を踏む。

「――――」

誰もが何も解っていない。
狼も答えない。ただ彼女は、前に出た。

ネイメアは、敵の前列側を食うことにした。
そちらは父に近い。そういう理由だ。だから
加速し、

「――正視無く　闇を露わす」

己は、歌を口にした。

「我は人狼」

歌だ。

「人の恐れに　深淵《しんえん》より嗤む」

女王の家系に伝わる響き。

「人狼の　子らよ」

かつて母に教えられた歌。

「咎め無く　夜を行く」

それは敵を穿ち、

「我は女王」

それは脅威そのものであり、

「月の光に　闇深く踊る」

誰も逃げることなど出来ず、

「人狼の　女王」

女王の威が力を振るう。

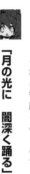

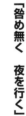

○

ネイメアは、斜め軌道を連続し、敵の密度を操作して食った。

　踏み込み、左右に振って戻るロール動作を打撃の加速力に追加する。

「……！」
　当てる。押し込んで跳ね上げ、飛ばす。両腕の銀釘が過熱するが構わない。ただ打ち、動作を繋げて止まらぬようにする。

「くそ……！」
　敵が散って出来たスペースに、それが振り返ってきた。
　砲門だ。七二ミリ短砲身。三征西班牙の小型艦載砲に動輪をつけて地上用に転用したものだった。
　それがこちらに向き、

「当たれ……！」
　爆圧で周囲の者達が吹き飛ぶのも構わず、砲撃が敢行される。
　音が消えた。
　その中で己は動作した。銀釘のモードを回穿仕様から杭打ち仕様に変更し、

「るぁ……！」

　砲弾を、銀の杭が真芯で捉えた。

　砲弾は一瞬で圧縮過熱されて火花に散り、自分は次弾の間に合わぬ七十二ミリ砲の砲口に手指を引っかけ、前に投じた。

　投げる。手首のスナップ一つ。人狼の力は、頭上を越して五メートル超の砲門を飛ばす。良い感じですの、と自分の充実を思った瞬間。手頃な位置を逆さに落ちてきた鉄塊に対し、己は直蹴りで前に突き飛ばした。

　激音がして、砲身が歪んだ。そして超重量の砲門が敵群を高速で弾いた。砲門は、砲弾どこ

ろの大きさでも威力でもない。ただただ巨大な質量の高速激突に対し、

「うわ……！」

　回避は間に合わなかった。

　鉄の勢いと重量にまた多勢が薙ぎ払われ、自分はまた、加速した。

　敵群の終わりが近い。前半分を貫通して行くのだ。

　行く。

　打撃に光が散る。流体光と装甲の破片が西日に散って消えていく。

　狼の歌を唄った。拍子をとっていると気付く者は居ない。

　陽光。

　潮風。

　花。

　散る鉄と流体の吹雪。

　音は何もかも後から付いてくる。そして、全体を貫通した時だ。己はそれを見た。

「敵の増援……！」

　西の土手から、追加の方陣を組めるだけの敵勢が降りてくる。更には空に、

「――三征西班牙航空戦艦」

○

　ネイメアは視認した。

　追加の敵勢も危険だが、もっと危険なものがある、と。それは、

「――敵戦艦の砲門が、御父様を狙ってますの……！」

○

　砲撃音が届くよりも早く。

　空にある艦載砲が、父を狙って砲口炎を作ったのと同時に、ネイメアは己を弾いた。

　長尺の瞬発加速を重ねて父の元に急ぎ、

「——銀釘!!　統合状態確保！」

左右の銀釘を、その先端部で合致させた。

機械の駆動音が吠え、その全体が一度解放展開。後部から高速で成形された流体杭が槍のように伸長する。

月光色の杭は十五メートル超。陽光の下でなお寒さを感じさせる光を発した。

行ける。

己は加速し、最後の一歩を踏みつつ背後に振り向く。

空。それが来ている。

父の座標へと斜め打ちに射撃された一発。砲弾は形よりも大気を揺らす影として見えた。

その力に対し、自分は右腕を加速した。

「杭打ち《パイルバンク》……！」
全長十五メートルの杭を空へと、振り上げるようなカウンターで、

「るぉ……！」
着弾した。
迎撃の一発が、対艦砲弾を破砕したのだ。

○

散る火花と焼けた鉄のペレットの舞う中、ネイメアは息も荒く、背後に振り向いた。

父がいる。セミだ。だが、

「助かったぜネイメア！　……超格好いいな！今度、俺にもやらせてくれね？」
父の言葉に、自分は何か言おうとした。だが、

「———」
言葉が出ない。ただ小さな笑みが漏れ、己はこれを安堵と自覚した。
よかったですの。
母がかつて護った戦場。それを今、自分は代行し、しかし、

「まだ来ますのね……！」

遠くの空にいる敵の艦載砲が、こちらに光を溜めつつある。

次弾が来るのだ。

解る。

相手は、こちらを脅威と判断し、砲撃で釘付《くぎづ》けにするつもりなのだ。その間に方陣を組み直し、仕切り直すのが目的だろう。

攻撃すべきか。迎撃すべきか。一瞬迷ったとき、敵艦の砲門が光を放った。

「……！」

○

次弾が来る。その筈だった。だがネイメアは、視界に一つの色を見ていた。

爆炎の朱色だ。こちらに向けて次弾を放とうとしていた敵艦の艦載砲が、爆発の朱に流体光を散らしている。

攻撃を受けたのだ。それが理解出来たとき、爆発の音が二発、自分の耳に届いてきた。

「あれは――」
解る。空を行く二つの白い軌跡は、見知ったものだった。

「――嘉明に脇坂ですのね!?」

『間に合って良かったわ、と言いたいところだけど、一発撃たせてしまったわね』
それだけではない。

「ネイメア」
母だ。
横、いつの間にか母がいる。戦闘用のドレスに銀鎖を八本装備の母がいて、

「よく凌ぎ、討ち果たしましたわね」

「御母様……」

言う言葉は呆然《ぼうぜん》だ。母の戦場を代行して、母に賞賛されたのだから。だが、母は一つ頷き、顎で南の方角を示した。
敵の方陣の残党と、出口の門がある方角。

「王を連れて行きなさいな。ここは私達が片付けて行きますわ」

「いいんですの？」

「――こうしたかったのでしょう？」

バレている。というか一番に到着したのは、そういうことだ。だから己は躊躇いなく頷いた。そうしたかったのだ、と。すると、

「我が王！　ネイメアが道をつけますわ！　私もすぐに追い付きますから、ホライゾンとイチャつくのはそれからにして下さいます!?」

そして声が聞こえた。
大勢の響きだ。北西の門の前から、無数の人影がこちらに殺到してくる。

「武蔵戦士団到着……！」

「総長！　アレ御願いします。――お巡りさんの、アレ！」

あら、と母が口を横に広げて笑った。

「ここは任せて、私、出直しですわね」

○

「何とか間に合いましたね……」

と、浅間は、久し振りに高い位置で一息を吐いた。
武蔵右舷一番艦・品川。一番デリックのマスト上に、先ほど成実の不転百足で運んで貰ったばかりだ。
今、西側広間ではミトツダイラ達が合流し、当時の再現をより派手にやっているだろう。
今回は自分も、皆を追って見ようと思っている。既に喜美達、当時は武蔵上で待っていた者

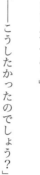

達も、西側広間へと急いでいるのだ。

ただ、自分にはするべき事がある。

西の空、そこに三征西班牙の航空戦艦がいるのだ。だから、己は両の手を打った。

「奏上……！」

○

衣装は東照宮の巫女服装備。東照宮は海道一の弓取りとも言われた松平・元信を奉る神社だ。装備は各所に弓の様相を付け、曲線が多い。

今回が初陣ですね、と思いつつ、巫女の赤《あか》袴《ばかま》であるバインダースカートを展開。

音も無く、スムーズに動く。スカートの一枚一枚に大気が入り、支持裾の先端に鳥居型の紋章が花開く。それらの動きに合わせて、腰後ろにある二本のテールバインダーが陽炎《かげろう》を立てた。

そして足先。靴の両サイドに落ちるピックが床面へと打ち込まれ、己の位置を固定。

肩上、ハナミが踊りながら笑って手を打つ。

『位置関係禊祓終了ー』

「有り難う。――では」

言ったなり、横にそれが落ちた。浅間神社と東照宮の紋章が刻印された輸送コンテナだ。

白の色で出来た高さ五メートルほどの筒は、自動で己を開けつつ、内部にあるものを差し出すように掲げてきた。

弓だ。二本の弓を上下のストック部分に差し、二倍の大きさとするもの。更にそれは、左右で一組に並び、中央で機殻によって固められている。

「――東照宮、武蔵防衛装備、〝二連梅椿〟」

機殻の中に手を入れて摑めば、こちらの籠手にそれは自動で噛み合ってくる。
合致した。
後はもう、決まり事だ。
梅椿の流体弦が自動チューニングするのを音

で確認しつつ、大弓を前に掲げた。

背から引き抜かれる矢は、杭状矢。それを己は弓につがえ、

『……ホントにオッパイカタパルトよね……』

『載せたままでは射《う》ちませんよ……！』

全く、と思いながら弓を打ち起こし、

「ん……！」

息を吸い、矢を引き絞ったと同時、二連梅椿が変形。こちらの腕の先でスライドし、張力を増す。

明らかに全体が軋み、鈍い音を立てた。だが、これこそが手応えだ。

己は術式を展開する。射撃用の照準術式は〝枝葉継〟という。自分の周囲に天球型の照準が出て、加速系の術式が幾つも立ち上がり、それら全てが起動した。回る。そして動き出す。

ゆえに自分は左目の義眼〝木葉《このは》〟を連動。即

study

●梅椿について●

「梅椿は浅間神社の持つ大弓で、準神格武装です。片梅と片椿という二本の弓を上下に接続して構築するので梅椿、ということですね。流体弦で、発射時は照準系術式へのアシスト加護など掛かるため、実際には弓だけではなく射撃システム全体を差している、と思って間違いないです」

「なお、梅椿はストック分も合わせて四連仕様にすることで、これを“花祭”と呼びます。このクラスになると対都市級怪異に対応出来ます。いやまあ、出来てどうするんだって話はまた別で……！」

梅椿《うめつばき》

花祭《はなまつり》

study

座に照準が決まり、敵艦までの射線が確定。

行ける。そう確信した上で、己は思った。これが過去の再現であり、記録が以前よりインパクトを求めているなら、

「今回、ちょっとしたフィクションとして、**撃沈していい**ですよね？」

『早く射ちますのよ――!!』
やだなあ、そんな急《せ》かすなんて。でも、

「――会いました……！」

○

空に爆砕が生じ、三征西班牙の艦が斜め落としに高度を下げていく。

遠く響く遠雷のような断続音は、内部が誘爆する証拠だ。それらの被害を見て、艦から降下術式で飛び降りる戦士団を見つつ、

「……どういうことだ!?」

彼らの声を聞く点蔵は、Ｊｕｄ．、と頷き、こう応じた。

「自分にもよく解らんで御座る！」

●

『皆様、すみません。何やらそちら、点蔵様が過去の再現として出ているようで、可能な範囲で宜しいので、上手く話を合わせて下さいませんでしょうか……？』

『聞いたことがないタイプの迷惑だな……』

『それでこっちの現場にいるオメエ、さっきからキョドってんのかＹＯ……？　つーか点蔵、オメエ、こっちに来たら、今いるのはどーなんの？』

『多分、本物の方が情報量高いので、過去の再現の方はそこで再生中止になると思います！』

『うーん、じゃあ折りを見て、メアリ殿とそっち行くで御座るよ。――とりあえず自分らの最

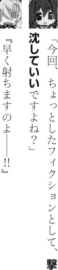

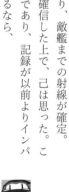

初のターニングポイント、確認したいで御座るからな』

○

母から携帯食を貰い、いろいろ回復したネイメアは、皆の前に立った。豊から貰った洗浄符を胸布に挟んで、汗などを除去しつつ、広間を出るための門に身を向ける。すると、

「来るぞ……！」

凄く警戒されてますの。まあ仕方ありませんの、とそう思い、前へ出ようとしたときだ。

「援護します！　糟屋《かすや》先輩！」

懐かしい呼び名で並んだのは、後輩だ。

可児・才蔵。小田原征伐の際、竹中がスカウトしてきた一年生襲名者で、〝笹群《ささむら》〟という空間射出型の八槍を使う。強敵に当てられるために戦績はよくないが、だからこそ自分達の信頼は厚い。そんな後輩は、このところでM.H.R.R.旧派内の極東教導院を警備のために回っていると聞いたが、

「こちらに来られるようになりましたの？」

「あ、まだまだです！　でも正式な入艦許可証を作っておけって竹中様が！」

成程。ともあれこの後輩となら、安心だ。

「関東解放の際、現場で即席コンビを組んだのを思い出しますの」

「Ｊｕｄ．！　相手をして下さった人狼女王様は、糟屋先輩のお祖母《ばあ》さんだったんですね！」

『**ちょっと**』

ええ、と己は頷いた。

「人狼女王のことは、うちの〝**母の母**〟と呼びますの。いいですのね？」

「…………」

「……**解りました！**」

解ってないけど解ったらしい。そんな後輩を後ろに置き、自分は前に出る。
後ろに続く父達。この行進は、過去よりもインパクトがあるだろうか、と。

○

全体は進行した。それぞれがそれぞれの過去を刷新し、代行しながら先に進む。
その中で、正純は西側広間から陸港に出て、嘆息した。

「……何か面倒そうだけど、まあ確かにアレ、は面倒さねえ」

「直政に面倒とか言われると、軽くショックだなあ……」
だがやるべき事がある。今、戦場は大詰めのラインを迎えているが、ここで教皇総長が出ようとするのだ。
当時、自分は教皇総長に相対を申し込んだ。
一対一の勝負。武蔵上で議論したのと同じ状況を作ると、そう見せかけて、

「そっちに行くから、と言いつつ、牛歩戦術してやったんだよな」

「そうしたら、向こうから突っ走ってきましたよね？」

「アレの御陰で、こっちに教皇総長来なくて楽だったんだよな！」
今回も同じだ。突っ走って来させればいいだろう。

『でもどーすんの？　同じ方法だと、インパクト弱い判定になるわよ？』
いやまあ、と己は言った。音声術式を出し、己の声を拡大する。

「武蔵アリアダスト教導院、生徒会副会長、本多・正純！　K.P.A.Italia教皇総長インノケンティウスとの相対による一騎打ちを望む!!」
一息。

「――聖連の代表であるならば、この一騎打ち、逃げはしないであろうな!?」
出来れば返答が無いといいなあ、と思う。だが、

「受けよう……！」

術式無しでよく声が通るな。

しかし話はまとまった。

「後は教皇総長をこっちに誘導するだけだ」

『出来るの？』

ああ、と己は、言葉を重ねた。

「——聖下！　相対とは別で、実は何故か私の手元に、聖下と私が自撮りでツーショットした画像がある！　これを通神で流して、聖下と私、マブダチなんだー、とか、言っていいだろうか!?」

「貴様あ————!!」

煽り耐性ゼロだろう聖下。

第二十一章

『境界線上への関係者』

そして私は
自分自身の用意をする
それは貴方と
応じる確信
配点（こうかい？）

○

夕刻の光の下。
トーリは、その場所に辿り着いた。

「おーい！　ホライゾン！」

〝刑場〟だ。光の壁がまだまだ薄く、随分と早く到着したのだと解る。
前を見れば、ホライゾンが両腕に本を開かせ、読書中だ。

「……って、アレ？　オメエも本物の方かよ？」

「おやおやウケない芸人が来ましたね？　さてどうします？　何か面白いコトしたら、ここから出ることもやぶさかではありませんが」

「オメエはホント剛胆な……。コレ、光がＭＡＸ状態になったら、オメエ死ぬって設定なんだかんな？」

まあまあ、とホライゾンが右腕をハメて髪を梳く。

「さっき、世話子様に髪を梳いて頂きました」

「アー、それがあったから、後にうちの真喜子が生まれました的な？」

「ですねえ。だから今回、インパクトを与えるために、チョイとこのホライゾン、考えた訳です」

「何を？」

Ｊｕｄ．、と頷いたホライゾンが、手に鋏《はさみ》を取り出して言う。

「髪を梳いた以上のインパクトとなると、ではもう、コレは根元からバッサリやって、〝じゃあコレを使ってもっと濃いめのうちの子を！〟とやるのはどうかと」

「俺ね？　ここにオメエを救いに来て、オメエが剃髪《ていはつ》してたら凄くビックリしたと思うんだよ……」

「Ｊｕｄ．、そこまでの発想はなかったので、珍しく今回はトーリ様の勝ちとします」

「よーし、じゃあどうする？　出る？」
その問いかけに、ホライゾンが言った。

「平行線ですね。だから、ホライゾンは言います。――お帰り下さい」

○

あ、と浅間は思った。これはアレだ。

「……三河でやった、平行線問答ですね」

「……でも、あれと同じでしたら、意味はありませんのよ？」
と、ミトツダイラが疑問した時だった。彼がホライゾンにこう応じた。

「俺は帰るよ。でも、オメエも一緒だ、ホライゾン。皆と一緒に帰るんだ。だから――」
平行線となる言葉を、彼が言う。

「平行線だ。――俺もそっち行くからオメエも来いよ。こっちへ来い、ホライゾン」

○

ホライゾンは頷いた。

「考えが違ったとしても、平行線の二人が共にいることが可能な場所、**境界線**を求めるのは、マーなかなか大変ですが、有りでしょう」
それに、と己は前を見た。トーリの後ろ、そこには、

「皆様がいらっしゃいます」
いる。
喜美も、浅間も、ミトツダイラも、自分の娘達も、正純や二代に、そして総長連合や生徒会、後輩達もいれば、人ではないものだっている。

「ホライゾンは、賑やかなのが好きですよ」
でも、と己は言った。

「賑やかなのが好きなのは、ホライゾンが、こっちの住人であるからなのかもしれません」

「それはそれでいいんじゃねえの？」

「何故です？」

「だってオメエは、こっちにいる連中のことも何となく解るからだよ。
　最初に何も無くて、失った状態で、段々と感情積んでいったから、こっちのヤツらのことも何となく解る。
　俺は、結構いろいろハッピーだった状態で、こっちにいて、でも一時的にでも失ったことがあるからそっちにいる連中の事も何となく解るんだ。
　オメエがそっちにいて、何となくこっちを解るのと同じように、さ」

「ではホライゾンは、積んでいく中でハッピーに気付き、トーリ様はハッピーだったのがチョイとメゲましたが、結局馬鹿のようにハッピーに復帰したとも言えますね」

「平行線と境界線だろ。――違っても、テキトーに解るんだ」
　成程、とホライゾンは応じた。

「境界線を間において、行ったり来たりしてるようなもんですね」
　ならば、これはもう、決まりだ。

「――ホライゾンは幸いなことが好きです。だから、そうではなくなった人を、救いに行きましょう。トーリ様」

○

　喜美は、ホライゾンの言葉を聞いた。

「何か失ったり、奪われたりした人々を、そうなりかけている誰かを、救いに行きましょう、トーリ様」
　ああ、とホライゾンが言った。

「――喜美様が昔言ったらしい台詞の**パクリです**」

「流石よホライゾン！　著作権行使しないでおいてあげる！」

ホライゾンが右の親指を上げてくるのに対し、同じように返す。
そしてお互い、否、皆が笑った。

「サイコーね……!!」

○

「よし、じゃあ、一緒に行くか。過去から出ようぜ、ホライゾン」
とトーリは言って、右の拳を軽く引いた。
応じる動きで、ホライゾンが右の拳を軽く引く。

「この〝刑場〟、人の後悔とか罪を現出して殺すっていう、エモ系処刑なんだけど、オメエ、そういうのあるか?」

「あった気もしますが、気にしなくてよくなりましたねえ。――――つまり、忘れませんが、縛られません。ホライゾン、自由をモットーとしますので」
じゃあいいか、と己は、右の拳を前に放った。

ホライゾンが同じようにして、お互いの間にある光の壁が挟まり、打撃が通じる。

「有り難うな」
かつて、この〝刑場〟で見せて貰った後悔。ホライゾンを失ったときの光景に対して礼を言ったとき、光が割れた。
かつて三河で、この〝刑場〟を通して見た後悔は、今、流体光として派手に散りながら、

「タアアアマヤアアアアアアアアアアアアアアアアアアア!」
花火じゃねーから。

break time

「ハイイイ！　解決ウ——‼」

「ホママ、どこから声が出てるんだよコレ……」

「でもまあ、最初に言われたとおり、ホントに〝**どうかしてる**〟のよねえ……」

「言葉のニュアンス問題ですね！」

GENESISシリーズ
境界線上のホライゾン **NEXT BOX**

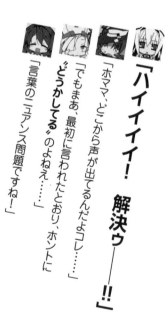

最終章
『明日からの私達』

皆は、いつの間にか武蔵野艦首甲板に立っていた。

全艦、どこもかしこも光が空に昇り、散っていく。今までよりも大規模で、量も多い。

そんな光を見上げて、点蔵は呟いた。

「正直、栄光丸との砲撃戦まで行くかと思ったで御座るよ」

「何処がターニングポイントか、という話なのでしょうね。ただ――」

「ただ?」

「はい。今回こういう形で記録が表出しましたが、同じようなことはこれからも起きる可能性があるということです。

――そのとき、何が見られるのか、少しは期待しても良さそうですね」

「不穏な……」

と吐息するが、周囲は久し振りの開放感に満ちている。

その一方で、終わった、という感も有り、

「正直、……終わっちゃったわね、という感想だわ」

「あまり役に立てなかったので、確かに、もう少し続いても良かったで御座ります」

「いやいやいやいや、結構キツイ現場もありますのよ!?」

などと、学校行事のような反応だ。

「――さて、皆さん、そろそろ夕方ですが、何処かで一息入れたらまたここに集合御願いしますわ。今夜の内に、打ち上げで軽く祭を行おうと思っとるんで」

「……何かお前、余裕がないこと言うなあ」

「ホントに無いんやで……!?

これで三日以上、武蔵は通常運航しとらんのやから……!」

「聖連への記録を提出するには期限七日。諸処の用意を入れると、今日で打ち上げまで終えた方がいいとは思いますのよ？」

「えーと、ではまあ、記録提出班は今日中に選出しますねー。明日から三日四日忙しくなりますけど、今夜は打ち上げでエンジョイしてください」

「な、何かエンジョイしにくい前振りが来ましたよ……!?」

などと、皆が、ちょっとホットな雰囲気を残しつつ、一時解散となる。

それを見送るようにして、世話子は手元の表示枠を確認した。

三河からこちら、長い道のりといえる紆余《うよ》曲折《きょくせつ》が、記録としてここにある。

だが、己は知っている。この記録では、起きたことを全く捉え切れていないだろう、と。

だから自分は、通神文を書いた。

上役であるファナに対し、教皇総長に伝えて貰えないかと、言葉を作る。

『ファナ様、記録の収集と整理は出来ました。しかし、この内容では実際に全く足りません。ゆえに相談ですが、私に、ルイス・フロイスの襲名を続行して、この武蔵を通した極東の記録を付けることを許可して貰えるでしょうか。その内容は随時そちらに公開するということで。つまり私は――』

迷ったが、書いた。

『つまり私は、彼らの言行を追って行きたいのです』

書いた瞬間に、迷わぬよう、送った。

やった。

やってしまったと、そんな感想が微塵《みじん》も無いのがどうしようもない。ただ、

「……あ」

正面、皆が立ち止まってこちらを見ている。

「――世話子様、これから浅間神社に行って禊や、諸処の加護など再調整をしようと思います。軽く食事なども出来るので、行きませんか？」

「あ、ええと、私は――」

行っていいのだろうか、と思った時だった。

ふと、正面にいる皆が、眉を上げた。

驚きの顔。

その目がこちらの背後に向き、総長の姉が笑顔のまま卒倒したのが見えたが、

……え？
背後に振り向こうとした。
だが出来なかった。
何故なら、背を押されたのだ。

●

そこには誰もいなかった筈。

自分の錯覚だったかも知れない。

しかし、皆の方に数歩足を踏めば、

「よーし！　久し振りの浅間神社な！　浅間の父ちゃんと母ちゃんに挨拶しねえと！」
「うちの母さん、亡くなってからも〝いる〟らしいですけど、本人、隠れてるつもりのようなので、あまりツッコまないようにして下さいね……！」
皆、返事をしつつ行く。
第五特務が総長の姉を担いでいくのはそれでいいのか。ただ、

「……姉さん？」

背を押してきた手と、力に、自分は背後を見た。

誰もいない。

ただ、そこに昇る流体光は、三河の記録の残滓《ざんし》だろうか。

軽く手を振って、前を見た自分は、皆の背に追い付いた。

姫の声が聞こえる。

「いい休暇でした。
――明日から、さあ、何処に行きましょうか。各国、外界、記録の中や捏造、ゲーム三昧とか、何でもありですよ」

末世は終わった。

ならば、

「――世界征服も、有りですねえ」

皆、顔を窺い合うのはやめませんか。

NEXT
BOX

境界線上のホライゾン

あとがき

「それではあとがきの**ハジマリハジマリィ**——!!」

「…………」

「……こっちでもキャラ対談？」

「こっちでも？」

「別シリーズのタイトル言ってもいいなら言うぞ？」

「というかカクヨム連載上で小話とか設定とかフツーにキャラコメ状態で対談してるので、その流れで言うとコレでしょう、みたいな？」

「アサマチ中身誰かな？」

「しかしまあ、場所と型式変えて、始まりましたね……！」

「実はこの型式、文庫の時でも思案されていて、GTは元々このアイコントークで出来ないか、という企画でした。ただ、判型の関係でアイコンが小型化するのと、行数が一気に増えてしまうため、出来なかったんですね」

「それがようやく、という感じですか。というか、コレ、以前に出たデカい辞典みたいなアレが設定系の資料集だとしたら、こっちはストーリー系の資料集のような意味もありますね」

「ぶっちゃけ、三河をもう一回、二回、とかになると思わなかったんですけど、振り返ってみるといろいろ発見ありますわねえ……」

「過去の自分、意外と技術に拘っていて頭が固いで御座るなあ……」

「貰い事故で死にかけましたが、まあ、いい経験をしたと思っておきます……」

「つーか皆！　ちょっと面白い資料、引っ張り出してきたぜ！」

「何ですかトーリ様、つまらなかったら鋼のペン立てを装備させますよ？」

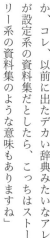

「それすぐ冷えて駄目じゃねえかな……。って、ほら、アレだ。これまで明かされてなかった全員の誕生日リスト。とりあえず武蔵勢とその周囲な」

●誕生日リスト：武蔵勢中心

石田・三成：四月二日
大谷・吉継：四月二日
〝武蔵〟：四月二日
加納：四月二日
葵・喜美：四月十日
本多・正純：四月十八日
本多・二代：四月二十日
メアリ・スチュアート：四月二十九日（十二月八日）
立花・誾：四月三十日
加藤・嘉明：五月二日
脇坂・安治：五月二日
ペルソナ君：五月五日
立花・宗茂：五月十八日
島・左近：六月九日
人狼女王：六月十五日（自称）
伊達・成実：六月二十一日
クリスティーナ：六月二十八日
ネイト・ミトツダイラ：七月七日
向井・鈴：七月九日
里見・義康：七月十二日
シロジロ・ベルトーニ：七月二十一日
夕（蜂須賀・小六）：八月八日
マルゴット・ナイト：八月十七日
東：八月二十二日
直政：八月二十五日
キヨナリ・ウルキアガ：九月七日
酒井・忠次《ただつぐ》：九月十六日
御広敷・銀二：九月十九日
伊藤・健児：九月二十日（暫定）
可児・才蔵：十月七日
点蔵・クロスユナイト：十月十日
ハイディ・オーゲザヴァラー：十月十八日
マルガ・ナルゼ：十月三十一日

浅間・智：十一月三日
浅間・豊：十一月五日
トゥーサン・ネシンバラ：十一月十四日
ネイメア・ミトツダイラ：十一月二十三日
福島・正則：十二月十一日
ノリキ：十二月十三日
ネンジ：十二月二十二日（暫定）
真喜子・オリオトライ：十二月二十五日
ホライゾン・アリアダスト：一月一日
ミリアム：一月七日
片桐・且元：一月十六日
竹中・半兵衛：一月二十三日
最上・義光：二月一日（自称）
長岡・忠興：二月十四日
大久保・長安：二月二十五日
加藤・清正：三月三日
世話子：三月八日
アデーレ・バルフェット：三月十四日
三要・光紀：三月十七日
葵・トーリ　：三月二十一日

「というかこんなとこで設定出さんでも……」

「いきなりキツい後輩がいるぜ……」

「四月二日が多いのは、これ、何でですか？」

「私達みたいな制御情報や極東式の自動人形は四月二日にロールアウト、という設定になっているものが多いからですね」

「わあい！　母さんと二日違いですよ！」

「フフ、私で始まって愚弟で終わる、というイメージね。私が入学式で愚弟が卒業式？　そんな雰囲気もあるわ」

「私、思い切りハロウィンなんだけど、これつまりタルトの話が裏付けされる感じね……」

「しかし何故、今まで公表が無かったので御座る？」

「ぶっちゃけ末世事変は四月末スタートで年末終了なので、誕生日を作中で公表していくと、

作中で祝われない人が出てしまう訳で……。N《ネクスト》B《ボックス》はそのあたりある程度フレキシブルなので出してもいいかな、ということらしいです」

「なお、いろいろと換算が面倒なので、公的には〝四月スタートの数え年〟で通ることになっている。また、襲名者は自分の誕生日とは別で襲名先の誕生日を祝う場合もあるからな？」

「私がそのタイプですね。そちらだと点蔵様より後の誕生日になります」

「しかしホライゾンの一月一日が、やはり目立ちますわね……」

「余人の至らぬ領域で祝賀。まさにホライゾンと言った処でしょう」

「さてまあ今回の作業BGMはMORTAL KOMBATで〝Techno Syndrome〟。やはり今回みたいな連番勝負はこれですね」

「フフ、じゃあまあ、今回誰が一番懐かしがっていたのかしら？　――そんな感じでNBスタート。ここから先は〝～編〟とか続いていくけど、基本、どこから読んでもいいスタイルで行くつもりだから宜しくね？」

令和元年　季節外れの台風の朝っぱら

川上《かわかみ》　稔《みのる》

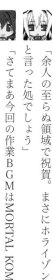

―設定資料・コラム索引―

index

index